U0135200

不埋沒一本好書，不錯過一個愛書人

七樓書店

TIEMPO DE DESTRUCCIÓN

LUIS MARTÍN-SANTOS

毁灭的时代

[西班牙] 路易斯·马丁-桑托斯 著

[西班牙] 毛里西奥·哈隆 编

戴永沪 译　　王菊平 校

中信出版集团 | 北京

图书在版编目（CIP）数据

毁灭的时代 / (西) 路易斯·马丁 - 桑托斯著; 戴永沪译 . -- 北京 : 中信出版社 , 2024.2
ISBN 978-7-5217-6126-9

Ⅰ.①毁… Ⅱ.①路… ②戴… Ⅲ.①长篇小说－西班牙－现代 Ⅳ.① I551.45

中国国家版本馆 CIP 数据核字 (2023) 第 213292 号

Tiempo de destrucción
Luis Martín-Santos
© Heirs of Luis Martín-Santos, 2022
Of the edition and epilogue of Tiempo de destrucción © Mauricio Jalón
© Galaxia Gutenberg, S.L., 2022
Traductores de chino: Yonghu Dai; Juping Wang
This translation has been published by arrangement with Galaxia Gutenberg, S.L., Barcelona (Spain)
本书仅限中国大陆地区发行销售

该作品的翻译获得了西班牙文化部通过书籍、漫画和阅读总署提供的资助

毁灭的时代

著者： [西] 路易斯·马丁 - 桑托斯
编者： [西] 毛里西奥·哈隆
译者： 戴永沪
校译： 王菊平
出版发行：中信出版集团股份有限公司
　　　　　（北京市朝阳区东三环北路 27 号嘉铭中心　邮编　100020 ）
承印者： 河北鹏润印刷有限公司

开本：880mm×1230mm 1/32　　　印张：12　　　字数：245 千字
版次：2024 年 2 月第 1 版　　　　印次：2024 年 2 月第 1 次印刷
京权图字：01-2023-5837　　　　　书号：ISBN 978-7-5217-6126-9
定价：79.00 元

目　录

中译本前言

　　西班牙小说家路易斯·马丁－桑托斯（1924—1964）的成名作《沉默的时代》发表于1962年。短短两年之后，马丁－桑托斯出车祸身亡，诗人海梅·希尔·德·别德马为之盖棺定论，认为《沉默的时代》与卡米洛·何塞·塞拉的《蜂巢》（1950）和桑切斯·费洛西奥的《哈拉马河》（1955）是战后出现的三部最有价值的小说。尽管《沉默的时代》是当时的轰动之作，但和年龄相仿的同行比，马丁－桑托斯的小说发表得较晚。他似乎有种盛名之下的压力，不想做个只靠一本书名世的作家。他构思了一个三部曲，本书《毁灭的时代》是其中的第二部，可惜天不假年，此书没有彻底完成。至于三部曲的第三部，连书名都没给后人留下。

路易斯·马丁－桑托斯其人

　　路易斯·马丁－桑托斯出生于西班牙在摩洛哥的领地，父亲是一位出色的军医。他五岁时，父亲工作调动，全家搬到了西班牙巴斯克地区的圣塞瓦斯蒂安市。西班牙内战爆发后，父亲属于佛朗哥叛军一派，在埃布罗河大会战（1938）中是叛军方面救死扶伤的总负责人，立功并晋升到将军军衔。战后，将军负责在巴斯克地区整肃医疗界的巴斯克民族主义者和共和派人士，这使他家的孩子们在学校里处于半孤立状态。作家成长过程中的另一个不利因素是母亲患有精神分裂症。因为母亲的病患，他曾被送到父亲老家萨拉曼卡乡下寄养。他的祖母给他留下负面印象，这在本书中也有所反映（见第一部第三章、第六章）。

尽管有这些不利因素，马丁-桑托斯自始至终学业优秀。据多位朋友的回忆，他在自己所涉足的领域里都是出类拔萃的，就是本书主人公阿古斯丁那样的"第一名"。据他的好友，小说家胡安·贝内特（Juan Benet，1927—1993）的回忆文章，他还是个性格果断之人，十七岁时还是圣母会学校中规中矩的模范生，十八岁上大学就成了坚定的无神论者。

作为战后胜利方上流社会的一名公子哥儿，马丁-桑托斯性格中有"吓死布尔乔亚"的先锋姿态。传记作家何塞·拉萨罗（José Lázaro）的《路易斯·马丁-桑托斯的生与死》（*Vidas y muertes de Luis Martín-Santos*，2009）一书中记录了不少这方面的逸闻趣事。[1]他是一个充满游戏精神的人，他的朋友，

1　有一天，当我们两个人沿着圣塞瓦斯蒂安大道散步时，我们发现梅利顿·曼萨纳斯坐在其中一家咖啡馆的露台上，他是多年后被埃塔（ETA）杀害的使用酷刑的警察头子。路易斯停下来看着他。他和他很熟，因为他已经逮捕过他好几次了。突然他告诉我："我要把他介绍给你。"

我愣住了："什么，你疯了？咱们赶紧走吧。"

著名导演马里奥·卡穆斯说他很会玩儿。[1]拉萨罗采访了大量的

路易斯走近曼萨纳斯的桌子，指着我说："我想把您介绍给我的朋友安东·埃塞萨，他是电影导演。"

然后，他看着我，指着他，用非常清晰的声音说："这位是梅利顿·曼萨纳斯，打手。"

也不知道我们两人谁更震惊。我想我在逃跑之前对警长说了一句："很高兴认识您，先生。"多年后，我对其他朋友说，我与曼萨纳斯握过一次手，但他是被作为打手介绍给我的。

我认为路易斯有时会使用他的阶级特权，但那是为了招惹、为了用手指戳他鄙视的人的眼睛。想象一下，如果一个阿斯图里亚斯工人或矿工去对曼萨纳斯说："这里有一个打手。"我的老天爷！这么做你必须是将军的儿子。我想后来曼萨纳斯会打电话给他的父亲并告诉他："看，我的将军，是您的孩子……"路易斯游说，也许是为了补偿他作为胜利者之子的特权地位。但他自己始终承认这一点，因为他也很诚实："我当然知道，如果我不是我，那肯定被打得皮开肉绽，恐怕几个月都无法康复。"（何塞·拉萨罗：《路易斯·马丁-桑托斯的生与死》，173—174页）

1　卡穆斯的口述："如果你想知道路易斯是什么样子，看几页《沉默的时代》和《毁灭的时代》。他就是那样，是那样说话的。但最重要的是，要了解他的小说（以及了解他这个人），最根本的是不要忘记路易斯总是在玩耍，总是在大笑。他一直做的唯一一件事就是玩得开心，这就是为什么和他在一起这么开心。当他在《毁灭的时代》里写一段戏仿法国新小说（当时很流行）的文字时，他并没有试图改变他那个时代的文学进程，他只是在大笑。他所有的写作，就像他的整个社交生活一样，是一场持续不断的游戏，不断地显智逗能，不断地开玩笑，不断地大笑。我认为他做了他想做的事，他做得很开心，也很享受。尽管我一直在怀疑，但至少我要告诉你的是，我确信路易斯并不想被邀请去做讲座，或者进入学院，或者去希洪咖啡馆，让每个人都承认他是个时尚小说家。不，他像孩子玩玩具一样玩文字，但他也有话要说。他妈的！他拥有一切，最重要的是，他是一位了不起的作家！他以玩儿当作家为乐：现在我要写第一章，就好像我是福克纳一样，第二章谁知道是什么，另一章现实主义，再来一章又如何如何。例如，阿尔德科亚，正如我已经告诉过你的那样，他是我非常喜欢的一个人，他将

当事人，其中不止一人说到，绝顶聪明的马丁-桑托斯能言善辩，爱开玩笑，爱走极端，行为举止充满戏剧性，喜欢引人注目。何塞·拉萨罗在《毁灭的时代》新版（本书）出版之后的一次访谈中说，有些人非常讨厌他，大多数人认为他性格有魅力，但是人们意见一致的是他的优秀。譬如他的师兄，著名精神病学家卡洛斯·卡斯蒂利亚·德尔皮诺就说，同辈人中，马丁-桑托斯最聪明，最有哲学思辨能力。[1]

　　游戏精神和爱走极端造就了马丁-桑托斯的文学创作，所谓文如其人。《沉默的时代》和《毁灭的时代》都追求"语不惊人死不休"，都很难读。超长句子，从句套从句，携带长长的插入语，搞许多括号，许多破折号，造新词，随手使用外语，

写作当成宗教。而路易斯却恰恰相反，自始至终都在显露他的才智，小说里，大街上，都是欢声笑语，笑个不停。诚然，他来不及虚荣傲慢。但我相信，如果他没有死，他会终生继续嘲笑自己和他人。如果你不明白这一点，你将无法理解他的生活方式或他的文学。"（《路易斯·马丁-桑托斯的生与死》，305—306页）

1　卡斯蒂利亚·德尔皮诺对马丁-桑托斯做了一番精神分析，就像小说家在本书中借主人公做自我分析一样："他是一个聪明、才华横溢的人，与他的思想交流和讨论使我受益匪浅。但在人际关系中，他有困难，最重要的是因为他对自我肯定的强迫性需求（不仅是智力上的），如果他判断其他人对他有任何程度的质疑，则更是如此。他甚至可以很残酷地指点对话者的缺陷、着装、身高。[……]他要成为第一名的需要有时是幼稚的。有一次他突然打来电话：'我想问你一个具体问题：你赢得科尔多瓦精神病诊所所长职位时多大年纪？''27岁。'我告诉他。然后我听到他说：'哦！''问这干吗？'我好奇地问他。'没什么；你看，我赢得雷阿尔城精神病院院长职位时也是这个年龄，现在我放心了……'但是，这种天真幼稚的虚荣心并没有阻止他认识到别人的价值，比如胡安·贝内特。"（《路易斯·马丁-桑托斯的生与死》，80—81页）

将外国词汇西班牙语化，用一般人看不明白的各学科专业术语，各种或隐或显的典故等等。但是这种艰深的巴洛克风格正是其价值所在，半个多世纪之后也不让人觉得过时。

精神病医生

1946年，马丁-桑托斯在父亲的母校萨拉曼卡大学以优异的成绩从医科毕业，随后来到马德里攻读外科博士学位，不久之后，他从外科转到了著名的精神病学教授洛佩斯·伊博尔博士[1]门下。精神病学比外科能为他一向的文学和哲学兴趣提供更多的知识空间。促成这一转变的因素除了他母亲的病患历史外，还有两位朋友的影响，一位是前面已经提到的著名精神病医生卡洛斯·卡斯蒂利亚·德尔皮诺；后来他负责整理出版作家身后留下的精神病学文献。另一位是出身寒门但通过听BBC广播而学了一口牛津腔的费利克斯·莱特门迪亚，他后来在英国和加拿大教授精神病学。他的生平在本书第二部第三章里间接提了一笔。

马丁-桑托斯的博士论文以《狄尔泰、雅斯贝尔斯与理解精神病人》（1955）的题目出版成书。据同行的评估，他的研究至今没有过时。[2]他的第二本精神病学方面的著作《存在主义精

1　洛佩斯·伊博尔是世界著名的精神病学者，担任过世界精神病协会主席。精神病学研究是佛朗哥时期西班牙为数不多的水平可以和西欧国家看齐的领域，承继的是德语国家的学术传统。

2　1990年，迭戈·格拉西亚写道："……路易斯·马丁-桑托斯的博士论文就我

神分析中的自由、时间性和移情》（1964）在他出车祸之时正在排版印刷之中。据专家们说，"这本专著致力于通过概念移植构建一种神经症的心理疗法，它试图保留正统的精神分析技巧，同时剥离弗洛伊德赋予它的所有理论基础，并代之以萨特的《存在与虚无》。"[1]他沿着萨特的思路，试图将人的成熟和精神健康等同于人对自己所处现实的承诺。他在存在主义心理疗法里引入他所理解的辩证法。因为这和马丁-桑托斯的辩证现实主义（realismo dialéctico）这个文学概念有关，我们把一位精神病学教授的综述抄写在此：

> [马丁-桑托斯]认为，具体心理治疗的价值只能通过治疗本身的有效性来衡量；他将此称为精神分析真理的辩证决定。根据马丁-桑托斯的说法，辩证法是一种理解文化过程的方法。它本质上是一个隐含三个阶段或连续且必要的联系的人类过程：矛盾、总体化和意识（他更喜欢这一套术语而不是正命题、反命题和合命题）。马丁-桑托斯运用于他的心理疗法中的辩证法的理论方面可能就是他讲到文学时所说的辩证现实主义……[2]

所知是对艰深的雅斯贝尔斯作品做出的最好的分析。"1992年，赫尔曼·贝利奥斯认为该论文"仍然是关于理解这个概念的历史起源以及狄尔泰对雅斯贝尔斯的影响的最佳著作"。https://ojs.ehu.eus/index.php/THEORIA/article/view/783/655

1　https://www.tremedica.org/wp-content/uploads/n31_semblanzas_PandiellaClemente.pdf

2　https://ojs.ehu.eus/index.php/THEORIA/article/view/783/655

社会主义者

马丁-桑托斯的同校好友恩里克·穆希卡[1]在回忆作家的文章里写到的校园一幕可以让我们看到佛朗哥独裁时期的政治气氛：

> 我八岁那年读二年级，课间休息时我们排队走下台阶，来到学校的天井。考试成绩最好的人们走在队伍前面，手持木制步枪，头戴红色贝雷帽，队伍随着"佛朗哥万岁！起来，西班牙！"的口号声来到天井小门那里散开，那道门被临时当成游戏的枪决线，赤色分子——也就是学习最差的那些人——被摆布在那里，让学习好的孩子们兴高采烈地把他们枪毙。[2]

穆希卡还告诉我们，他们的圣母会学校在圣塞瓦蒂安还不是最不宽容的。佛朗哥法西斯独裁时期的政治大气候于此可见一斑。

内战中本人或家庭支持佛朗哥、战后成了持不同政见者的知识分子颇有一些，马丁-桑托斯也算一个。他认为，即使作为独裁，佛朗哥政权也是三流水平[3]。在回答一位美国学者的问答录里，作家明确表示他在政治上持西欧的社会民主党立场，也

1　穆希卡曾是西班牙共产党人，后来转为工人社会党，佛朗哥死后在工社党政府担任过司法部部长。

2　https://www.revistasculturales.com/articulos/90/letra-internacional/1282/1/recordando-a-luis-martin-santos.html

3　实际上，1959至1974年，西班牙经济发展速度仅次于日本，造就了经济史上所谓的西班牙奇迹。

就是说，他是个社会主义者。

在攻读博士期间，马丁-桑托斯在马德里的沙龙里扩大视野，接触到包括萨特的各类思潮。竞职成功后，他回到圣塞瓦斯蒂安，担任当地精神病医院院长。他的朋友圈每周有读书会活动。穆希卡的文章说作家通过斯特拉奇的《当代资本主义》和柯尔的《社会主义思想史》这两本书了解到社会主义思想。他还提到马丁-桑托斯精研过卢卡奇的《历史与阶级意识》，并且特别强调无产阶级从自在的阶级变成自为的阶级这一进步神话是马丁-桑托斯文学创作的重要元素。穆希卡写道："在他文化之旅的终点，他打算克服社会现实主义，走向他所谓的'辩证现实主义'，并能够将存在主义传统、先锋派文学和乔伊斯或卡夫卡等创作家的作品融为一体。"

马丁-桑托斯具体介入政治的标志是他于1957年加入了当时还处于地下的西班牙工人社会党。他迅速成为该党在巴斯克地区的重要人物并进入党的执行委员会。因为政治活动，他先后三次坐牢。坐牢后，他的很多右派熟人把他列入了黑名单，相反，原来对佛朗哥派将军的儿子存有戒心的人们对他表露了敬意。

圣塞瓦斯蒂安市发起组织的首届皮奥·巴罗哈小说奖（1961）论作品质量本来应该授予马丁-桑托斯的《沉默的时代》，但是马德里派来了两个官方的评委，于是这个奖最终空缺，因为佛朗哥政府不许奖励持不同政见者。首届即空缺使巴罗哈小说奖很可惜地无疾而终，没有成为像圣塞瓦斯蒂安国际电影节那样的文化盛事。

马丁-桑托斯的奋斗目标是在马德里赢得大学教席或者开诊所，同时参与首都的文艺生活。显然，政治活动使他的职业和文学都受到了挫折。同时，在工人社会党的活动也让他觉得收效甚微。马丁-桑托斯渐渐地疏离政治。据拉萨罗的传记，作家的多位党内同志注意到马丁-桑托斯退出工社党执委会时有政治幻灭感，然而，作家的弟弟莱安德罗·马丁-桑托斯·里维拉认为他在圣塞瓦蒂安社交界的重要性正是来自他的持不同政见身份，并说他在政治上一直活跃。关于马丁-桑托斯的思想学术、政治事业和文学创作之间的关系，同是精神病学和医疗人文学专家的拉萨罗教授做出如下辩证理解：

> 1956年和1957年恰恰是马丁-桑托斯沉迷于精神分析阅读的年代，在卡斯蒂利亚·德尔皮诺看来，这将使他从现象学的抽象分析转向人类冲突的具体动机，并更好地理解社会和政治背景对个人行为所施加的影响。一切都顺理成章：逐渐沉浸于社会现实导致了他1957至1960年紧张激烈的政治活动、随后谨慎的政治退缩，而在他生命的最后几年里出现了一种激进的、毁灭性的美学：一种追求革命性毁灭的文学事业，毁灭所有支撑西班牙传统文化的神话。一项从《沉默的时代》公开开始的事业，并在将成为以《毁灭的时代》之名为我们所知的杰作的这些片段中变得激进。一项试图通过文学来回应因政治斗争而受挫的尊严要求的革命性事业。（《路易斯·马丁-桑托斯的生与死》，218—219页）

《毁灭的时代》

《毁灭的时代》比《沉默的时代》更复杂，这主要来自小说第四部分激进的实验性。疯魔的语言使人眼花缭乱，几近消解的叙述框架下隐含的深奥理论和晦涩典故每每使人如坠云雾。有人说，《毁灭的时代》是西班牙叙述文学中谜一样的一部小说。

急于了解故事梗概和小说总体文学特点的读者可以读本书编者毛里西奥·哈隆要言不烦的跋文。译者结合自己的阅读经历，揣摩读者可能会有的疑问，单就本书的结尾略做澄清。

马丁-桑托斯在回答一位美国西班牙语学者的问答卷时，有如下清晰表述："文学的功能就是我所说的去神圣—造神圣功能：去神圣，通过犀利地批判不公而摧毁之。同时造神圣，也就是加入成为明日圣经的新神话的建造过程。"沿着这条线索，我们可以试图对本书最费解的第四部加以理解。

已有学者指出，《毁灭的时代》在构思上可以看作是《沉默的时代》[1]的继续。事实上，本书第四部，据最了解内情的作家未婚妻贝葩·雷索拉[2]的信息，是整部小说中最先完成的。如

1　《沉默的时代》故事大意如下：马德里雄心勃勃的年轻科学家佩德罗用美国进口的小白鼠做实验进行癌症研究。实验室的一位员工偷偷送了几只白鼠给住在贫民窟里的亲戚，后者在女儿帮助下养育那些白鼠。当佩德罗的小白鼠死得太快，实验难以为继之时，那位员工领他去贫民窟买白鼠。贫民窟养白鼠的那位和女儿乱伦使其怀孕，并自己动手为女儿土法流产，而在女儿生命垂危之际，佩德罗被紧急招了去帮忙抢救，但是他到达的时候，实际上那个姑娘已经死了。佩德罗为此吃了冤枉官司。后来他虽然被无罪释放，但被研究所开除，只能去外省行医。

2　在马丁-桑托斯去世前一年的1963年，他的原配罗西奥·拉丰·巴约（Rocío

果以马丁-桑托斯上述文学理论去套,那么这两本书摧毁旧神话创造新神话的叙述策略是清楚的。最显著的去神圣化发生在《沉默的时代》的最后一小节。像巴罗哈和阿索林小说里或自杀或归结于逆来顺受的主人公们一样,佩德罗被恶劣的西班牙环境击垮。他变形为圣洛伦索:

> 阳光继续平静地照进楼里,从那里可以看见修道院的轮廓。五座塔全部指向天空,漠然无动于衷。它一动不动。石墙被阳光照亮或压着积雪,漠然无动于衷。它被压得扁扁的,矮矮的,模仿人们说的烤肉架,那个圣洛伦索因为我们的罪孽在那个架子上被活活切了,你知道的,那个圣洛伦索被活活剐了,那就是我,我就是那个圣洛伦索,圣洛伦索你给我翻个个儿吧我这边已经烤得差不多了,像沙丁鱼,洛伦索,像小小的可怜的卑微的沙丁鱼,我烤熟了,太阳在烤,太阳在慢慢地烤着,慢慢烤成金枪鱼干,圣洛伦索是个爷们儿,他不叫,他不喊,异教徒们在把他做成烤肉他却一声不哼,他只说——历史只记住他说了一句——给我翻个个儿吧,这面已经烤焦了……于是刽子手把他翻了过来,只是为了一个简单的对称问题。

这里说的貌似烤肉架的修道院是马德里附近的埃斯科里亚尔修道

Laffón Bayo)因煤气中毒去世,留下一个女儿和两个儿子。贝葩·雷索拉(Pepa Rezola,全名María Josefa Rezola García,Pepa为Josefa的昵称)是马丁-桑托斯准备再娶的女人,也是他1964年去世前最后的伴侣,已于2014年去世。

院，由16世纪西班牙帝国全盛时期的菲利佩二世下令建造。这座庞大的长方形建筑既是王官又是修道院。菲利佩二世是一位虔诚的、有僧侣气质的国王。他最热爱的圣徒是出生于罗马帝国西班牙行省的圣洛伦索[1]。不言而喻，马丁－桑托斯在这里瞄准的是西班牙天主教的神圣历史和获得教廷认可的佛朗哥独裁统治的现实。

那么《毁灭的时代》中的阿古斯丁又被造成了什么样的新神话呢？从小说结尾处来看，他变成了圣豪尔赫，这一点乍一看会让不少读者感到莫名其妙。

圣豪尔赫在西方传统里是一个勇气和阳刚的符号，他的标准形象是英雄救美斩恶龙。阿古斯丁的人生使命之所以是努力造就自己的阳刚，从故事逻辑上看，乃是因为前一本书里的佩德罗在最终成圣、变成任人宰割的圣洛伦索之前，就已失去了阳刚。他强烈感到自己被阉割了。在《沉默的时代》最后一小节里，佩德罗有如下一段触目惊心的独白：

> 为什么我要让他们阉割呢？头戴有红圆柱尖顶的红帽子的阳具男……在那里散步，因为自己的红头大包皮而不可一世……与此同时我在让别人阉割。有某种东西可以解释我为什么让人家阉割，为什么被阉割的时候甚至都不出一声。土耳其人在阿纳托利亚的海滩上阉割奴隶来制造后宫太监的时候，让

1　传说圣洛伦索在罗马殉难，被活活烤死，但据学者考证，这一传说的起源可能是手稿流传中少了一个字母而导致以讹传讹，"他殉难了（passus est）"成了"他烤熟了（assus est）"。

他们埋在海滩的沙子里，这是众所周知的，好几千米外的大海上，水手们能听到他们日日夜夜痛苦的嚎叫，或者也许是抗议或告别阳刚的嚎叫……沉默……X光也阉割。

按照《毁灭的时代》第一版编者何塞－卡洛斯·麦内尔（José-Carlos Mainer）的解释，《沉默的时代》中的佩德罗是一个被西班牙神圣传统和佛朗哥的法西斯独裁政权驯服的庸人[1]，或者可以说，烤肉架上不出一声的爷们儿圣洛伦索已然被阉割，并不真正拥有阳刚之气。而《毁灭的时代》中的阿古斯丁在他看来是个唯意志论者。我们可以这样理解：佩德罗乖乖被阉割这一故事的结点正是下一部故事中阿古斯丁的反阉割斗争的缘起。

这可以说是《毁灭的时代》的一条主线。一个阉割与反阉割的故事。作者在本书第二部第三章《阿古斯丁的结晶》里点出了他着力描写主人公阿古斯丁的性生活并将其设为寓言的基本构思："……也许整本书或者说几乎整本书注定只是为了对这个场景（指阿古斯丁初次招妓性事失败的故事）做出解释。在这尴尬的一幕里，我们所关注的男人被剥夺了决定男人之所以为男人的东西。尽管这件事出于生物根源，但这并不妨碍它

1　《沉默的时代》结尾部分有一段话可以支持麦内尔教授的解释，它使我们更加清楚地看到主人公不但逆来顺受，而且变得玩世不恭："如果他们正在将我活活阉割，那么节奏、形象和格式塔我又何必在乎呢？可是我为什么就不绝望呢？当太监是舒服的，蛋蛋被摘除也就太平了。尽管被阉割，却也还能透透气，晒晒太阳，被无声无息地晒成金枪鱼干，这是令人愉快的。可如果一个人在被无声无息地晒成金枪鱼干而与此同时玫瑰还……玫瑰，那为什么要绝望呢？啊哈……"

本质上的精神特点。……我们必须尽快确定……以后他又将怎样靠艰苦的努力击退那个诅咒，用另一种更强大的法术来消除它，来为自己创造一个新人物……"

小说开门见山点出阿古斯丁生而为男的性焦虑和性压抑（《冷元素》），他必须面对充满阉割威胁的阳具母亲（《软物质》《你不像你娘》《目眩神迷》），承受性无能的命运（《珍珠》《主人公阿古斯丁》），难免自慰（《罪恶·女招待》）并内心纠结，满口狡辩（《几张画片》），"成功地"变形为身披盔甲的中世纪武士（圣豪尔赫）并克服美杜莎的阉割威胁从而斩恶龙救出并征服美人（《阿古斯丁认识康斯坦萨》《目眩神迷》），终于进入驱魔／入魔的乌托邦时空并解放性高潮发作（《关于巫魔夜会的废话》）。阉割作为本书的大主题也隐含在文本表面上，有不少章节和段落，特别在小说第一部里，作者故意将句末最后一个字拼写到半途戛然而止并以省略号代之，造成一种被截断的"阉割"效果。

那么，《毁灭的时代》里终于获得阳刚的阿古斯丁又是怎样一个倚天屠龙的好汉呢？一个变形为各种动物的圣豪尔赫猴圣豪尔赫猿圣豪尔赫鼠圣豪尔赫江湖骗子。阿古斯丁要摆脱的是性欲的罪孽感："我呕而吐之我排而泄之我自而慰之我从生殖器的所有孔洞里驱逐它……"在争取解放，抗拒阉割的斗争过程中，他认识到九头蛇怪（美杜莎，阉割象征）和"执牛鞭之手"导致的性压抑和性倒错的暴力本质，并将其描述为如下的虐待狂／受虐狂的辩证暴力类型："爱—拷问，爱—征服，爱—命令，穿透—躺受，抚摸—糟蹋，摧毁—呻吟—流血—止血。"爱与暴力。终极的暴力当然就是死亡，通过死亡，我们"混成一式"。爱欲和死亡（Eros y Tánatos）："而喉咙之所以在那里就是为了被别人轻轻掐住直到生命之流完美中断无论是气流还是毒血之流是红色的动脉血之流还是大脑中缓缓流出的淋巴之流是被吸收的精液烈酒之流还是思维器官安心沐浴的烈酒之流思维器官好好泡个澡是为了能够更好地思考感觉知道死亡之际发生了什么……"

神圣已去，上帝已死，身旁躺着小小的上帝的尸体的阿古斯丁成了新神，英武的好男儿圣豪尔赫，但那是一个好色淫荡的圣豪尔赫猴圣豪尔赫猿，是"有本事钻进某些自然的罅隙直到最幽深之处在那里筑成惶惶之窝并细声细气地吱吱吱吱"的"出色的激情分析家：江湖骗子"。一个在现当代社会里替代忏悔神父职能的精神病医生。阿古斯丁貌似也自大狂地把自己拔高幻化为耶稣，但又让耶稣成为"骑着前后轮胎大小悬殊的旧式脚踏车奔跳如袋鼠"的一个滑稽的家伙。这是精神病医生马丁-桑托斯无情的自我精神分析。[1]

沿着精神分析这个思路再回望全书，我们发现，其中太多的章节又何尝不是一次次分析的尝试？如果勉强要从这部未竟的遗作里找出结构的话，也许我们可以试着说，它的组织原则在于用写学术论文的思路时时刻刻对书中人物的内心和外在的现实处境加以分析并努力提到理论的高度，差不多就是一个章节有一个故

1　拉萨罗关于马丁-桑托斯的传记里记载贝菈·雷索拉的口述，作为精神病医生的马丁-桑托斯有时会和情人互换角色，会躺下来，变成被分析的对象，把内心深处的话一五一十地向她倾诉。

事作依托来分析一个问题。这大概就是马丁－桑托斯所说的辩证现实主义的具体实践。这种写法体现在语言上，最典型的句法就是以"理解""分析"这样的动词造句，譬如说，在第三部第三章《宠儿》里，连续几个段落都以下列句法造段落："那无所不解的博学之人一定会分析……""他也一定会分析……""无所不解的博学之士不会注意不到……"等等。书中这些分析不全是弗洛伊德主义，它们反映了精神病医生兼哲学家马丁－桑托斯综合现象学、存在主义、精神分析、历史唯物主义等不同流派的努力。本着格物致知的求真精神，以所谓的问题—总体化—意识的辩证现实主义为方法，他借助阿古斯丁的生平探讨的是涉及西班牙社会文化的众多形形色色的问题，譬如置于阶级论的视角之下并以解剖学比喻的西班牙教育问题（《精神之父？》），批评思维问题（《〈对话录〉》），何为历史真实（《真的是真的》《太多真相》），卡斯蒂利亚民族主义（《德梅特里奥斯在地中海城市》《地方合唱团》），地理环境决定论（《关于巫魔夜会的废话》），"九八年一代"作家们的灵魂之风景话语（《高原幽灵》），西班牙的工业化和环境污染（《法官来到托洛萨》），巴斯克工业资产阶级（《本城旧地图》），忧郁症的病因学（《难言之隐》），巫婆的成因（《宠儿》《关于巫魔夜会的废话》），阶级和文化霸权的形成（《关于巫魔夜会的废话》），人类学视角中的传统的深层原因（《血色花瓣》），等等。

　　《毁灭的时代》是一部复杂的小说，它开放的文本邀请各位读者进入其中去体验，那或许将是一次不同寻常的经历。

我要讲的故事

在我看来，试图一五一十地讲述阿古斯丁故事中的所有重点不啻失之无度甚至可谓疯狂。我既不知道自己是否有能力正确地做到这一点，也不知道我因为对这个人物有感情而略显暧昧的个人看法是否会引起读者的兴趣。[1]的确，我又算老几呢，怎么就敢赋予一个人的生活几乎盖棺论定的形式？后者正是文学的特权。他人的生活，虽然我努力去理解，去把握，它最深刻的意义却总是无法企及的。试图用语言捕捉另一个人，讲一些关于他的事情，也许还是他的秘密，他的人生大计，讲他从未臻于圆满的实现过程中的种种闪失，讲他巢于内心幽冥处，连自己的目光都无法触及的骚动和抱负。从根本上来说，这种

1　马丁-桑托斯说《卡拉马佐夫兄弟》犹豫不定的开头吸引他并使他在这篇序言中对其加以模仿："当我开始讲述我的主人公的生平的时候，我感到略有惶惑。理由在此：尽管我把我的主人公叫作阿·费耶洛多维奇·卡拉马佐夫，我自己也知道，他绝不是什么伟大人物。"——原编者注

本书以下注释除标明"译者注"的，其余如无特别说明，均为西班牙语原书编者毛里西奥·哈隆（Mauricio Jalón）注。

企图难道不是太过分了吗?

我确信,我这是给自己找了一份难办的苦差事,工作将是艰巨的,今年冬天和明年冬天,我将度过许多夜晚,也许直到后年冬天,我现在要开始的事情还做不成呢。某种情感会使我说的话略显严肃,也许还很迂腐,夸张,就譬如说现在吧,在开始言归正传,讲我的正经故事之前,我似乎就想先对读者陈述一种传记理论,介绍一种此类工作该如何动手如何收场的方法研究,列举这门艺术的种种困难、障碍、局限和束缚。这门艺术,说起来我也只是初次尝试。

我尽量使自己意识到,这项任务中可能会隐藏很多困难;这种倾向或许正隐含着我的天性。我在眼前铺开稿纸,心想"这不可能""这很难"。然而,我不会因此放弃。我将继续工作。我坚信我会继续的。因为我打心底真的很想做这件事。不管怎样,我自己清楚我想讲什么故事。

想象这将是何等困难令我欣喜。

人的一生并非一个精确的形象。在这一点上,它有别于艺术作品。艺术作品具有跃然于中立的背景之上的清晰形象。画框把画作从白壁中孤立出来;门框标志边界,一旦穿越,我们会想到建筑物的内部;雕塑展示一个限定空间的表面,我们的手可以摸索,感知,轻叩,重击;交响乐有精准的时间边界,由兹而始,随兹而终。相反,人的一生并不明确。它没有画出一个形象,而只是展现大块混沌,供我们考量。混沌之中承载着一些物质,大部分又不为我们所知。我们可以确切知道一个人的两端日期,诞生之日和命终之时。如果我们以为这时限的两端可以和音乐作品的有始有终相提并论，那就错了。人的时限只有一种模糊的历史导向意义，我们可以据此推测他活跃于什么时期，何种思想影响了他，他生活在何种政治制度之下，他又在哪一辈人中成为共同事业的合作者或者反对者。但是这些日期给予我们的简单定向没有告诉我们任何关于个人的信息。个体性要求有别的方法；我们从那种个体性中提取到一个可能的形象，一旦我们以为理解掌握了它，它就总会是某种难臻圆境的片面。因为数据的多样性和各种阴差阳错，一个人的界限很难确定："1924年他娶堂娜碧拉尔·德蒙塔尔万为妻""1936年被任命为比较语文学讲席教授""1943年与活报剧演员恩卡尼塔相恋，爱情开花结果，一个可爱的女婴诞生于1945年3月13日"。我们必须依靠此类数据，但是我们又不能从这些不确定的数据汇总里得出结论，说我们已经成功深入任务之堂奥。这一严格说来不可能的任务不能通过数据完成。那个人的轮廓界限还是无法企及。我们想要见出一种内在形象，一种精神运动的形式。如果此人曾是造型艺术家，那么在他的某个片段里，在他的素描或者重要作品里，他也许能为我们提供这种形象。倘若此人实践的唯一艺术，以持续而本质的方式所实践的唯一艺术，是生活本身，那么结果就是你必须和他内心的喜怒哀乐同甘共苦一遍才能对其有所了解。和我有同样追求的人一定得有人在他周围事先画出难以言传的生活的涂鸦，使他这个慧眼独具者拍案惊奇。拍案惊奇？对，是拍案惊奇。如果身边之人不能使我们拍案惊奇，那么他的所作、所为、所言就不过是陈腐惯常，不出意料，不值一观，他就还没有向我们展露内心，而内心才是我们想要传达的。唯有出人意料的拍案惊奇才能昭显一个人的独到之处、他的深度和他值得被我们理解的地方。如果阿古斯丁不曾使我拍案惊奇，我根本就不会想到要去传扬他的故事。假如他为人处世和我任何一位别的同学一样，那我凭什么要下决心不但去理解而且还去解释阿古斯丁这个个案呢？

我不会的。在那种情况下，我只会陪他一起生活，对他有好感或者恶感，会觉得他爱那个女人是失策，但是那一切我不会告诉任何人，我决不会觉得有必要在连续几个难熬的冬天里干这件苦差事。我从事这项工作，仅仅是为了使阿古斯丁拥有的东西不致丢失；如果有可能，也使在那些重要场合下使我拍案的惊奇得以被继续传播，使得无名氏的读者诸君也能参与其中。此时此刻，读者诸君在暗忖了，而且饶有道理：我的开场白令人恼火，我要是能言归正传开始讲故事该多好啊，就像这一行里一切真正会讲故事的高手那样，譬如说康拉德、斯蒂文森、司汤达[1]，而不是用低级的伪哲学漫谈来掩饰我叙述的无能。

但他们将不得不原谅我继续听命于我的魔鬼[2]。为了保持冷静，为了确信自己能被理解——也许也是为了自我理解，尽

1　司汤达、康拉德或斯蒂文森是贝内特借以推动路易斯·马丁-桑托斯改变文学趣味的作者。在不同程度上还要加上普鲁斯特、福克纳、乔伊斯或托马斯·曼。

2　这里可以瞥见一个魔鬼元素，它在本书第四部里将更有分量，其中将谈到创造一个没有完全受到束缚的、心中有魔鬼的角色，"使它在他试图与他者交流的每一个决定性事件中提供必要的合作"。

管这不太明显——我必须更详细地说明，那被我称为"拍案惊奇"的东西到底是什么。某些特定的人能够通过生命之跳跃，使像我这样带着掺杂了钦佩和关爱的困惑之情关注着他们的人拍案惊奇。爱在凡人中间千变万化的形式难道不引人注目吗？这种对人类的知性之爱[1]引导我们考量，作为神性器官的天生我材的每个人，在其经营那些总体性的拍案惊奇之际，身上可能具有的泛神论意义上的上帝成分。而拍案惊奇才是唯一值得讲述的。而且重要的恰恰在于**拍案惊奇的总体性**。拍案惊奇的总体性首先在于它能使身边本来熟视无睹的漠然之众错愕发笑，仿佛那只是一种略为奇怪的幽默而已。它也能使我这样幸运的满怀敬爱之心的专注的观察者拍案惊奇。爱心观照者的注意力使拍案惊奇在黑暗中的冲击力更加明显。对人类的知性之爱在于相信，这个拍案惊奇自有其意义，尽管我们不知道它的意义到底为何。但是我们会回到意义这个问题上来的。现在我还想说的是，拍案惊奇的总体性，除了别的，还在于那生之跳跃者本人，那出人意料的精神旋涡的活跃中心，也感到了拍案惊奇。当我为阿古斯丁的所作、所为、所决定而感到吃惊时，他自己也吃惊了。在他犀利目光的某种凝滞里，在他略微狭窄的额头之下，在他梳垂于一边的黑发之下，略带弯钩形的高鼻

1　对人类的知性之爱（amor hominis intellectualis）大概是作者按斯宾诺莎的"对上帝的知性之爱"（amor dei intellectualis）这个概念而造。"心灵对神的理智的爱，就是神借以爱他自身的爱，这并不是就神是无限的而言。而是就神之体现于在永恒的形式下看来的人的心灵的本质之中而言，这就是说心灵对神的理智的爱乃是神借以爱他自身的无限的爱的一部分。"（斯宾诺莎《伦理学》）——译者注

两侧，我捕捉到了他的拍案惊奇。他的目光凝滞不动却更加闪亮。他的脸上浮现出一种固执的表情，仿佛变成了一座命运之爱[1]的热情火山，仿佛在说："就是这个！好，来吧！"可不是嘛，他感到了拍案惊奇。在他的拍案惊奇中，我们或许可以说："我恨这个人吗？对啊，我恨他！"就这样，在那些令人目瞪口呆的决定性时刻，拍案惊奇引起的是众人皆怒，地动山摇，或者众人皆笑，欢天喜地。

他的拍案惊奇的根源何在？简言之，在于他不能完全察觉自身最吃紧的重要性。这也不是什么新鲜事。废话！微不足道！弗洛伊德主义！廉价的精神分析！人不能完全认识自我，精神生活的清醒区域只是微乎其微之一隅，而大部分区域处于或多或少难以穿透的黑暗之中……诸如此类的认知已经让我们起腻了。我们可以诉诸冰山的比喻，它只有八分之一露出在海面，或者可以讨论漂浮的瓶塞，或许也可以讲讲不诚实的现象、弄虚作假、所向无敌的愚昧、无意识的动机、催眠指令、酒神式的热狂、毒品的效果、童年情结的法力无边，等等。但是这一切都已被位移了，而且我很清楚，这些不是我所指的意思。一个人的立身行事和修身致善的根本模型是自我认识。人绝对有必要提升自己的意识层次。高明的人永远不会停止认识自己的暴力和本能倾向。人必须知道自己所行是否为恶，自己所图是否为淫乐。但是还有一个拍案惊奇从中涌出的更深的层

1　命运之爱（amor fati）的意思是爱自己的命运。持这种态度的人以为人生的一切，包括痛苦，都是好的，必要的。——译者注

次。一个人看到自己自私自利或好色淫荡，我们不能因此就说，这是拍案惊奇。即使我相信是一个高贵的理想把我引往某个特定的方向，但事后证实我激动地追求满足的只是我的自恋或经济水平，我也不能因此宣称自己体验了拍案惊奇。对使我想起母亲体型的女人产生欲望，对与记忆中的父亲部分重合的一位可敬长者的建议毕恭毕敬，诸如此类的鸡毛蒜皮也不应该被扯在这里说事。我们想说的是一种更深层的拍案惊奇，使人与它产生认同，无法把它简化成以前的构想。借助拍案惊奇发现自我的真相是发现一种命运的实现，这种命运未曾被预见也未曾被寻找过。因此，在此类运动中被发现的无意识无非就是"被选择"的时刻。幽冥如万有引力的盲目的决心使人与自己刚刚出现的新表情产生认同，它决定了我们人类是形而上学的动物，简单得几乎能像代数公式一样被定义，毫不复杂，但是我们却无力用语言甚至也无力用思想来表达那种盲目的必然性。只有在表情精确和选择得体变得很明显的时刻，我们才能实现那种盲目的必然性。

我毫不怀疑，阿古斯丁在自我发现之际感到了内心的沉重，而且那种沉重使他不能动弹。我决心讲述他的故事，恰恰是因为这一点在他身上比在我认识的任何人身上都更加明显。这不是因为我相信我认识的人中间只有他有此天命，而是因为成全命运在他那里成了一项几乎最重要的工作。可以说，他断断续续地有一种命运意识。而在那些断断续续的瞬间，即便他喝高了，即便他陶醉于词语，即便他正要拥抱一位女人或目睹某一生灵活物死去，他依然驻足留神，聆听命运之钟大声敲响。同性恋、矛盾心理、对童贞的恐惧和薄翅螳螂[1]的神话，这些是否构成一个人活生生的命运棋盘上可以互换的动态棋子呢？这一点可以被安全地肯定，我不会起身反驳。但是我拿起笔更是为了超越那些偶然的、机械的和偏执狂式（maniformes）的决定因素。

可是我的意图说得还不够明确。我在阿古斯丁身上发现了一些迹象，使他的形象显得比别人更清晰。他对自己的命运有更加精准的万有引力式的本能，他有勇气对明显的胡言乱语说是；但仅仅这些还不足以成为理由让我准备好几个冬天都投身到这项工作中去，如一位对主人佩服得五体投地的家仆，如一位悲伤难抑的寡妇把亡夫生前琳琅满目的勋章在橱窗里摆列整齐。这些不能成为理由使我做好准备马上开始这项不可能的任务。我来努力讲讲我着手这项任务的理由，哪怕它们可能显得不怎么有趣。的确，读者会在乎一个人的命运吗？尽管我对阿古斯丁有一种病态感情，我在乎他的命运吗？阿古斯丁内心的动荡符合那条万有引力规律，本质上它们难道不只是一些无关紧要的轶事吗？不是的。我是这么想的：它们是寓言，不是轶事。寓言式的人物有时出现，人类从此类寓言人物身上吸取营养并在其象征意义里沉潜涵泳，有时长达几个世纪，有时时间跨度要短一点。人们感到有必要对他们加以细察，并从这类寓言中汲取某种营养或者获得某种形式。即便大部分人是爬行的

1　薄翅螳螂（Mantis religiosa）是一种性食动物。性食意指生物（通常为雌性）在交配前、中、后攻击及取食交配对象的行为。——译者注

软肉球，如同章鱼或者没有牙齿的腔肠动物，有些人却似乎是命运之虫，他们带着几丁质[1]的甲壳列席历史的检阅，节肢、触角、下颚、超多的腿、背壳上用吓人的蓝色荧光画出的高精度图案，全副武装。这样的昆虫出场，过场，死后留下极其美丽精致的空壳，任凭万虫瞩目。于是有不成形的昆虫试图钻到里边，看看那些精确的形式是否与自己了无生意的解剖结构的某条规律吻合。当然不会了。对于无定形不成器的虫类来说，几丁质总是不舒服的。但是，尽管如此，那个模型依然使它们有所收获。与此类似，通过研究个人的命运也能得到某种象征性的真理。

种种新的价值被发现——我在这里使用价值这个名誉扫地的词纯粹是为了方便而已——从那些价值里也成功提取出了一种对别人有点用处的真理。什么用处呢？用作榜样？用作导师？真有导师吗？难道我的辩证法修养没有告诉我，群众才是历史的主人公吗？太乱了。我什么也说不对。或许我彻底糊涂了。可导师又似乎是有的。他们往往蓄一把大胡子。虽然说群众是历史的载体，是历史的代理人，但他们似乎也要从浓密的大胡子那里痛饮灵感之泉。他们厕身其间，提高觉悟。没有这一点，他们永远也不会成为他们真诚地宣称的发动机。阿古斯丁是导师吗？令人困惑的词语！刚一动笔我就感到语言无力传达要旨。我不确定能否说清我想说的。我大概不得不拆毁语

1　几丁质，又称甲壳质、甲壳素，一种含氮的多糖类物质，广泛存在于甲壳类动物的外壳，在医学、工业等领域具有实用价值。——译者注

言。虽然我天性古典，爱好秩序，有时候却感到不得不把语言的酒囊一口接着一口喝个精光，让它肚瘪气丧。可是我做得到吗？我还没说为什么我想做我要做的呢。我仅仅是暗示了我的人物的象征本质。这个人物之所以重要，不但是因为他自己而且也因为我们，可是我还没有准确地说清楚这一点，便想分析我有哪些手段来打造他的故事。我言辞冗长，啰里吧唆。从现在起我必须请求赦免。一道只能来自某个不确定的文学罗马的赦免。可我不会忏悔的。

快说嘛！在你的人物身上，在你那位有能力带着强烈意识选择自己命运的朋友身上，你看出了什么象征？忍受我的语言，忍受它的现状和它逐渐解体的各个阶段，是一项可怕而无聊的任务。要想完成它，语言解体必然发生，可是这项任务我自己刚一动手就发现不可能完成。对伊比利亚读者来说，这怎么可能有意思呢？

我无法解释。象征永远无法解释。象征一无透明之处。象征是被青睐的黑暗（天哪！不受作家青睐，而是受其本性的现实和真相青睐）。象征有着如此的黑暗意志，其命运就是航行于不定之海，直到它的黑格尔出世，把它解释得清清楚楚，使俯首帖耳的学者们心满意足。[1]

那么，我不会讲述他象征着什么。我只会说，阿古斯丁半睁开他这个年纪的人常有的迷迷瞪瞪的眼睛，在两杯掺了茴香酒的白葡萄酒之间——这种勾兑最易醉人——他停下来思考，

1　"象征本身是神秘的。"黑格尔《美学》第二卷。

被眼前所见惊呆了："这里发生了什么？"

这类问题不能做抽象回答。因此，阿古斯丁由着问题在酒精的迷雾里消散，而且以后也再没有以精准的语言重提同一个问题。但是，为了解决问题，他使用了一种天赋异禀的扎实方法。这和公牛揭开红布背后的秘密是同一种方法，是实现命运的方法。他冲向命运，每次红布在眼前晃过，他会停下来，盯着看，内心轻轻一笑，说道："我在哪里？""在红布的另一面，一切如旧。"用这个方法，一切问题得以澄清。他从人群的另一边离去，（以自己为唯一尺度）研究他自我实现的象征本质去了。

通过这项不起眼的传记作家的工作，写出一个条理分明的生平并借此完整地说明它的象征含义，我发现这是不可能的。如果书的章节排列成"1924年，1925年，1926年"，这是谁也忍受不了的，而且我自觉这样写达不到西方文明不无道理地为之骄傲的现代文学技巧的高度。读者诸君一定要原谅我放弃惯常的时间顺序，任由想象和记忆到处飞翔，随意啄食。在某些阶段，我停留的时间会长一些，对另一些阶段我几乎无话可说。和我们的记忆相仿，我只会选择我不得不讲述的本质部分。我们的记忆还有一个特权，那就是忘掉一切无关紧要之处。或者用一种更好的说法，忘掉一切令我们蒙羞之处（就像伟大的大胡子那众所周知的格言[1]所说）。我授予自己这种自由，也希望读者不要生气。它应该能为叙述带来更多的花样，

1　尼采，《快乐的科学》。

使其更为本质化，更富有意义，更好地裁剪出人物形象。

当然，如果讲述阿古斯丁生平的是别人（他的另一位朋友），这部生平肯定会不一样。但是我不担心我的偏颇，与其说我因为失之偏颇而无奈，不如说我是在兴奋地坚持这种偏颇。

我希望我的故事有音乐节奏，尽管我是个五音不全（amúsico）的乐盲，无力捕捉音律之美。至少故事会如我无知地想象的音乐作品那样吧。一系列的主题，有些自我重复并且随着时间扩充，而另一些初露端倪便沦于彻底的沉寂，不再重提。直到下一次试演，记忆不再关心它们。这些次要主题或许只是一种新奇或者一道装饰，然而它们并非与作品的架构无关，一经删除，作品就会失去节奏甚至整体意义。相反，重大主题，那些穷尽描述、情感、节奏之能事的详问细答中所显现的宏旨，恐怕反倒有夸饰陈腐之嫌。短小的乐句里蕴藏着一部作品的独特芬芳。那些从不重复的乐句，比那些最低档次的乐迷们离开音乐厅时所哼哼的优美上口的旋律，更能标识作曲家的天才和他们丰富音乐宇宙的能力。

同样，在以我想象的方式讲述的人生中，本质性的东西可能就在主人公细微的表情姿态里，这些表情姿态在他必须走完的剩余的时间里是找不到对应的。难以回避的大主题（性、爱情、宗教、职业、人与痛苦焦虑纠缠周旋的方式）本身可能只不过是我们详熟的陈词滥调。但是我们也不要鄙视通俗。一个人的通俗可以使我们发生兴趣，甚至可以是我们感兴趣的根本原因。我们对他的兴趣在于他是周遭芸芸众生中的一介凡夫俗子，遭受着同样的集体激情；和为性而感到尴尬的其他少年一样，和向着国家预算向上攀登的小小的攀爬者一样，和关注大胡子上帝的别的青年一样，他不可避免地磕磕绊绊，遭遇险阻。

我们必须清楚表明我们的双重兴趣点：一个是因其集体意义而变得丰富的大俗，一个是对普遍问题微妙的个人解决办法。后者允许我们认识人物的独到之处，认识他何以从他的独特性出发，变成了集体现实的旗手。这样我们就完成一个逻辑的圆圈，它虽然很难证明，却是允许我们迈开步子的唯一途径。假如我们不曾在阿古斯丁身上发现那种独特能力，那种极其遥远的意义，能给缺乏兴趣、没有实质的自我分析的姿态带来光和热，我们就不会那么兴致勃勃地在他身上驻留良久。此人在摆脱异化的同时有能力展示这种异化，而别人却做不到这一点，反过来，他又无非是泯然众人中的一员；这才是我们关心的。

可是这篇冗长的序言开始让我担心了，怕明智的读者会看轻它。这是要把叙述者诱入窘境啊，因为眼前许了承诺以后总要兑现，倘若接下来的小说文不足观，或者内容无关宏旨，那就难保读者不会发火，甚至气急败坏。它也可能使得序言流露的厌倦感败坏全书，使得没人能读完这本大部头。我怎样来避免那种厌倦呢？我必须马上不做预备地，不带充分逻辑动机地，把阿古斯丁的一截血肉之躯放入我的话语齿轮之中，直到它挤出血，供吸血鬼读者边阅读边滋养其幽灵式存在的星辰之躯。（并不存在的）吸血鬼读者需要所读之书为其供血，好让自己借面无血色的阿古斯丁或者做腱肌切断手术的包法利的身体还阳。读者这种不知餍足的残忍源自其（**实际的**）生命无能，他需要吸血以致幻，来看见自己有（**虚拟的**）能力心跳，恋爱，摸别人家女人的大腿。那么，看好了：肉来喽！读者急需确认，为了啃完吸完这部庞然大物——路漫漫呐！——为了能够说"我读过这部小说"，他已经付出的努力和尚待付出的努力不会白费。因为读者不但需要真际—实际的存在，甚至也需要与其他各种崇拜共存的潜存在[1]的虚荣。那种（最低程度的）激情能够让读者觉得自己存在，尽管那只是亚存在。因为当他说"我读过这部小说"的时候，他是在让听他说话的人知道，该书成功传递给他的生命滋养了他，他心跳过啦，他如此这般地在其中苦过乐过啦，所以他已在（只是虚拟的）未来读者之上啦。后者呢，希望有朝一日也有可能通过读这本书来掩饰生命经验的匮乏。[2]

那么好了，让我们马上看一小段活生生的阿古斯丁，不做任何合理说明（我们已经被提升到了他的理智之不必激情之必然[3]的意识高度）。我们把这一小段剧透在此，好让读者安心享受：

出租车从格兰大道缓缓驶向西班牙广场。灯火昏暗。只有对面开来的两三辆汽车亮着灯。又一辆出租车开过，煤气发生

1　潜存在（subexistencia），作者自造术语。揣摩文意，指精神内涵。或许受意识、无意识、潜意识这一套术语启发。——译者注

2　这段话里冒犯潜在读者的进攻性姿态令人想起乌纳穆诺的《三部训诫小说和一篇序》中的那篇序。——译者注

3　理智之不必激情之必然（no-necesidad-racional-sí-necesidad-pasional），作者自造合成词。——译者注

器¹的红嘴——7厘米×15厘米——不断喷出火焰，暂时划破了浓重的夜色。（我刚刚选择了客观主义的叙述技巧。）她体态丰满，一脸无动于衷，黑色绸衣领口开得很低，套一个银狐皮（renard argenté）围脖。什么也看不见。可以闻到香气，并传来一股动物的温热。香气可能是名贵香水，也可能是廉价香水。香水裹挟着身体散发的气息。可以听到从她的大嘴里发出的短暂而加以掩饰的哈欠声。她的牙齿很健康，如果有充分的光线，它们会像珍珠一样耀眼。两具身躯置放在……

第一部　学习时代

第一章　冷元素

命运阴着脸哈哈大笑。

为了那事我想了很久很久一直为自己壮胆一直相信时间已到从此以后重中之重大功告成我的生活究其实质从那个时刻开始原始的恐惧之爪终于松开童年遥远的边界业已摧毁小心翼翼张开双臂拥抱生活拥抱肉体拥抱炙热的现实使踏上一条崭新的道路成为可能路尽头仿佛一种快感仿佛一种现实等待我的是我被确认属于另一些人的世界硬汉强者敢作敢为者的世……

我是一个孩子一路走来捡石头嚼草叶看女孩在角落里小便被交付到生活手里却搞不懂生活是怎么回事知道一种不可战胜的必然性要求我实现别人在我之前已经实现的事情当我说可以做了的时候有种东西会在我内心上升会通知我我所做的事情是实现了一种光荣的必然性它甚至比身体的必然性还要内在比建筑者竖起大教堂的冲动还要强……

我已经能去那个地方了我终于就要知道什么是决定性的生活什么是实现秘密蓝胡子[1]锁紧的房间里又藏着什么我不是女人

1　蓝胡子是法国童话故事人物，他三番五次娶妻虐妻。紧锁的房间里藏着被他杀死的妻子的尸体。——译者注

只是十分害羞的少男我或许曾经更希望自己是个女人因为这样一来在被侵犯之时我就不必费力自会有人把钥匙交给我打开通到火圈[1]另一边的关口不必等蝎子的毒尾扎上我的脖颈正如我的本性被推向极致张嘴咬……

可我不是女人我生为男儿孤独敏感的我必须昂起我的蝎子脑袋并从自懵懂童年开始就压得我喘不过气来的那一大堆清规戒律中发明新的准则来从此规范我自己我所发明的恰恰是别人早就发明了的但是周遭的人们小心翼翼地三缄其口仿佛一经大声说出两千年以来立规矩定乾坤的衮衮诸公建立的某种不可侵犯的秩序就要在我身边轰然崩摧倘若我彻底成了孤家寡人那以后还有谁能对我施以援手给予支……

因为关于何事勿行何物勿近勿视勿听的所有宗教戒律和所有卫生和生活节制的指令都不同寻常地互相一致我至少头脑冷静地明智地权衡过利弊而且如同南斯拉夫任何一位少年汤加群岛任何一位少年厄瓜多尔任何一个村镇里任何一位达到成人年龄的小伙子我认定我必须靠近藏于女人半开的大腿之间那风暴雨骤的神秘我必须潜入到那里尝试验证我们生而不同的事实验证一种本能性令人刺激的穿透一种从未化为意识从未如一道冷冰冰的推理被证明的本能性在那里在深处我必须找到我自己或者遭遇美杜莎[2]的脑袋而被化为顽石一……

---

1 火圈（aro de fuego），指婴儿脑袋将要出世之时产妇会阴部感到的火烧火燎的灼痛。——译者注

2 据古希腊神话，直视美杜莎的人会变为石头。——译者注

跌落得比动物更低。

从另一个方面讲世界极其虚伪它炫耀自己的肥沃丰腴湿润它的大陆上密布淫荡的森林好色的猿猴巨乳奶牛一切都在争论不休是与否螺母与螺栓冷与热穿透与躺受[1]凹与凸阴和阳。当时的我多么希望能像乡下孩子那样简简单单步子坚定地向前迈进多想醉醺醺地在被同一种狂热冲昏了头脑的随便哪一枚年轻的肉体上又亲又……

但是我不能。

我必须知道那是不是罪就算是罪那种罪我是不是应该犯因为它被摆到我眼前就是为了考验我看我有没有胆量因为在一直循规蹈矩的欲望之中或许也有一种自豪感真心实意地遵守十诫以最正宗的尊严体面之衣裹身无视世界的一分为二常年藏青色外装白衬衫裹身衣领笔挺直到虽然手淫却被亲切地或渐渐地原谅直到一身皮肉渐渐长成包屁股的一袭僧袍笼我罩我保我千秋万代刀枪不入仿佛蝎子的不败之壳只有注满恶毒的尾巴探头出来却瞄不准方向空放一——

必须调查了解看清必须调查了解看清新生命以什么方式从什么孔道从生殖元素自外而入出来时又是那么神气那么讨喜那么纯粹地复活了激情和怒气小蝎子棒极了还不会说话就已经发问是什么东西毁了母亲的肉体什么东西把她和罪恶之源和魔鬼之躯和导致尘世一切罪恶的亵渎神灵混为一——

1　躺（recumbente）这个词作者用的不是西班牙语（decumbente），大概是受英语或意大利语干扰，或者故意这么写。——译者注

我不是女人因此我难以体会那种紧迫的需求必须感到什么东西强迫我深入我拉扯我撕裂我把我身体一点点翻过来在世上躺平晒干这世上的太阳只会成为一个圆点如同一道数学证明而具有植物天性的女性之澄明乃是一片遮羞的卫生巾盖住天性不腐而带氨臭的男性的私部它不来月经不知何为月盈月亏他们不对月长吠而是反复质问因为太阳作为一个神对他们来说不够神秘虽然太阳也不能被直视他们想要一个更加玄妙的神从肛门扯出太阳[1]作为礼物赠予女性的柔软的大地这样一来我们就永远引领宇宙（cosmogógicos）全知全能当然知道一位名叫阿特拉斯的巨人手托大地脚踩象背而这头大象举起有授精能力的象鼻深入伟大母亲的子宫我们就这样等待一座天秤我们将像女人一样躺平我们永远善于繁殖神之子息我们自身即神无性裂殖的丰沃小苗累人的宇宙卵巢热乎乎的人类仿佛无网之蜘蛛长着愁眉苦脸的八条腿轻轻拉紧丝线老太婆们笑吟吟咔嚓一把将它剪……

但是不，不，不。这对我来说不可能。就是这样。尽管我希望如此。但是不可能。

我是男人是冷元素不能被巨大的帝国喧嚣迷醉被神话时期的宇宙学家们原生的法西斯主义幻景迷醉我不得不听天由命接

1　这段话反映的是琐罗亚斯德教的教义。该教里的创世神阿胡拉·马兹达的一个特性是光明，太阳只是创世神在物理世界的代理人。——译者注[琐罗亚斯德教是古波斯帝国的国教，在中国又称祆（xiān）教，创始人为查拉图斯特拉，奉阿胡拉·马兹达为主神（造物主）。金庸小说中的明教，即起源于此教。——中译本编者注]

受美不等于真承认口吐人类[1]之神所排泄的太阳只不过是一枚体量巨大却并非无际无涯的氢弹。

我是男人是冷元素我不想负担爱情也不想负担酒精或者任何一种毒品带来的感情冲动只想老老实实做成那事儿不伤害谁在我越界之际被影响的那个人仅仅感到任何一个工作之夜的惯常感觉她身上不会产生过度故意的高潮情绪产生一种几近幻想的情有独钟而迷乱她的情思因为一个抽象问题又有什么权利让人痛……

那必须只是一个寻常的工作之夜寻常的付费也许她还发现了小处男初涉风月刚刚懂得越界是如此简单那么简单的一件事却被弄出了太多响动那事儿的唯一重要性恰恰在于博学的解经家优秀的著作家超凡入圣（in sacris）眉头紧皱的道德说教家都得出了一个毋庸置疑的结论："这段话指的就是您呢"以及"您看所有应受谴责的情况早都被预见到了"这些必须牢牢记……

阴着脸哈哈大……

第二章　珍珠

一个苍白的女人，一个年轻的男人，一辆出租车，一个体味不雅的司机。

格兰大道往西班牙广场方向的下行路。

轮胎摩擦路面的噪音。

上行的出租车亮着空车的绿灯。

我们之所以知道女人涂了口红不是通过颜色，因为没有光亮难辨色彩，而是通过口红膏油所携带的略为普通的香气。腋窝的汗酸破坏了浓浓的香水味，唇膏的香气也就能闻到了。身体在圆舞池里转了一夜，舞池里挤满一对对随着音乐练习那几何仪式的男女，这才导致身体升温。

他们坐着不说话，看着出租车司机短粗的脖颈，还有司机粗脖子周围的虚空。

两具身体的肉质殊为不同，但都很柔软。他们的手放在膝盖上。她的身体的手随意交叉成祈祷的姿势。她穿黑衣，颜色与夜色难以分辨。

出租车突然一惊：在一个不动的夜游者跟前刹住了。

路灯一字排开，一路引领车辆。一片车灯。一声孤寂的喇叭。

他身体的手向她伸去，到现在为止平行的两具身体位置起了变化，产生某种倾斜度。他身体的手几乎碰到她的膝盖，但是她身体的手止住了他，同时两只手十指交叉连在了一起。

汽车在屋门前停住不动，马达鼾声如雷地反刍它的机械疲劳。她灵活一跳，身体走在两条腿上，两腿依托在细长的高跟鞋上，短促而重复的橐橐橐橐踩响在地面上。一位胖子在跑，铁鞋掌叩击路面。她熟练地转动一把小钥匙，门在铰链上油然无声地转动。两具身体等着，直到等来守夜人。

"给他两个比塞塔。"

"楼梯没有灯，小姐要不要用我的手电筒？"

她走在前面，牵着他的身体的手。出租车转弯掉头，瞬间照亮了男士时装店的假人模特。蓄着神气活现的小胡子的假人模特瞪着绿眼珠审视黑魆魆的街道。出租司机变速时噪音大作。守夜人拿钥匙锁上门然后自言自语离去。

她身体的手没有把他握紧。这心照不宣的指引足以使他身体的大腿知道朝哪里挪动，知道以什么方式平衡那七十二千克的阳性躯体，使其不至于在圣庙的列柱中庭轰然倒塌，也不至于刚到门口[1]就垮掉，而是以听话的乖孩子的姿态继续深入，一直到很可能位于左边夹楼层的不远的祭坛。

街灯和遥远的星光冲淡了凌晨三点钟的黑暗，而炙热的陋室之内却黑得伸手不见五指。两具躯体在厮磨之中，肩摩着肩，臀部抵着大腿，手——他的——搂着腰——她的。可以感觉到吊袜带的下拉力线每时每刻在利用材料的弹性效果良好地

1　门口（introito），该词作为解剖学术语指阴道入口。——译者注

发挥它的反重力作用。

听到有人说：

"在这里。"

她的身体停下来。他的身体带着可塑性撞击她静止不动的身体。他的嘴唇摩着她的黑发。空中的香气停驻到他身上，这和她的手兴许几个小时前传到他身上的香水气味不同。那是鬃毛飘飘的动物从毛发根部散发的香气。

他咬头发，咬发髻。发髻盘得精致挺拔，使她看起来更高。

"傻瓜，你把我头发搞乱了。"

发油的味道。发油没有自己特别的味道。身体再次走动时头发拉紧了。他的身体松开嘴，头发从他齿间溜出。一两根粘在他的舌头上。头发刺激咽峡，就是喉咙。恶心感。他悄悄吐一口。他把两根手指伸入口腔卷起滑动的舌头。手指感觉不到头发，但它刺激敏感的舌乳突。终于，头发被右手拇指和食指取出。

他静静地站在门口等着她划火柴。火柴磷头在火柴盒边的粗砂纸片上嚓嚓地反复滑动，终于激发出光与热的奇迹。

"最好不要开灯。"

相反地，她把光燃状态引到了置于家具之上的两根蜡烛的烛芯。这件家具很花哨，四条腿又细又长，不合比例，承重不足，因为重心很高，表面上压着重重一块灰色大理石，使其重心更高。

她开始摆出勤于家务的架势。她叠起被子并将它搭到一把蓝色小扶手椅的靠背上。身体如果坐在椅子上可以够到身边梳妆台上的银质物件，细细打量自身之美的梳妆者可以在充足的光线下照着背后固定水银的镜子为自己锦上添花。

她的右手以富有含义的姿态伸向他身体所占据的空间，停顿了片刻（客观描写无法确定这是因为故意，疑虑，还是惊奇），直到从衣服里面掏出颜色不明的弹性薄片并把它们放到（薄片物一接近就开始形成的）碗形受体表面上。手指迅速有效地捏了一下，虚拟的空洞便马上完成了[1]。指甲表面涂成浓紫色，在房间暗淡的光线下几呈黑色。

她的身体在床单上躺平，烛光照出一片昏黄，身体以慵懒之姿请求他应有的合作，好让它彻底暴露出来。他的手虽然笨拙倒是有力，它们抬起她的上身，把它翻转过来，摇动它，终于从它头上脱下第一层黑衣。随之而来的是一阵新的腋窝味，夹杂着几乎消散殆尽的可怜兮兮的香水余味。这一套暴力的脱衣体操导致了一阵珍珠（或者更准确地说是乳白色的晶亮小球）瀑布。项链会断是因为珠子没有串好，没有谨慎地在每两个珠子之间打上结。

珠子撒落地上，轰然作响。它由三种不同的声音组成：第一声几近金属，铿锵刺耳，那是撞击产生的；接着是一连串渐弱的跳动引起的假回声；最后是珠子在打蜡地板上滚动时发出的更为持续的、几乎悦耳的声音。这个声音模式不是听出来

1　这里描写的应该是一种叫子宫帽的避孕工具，在小说故事发生的年代它是一种流行的避孕手段。——译者注

的，而是通过解剖分析整个交响乐得出的。乳白色小球落地的细微时差（décalages）造成不易分解的混乱，使整个交响乐变得无限复杂。

轰鸣一过，就听到一阵断断续续的吃吃笑声，与此同时，她身体的肋骨在动，上半身后仰，一头篷发也甩到身后，穿着长筒袜的大腿抬举在卧室空中，长筒袜几近黑色，挂着吊带。两腿在高处摆动，然后放了下来。笑声未绝之际，最后几颗珍珠还在滚动。

她的身体，两条腿，两片胸脯，两条胳膊，两只描过的眼睛，两侧的耳朵。所有单数的器官都有序地分布在中轴线上。现在她要以毫不含糊的性爱召唤或职业姿势委身于人了。

他的身体依然裹在藏青色外衣里，对这声召唤并没有产生对应的物种预定的变化。这种变化是同卧一处应有的床帏之乐的必要条件。他的脸，受制于边缘陷在脖颈里的紧贴着的衣领，低下去凑近床所承托的那个物体，修长、发白、一动不动。所谓一动不动并非彻底静止，而是某种动态紧张带来的结果，这体现在床单中央的凹陷和臀部之肉的某种挤压。臀部虽然还年轻，却浑圆性感。

动作灵活使得他的身体可以用嘴接触到她的身体的任何一个部位。假如他模仿她的身体的职业的敏捷性也把自己脱个精光，那么应有生理现象之缺失就会显而易见了。但是，就目前来说，熨得笔挺的裤子，尚未解扣的上衣，昏黑的光线——一直烧着的两朵小小的烛火是卧室里全部的照明设备——这些都使生理现象的缺失不被光学感知，但是可以由触觉验证。

她的身体猛然一动，最后两颗珠子随之前后跌落，三种声音时段现在全然呈现。他的身体后退一步，这样一来，任何新的触觉验证都被阻止了。

他的身体保持这一距离，姿势类似立正，除了脑袋前垂，黑发盖住前额。她的身体已经收缩，甚至卷了起来。她双手交叠抱在胸前，几乎看不出来是惊惧还是在遮身。刚刚还平放的两腿弯曲成一个尖角，影子打在四壁的竖纹墙纸上，画出一些山的形态。随后，她的一只手打开灰色大理石下面的一个小抽屉，把一支香烟凑近蜡烛——拿在另一只手上——尽量不烫到自己。光源一移动，昏暗的影子随即化出复杂的分解重组的光影游戏，每个影子对应于不同的聚光点。光影游戏以一种难以描述的方式使光区和阴翳的边界变得复杂。这看似任意，实则符合真实的物理规律。

听到她说：

"你不想吗？"

低垂的脑袋左右摇了摇。

"你不舒服？"

"我也不知道。改日吧。"

她的脸朝可能四目相遇的方向移动眼睛，他的脸藏在前额垂落的黑发下。他的身体一直保持着立正姿势。

听到说话：

"行了，来吧。"

"不。"

"行了，来吧。别傻了。"

"不。"

"来吧，让我来疼疼你。"

"不。"

他的身体终于抬头，理论上和角膜几何中心相垂直的视线也终于相遇。他的身体的右手缓缓摩过她的身体的左胁，她的身体轻轻转动，墙上的尖山形变成一个蜿蜒的峡谷。

"再见，美女。"

他的身体藏在藏青色外套里，外套严严实实裹住胳膊、肩膀、胸口、腹部。他的身体向黑方框的房门滑去，凭着这不间断的持续运动，离开卧室空间并置身于室外黑暗的时刻终于到了。

重力继续把她的身体压在床上。这具身体把四肢放在不同的基本方向，然后继续呼吸，这是剩下来唯一可见的活动。胸脯的起伏在竖纹墙纸上勾画出两座穹窿并渐趋平息，于是，在寂静之中，呲呲作声的微弱火焰似乎成了占据这虚无时空的唯一音响。

第三章　软物质

　　母亲在鸡笼前弯着腰喂鸡露出软软的赘肉细糠和捣碎的土豆皮拌得均匀母鸡吃的玩意儿多少有点令人作呕她裸着胖嘟嘟的胳膊在食槽里搅动一点都不觉得恶心因为她这个大老粗做事深凭本能她这个女强人也杀猪宰牛冬天屠宰牲口的日子眼睛何其放光手段何其老辣挤塞香肠何其使劲肠衣里的里脊肉塞得满满当当结结实实她浑身溅满鲜血凶巴巴地吼我"过来，帮把手，你这个懒骨头"而我看着黏搭搭油乎乎的猪血浑身发抖就像之前听它惨绝人寰的嚎叫时簌簌发抖一样这时我身材高大风度翩翩的父亲嘴角不悦地撇起"一帮软蛋！连这个都干不了！"于是她兴高采烈地煮着动物下水大盆架在火上下水用水洗净寒冷的清晨我孩子的手吃力得颤巍巍地从井里一桶桶汲水好让她麻利如变戏法辣手不知怜惜从牛肠子里掏出软物质然后灌满辣味香肠我或许最后会忘却反感之情去吃掰开后夹了香肠的白面包面包又脆又硬她让面包风干好几天一边还说热面包吃了不好声音就像掌握祖传秘方者那样自信满满同时躬身翘着圆滚滚的屁股给母鸡喂饲料母鸡在她身边咯咯咯望着她如一座营养丰富的美丽的圆形的庞然大物整个就是巨乳一枚细糠土豆皮的混合物从这乳房纷纷落下落到干燥的卡斯蒂利亚地面鸡饲料沾在卷起袖子白花花的胳膊上脏兮兮地成全母鸡们短暂的生命这些小动物脑袋两边各有一只眼睛它们又能懂什么真实空间但是具有摧毁力的尖喙反过来却毫厘不爽知道自己该啄向何处啄干净一个伤口边缘从一个它们不知其是死是活的生物身上啄取每一小滴食物而我母亲那骄傲的庞然大物虽躬身却并不屈膝皮白肉净的腘窝支撑身体君临牲口圈内部控制走向厨房的脚步控制装满井水罐的藤篮天寒时节杀猪宰牛牺牲的动物嚎叫声久久不……

那位女学生用几乎像真人鲜血的红墨水写信恋爱中的人被带钩的鱼叉扎中静脉曲张的心脏或者手腕以血盟誓说一声"我是你的"威胁着寻死觅活越年轻越无力越痛苦就越有可能自杀的女人情书写得如此多情虽然"我是等待爱情出现来注满我苦心之杯的女人"这句话里的"是"（era）多拼写了一个字母（hera）但这股可怜劲儿也使你笑不出来她那个年纪的人把那陶泥之杯想象为心形可那不过是一个色情的象征是倒过来看的臀部曲线丰满的母性之臀在喂鸡动作中展现出能生能养的圆满而我站在她身边任凭她对我吆来喝去劈头盖脸"你像你爸也是软蛋一个"身材高大风度翩翩蓄着胡子的国民警卫队警官之子高大可敬的父亲居高临下头头是道令人折服的智慧之言至今犹在耳边本应给我如许安慰可是他那准上帝的形象不是因为他的胡子而是他那猛烈广袤的伟大世界女人在其中创造了一个半开半闭的虚空角落其中仿佛一个三角形有着私部三角的形象不是别的正是神意三角为存在提供生命身体血肉之躯分娩宇宙屈居在下的巨门大口女人于此现身并威胁你她要自……

但那是何等的富有心计的爱情预谋那是至善人类为之痛苦为之打打杀杀诗人为之歌唱神圣的吉列尔莫[1]为之登上最动人的诗歌之最高巅……爱情就这样富有心计地塞到你手里可你什么也没做只不过朝那边望了她一眼那小姐只不过是一具结实的肉体分解它的是精神使它发酵的是青春期荷尔蒙的热忱是人类的压抑是一阴一阳两只命运之轮转出来的因缘际……因为女人只是那个只是那个东西我比那个东西强我比那个强女人只是那……我不得不打破的形象我的自我形象高个子黑发少年额前一缕黑发被她当成恰恰为她而生的典型使她成为最有女人味的女人将她提高到圆满爱情的伟大境界提高到代代相传生生不息的生育巨浪的高度让她的公证员父亲能安心地把女儿嫁给向上爬的读书人他在和蔼通达居高临下虚伪的岳父帮助下肯定能出人头地成功占据现存秩序从一开始就为他预定的社会角……"我的女儿，丰沃之母，你也将成为母亲，我的女儿啊。他是读书人。他是好学生。他是你男人。孩子啊，你从你母亲卵巢里就已经梦见他了。你向来知道，伟大爱情会把你带到哪里，你爹娘不知疲倦地一心扑在你身上，你这慢慢长大的小小树苗。"公证员的女儿啊，爱情的真理显现在哪里？那遮住额头的一缕黑发下你能看到什……？

母鸡是令人讨厌的雌性动物它啄食三角形玉米粒并且吞吃

1　西班牙文的吉列尔莫（Guillermo）相当于英文的威廉（William）。此处应该指威廉·莎士比亚。——译者注

个不停从它的性功能里熟练提取硕大的营养丰富的硬壳鸡蛋交给得卵忘己爱难释手的母亲们她们亲热地溺爱它把黏糊糊的饲料不限量地放到它的角质硬喙前面吃了饲料母鸡就天天生产每日分娩每日排卵[1]天天下蛋好不令人嫉妒小动物啊小动物……

---

[1] 每日排卵（cotiovulación）应该是作者的自造新词，据文意推测，由"每日"（cotidiano）和"排卵"（ovulación）两个词合成。——译者注

第四章　主人公阿古斯丁

　　刚刚以客观主义技法讲述的轶事—寓言最重要的用处是说明该技法的不足之处。纯粹客观地叙述表情姿态，举手投足，身体之间的空间关系，试图通过一种任意的惯例（比任何其他古老的讲述方法更加严肃）来假设人体内部并不存在意识中心，这或许可以烘托出一种淡淡的悲剧氛围，因为剧情看来可以归因于一种盲目的必然性了。这种伪必然性在美学上不失为有用。这主要是因为它对应于我们在自身行为中无知无觉的一种深刻的心理现实，而不是为了多少任意地展示作者的娴熟技巧。[1]

　　现在我只得以一种不那么模棱两可的方式把事情重讲一遍。

　　阿古斯丁，对自己的决定有清醒意识的主人公，在决心付诸行动之前，总是把互相冲突的动机做一番理论分析。克服了

1　此处指第二章里讲的故事。这段话明确表达作者反对客观主义的立场。客观主义是20世纪50年代西班牙社会小说的一大特征，叙述者如漫游的摄影师，看到什么拍什么，不做评说。这种写法受当时流行的行为主义心理学影响。这种写法也是作家们对付审查制度的一个有效策略。可以被称为客观主义的成功作品有塞拉的《蜂巢》和桑切斯·费洛西奥的《哈拉马河》。20世纪60年代登上文坛的马丁-桑托斯的作品被视为主观主义。——译者注

长长一系列道德的、社会学的、心理的和卫生的禁忌之后，他决定，终结自己处子之身的时候已经到了。他已到了一个虽不确定但相对较晚的年纪，达到了必要的经济水平可以为了获得经验而投资三百比塞塔，做到了能面对陌生人保持沉着冷静，学会了跳舞，已经可以喝两杯不同的烈酒而不醉趴在地，了解过了相对昂贵但据说干净的妓女的习惯，克服了内心障碍（或者他自以为如此）——为了自身发展的必须——也担负起了挣脱可谓由幼年习惯之丝缠成的精神之茧（其中最丢脸的一个习惯——自慰——只能通过更加合理地使用同样的器具来加以克服）这个重大责任，他终于在某一个晚上，在一个适当的时刻，迈入了格兰大道某家提供所欲商品的歌舞厅。

金色的圆舞池，灯光，穿制服的高个子侍者，这些都打动不了他，因为他以前已经去过夜总会了，尽管当时没有使用这一令人瞩目的社会机构被设立来满足的功能。他走进来，带着与其小后生年龄相符的略显僵硬的漠然，带着介于讥诮与拘怯之间的态度，脸略为绷紧，咬紧的牙关拉动太阳穴的肌肉。他感到舌头干涩，同时向大厅中散开的一张张小桌放眼望去，那里坐满等搭待招的女人。他确信（尽管他看上的女人并未注意到他），她们中间的一位当天晚上注定要与他共度良宵，这连他自己也很吃惊。

轻度近视加上被视为有益增进情色魅力的半明半暗的灯光妨碍了他远距离衡量可能的意中人的美学质量，他只得向她们靠拢，目审群芳，心多臧否，并继之以小心半眯的眼角余光不断扫射，直至调视不良导致的碍人的观花之雾渐渐消散，凹凸有致的身段清晰显现，化过妆的眼睛仿佛大放异彩，使他眼睛一亮。女人们或许讨厌被那样看，一来他过于年轻，再说他那身行头也不给人希望，他虽然衣衫整洁，头发梳得光滑，却不是让人放心的**顾客**模样，反倒更像是来**寻开心**的。在那样一个周六晚上，家里又是困窘到等米下锅，她们可不愿由着他乱来。他在酒吧柜台前喝下了价钱包括在门票里的杜松子酒和苦艾酒，也瞪着近视眼对她们做了一番挑三拣四，可是锋芒初试的他在邀舞之时却连吃了几个闭门羹。说他可能被女人们讨厌正是因为此事。

尽管他智商颇高，而且因为频频使用出色的分析才能而使智商变得相对肥大，他却仍然无力实现客观化自己的他为之是（在这里是她为之是）[1]这一思维操作。他天性严肃，绝不会允许自己浪费宝贵时间和一位卖淫为生的女子小打小闹，他是带着必不可少的经济手段有备而来的，他要把打情骂俏推至其逻辑终点。他错误地假设，这一切都是刻印在他的脸上的。可是拒绝他的女人竟没有谁猜到这一点，于是他只得回到铜铝合金的酒吧柜台，又要了一杯酒，使自己的金属货币储备又亏损一点。他答应自己这次要慢慢地啜饮，不能再像刚才那样，为了

1　"他为之是"（ser-para-el-otro）和"她为之是"（ser-para-la-otra）由略经作者改造的萨特哲学术语而来。萨特的"他为之是"或"为他人的存在"（L'être-pour-autrui）在《存在与虚无》中有广泛讨论。性生活涉及对对方主体性某种程度的互相承认。萨特说："……我使自己成为肉体是为了促使他人为自己也为我实现其肉体。而他人的抚爱使我的肉体为我而生，同时，对他人来说，我的肉体使其肉体诞生……"——译者注

急欲从夜晚仪式的喝酒那个部分脱身，为了马上达到想象已久的终极目标而把酒草草喝完。

接下来的失败反乌作为正面结果带来了一种新的顺命态度，多亏有它，他砍掉了全部美学考量。他承认，第一个女人对他说"行"就够了。他不再坚持非要像天真地想象过的那样为他的罪孽选一个四肢健全的美臀维纳斯，躺在她怀里，使他心满意足地一步跳过那个臭水沟。

从他的观察台上他得以证实，某些男士搭讪刚才拒绝过他的那些女人竟然不费吹灰之力就上手了。他们头发稀疏，或许着装更为体面，比他肥胖，长相有点——没有任何理由——令人反感。他们先是跳舞，接着饮酒，逗得女人或开怀大笑，或会心莞尔，最后，他们手挽手（仿佛佳偶，仿佛教会婚姻的正宗夫妻，仿佛正经八百的情侣）庄严肃穆地攀爬台阶，走到台阶尽头的街上。街上的汽车密密麻麻，正准备把一对对男女载向欢巢。他也不可抗拒地准备好了要落入这么一个爱巢。与这一对对向上走的男女相随的是一众忙忙碌碌的服务人员。首先是过来为绅士小姐酒水结账的侍者。小费到手，他笑容可掬地帮小姐穿上皮大衣或者别的什么衣服，一个鞠躬，把手提包递到她手里。有些女人——也许她们从职业角度看更加娴熟——在举步走动之前先慢悠悠地把黑色长筒手套拉上裸露的胳膊。再上去一点是看门人，他把沉重的门帘推到一边，然后开门，微笑着点头哈腰，尽管这回可能没有小费。再往上走，就出现了像擦鞋匠一样穿蓝色衣服的家伙，他是拉客的出租车司机，一头卷发，身材瘦小，不时贪看一眼那一截暴露在袖子和黑手套之间的几乎发福的白花花的胳膊。

时间分分秒秒地流走，也许过去了几个小时吧，阿古斯丁慎重地喝着他的杜松子酒，漂亮的歌舞厅渐渐空了下来。挽着美女逐个消失的彬彬有礼的男士减少了可能构成竞争的男性人口。一群群貌似快活的单身汉和一些形单影只的人也都已经从同一条路上溜走了，与之相伴的殷勤和敬意少得多，小费也少得多。难道对出钱购买的一夜之春我们也必须通过出手大方来争取她的好感吗？我们竟然必须讲些逢场作戏的笑话来逗她发笑，必须付出对下人出手大方的代价——或许这会使接下来的性快感趋于完美——来赢得她的芳心，那么我们和她之间会建立什么样奇怪的感情关系呢？

阿古斯丁认定自己的时候已到，他向前迈出了关键的一步。做到这一步之前，他必须在脑子里搞清楚那些小姐的选择标准，他也弄明白了，在这场生命斗争中，他尽管是未破的处子之身，代表的却是低质量的猎物。这场斗争虽不残酷，却是可以量化的。他已经放弃了身段之妙，甚至面容之媚，神情之热。他看到有人独坐一隅，渐落孤寂，目光交替地投向她那应该在滴答走动的手表和可能的顾客正在攀登的台阶，她的一双长腿足以使他宣称她为可欲之尤物。她的领口开得很低，不输已经离去的哪怕最撩人的女子；平静起伏的胸前一串灰色的珍珠项链熠熠生辉，珠子很大，但显然是假的。

在关门前十分钟的时间里，阿古斯丁终于把事情挑明了。

"您想跳舞吗？"

"我不跳舞。"

"我可以和您同坐吗？"

"已经很晚了。"

"你开价多少？"

"我，三百。"

"我给你二百五。"

"我不能少于三百。"

"可是我只有二百六。"

"我累了。"女人这么宣称，其实是改变策略默认了。

"你很累？"

"对，已经很晚了。"

阿古斯丁说道：

"你要是想喝点什么；但你已经知道我兜里还剩多少。"

女人看他一眼，对他的机智感到满意。

"我不渴。"

"我也不渴。"

"你叫什么名字？"

"路易斯。"阿古斯丁说道。

"好了，这回咱们就这样吧；但你不要以为我定价低于三百。"

她略为疑惑地看了他一眼。

"因为你还挺招人喜欢。"她终于无耻地瞎掰。

阿古斯丁帮她穿上皮大衣，仿佛用一块祭坛布盖住了那庄严肃穆的珍珠项链胸口。然后他也像那些肥胖的绅士们那样挽起她的胳膊，搀她走上凯旋的台阶。他的手把她捏得太紧，她不由喵出一声抗议：

"你力气太大，把人家弄痛了。"

阿古斯丁不知不觉松了手，心里在笑，他想自己是捕捉生肉的猎手，抓住猎物使出猛劲是必要的。他作为童男遭受了那么多年的诱惑，而现在诱惑满足了，却又不是真有胃口，仿佛捏着鼻子吞下一勺蓖麻油，使劲憋住呕吐感。

"难道你连五十块床铺钱也没有吗？"

"我已经告诉你我有多少。"

她扬起眉毛，貌似一位满意的女王。她得意扬扬地说道，仿佛在为苏伊士运河剪彩：

"行，我来垫上。"

"谢谢。"阿古斯丁说道。

第五章　威胁与惩戒

"不。"孩子下巴向前撅着，发声时嘴唇都没怎么张开。他两腿略为分开，稳稳地站在落满灰尘的地板上。敞开的黑大衣露出耷拉的破纽扣，另一边衣襟上的扣眼也破旧得抽丝了。他的双手在背后紧握着。

在座的有三十二名同学，每人坐在自己的课桌后面。坐在前面几排的人看着学监；他们腰板直挺，头发蓬乱。后边几排的人身体前倾，有些人回过头去看站着的那个孩子。从一张张紧闭的嘴里传出一声来自喉底的嘟哝，但是持续时间很短。

学监还一直缩在他的椅子里。他身体肥胖，穿一件棕色大衣，肥厚的双下巴挤在脏兮兮的衬衫领子上，耳廓周围的头发显得凌乱，嘴角松弛下垂，身段圆得几乎看不出来哪里是腋窝，腋窝里冒出来的两条胳膊托在桌边。尽管如此，他那蜷缩的身体却和一头起跳扑击前踞伏的野兽有几分相像。

"你说不吗？"学监说道，接着他身体向后一扬，右手握起一把一直放在黑漆桌上的粗大的板尺。做出这个动作的时候，他披在肩上的大衣仿佛一层附加的外皮完成了一次扩张运动，分裂出一些褐色的皱褶，仿佛软骨无力撑直的膜状翅膀。他没有站起身来，但是躯干有力一转，带动了座下的椅子并使椅子腿在讲台上扭出一声野兽的低吼。他模仿田径场上掷链球运动员的动作，而且难度比后者大得多，因为他的衣服，因为把他挤紧的家具，也因为他的坐姿。尽管如此，他还是成功地把尺子朝那个说不的孩子的大致方向扔了出去。尺子在空中走过一个有助于稳定运动轨道但是推迟位移的螺旋形。虽然尺子快速转动几乎看不见，但它的轨迹还是勉强可辨的。那说不的孩子脑袋一低，只见尺子从他左肩上方飞过，撞上教室后墙，然后落下来躺在地上不动了。

"把尺子拿来。"学监说道。现在他的身体在椅子上舒张开了，两腿中分，双臂下垂。大衣滚落到了座位边缘。那把椅子看上去像披上褪色天鹅绒的王座。他的脑壳两边稀稀拉拉的头发也变得凌乱了。他身体前端的大幅度凸起部分随着激动的呼吸节拍不断起伏，你分不清他的胸脯哪里结束，肚皮何处开始。

其中一个孩子，他所坐的课桌靠尺子落地处最近，他起身，走过来，手里拿着尺子。学监猛一把夺过尺子，右手将它高高举起，并不停用它击打左手手心，直到手掌渐渐染上一片红色。等那交还尺子的孩子一回到课桌前，原本静止不动的教室空中便响起了尺子敲打学监光滑手面的啪啪声。

稍过片刻，学监说了声"好吧"，就朝那孩子走去，板尺不停地敲打自己的手。那左手几乎已经呈血红色了，红而且亮。尽管左手随着身体在教室里慢慢位移，相对于老师的身体，那手在空中却是静止不动的，它一直等着板尺打下来，而那把板尺仿佛不受学监身体的支配，而是受制于不知疲倦的右臂的独立振动，像一架机器一样具有规律性、单调性和抗疲劳性。

乖乖坐在课桌后的孩子们的目光齐刷刷聚集到了这只红手上，他们仿佛是被学监红肿的手指捏住的一堆提线木偶，转动得和他不停的动作完全合拍。

相反，说不的那个孩子的眼睛一直盯着学监的脸。在学监用以走近他的时间间隙里，那双眼睛不需要经过什么更复杂的调视就能有条不紊地看清他额头绷紧的横向皱纹、上扬的眉毛、黑眼珠居中的圆瞪的眼睛、鼻翼放大的长鼻子、随着每个脚步的节拍颤抖的龇牙咧嘴、黄兮兮蓝兮兮的下巴、因站立而松开并悬于黑色领带之上某个高度的双下巴。

"不，"那孩子的睑裂放大了，"不要。"但是板尺够到了他两次，两片脸蛋儿上各一次，留下两道粉印。这种颜色不像学监左手的紫红色那么强烈。现在他手插在西服口袋里，平静地走到了他的桌前，他的桌子在木质讲台上，比摆放整齐的学生课桌高出几厘米。

我赋予其以如此重要价值的这一回桀骜不驯就这样结束了。它似乎构成我生命中绝对重要的一幕，而对于打人耳光者来说，在他重返高高在上的讲坛去继续监视飞舞空中的苍蝇的那个时刻，这事就早已成了过眼云烟。而我呢，我被自己的英雄气概和自己所遭受的打击压扁了……

第六章　你不像你娘

哎呀，不会跳舞，那你可不像你娘！笨手笨脚的，笨死了！你不知道吗？你娘我年轻时跳洛斯卡舞[1]那可是谁也比不了！四邻八乡的人全都大老远地跑来看呐！好家伙，没人想和你娘我跳舞！我昂首挺胸，直得像个纺锤！哪像你这个蔫儿巴几的儿子呢，就知道读书读书，好家伙，你身上都生蛆了！我爹的闺女可不是什么娇里娇气的黄毛丫头，能把新来的老师，那一等一的帅哥抢到手，不是没有缘故的！你不知道姑娘们全都眼红得要死？你爹年轻时那可真是一表人才哦，小胡子，一身黑衣裳，那么一本正经，肚子里又装着那么多学问！可怜啊，对他暗送秋波时我都不知道自己喜欢上他什么了！他向来人不错，这倒是真的，既友善又礼貌。他像一块好面包，要不是我时不时挥手猛打响指赶苍蝇，它们早把它给吃了。我的那个倒霉蛋，一辈子稀里糊涂，活得没心没肺的，再怎么着也还是不明事理，你也一样，小可怜，你简直让人可怜。瞧瞧，连个舞都不会

1　洛斯卡舞（Rosca）是西班牙萨莫拉、萨拉曼卡等地的一种传统舞蹈，可以是婚礼上隆重的礼仪舞，也可以是纯粹娱乐的一般舞蹈。桌子上摆一个蛋糕圈（rosca），人们围着桌子跳舞，故名。——译者注

跳……那我呢，他们居然还要来教我！……你啊，你干吗不去给我勾一位好姑娘呢？你也已经到了谈情说爱的年纪。你得有个好丫头，一道轧轧马路，和她跳个舞，稍微为她热热身。但是你别误会我的意思。我来告诉你去找谁。她得有地，有钱，要不然就让她去见鬼。你爹的地产是我陪嫁过来的，你还以为是咋回事啊？要不然的话，所有那些个钻研学问啦，事事高人一等啦，又是从何得来，哪能做到的呢？可是你甚至已经不想再当乡下人啦？难道我不是乡下的你不是乡下的？难道我爹、安东尼奥叔叔，还有那不幸夭折的格拉比埃尔叔叔，他们不是乡下人？还有我那没来得及开花结果、小小年纪就死掉的姐姐妹妹，她们不也是乡下人吗？你似乎不想和你娘有什么干系，似乎你觉得你娘丢你的人。可我的天哪，你给我睁大眼睛看好咯，别说你一个了，就是再有一百个你这样的，我也不会在乎；谁也挡不了你娘我，你小心点，你可得要小心了，你得特别特别小心了，不要有一丝一毫看不起你娘我……你得让我知道你在萨拉曼卡确实学会了跳舞，还和那些个傻姑娘到俱乐部去跳舞了。我什么也不在乎！在乎什么啊，别说娇滴滴弱不禁风自以为比你娘强的黄毛丫头了，就算是皇帝老子正宫娘娘咱也骂她个狗血喷头。就欠骂！如今你出落得文质彬彬，嫌弃你老娘，不愿意挽着我的胳膊在大路上走或者进出那些个豪华场所[1]。去你的吧！我甚至都不想见到你，看着你就心烦，非马非驴，不伦不类的，既不像

1　豪华场所（palaces majestiques）原文是不正确的法语，不是作者写错了，就是他故意让一个乡下妇女这么说。——译者注

是我儿子，也没有你爹的长相！你爹也会读书，这我知道的，但是那也没有夺走他年轻时的寻欢作乐啊，还不是照样该干什么干什么。要不是你爹会跳洛斯卡舞，我和他结婚那可要到猴年马月了，而你呢，时至今日可能还在地狱边缘等着投胎呢。就是因为你爹懂得怎么给我热身，所以才有你娇滴滴傻呵呵的在这里，我真不明白自己怎么控制住自己的，书呆子，好一个书呆子，简直就是个神父，你要是个神学院学生那倒还不坏，有个儿子当上神父先生做娘的脸上也有光啊，可是你，到头来最多不过一个讼棍，还是给我离远点吧，叫人恶心，麻烦你把你那小脸蛋收拾收拾，喝上那么几口，让你那副嘴脸也沾上点红酒污，我要看你怎么样对姑娘们花言巧语，看你怎么样喜欢见到我那远房侄女赫德鲁。我知道她爹的虚实，知道会给她留下什么，家里就那么一根独苗，又没有谁来和她分家产。笨蛋，大笨蛋一个！要找佃户的时候还不是我出手！你们非要游手好闲待在萨拉曼卡，收了租把响当当的真金白银给你们送到那里的人还不是我！城里的傻瓜蛋才这么游手好闲，尽到店里买些个花里胡哨的假货，自己的东西反而不看牢。长个心眼把自己东西管好了，这是唯一会开花结果的办法，俗话说，东家眼睛能满仓。这个我最拿手！我一直以来没干别的，就是盯紧那些个不要脸的佃户，所以啊，他们看见我就像老鼠见了猫，我可不像你爹，要是换了你爹来管事，咱们家恐怕早就败得七零八落，你也就只能拿两片布头一前一后包屁股遮羞了。我知道哪些人家就是这么完蛋的，咱们可别落这样一个下场！赫德鲁不是那种女人，我了解她，儿子啊，你娘我是有眼光的，不信你就等着瞧。别看你脑子聪明会读书，生活上的事你最多也就一知半解。我告诉你，赫德鲁是正经好女人，肯定会是个勤俭持家的贤妻良母。女人就应该有女人样，守本分，把家里收拾得像圣饼盘一样锃光瓦亮，就像你娘那样。难道你看不出来好歹？啊，等我死了你们会想起来的！但是只要我……我可不想活到多病多痛的那一天。只要我活着……你们一定要记住了……你娘我这样的天底下找不到第二个。我的圣母啊，瞧瞧那些个太太小姐，在太阳下一动不动，说是要把自己晒黑！懒骨头！我送她们一些煤炭得了！那些人怎么当娘哦！娘亲！她们根本不知道这意味着什么！娘亲是最伟大的，我的儿啊。别忘了。儿啊，对你来说娘亲是最伟大的，永远不要忽略她。

得了！得了！你和你爹，半斤八两，你俩就知道像小老头一样去那磨坊路散步，还边走边冒你们喜欢的拉丁语，却不去广场舞会，不去讨好漂亮大姑娘！你们能懂什么生活呢？离我远点吧，我可真不想看见你们！眼不见为净！你们在这儿只是添乱。让我在这儿当牛做马吧，为你们用薰衣草熏床单好让你们舒坦，炖鸡鸭鱼肉好让你们大吃大嚼，为你们从佃户身上榨出油水好让先生老爷大口抽烟，为你们洗净熨平，让你们的领带结显得人模人样，用上等亚麻布为你们裁剪衬衫再浆洗得体面光鲜，甚至我还得帮你们擦干净屁股，没用的东西，连我粉刷厨房的时候都不知道搭把手！我真恨不得让你们跟一个不会跳舞的尼姑去过日子算了！她也就能为你们把名字首字母绣在手帕上，然后就目瞪口呆不知道该干什么了，懒骨头！我真恨不能手执木棍打她们一顿，逼她们学会剪羊毛，一帮懒婆娘！

第七章　精神之父？

暧昧的精神之父。一位无儿无女的父亲，因为他已经许诺不娶妻生子并恪守此诺。他渴望以某种方式达到个人超越，直抵少年尚未定型的灵魂。少年受他言传身教并相信他有能力指点他该做什么，指点他以什么方式为虚无缥缈的乡愁找到一条自然的渠道，指点他怎样平息对一种被激化的形而上学的重重疑虑并将之正解为下列现象的升华：腺体活动开始带来烦恼，大脑皮层同时成就了初次的知性综合，迄今柔滑的皮肤已经让母亲的手指感到了异样，因为它出现了粉刺、黑头、稀稀拉拉的胡茬等临时性的男性性征，那些貌似依然属于皮肤的东西眼看即将被彻底解放。身体感到多受痛苦之人[1]的酸汗，尽管不想感到。黑衣纽扣一直扣到脖子，衣服下面的身体冬天也要冲冷水浴，虽然干净，但恐怕也承受过苦行衣或其他轻度惩罚的折磨——惩罚太过的话，就难保不导致令人不齿的快感。汗酸不停散发，从他身上如疲惫急促的喘息升起。长着一张笨蛋脸的小勤杂，被选来打杂就是因为他愚蠢，因为这一选择使他免于被送入疯人院，因为他的工作结果使双方都能满意。除了

1　"多受痛苦之人"见《以赛亚书》第53章第3节。——译者注

其他义务，他为神父铺床叠被。他从来不敢批评床单的状况。他还有义务把神父手下的师生员工引领到他的跟前。他们爬上阴暗的台阶，穿过方格子的灰地砖和白地砖相间的长廊。长长的走廊一眼望去令人生寒，两边挂着已逝的几代人的肖像，他们现在正在外面的泥土里踢腾呢。小勤杂毕恭毕敬地敲门并说道："神父，有位先生要见您。"神父不想多看他一眼，因为他的脸使人无意之中、几乎是反射性地心生鄙夷，而神父或许有时也让那几乎感觉不到的傲慢不经意流露了出来，这种傲慢可能来自苦行禁欲，来自身上那种证明其依然守持童真的气味。一道屏风将房间一分为二，屏风藏起铁架床、笨重的床头柜、黑色的耶稣受难十字，但是露出一张毫不起眼的书桌。桌子不仅难称豪华，连漂亮都说不上；不仅难称趣味高雅，连经过挑拣都说不上。桌子摆在那里是出于需要。实用性加上与神父身份相称的级别配置。做神父一定少不了笔墨纸张、供专研的书籍、用钥匙锁住的抽屉、和忏悔秘密有关联的某些秘密、某个藏糖果的不易发现的角落。让年纪较小的孩子们感到与神父见面有所收获正需要这么一颗糖果。或许某个意志不坚定的时刻他自己也会放一颗在嘴里，好感受一下薄荷的酸甜，好领略一番，世界（作为"造化的全体"而不是"教会之外社会经济关系的经络"）毕竟是美好的。为他那样的神父配备的小火炉，黑色的炉管穿过房间难看兮兮的空间。那黑管子春天来临之时可以拆卸下来，它仿佛一个苦行的花环，略为弯曲地从那张一脸严肃的看不见的铁床上方经过，打洞穿过窗户上角一片木板而最终消失，在室外的冰天雪地中飘出一缕寒碜的青烟。

他会面露微笑地往炉子里扔一块木柴，这种优待是来访者未曾料到的。来访者坐在桌子对面那把高背方椅里，冻得仿佛跌入冰窟，难受得极不自在地扭动身体，同时注视着那张可敬、严厉、幻灭、善解人意的脸并听他一声寒暄："你冷吗？"没有狗。没有金丝雀。此时此刻他忧郁地在少年身上看到过去的自己。小小年纪就背井离乡，就被一把扔到只能种旱作的布尔戈斯大地。几个世纪以来，这里的土地都属于王家韦尔加斯修道院[1]，而且至今尚未从千百年来所承受的封建创伤中恢复过来。按照老规矩，在农奴人家，聪明才智并不等于社会地位上升或经济地位改善的可能性。他们命中注定要进入修道院这个营养丰富，不愁吃喝的封闭环境——比母亲的子宫还要完美[2]。胚胎一旦在其间着床，不但可以成功赋予其以形式、命运和实质，而且甚至可以在复杂卵巢的动力隔膜中赋予其一个确定的位置。多亏这些卵巢，系统才有了适应一切的巧妙，而同化一切的一致性活动才得以永久持续下去。此时此刻他忧郁地在少年身上看到昔日的自我。想当初，要是他能够在生活的广阔原野上释放出心中那群诱惑之猎犬，由着它们恣意撒野，尽情乱跑，他或许也可以成就为眼前这位少年。当年的种种诱惑如今

---

1 韦尔加斯女修道院也是许多王室成员的墓地，修道院女院长相当于封建贵族，统领周围五十几个村庄，有司法行政权，享受免税等特权。韦尔加斯（Las Huelgas）这个名字和休息、罢工等词同源。名字来源，一说因为当地是只能旱作的休耕地，一说因为这里是王家的安息之地。——译者注

2 原文可以同用一个词来指修道院（claustro）或子宫（claustro materno）。——译者注

依然能打动他；虽然他不完全懂得，但是它们无疑有能力造成不同的矢量之和。他必须压抑这种忧郁感，尽管无须彻底扑灭它。他应该将它转化为爱，通过爱，他将能更好理解，更好说明，什么是身为人父——他们多么需要一位父亲啊！他感到少年的脚步越来越近，心情终于愉快起来。孩子脸上流露的信任隐含着他需要帮助。神父知道，自己虽非生父，却是可以决定命运之人。但是如此温柔的感觉马上被他抑制下去了，因为这不是应有的感觉：不能想象自己是别人的什么，不能沉迷于这种大胆的离经叛道，而是必须知道而且必须努力知道，自己只是别人的工具。他怀恋自己在眼前这个孩子的年纪时体验过的知识抱负。求知欲促使他沿着一排排肃穆的书架躁动不安地搜索哲学家和思想家。其中有许多是不许读的。因为老师反复解释后他确实明白了，那种求知的激情在很大程度上是不纯洁的。他忘记了自己的工具本质，他忘记了贪婪求知等于企图使求知本身成为目的。他曾为此被责备，甚至被体罚。也因为如此，他关于莱布尼茨的论文，尽管充满大有前途的直觉心得之处，却不得不降至现有的格局，不过是为了得到由官僚机构确认的一个学位而已。这学位允许他履行一些特定的职能，而无论如何不是如他或许想象过却不敢彻底坦白的那样，他的论文可被视为理解世界活动的第一块基石，通过它，从严格的正统性出发，或许神学体系可以按照一个新的重心而被创立，多一点现代性，少一点经院哲学的预定，少一点亚里士多德式有条有理却目光短浅的三段论。他猜得很准，阿古斯丁这孩子怀有同样的知识抱负，他将会有一种自由——虽圣洁，却有所不同——借助于它，他将能够——真的能够吗？——展开精神的翅膀，以永葆完好的想象力天马行空地草创——当然与他自己或已草创的不会一模一样——一个神学体系——虚而又虚，万事皆虚[1]——这个体系将因创新而被认可——但是，他真有那么聪明吗？——从今往后，从这里原初的话头思辨开始，这个体系将丰富天知道哪些有备而来的聪明脑袋——他忽然领悟这是一种谵妄——让他们捕捉到一个没有落空的——我的天哪，终于没有落空！——伊比利亚人身上全部的求知激情。他意识到自己不能也不应该偏离作为精神导师的使徒角色，他首先必须缓解疑问，平息危险的欲望，不能任由他误入歧途。他眼看着这种天赋对灵魂带来的危险就要在这孩子身上酝酿产生——尽管不智，但或许没有这么危险吧。苏亚雷斯神父没有看错，不管怎么说，这种危险早晚都会酝酿起来；只要这孩子有能力确保自己目的神圣——求知即识神——这也没有什么。这孩子似乎很纯洁，他高贵的目光中有某种东西能保证他避开一切歧途，也允许他苏亚雷斯超越那可以一笑了之的顾虑而与他保持那种知识的友谊。知识友谊和精神导师并行不悖，两者不会混淆。那讨厌的小勤杂退下之后，苏亚雷斯赶紧起身，他心跳加速，胸中舒张，热情洋溢。尽管小火炉多有不足，他却不再感到寒冷，满腔慈爱地喊道：

"阿古斯丁，进来，孩子！"

1　"虚而又虚，万事皆虚。"《传道书》第1章第2节。——译者注

第八章　金石之城

然而，出门离家继续求学的时刻终于到了。走向金石之城，走向那卡斯蒂利亚最古老大学的所在地，那永恒的准罗马。圣城的腹腔里有比比皆是的大教堂，令一切有幸造访者心醉神迷；城市跳动的心脏是那著名的大广场，尽管四四方方，却像是一个转动的陀螺仪；九月的夜里，广场上灯火通明，流光溢彩，灿若白昼，绅士淑女各走一边，泾渭分明。[1]

父亲有限的学问止步于特等奖录取之金色边界，而这道界限现在被愉快地跨过了，孩子出色地胜出了。在这一为教师子女而设的最高奖项里，父亲穷尽了自己令人眼花缭乱的教学能力。

仿佛通过一个连通器的管道，父亲将自己的知识之液的最后点滴都输送到了他身上，甚至把拉丁文的动词变位和名词的

1　"……在萨拉曼卡，就像我们大多数古城一样，有一个带回廊的广场，中心广场，有小拱门或拱廊，天气不好时人们会去那里遛弯，天气好时也去。这样的广场是一所懒惰和八卦学校。遛弯有两圈，一圈女性，一圈男性；男人们在里边走，也就是说，绕比较小的圈，靠右边顺时针转，或者用现在的说法，右旋，女人靠拱廊外边走，也是靠右边，但是是逆时针转，即左旋。人们就这样打发连续数小时的时间，每个回合男女照面两次，几乎所有的人都在窃窃私语。……"西班牙作家米格尔·德·乌纳穆诺，《管他呢！》。乌纳穆诺曾任萨拉曼卡大学校长。——译者注

五种变格也传承给了他。这类知识超出他的教学任务，他学习拉丁文是出于对这一神圣语言的纯粹之爱。词语从拉丁文伟大的无形之口喷涌而下；被画家安排在画幅上方身驾朵朵白云的烈士圣徒，其生平事迹也铭刻在拉丁文中。他再没有什么可教的了，除了关照他为人处世须大度明智。

时间到了：他骑上骡背，父亲骑在他前面。父亲长得高大粗犷，微微曲背圆肩，两撇长八字胡使他泛黄的脸显得庄严肃穆。每年一月份，他都会重复走这同一条路。一路走来，往往胡子上结满冰霜。冰霜来自他呼吸的水汽，通过几近希伯来人尺寸的大长鼻子的鼻孔，水汽先是被深深吸入，稍后又被阳刚地向上呼出，其方式与鲸类动物喷水相同。一周又一周，礼拜日凌晨的天尚未亮透，胡子上的冰霜犹待消融，他已经出现在幽暗的寄宿公寓里（取得学校奖学金之前的那些艰苦年头），低头站立在儿子床前，从他东方三圣的慷慨而神奇的口袋里——掏出香肠、小扁豆、腊肉，还有六个金色的蛋，使寄宿在劣等公寓的学生借此补充营养。因为儿子付出巨大的努力，供爱子读书的慈父，在远方无法将他忘怀片刻。

他靠在富于骑士精神的父亲的背上。父亲的背虽然弯曲，却比他高出一大截。父亲身上挡风御寒的是一件厚重的土灰色短大衣，因为短，所以不妨碍骑骡子。父亲的背上甚至传来一丝温热，几乎感觉不到；但对于眼看就要断裂的脐带式的关联来说，它是必不可少的。供他挡风御寒的父亲的脊背迫使他那未满十岁的脖子左右扭动才能看到第一次接受他的开放的世界：卡斯蒂利亚的原野、草地、苇丛、栎林，所有这一切对他来说都显得那么神奇。它们从眼前一一经过，渐行渐远，落入亘古难移的寂灭。

地上下过雨，骡子走得很慢。所谓的路是许多灌满脏水的大水洼、烂泥浆、一片片软软的黑泥巴。地面泥泞表明附近有满溢的小溪。骡子褐色的四蹄走得哗嚓哗嚓，铁掌一路留下几乎滚圆的神奇脚印。他一只冻僵的手抓紧父亲的大衣，冒着危险低头去看先前的蹄印被泥水抹平。

他们一步步穿过不属于任何人的土地（只属于一个人就等于不属于任何人），那里的村庄周围全是牧地。公牛们在那里啃着长得稀稀拉拉的牧草，然后被装在垂直的棺材中运往斗牛场这一太平间。公牛们聚成黑压压的一群，每日两次从它们荒凉的草地走到小溪边饮水。这里的水即便在三伏天也不会干涸。早已无影无踪的古代牧民把这里叫作芦荡，他们也曾在此斫芦为笛。威风凛凛的公牛们静静地站在那里，它微微昂首看着他们经过，摆动它们那两只无用的牛角。除了发情期之外，它们从不进攻，也根本不知道自己有多凶猛，不过它们或许能因独立于空旷无人的原野而感到自身的力量。

"公牛不逃，一切都好。"父亲再次重复，他仿佛猜出了儿子某种无言的恐惧，抑或是觉得儿子对公牛的规律还掌握得不够，那种规律是潜移默化之中由大人传给小孩的：公牛相斗，四角碰撞有声，只有落败而逃之时，它才会在羞愧之中认识到以前所不自知的勇猛，这迫使它自己受屈的阳刚之躯去对付一切，管你马也好，人也好，树也好，谁敢面对它的冲天怒气，它就对谁猛顶猛撞，它唯一不敢对抗的是曾经斗败它并剥夺了它配偶的那些公牛。腺体的流动会继续以伊比利亚的方式对它下毒，以伊比利亚的方式使它中毒，最终把它变为杀人凶手。

但是大自然中如此和谐散布的栎树正是为此而来，使那天生好静的物质变得生动活泼，使奔逃的人类可以躲开奔逃的公牛并爬到树皮肉乎乎的树枝上藏身。度过了困难的幼苗阶段之后的栎树几十年如一日让橡果落到地上，让人吃，也让猪吃。[1]

阿古斯丁于是安下心来，他把栎树一棵又一棵地抛在了身后，同时不无仁慈地想象树上藏着一个人的幽灵，那个人被从坐骑上撞翻在地，在徒步穿过泥泞之路时，突然与那头因为害怕而变得像人的畜生遭遇。

父亲沙哑的声音继续在念叨着他无须再听的告诫。只有他的音色是重要的，也是他必须努力在脑中留住的。对于长长的分别，它是安慰，对于疑难与苦思，它是援手。骡子走在漫无尽头的泥泞上，向萨拉曼卡前进，向文化，向欧洲最古老的大学（巴黎大学除外）前进。在那里，假以时日，等到中学毕业，遵循爱子心切、望子成龙、有胆有识的德梅特里奥斯的苦心设计，他将成为另一个人。等了九年之久的宏图大业终于开始了，德梅特里奥斯难掩喜悦之情，这份心情在他心跳的节奏里，在他投向即将出现两座巨塔的地平线的大胆的目光里，在他与骡子呼吸合拍的平缓自若的呼吸里，在他那音色沙哑、大音希声的话语里。他的话笼罩爱子并渐渐使他熏染上一股超脱之气。

1　栎树又名橡树。世界许多地区都曾有采集橡果为食的文化时期。伊比利亚半岛有橡林牧猪传统，出产闻名世界的伊比利亚火腿。肉乎乎的树皮似乎指用来做软木塞的栓皮栎的树皮。伊比利亚半岛是世界主要软木塞产地。——译者注

第九章 《对话录》

"假期过得还好吗?"

"您知道的,神父。村里很冷。一直待在厨房里,烤火。烤栗子吃。圣诞节我母亲总是烤栗子。我自己拿刀把栗子切开。然后翻烤。"

神父身体后仰,让他那修长的躯干放松,几乎不合适地靠到了椅背上。他眼皮半眯,方形玻璃镜片后面那双清澈的眼睛看着他。

"烤栗子……"

"对,整天在火边。"

"那么,我借你的书有读过一些吗?"

"读过,《对话录》。读了两遍。"

"两遍?"

"天实在太冷。我就围着火读书打发日子。"

"整天在火边……"

神父站起身来,慢悠悠地、郑重其事地开始往火炉里添木柴,他先用前端弯曲的铁棍掀起有孔的炉盖,拨旺燃烧欲尽的柴火,然后伸出两根指头——中指和拇指——优雅地抓起一片新的木柴,让它垂直落入炉中,动作干净利落,盖子重新盖上之前，炉中传出火星飞进的轻呲声。

"《对话录》怎么样？"

"我不知道……"

"什么你不知道？"

"我不知道。我看就是强词夺理。可能是翻译的问题吧。"

"柏拉图，强词夺理？"

"我不知道。他那种辩论方法……'你会把一个笨蛋或一个胆小鬼叫作好人吗？刚刚你还在否定，你说勇敢者明智。刚才你难道不是把那个人叫作好人吗？可是，你难道从未见过一个既愚蠢又开心的孩子吗？'"

"停！停！你这是在颠覆偶像！怎么能这样歪曲？"

阿古斯丁身体向前一倾，自我辩护时眼睛亮了起来：

"不是歪曲。这是他的辩论方法。他建立起一系列貌似有理的等式，但等项之间只有部分相同：A等于B；B等于C；C等于D……所以，A等于Z，他步步为营并一步步迫使对手承认。但是各个不同等项之间只是部分相等，到最后他能轻易地惊诧反诘：'但是，克力同朋友，难道你刚刚没有说勇敢是胆小的反面吗？'"

"别告诉我你就是这样读柏拉图的。"

"那还能怎么读呢？"

"稍微带点敬意。"

"但是怎么可能有敬意呢？'你会承认善良是诚实吧。''是的，苏格拉底。''而诚实使诚实者富裕，因为他们在商贸中更加值得信赖。''确实如此，苏格拉底。''所以说，有钱是心地善良和道德崇高的明显标志……''你说什么，苏格拉底？'"

"够了！够了！我不想再听你多说了！毁灭精神！"胡利安神父哈哈大笑。他转向书架，摩挲着那本《对话录》泛黄的书脊，然后再次放回去让它沉睡百年。

神父沉默不语。我们对事物的看法的起源是什么呢？歪曲存在于事物之中呢，还是在观物者非难的眼睛里呢？说不定阿古斯丁独具只眼，有本事扭曲世界。他替他害怕了。他应该听天顺命。他应该承认事物的畸形是它们真实存在的简单条件。畸形不应被看作恶之存在的正面证明，而应被看作无限接近但又不能彻底实现之善的负面标志。

"柏拉图的逻辑瑕疵不应使你无视他的伟大之处。柏拉图知道如何超越庸常的现实并教导我们，在不完美的现实的彼岸，别有一个理念世界之存在。证明方法不甚严谨之病也不应妨碍你赞叹他对世界的贡献。"

他心怀柔情微笑地看着阿古斯丁；后者试图使自己服从神父意见的合理性，然而，理智使他依然噘嘴不悦。过了一会儿神父吃惊地问道：

"可是，你读的时候不喜欢吗？你体会不到他的天赋吗？"

"有点原始的天赋……"

"也许原始的才是最伟大的。"

"我生柏拉图的气。"

"真的生气吗？"神父笑了。

"对，非常生气。他捉弄我们已经太久了。"

"哦，阿古斯丁，那可是天才的捉弄啊。简直太妙了……我认为我们满可以让他再捉弄几个世纪。他那个玩笑必须一步步进入，必须不带一丝傲慢地接近，阿古斯丁，尤其不能有自私心理。你不要马上下结论。让时间过去。我们一步步来。我来引导你。你会看到一切都会有答案……我们会慢慢领会。我乐意教你。我们为什么不开始这门课呢？虽然开始时你必须先拿下拉丁语和希腊语……但是你和我已经可以处理哲学问题了。你会看到我怎么帮助你。我肯定……"

"父亲说过了，我必须学习法律。"

他沮丧地看了他一眼。

"我们不是已经说好了……？"

"哲学不来钱。父亲不愿我一辈子像他那样驯化牲口。"

"你怎么说的呢？"

"我还能说什么呢？"

第十章　智者德梅特里奥斯

从山上俯瞰村庄，夜色美丽。山脚下的村庄，仿佛是猎人枪响后踞伏的野兽。德梅特里奥斯的家在山上，离开村庄稍远。这个地方不像别的村庄那么干燥；有塘，有溪，有泉，有潭，甚至还有一架架小桥流水——众水滋养白杨——有教堂的尖塔，有女人浣衣的巨大的圆石，也有牧业公会[1]传下来的尘土飞扬的大路。德梅特里奥斯镇定自若地从自家窗口探出脑袋，这或许是在他占有他那总是满脸不悦的配偶之后。这种事会导致创造新生命的可能性——这可能性只实现过一次——以及当生命的物质从一个身体内部转化到另一个身体内部时虚无化为

1　牧业公会是一个全国性的牧羊人协会，成员享有许多特权，包括羊群迁徙的道路权。这些特权始于1273年。早年伊比利亚半岛北方基督教王国和南方伊斯兰教王国之间有一条无人居住的缓冲带，因为形势不稳不适于发展农业，所以只有牧羊人利用这些土地。后来随着基督教世界的逐步光复，越来越多的人迁入定居，农业和牧业之间的矛盾也越来越多。官方之所以给牧业公会许多特权，是因为西班牙产的美利奴羊羊毛对国家经济至关重要。可以参阅法国历史学家费尔南·布罗代尔所著《菲利佩二世时代的地中海和地中海世界》中《卡斯蒂利亚的季节性迁徙》一节。流动羊群的过路权至今仍然有效。王家准许的南北牧道有两条途经马德里。羊群迁徙被搞成了一个促进旅游业的庆祝活动；羊群穿越马德里市区最近一次是2022年10月。——译者注

意识的可能性。人类的创造者德梅特里奥斯已在二毛之年，不但头发胡子花白，而且思想已臻成熟。德梅特里奥斯从自家窗口探出脑袋，心里一直想着，夜复一夜地受失眠折磨的脑袋多么需要安睡啊！长夜的苦思冥想使他深信，他的纯粹精神，他的思维辐射力，他充满活力的思想之光辉，这一切使他远远高出山脚下的低能人群。怪只怪他那不长眼睛的黄道行星害得他搁浅在这一村群氓之中。这些人络绎不绝地生产出无非尚可教化的后代、劣等的葡萄酒、质量平平的小麦、相对优质的鹰嘴豆和菜豆。

他发现自己是个智者，有时候他自觉非常非常智慧；他多么自豪，多么镇静地频频将失眠这头母狼逼入绝境！他的心地是多么干净！他自许良善，超越了一切痛苦，也与土地达成了和解。这土地是一片对所有人都吝啬，对他也同样吝啬的穷山恶水。尽管它外表又黑又丑，四肢扭曲得狰狞，但经过驯服后，倒也能载物养人。多么令人赞叹的土地！高原台地，光辉的卡斯蒂利亚，赤裸的白杨林齐刷刷指手问天！因为失眠——他抵制反复交媾，但不拒绝小剂量使用鲁米纳[1]药片——那卡斯蒂利亚的超人，夜的孤独者，他一次次看着星辰从未经教化然而尚可调教的庄稼人的后代的上空庄严走过；泥腿子们即便鼾声如雷，他们枯瘦的配偶也几乎不会留意他们闻起来有味道的生命气息，因为她们早已习惯了从来不知害怕为何物的卡斯蒂利亚男人的有力的触摸。

1　鲁米纳（苯巴比妥）是一种镇静剂。——译者注

但是德梅特里奥斯，那独子的生产者，人类的生育者，嘴脸花白之人，创世之男，战胜了折磨我们所有人的死亡，在村庄之上，在高高的山上，他可以多么宁静地，多么超级卡斯蒂利亚地，多么欧尼西慕[1]地沉思他高明的文化和洋溢的知性！沉思照亮他青春岁月的拉丁语知识——谈不上进育型[2]，但没有被完全忘却；沉思西班牙河流的无数支流汇成的网络；沉思西哥特王国的全部君主名录——曾几何时，他们享握权柄，直到被熊撕裂[3]或被谋反者剃度[4]，但愿他们看到，自己的王位有终结，恰似万事万物有终结一样；他沉思仅凭自己的才智而不诉诸未曾涉猎的阿拉伯代数的复杂规则就能解答的高级算术问题；他沉思不及物动词之美；可以正确理解而且风格出彩的句法；虚拟式将来完成时的正确用法——"献给日后抑或读过我家史的人们，本书详尽记载我儿子的生平大事，他的外貌之俊和品德之美"；或者动词短语表达法——"献给定将一读此书……"诸如此类。而尤其使他陷入沉思、回味无穷的是他以

1　欧尼西慕是使徒保罗的仆人，他皈依宗教后，主仆关系变成平等关系了。见《腓利门书》。——译者注

2　进育型（progrediente）是相对于滞育型（diapausa）（譬如舞毒蛾、七星瓢虫等）物种而言。滞育是一种不能发育的生理状态。——译者注

3　阿斯图里亚斯王国第二位国王法维拉（737—739年在位）独自一人进山，遭一头熊攻击而亡。——译者注

4　680年10月14日，西哥特国王万巴被人下毒，倒地昏迷。朝臣们以为他必死无疑，所以给他行临终傅油圣礼，然后将他剃光头发，为他换上僧袍。他苏醒过来宣称自己依然是国王，但为时已晚。按照西哥特人的法律，出家人不得为王。篡位者政变成功，万巴王得以善终。——译者注

自己所传承的最纯粹的19世纪修辞风格所做的大量朗诵，关注自己声音、必要时恰当停顿并加上颤音的教师式的平稳朗诵。这是为了达到向没有文化的听众传递诗歌情感的目的。"法维奥啊，你现在所看到的，／这片孤独的原野，"为什么不呢？"是昔日显赫今废墟的意大利卡，"[1]有朝一日，他们或将参与朗诵者的感情；而他们的准精神，经过这种强烈刺激，也将追求更高的形式，追求比土块敲碎时露出的形状更加复杂的图案。

他广受众人敬仰，高高在上，笼罩在硕学鸿儒的神圣光环之中。他的学识如一叶魔舟将他脚不着地地载往传授知识的圣殿——一间四角见方的漂亮屋子，虽砌土坯墙，却安石门框——或者载往农地或打谷场，他那些邻居们流淌廉价汗水的地方。他屈尊至此，或做一番评论，或给某项建议；他的忠告来自农艺学知识而不是盲目的经验。人文主义者德梅特里奥斯太伟大了，仰望他的众人毕恭毕敬；尊崇他的人不但有他所牧顾的学生，而且有他所牧顾的家人。或许学生们齐聚一堂终属徒劳，因为老师说的话往往成了右耳进左耳出的耳边风（flatus vocis）；自家羊群呢，却只有孤零零单丁一枚，虽然少，却依然表现了他隐藏于肾脏附近某处的似火激情；通过启发大河文化发明犁铧的人体器官，他成功地传承了自己的创造火花。

德梅特里奥斯为人慷慨，有教无类（诚然，他对自家孩子特别关心，毕竟是己出，而且这孩子已经注定要致力于一种更高的

1　此处引号内的文字来自一首西班牙黄金世纪名诗，《意大利卡废墟颂》。意大利卡是西班牙南方的一座罗马古城。——译者注

命运）。他浑身的学问在课桌板凳之间奔游，试图在某一颗脑袋里勉强安家落户：除九校验法，交叉相乘法，联系从句，连接词，副词的三种用法即副词既可以修饰形容词也可以修饰动词或副词，系动词，只被塞万提斯一人完美掌握的神秘虚词"que"的正确用法，黄金分割，支配分数相乘法的奇怪规则，对于最优秀的脑袋来说——即便是在卡斯蒂利亚台地之中，为什么不呢？——还有达到诗歌之美、借其正确运算可以开出任何一个数的立方根的经完美模化的范数（平方数的两倍$2x^2$，等等），不幸的贝尔特兰内哈的丑闻故事[1]，等等，等等。

但是德梅特里奥斯很清楚，这道飞流直下的知识飞瀑不能穷尽他的全部学问，他在那些几近狂欢的夜里渐渐领悟到这一点。因为上面的罗列不可避免地是分析性的，被细分成碎片，其所失之处在于缺乏人格的最高综合：和谐的智慧之花。这种智慧不可传授，啜饮其师道高明之甘露的人们，哪怕是满口畅饮之人，也难得个中三昧；就连那不知疲惫地紧盯着他看，几乎看得他心生烦恼的亲生儿子，也不能窥见德梅特里奥斯的玄妙堂奥。因为智慧只能来自生活经验，而生活无一例外地短

1　贝尔特兰内哈（1462—1530）是卡斯蒂利亚国王恩里克四世的女儿胡安娜的绰号，她也是葡萄牙王后。传说恩里克四世阳痿，女儿是朝中宠臣贝尔特兰所生，所以才有贝尔特兰内哈（La Beltraneja）这个贬称。恩里克四世的同父异母妹妹（即后来支持哥伦布发现新大陆的伊莎贝尔一世）在王位战争中胜出，贝尔特兰内哈和葡萄牙一方落败。塞戈维亚的若干妓女作证恩里克没有性功能障碍。历代史学家对此颇多关注，因为如果贝尔特兰内哈被证实确为恩里克所出，那么伊莎贝尔一世的统治就是非法篡位。——译者注

暂，就算可能活到老还是要戛然而止，前前后后千百种的意外和偶然又使它变得不再纯粹，所以德梅特里奥斯从未成功地实现青春期梦想的自我形象。

而智慧恰恰在于忘掉完美形象，打破其边界但不至于将其彻底破坏。从这种适应能力，从这种见残肢而知全臂的眼光，从这种对曾经信奉的顽固教条的天鹅绒似的温和亵渎，从这种负数、挫折、凹面统统加在一起的总和，诞生了一面智者借以无限期自我审视的黑镜，他借这面镜子的黑水得以窥见一团余火，即使悠悠此火渐趋熄灭，它却也将永远与他的目力共周旋，同徘徊。

看着那片滔滔水银[1]里的自己，看着那虽已花白却依然闪着光泽的胡子，德梅特里奥斯意识到了自己的智慧。他愿意教授自己的学问，却不打算给出他的智慧。对妻子斩钉截铁的发号施令——她是这片贫瘠土地的地主不无原因——他唯唯诺诺，却不会因此否定自己的智慧。他在悦人的失眠中避难，他高居于那山上的房屋之中，远远高出那些土坯城堡里一千六百个鼾声如雷的大老粗，他撤退到智慧里，就像身裹美利奴羊毛毯一样暖和。

他甚至在死亡的困惑里也自觉睿智，但是他不显山露水地逞智，而往往只是微微一笑，或脸上极为痛苦地抽动一下，暴躁的妻子、儿子和邻居都不会停下来注意到他。夜不能寐的时

1　指玻璃镜子背后镀汞合金的工艺。——译者注

候，他会自言自语"睡眠，恐怖的死亡意象"[1]；他被他人的梦乡所包围，等着天亮，听到远处杨树林后的小鸟叽叽喳喳地开始报晓。它们傻傻地以为自己的歌声实现了包括它们在内的万物的某种愿望。"小东西啊小东西……"德梅特里奥斯喜欢边摇头边自言自语。林雀初醒，一种仿佛死亡的疲倦向他袭来，于是他朝卧室走去，强势的领导蜷缩身体趴卧在床，高贵而温顺地等着他来。

强势的领导不知怎么猜到了德梅特里奥斯有一枚用来暗中自照的镜子，所以有时候她的一双鹰眼会久久打量他，"我看你脑子里装着些啥玩意儿，整天想入非非"。这些话激发出惊奇、钦佩、警觉和受虐狂式的甘拜下风。哪个真正伟大的人物不需要能让自己低声下气的东西呢？谁不需要什么东西来说服自己不是上帝呢？他在无眠之夜和难得几次将欲望付诸实践的时候曾疯狂地以为自己就是上帝。

1　西班牙黄金世纪诗人卢佩西奥·莱昂纳多·德·阿亨索拉的诗句。——译者注

第十一章　真的是真的

城市转动如车轮，阴之轮，阳之轮。五个世纪以来持续不断的运动。时间打转，哪儿也到不了。在广场上遛弯。男人朝一个方向转，女人朝相反方向转。顺时针，逆时针。这种对立的同心圆运动使得四目交接不可避免[1]。一个女人仿佛看了你一眼，不久之后，经过由习俗巧妙算计的一段间隔之后，那双黑眼睛确实比其他几乎无数双也是同心圆也是灵动顾盼的眼睛变得更加有神采了。那种神采也变得大有深意。

他们互相打量，像傻男傻女一样。他们很开心，也像傻男傻女一样。他们对什么是大学生活一无所知。昔日的回忆今在何方？这里替代红牛酒吧[2]的刀疤脸和啤酒的是什么？是袍剑

1　见前面第八章第一段注。——译者注

2　红牛酒吧是德国海德堡大学学生酒吧，当地一景。马丁－桑托斯曾在那里留学。——译者注

剧[1]。是必将被拉皮条的倾向[2]。

"你干吗？刮胡子吗？为什么这么晚了还刮胡子？"

"因为从蛋蛋里长出来了，乳臭屁孩。"

他在那儿刮着胡子，看起来完全像个傻瓜，仿佛到轮子上去转圈对他非常重要。

"我等你。"

"好。乳臭屁孩。"

阁楼上可以看到广场的一角，从这里，从这个角度远眺，能看见人们转圈，他们转着圈向前走，这正是无限的意象。[3]

"你知道广场遛弯是哪个世纪开始的吗？"

"是广场投入使用的第二天下午。"

来了一位我不记得是菲利佩几世。不对，或许不是一位菲利佩。他让它转了起来。统治帝国的右手推了一把，好比孩子抽陀螺，于是永动千秋万代。

"乳臭屁孩。"

为什么是乳臭屁孩呢？你不也一样吃奶，虽然你现在下午刮胡子，一身懒学生习惯，到教室里去时却总是胡子拉碴。弱

1　袍剑剧是西班牙黄金世纪喜剧的一种类型，人物为贵族骑士，披斗篷佩宝剑，武艺高强，勇敢大胆，理想主义，英雄救美，除暴安良，为荣誉而战，为复仇而战。——译者注

2　必将被拉皮条的倾向（Celestinerandas proclivaciones）是作者基于西班牙文学名著《拉皮条的女人》（La Celestina，1499，直译为"塞莱斯蒂娜"）的书名并依照拉丁语而自造的表达法。——译者注

3　"无限的意象"也可能指无穷大符号 ∞。——译者注

不禁风的教授们，还有代课的助教们，他们身穿黑衣，一副郑重其事的模样，上完课就高高兴兴地离开，因为学生们课程学得很好。阁楼房间冷如冰窖。这个地方很冷。寒气自杜埃罗河而来，自那条金沙河而来。所有冬季风暴都从湿润的加利西亚之下进入这个宽阔的山谷，把我们冻僵，因为暖流效应达不到这里。我们处于内陆的一条河边，河水流向我们永远看不见的一片大海。梅丽贝娅[1]从塔上能望见的船只一定是那些小破船吧。礼拜一临水节这一天，它们满载而来，彩旗飘飘，花花绿绿，吹吹打打，载歌载舞。朝特哈雷斯[2]方向积攒起来的欲望将要被满足了。大教堂的神职人员举着十字架迎接美神维纳斯船队的到来。假的，毫无疑问是假的。

"礼拜一临水节那档子事你相信是真的吗？"

"是真的。"

"我没问它是不是真的，我是问你是否相信它是真的。"

"我告诉你**那真的是真的**。"

他喜欢把事情搞复杂。他什么意思？

"你想说什么？"

"我想说的已经说了，朋友（amice）。可你那笨脑瓜转不过来。等我把最后几根刮干净，就来给你解释。"

我不知道我喜欢他是因为他叫我乳臭屁孩还是因为他有那

1　梅丽贝娅是《拉皮条的女人》中的女主角。——译者注

2　特哈雷斯是萨拉曼卡市的一部分，在托尔梅斯河以南。该河由东向西穿过城市，最终汇入杜埃罗河。杜埃罗河在葡萄牙的波尔图市入海。——译者注

个傍晚七点钟刮胡子的封建习惯，或者因为他知道点儿什么也似乎愿意说给我听。他天天与上帝交战。我们的阁楼房间地板是白松木的，经常擦，但是没有打蜡。地上乱扔着一堆书本、报纸、一个破了的指南针盒、一块山羊奶酪。

"历史没有任何现实，你懂吗？"

"知道。"

"历史没有任何现实是因为它属于过去。问一个今天已难以验证的事件的真实性有什么知性上的意义呢？要紧的是知道它对我们有效与否。如果什么东西在今天**是真的**，这是因为它有一定的有效性。要不然，它不但不会是真的，而且人们不会再去想它了。如果我们相信曾有过礼拜一临水节，如果曾有礼拜一临水节一事在今天**是真的**，那是因为它对我们有利。"

"对谁？"

"对烤小圆面包来礼拜一临水节上卖的人们。"

"你这个理论我觉得站不住脚。"

"它对冥顽难绝的性交易有利，圣周期间，因为有的人相信在耶稣基督受难日礼拜五性交罪孽更深，他们亵渎神明的欲望使这种勾当变本加厉；它对城市的黄金传奇有利；对许多天真的学生觉得自己有本事犯罪的感觉有利；对坚持认为《拉皮条的女人》故事发生在萨拉曼卡的文学批评有利。"

"《拉皮条的女人》故事里没讲到礼拜一临水节啊。"

他笑着走到窗边，并一直望着从阁楼这个角度可以看到的广场一角。

"你觉得那算得上是一个论据吗？"

“我永远不会明白在你眼里什么是论据。”

“可信度的一种理由。”他说道，这句话又回到了唯一重要的问题。

“我们决定什么**是真的**。”他仿佛只是在自我坚持，并没有企图说服我。

“可是你不相信一个历史事件客观上发生过或者没发生过吗？”

“对此我没有意见。”

“那么你是不是认为，过去的一件事如果你现在信就是真的，如果你现在不信就不是真的？”

“我没说它曾是真的，我是说过去之真**现在是真的**。”

我不想继续讨论下去了。但是这些事在我脑子里翻腾，我没抵住诱惑。

“基督真的死在十字架上，这个你相信吗？”

“显然，这是真的。”

“你那天约亚历杭德里娜出去，还为她讲解罗马古桥以及瞎子在什么地方拿小癞子脑袋撞石牛[1]，这是真的吧？”

“不是，那**不是真的**。”

“为什么不是真的呢？因为我不能容忍她记住它？因为我不能允许自己记起它？因为确切地说，亚历杭德里娜根本不存在，只不过是一大堆乱糟糟的表象，胸脯，大腿，嘴，可你

---

[1] 瞎子拿小癞子脑袋撞桥上的石牛是16世纪西班牙流浪汉小说《小癞子》里发生在萨拉曼卡的情节。——译者注

们这些家伙不但对她动手动脚，而且还她说什么你们就信什么？"

"难道你不曾对她动手动脚？"

"既然亚历杭德里娜压根儿就不存在，我怎么对她动手动脚呢？我们只是在做文章而已。"

我忍不住笑了：

"谁会想到和亚历杭德里娜去谈什么文学！只有你才想得出来！"

"我告诉过你了，亚历杭德里娜压根儿就不存在。我现在是和你在做文章。"

令我恼火的是，阿古斯丁迫使我采取追根究底的法官态度，让我乐此不疲地质问他，并使他极可能未经思索地乱话三千。我活成了代理。只要阿古斯丁不说失去了信仰，我也不敢失去信仰。我们总是在讲同样的话，他说来说去把我绕晕，而我一如既往地愿意信他。阿古斯丁的心灵一定是一口对我大有裨益的经验之井。我很想认同褶藏在他内心深处的某种冰冷的价值观。

"我们为什么不到广场上去呢？"

"你是个窄轨的皮兰德娄。"

这便是阿古斯丁的回答，他说完就躺到摇摇晃晃的床上，打开一本书读了起来。他把胡子刮得干干净净，结果呢，我们还是待在这冷飕飕、臭烘烘的阁楼里。房间里闻到的是奶酪、臭袜子、午餐剩下来的硬邦邦的鹰嘴豆的气味。

亚历杭德里娜走进来。"要我说多少回啊，叫你们别躺床上，别躺床上。搞得乱七八糟。人家干活，你们糟蹋。"

"闭嘴吧，亚历杭德里娜，你这是嫉妒。你可想跟阿古斯丁一起在床上打滚呢。"

"臭不要脸。"

"过来，亚历杭德里娜，到这儿来。"阿古斯丁说道。

"你坐下。"

他张开胳膊等她，亚历杭德里娜害羞地坐到床边。

"关于礼拜一临水节你都知道些什么？亲爱的亚历杭德里娜，它对你意味着什么呢？"

"妈妈说那天是红灯区的妓女们回归的日子。狂欢节的时候她们被踢出去，到特哈雷斯去度过四旬斋，学生们就偷偷去会她们，一旦被抓住，他们是要被惩罚的，然后等到礼拜一呢，主教领着一众穿防雨斗篷的教士和神父去迎接她们归来，千恩万谢地唱赞美颂（te deum）。"

"叫人吃惊。"

"你或许已经证明了那**是真的**。"阿古斯丁对我说。他不再理她。亚历杭德里娜看到自己的话没用了，便从床上站起来，做出在房间里收拾东西的样子。

"你混淆了一切，"我对他说，"这不是人们信不信的问题，而是确实发生过什么。"

"**真的**是真的。"阿古斯丁固执己见，说话仿佛一个傻瓜。"亚历杭德里娜，下去到店里打一瓶酒上来。"

"妈妈说过的，不要你们在房间里喝酒。"

"我知道，亚历杭德里娜，但叫你去你就去。"

"好吧，以后你们别说出去，我妈妈这人，你们知道的。"

"亚历杭德里娜，快去吧，你这诸神的捧杯手，去替我们把玉露琼浆搬来，不然的话我就认定你看不起我，或者你就销声匿迹不存在了。"

"别骂人啊，我这就去。"

他又想在床上喝醉，然后半夜三点钟带着酒渍出门。到那时他已经不醉，完全清醒了，街上只剩下了路灯，广场上也没有人转了。我们本来可以看书学习的，可要是酒拿上来了，那就得喝啊。那羊奶奶酪躺在灰蓬蓬的地板上向我们示意……一定是我关于历史真相的问题太刺激他了。礼拜一临水节是必须庆祝的。

让妓女们陪我们吃花酒吧，没有她们的时候让亚历杭德里娜的美之光辉，让她那刀枪不入的形象照亮我们吧。说她刀枪不入是因为总是正襟危坐的阿古斯丁不允许别人在他面前碰她一指头。他这种行为正成功地使那可怜的亚历杭德里娜为他犯傻，几乎已经爱上了他。母亲一出门，她就溜进来听他说那些她根本不懂的事情，圆脸上的小嘴张着。她知道自己性感可人。但是我开始感到恼火了，因为我明白，我碰她的时候，她在想，要是碰她的是阿古斯丁该多好啊。她爱上尊重她的人是很自然的。这没有任何神秘之处。所有的著作家都解释过了。房间里的气味越来越难闻。我要看看，酒送上来之前自己能不能读一点民法。真的，我们还在三月份呢。我学习太刻苦，这有点蠢。阿古斯丁学习比我好。我被迷住了。我像亚历杭德里娜一样也快要被他迷住了。他那垂下来盖到眼睛的黑发最终会让我恼火的。我要将他的思路之发打乱。我要让他直截了当地说出来，他到底是什么态度；我不要听他那一套奇谈怪论。

我打开民法课本学习，但我同时想着，我的抽屉里还有一截香肠。再加上落灰的奶酪和那瓶酒，我们要好好地热闹一下。我抬头朝阿古斯丁望去，想看看他是不是睡着了。

"监视我啊您，得再小心一点！"他喊道。

小品词后置连读如今很时髦。[1]

1　指上句话在原文中的语法现象，把作宾语的代词都置于动词之后，拼写为一个词。——译者注

第十二章　实验：阿格达堂妹与死亡

阿古斯丁一直看着他的傻堂妹。她戴着脚镣在屋里地上爬，也一直看着他，但似乎没看见一样。在这寒冬的清晨，阿古斯丁喝着贝罗妮卡为他准备的汤；汤在火上重新煨过，热腾腾的暖人。他边喝汤边试图猜测那双痴呆的眼睛和满是油渍的头发下面会有些什么。

他做了若干实验。他把一根小棒子放到她前面，女孩便把它捡起来送到嘴里。他放两根小棒子在她面前，女孩捡起一根放到嘴里。他放三根小棒子在她眼前，女孩捡起一根把它放到嘴里。阿古斯丁用一根小棒轻轻敲击另一根小棒，仿佛在演奏听不见的鼓乐进行曲。女孩看着他两根棒子轻叩，然后捡起另一根小棒子把它送到嘴里。她一直咬着小棒子，上面沾满口水。阿古斯丁把一个布球放到女孩手里。女孩先是紧捏，然后一把将球扔掉，接着又捡起身边的一根小棒子。

他让小球在她眼前滚动。女孩看着球如何滚动，然后一手将它推开，似乎就把它忘了。阿古斯丁跑去捉来一只活蚂蚁并把它放在女孩眼前，使它，或者更准确地说，让它，在潮湿的地上爬。女孩似乎没有看见它。他重新把蚂蚁放到女孩眼前让它爬。她心不在焉地看了看，突然"砰"一声把它拍死了。

他又找来一只更大的蚂蚁，还有一只蚱蜢。还没等蚱蜢起跳，女孩就把它抓来并一把送进嘴里。阿古斯丁聚精会神地看着她怎样咀嚼并吞咽下去。阿古斯丁想，蚱蜢说不定内含具有疗效的生命元素，适合那本性迟钝的女童。他想捉更多的蚱蜢来，让她用蚱蜢填满肚子，以期达到进化，甚至使她彻底痊愈。或许女孩的发育就靠她那单调的饮食里所不包括的某些生命元素。尽管贝罗妮卡可能因为彻底无知而以为自己给孩子喂的是最好、最有利于她的饭菜，但实际上它欠缺的可能正是那些元素。可是他不敢这样做，因为贝罗妮卡搞不好会以为他是要毒死她呢。只有偶尔那么几回，在那些孤独迷茫的日子里，当贝罗妮卡在保拉家里梳头的时候——梳她那又长又直的金发——他才敢给她别的大个头昆虫，而且他也成功证实，阿格达确实对包含在这类六条腿的昆虫身躯里的生命元素怀有欲望。她嚼着嘎嘣脆的几丁质的壳，明显吃得津津有味。阿古斯丁把一红一白两只球放在女孩看得见的地方，使它们相撞，发出清晰的声响。女孩无动于衷地看了看。他用红球撞白球，却毫无结果。接着他用白球撞红球，女孩开始发出几乎持续的夜间呻吟[1]。

　　阿古斯丁捧起女孩脑袋，两只手夹住它，她挣扎着，龇牙咧嘴地露出特别突出、特别尖利的虎牙。他努力地盯着她的眼睛看，一边把她油渍的头发向后拢。女孩看了他一下，然后似

1　夜间呻吟或睡眠呻吟是一种罕见疾病，其症状是睡眠时发出嗯嗯的声音。——译者注

乎又目空无物了。他划亮一根火柴。女孩伸手过来，指头烫着了才缩回去。指头烫红了。会起泡吗？他又划亮一根火柴，女孩逃到脚镣的另一边去了。阿古斯丁把火柴扔了，女孩才再次一点点靠近他。

他把手放到她的脖颈后，尽管那里好像汗津津的，他还是轻轻地抚摸她。女孩一直露出惊恐的神情。他的手指做一个仿佛弹钢琴的动作，然后挠她头发下的头皮。这回的抚摸更深切一些，因为他怕她没有足够的感觉力去感知轻抚。女孩发出一声哼哼，他觉得这声哼哼比平常更少一些动物性。很难说她是不是微笑了，但是一只猫肚子里发出呼噜呼噜声时也不会微笑，我们却可以猜到它的舒服。他把手放得更下面一点，脖子上有一截最突出的椎骨的地方，再次抚摸她。

女孩看着地面，她看到了一根小棒子并开始去抓。她的指头比一般人张开手时能做到的要伸得更开，而且指头向后勾。阿古斯丁拿起一片面包在女孩眼前慢慢把它分成小块，然后放到她面前的地上。阿格达似乎犹豫了一下但终于伸手拿起最大的一块，送进嘴里。她似乎像嚼小棒子那样不停地嚼着，但最后还是咽了下去。阿古斯丁又掰开一片面包，一块小得可以完全塞进女孩嘴里，其余的大块大到塞不进她嘴里。女孩拿起最大的一块啃了起来。阿古斯丁亲手拿起小的那一块并让它完整掉入阿格达小鸟一样张开的嘴里。然后，他一步步把大块掰小，又一片接着一片地塞到她大大张开的嘴里。接下去，他再次在女孩跟前把面包放到地上，一块小，其余几块大到塞不进嘴里。阿格达完全明白自己的本性，明白教育努力的空洞无用，她毫不犹豫地抓起最大的一块啃开了。

阿古斯丁拿来一块血淋淋的生肉和一块同样大小的熟肉。女孩拿起生肉，没嚼几下就吞咽了下去。然后阿古斯丁拿来一把生的鹰嘴豆和同样一把煮熟的鹰嘴豆。女孩选择了熟豆子，瞧不上生豆子。阿古斯丁又重复大面包小面包的实验，并把小的放得离女孩最近。然而，阿格达努力着再次把最大的那块面包拿到了手。下一步他把一块块面包摆成离她等距离，并在她伸手去够大块时用一根小棒打她的指关节。女孩缩手回去并哼哼起来。他重新把面包块摆成等距离，等女孩伸手去抓大块的时候又打她的指关节。女孩又哼哼。这个试验重复到第三次，没等他可以打到她，女孩就抓起大块面包并逃到角落里，痛痛快快地去啃了。于是他又把小片摆到她的手够得到的地方，阿格达仿佛没看见似的，朝着大块面包的方向又叫又跳。他再次打她的指关节，阿格达竟握住棒子咬了起来。随后她龇牙示威。随后阿古斯丁又重复另一步实验，把整片面包掰得小到一块块都可以放得进阿格达的嘴里并一块接着一块地给她，不过这回是放到她的手里。阿格达把小片面包送到嘴里，她吃得很安静。再接着，阿古斯丁把面包分得更小并一片片地给她。女孩嚼也不嚼，全都直接吞了。最后，他再次把大面包和小面包摆到她跟前，看她是否领会小得可以入口有助消化的优势，女孩抓起大的一块并啃了起来。

征得叔叔婶婶同意之后，阿古斯丁为傻姑娘解开束缚，牵着她的手带她到屋子周围转了一圈。女孩似乎对这次出行感到高兴，但她不会微笑，阿古斯丁只能假定她很开心。而且，当她拒绝在他搀扶下继续跌跌撞撞走路的时候，他只得把她抱起来（她已经很重），抱回家再次用脚镣把她拴住，免得她逃跑，因为阿格达表现得一点都不喜欢家里，采用脚镣这一人道办法之前，她曾经有好几次爬到尘土飞扬的路上，险些被马蹄踩死或车轮碾死。

但是阿古斯丁第二次出行的时候碰上了一群学校里的孩子，那些人指指点点地嘲笑他并远远地朝他扔石头，这让他心里很难过，甚至使他都不想再尝试这种散步了。不知什么奇怪的原因，它竟然会触发同学们无缘无故的仇恨。贝罗妮卡也不喜欢："由她去吧，可怜人这个样子已经够不幸的了。"虽然她也知道阿古斯丁是好心好意，要说他的教育热情没有取得累累硕果，那也只是因为阿格达遭受的是彻底的诅咒。

不管怎么样，富有同情心的阿古斯丁还在寻找其他能让她开心的东西，而且找到了。她最爱的是有人替她挠背，用一根细棍挠小骨两边。他长时间地挠她，女孩则躺在地上，小狗一样侧着身子。阿古斯丁就这样长久地拿细棍为她挠背，放弃了一切教育企图。但是过了一段时间后他又想到，或许挠痒痒比以前试过的通过敲打指关节来引导她吃小片食物更管用，于是他重新实验，女孩选择大块面包时，阿古斯丁不替她挠背，而先给她小块时，也同时为她挠背。他希望以这个办法来确立她对小块食物的偏爱，但是，实验重复了好几个月之后，阿格达对啃大块面包的明显偏爱依然如故。

由此阿古斯丁推断得出，以下两个命题之一必定为真：第一，阿格达处于比动物还要低下的水平，无力接受任何方式的调教，大块食物的原始本能也因此继续绝对地支配着她的行为，无论此前有过多少次伴随小块食物的愉快经验。第二，她本质上高于动物并直接知道，大块面包比小块面包更加符合她的本性，故而她以恶意之智拒绝上耐心尝试的老师的当。她宁愿遵从直截了当地把她引到真正幸福的那种更为智慧的冲动，譬如说吃绿蚱蜢和大蚂蚁。阿古斯丁一丝不苟而且略显迂腐的实验精神不能使他断定，两种假设究竟孰真孰伪（因其逻辑内容互相排斥，两者不能同时为真）；但是有什么东西在告诉他，真的应该是第二条，他的堂妹并不因为痴呆就是白纸一张。相反，由于她发自幽冥意志的准自由选择，她是有恶意的。

于是，在经过整个第一阶段的实验和调查研究之后，对阿格达的兴趣在他身上开始发酵，使他越挫越勇。村里的其他人在天意或者命运设作典范的阿格达面前变得模糊了。每项特定的量化试验都证明了，阿格达的智力表现低于一只小猫，一条小狗，一头小羊，甚至一只愚蠢的母鸡。然而，在和她本人的直接接触中可以注意到，在呆滞的嘴脸和咬紧的牙齿下面，她自有一种人性实质，一种更深刻的东西，那是连最机灵的猴子也难以达到的。而这说明了什么问题。那种告白，那种不连贯，那种灵魂被抛入污秽之井并对着他内心的耳朵呐喊而他却无力听清的境地，这一切不能被置之不理。在他看来，很明显，阿格达背部隆起的脊椎骨两边被挠痒痒时的舒服感比狗或猫在类似情况下所感到的要更为深刻，更为彻底。诚然，这些因为被驯服而倒错的动物似乎也能不怀好意地感到，以兽性的激情为它们提供快感的正是人类。但是在阿格达这里，对伙伴

（partenaire）身份的猜测更加完整。阿格达不像猫那样呼噜呼噜，也不像狗那样讨人喜欢地颤动。它们富于表现力的抓挠和颤抖都是为了奉承管理它们快乐的慷慨人类，而阿格达缩守在她彻底的利己主义（这一点是令人赞叹的）之中，她丝毫不感谢自己在笨拙和失禁的脊髓周围获得的快感，那脊髓甚至无法对她的括约肌进行适当的管理。在阿格达身上有一种"不给"的决心，这带着深深的恶意，甚至是有罪的。阿古斯丁看着他的堂妹多么毅然决然、多么直截了当地走向不灭的地狱之火。

"我的儿啊，"德梅特里奥斯对他说道，"你一定要做一个很好的好人。你做一个好人，将来必定成就大事。"

阿古斯丁听着他说，却并不相信。他能成就什么大事[1]呢？他发现自己内心只有对事物的好奇心，而且他觉得这在周围人身上应该也是存在的。在他看来，别人身上明显的残暴或者缺乏智慧并不是有缺陷的表现，而是勇气或力量的属性。能下得了手打一个比自己弱小的人，这样的孩子在他看来是邪恶的，但与此同时，残忍者的脸上放出某种光芒，一种力量之光，这让他有些嫉妒。因此，他属于弱者和胆小者之列，在众生等级秩序中占据一个弱小的位置，他的学业优秀也没有什么价值，在一定程度上那只不过是家学，既然父亲是教书的，那么除了在学校这个平庸的竞技场上轻松取得优秀成绩，他还能怎么样呢。

1　大事（algo-muy-grande），作者自造合成词。——译者注

德梅特里奥斯家对门是一家肉铺。帕卡太太是一位性格阴沉、长得黑不溜秋的瘸腿女人。她嘴上有一道黑色的小胡子，身材窄小，各方面的尺寸都小。她的儿子们却都一个个高如铁塔。其中一个儿子用马驮来准备牺牲的绵羊，羊被四脚捆住，横放在马鞍前。羊一路咩咩地叫个不停。帕卡太太以陡变难测的脸色和出其不意的耳光统治那个由三个儿子和一个丈夫构成的社会。谁也不敢起而反抗她的暴政，谁也不敢不听她的命令。帕卡太太的儿子们怕母亲的蛇蝎之舌，至今还不敢找对象。

阿古斯丁看着屠夫老婆的儿子骑马载羊走近。那个村里只能杀羊，因为杀牛的话，肉没等吃完就开始腐烂了。由于镇上没有屠宰场，也没有明确的卫生规定，宰羊就在屋子前面进行。牺牲仪式的主祭是帕卡太太的丈夫，他也一样瘸腿，一样有胡子，一样说话显狠露凶，恶意伤人。他用尖刀刺穿羊毛和羊皮插入到羊的身体里。鲜血从那里流出来，落入一口砂锅；羊血流经的一绺绺白色、褐色或黑色的羊毛闻着有羊汗的味道，看着脏兮兮的。那屠夫基科接着在羊毛上擦拭刀刃。再后来他慢慢地剥羊皮。这活儿很费劲，但他干起来得心应手。

赤裸的绵羊看起来很像人。它的皮是粉色的。你可以看到它肘部肉与肉相连的关节。它的眼睛大而鼓突，又黑又亮，没有睫毛，像玻璃一样。那睁着的眼睛太恐怖了。一头被宰的羊侧放在地上，虽然眼睛进了泥土，虽然眼角膜不小心弄脏了，虽然它已经死得结结实实了，它的眼睛却还在看。羊头晃来晃去。前额很窄，脖子很长。或许鲜血一滴一滴流光的时候它感到了痛苦。它只会单调而没有表情地咩咩叫。听不出来它是否经受了痛苦。当然，剥皮的时候它已经死了，这一点与脸色煞白的阿兹特克人不同。

但是似乎它有可能仍然像以前一样有感觉。以前它也不抱怨。它们不会哭。然后就该吃羊肉了，尽管尝起来有羊毛的味道。有时候羊下水还带着一块圆圆的石头。这在开膛的时候可以看到。母亲留下羊脑。"弗朗西斯卡，你知道的，我要羊脑。"羊脑髓里是羊的智力或精神生活或羊的别的什么东西。它也会思想点什么。羊脑吃上去软软的。入口没有什么分量。吃了它一定会变聪明。稀罕的是那块绿石头。那是块结石，位于肝脏或者肝脏附近。古人通过牛羊的内脏来卜问未来的凶吉。他们牺牲一头动物，然后从胆汁的颜色或大肠小肠扭曲的形状可以轻易推算出，下一场战斗哪位将军会赢，哪位将军要输。基科空手抓住羊肠揪了出来。羊肠落到地上或者落进脸盆里。脸盆是放在那里接——掏出来的下水用的：羊肺、不但不再跳动而且比其他部位死得更彻底的羊心，以及别的红色的羊内脏[1]。

肉铺里的死亡物质有种临时之感。如果放那里不吃，它就会腐烂。然而，就目前而言，在分割仪式开始之前，一小块一小块的肉走向村民热气腾腾的砂锅之前，它被留在那里。羊被脑袋朝下挂在一个铁钩上。尾巴还有待剥皮。似乎那是唯一活着的东西。然而，毛发甚至在羊还活着的时候就是死的，它不具有生命属性。肉，内脏，还有装在瓦盆里、热的时候真正具

---

1 牛羊内脏分红白两种，肝、肾、心、肺等红色，肠、胃等白色。——译者注

有生命的羊血，现在都彻底死了。阿古斯丁看着垂落的、细长的羊头，两只近视的黑眼睛，没有眉毛、睫毛、眼皮、头发、外壳的障碍，无所顾忌、满怀期待地看着整个世界。光线继续穿过玻璃状体和水状液，进入晶状体[1]。它们现在由于生命胶质的沉淀而变得混浊起来，而摩擦视网膜的光线已经不能再刺痛它了。死去的身体倒挂着轻轻摆动，但是那种教堂灯台似的动作已经不再是生命的任何记忆。

阿古斯丁想做另一个实验：她明白不明白什么是死亡呢？除了热量、运动、气味之外，还有别的什么能使她注意到生命吗？羊身还是热的。阿古斯丁把它抱起来。没那么重，他能抱得动。他把羊偷偷抱到家里，阿格达正在脚镣固定的角落里沉思时间的本质特点：它的单调，它的不变，它永恒的流动。

他把羊放到女孩跟前并使那怪诞的头颅上怪诞而黑亮的眼睛看着她。阿格达不为所动。尽管它的黄牙看着很凶，尽管它有平滑的发青的厚唇，她知道那不是一条狗，而且知道即便是狗也不会咬人。她张嘴把那两个充满威胁的球一一咬破。然后，好像是咸味刺激了她，她伸出舌头舔干嘴角，并张开嘴等着阿古斯丁给她喂面包。

1　玻璃状体、水状液和晶状体都是关于眼球的解剖学术语。——译者注

第十三章 高原幽灵

有一天我们在去往萨莫拉方向的公路上漫步。一个黑色的人影从高处走下来。等到走近的时候我们才发现，原来是胡利安神父。他经过我们身边打招呼时仿佛心不在焉，然而我却感到了他目光的专注。我和他并不相熟，还有点怕他。阿古斯丁说：

"他很聪明。"

我不寒而栗，仿佛胡利安神父看我的目光别有用意，他给我的或许不是毒眼[1]，但确实是重要性难以名状的一道警告。

我们一直爬到高处。冬季里，经过远山的花岗岩打磨的寒风吹过来如刀割面。那里有一片圆形平地，笔直的公路在其中穿过。有青草在冬季生长。干旱的荒漠之地几乎显得有朝一日能够变得草木葱茏。我们极目远眺，由着自己的眼睛想象那里有意味深长的远方，甚至还有风景。为什么我们上一代的文艺前辈会认为那很美呢？这肯定是一个伪装成听天由命的受虐狂案例。

"你知道的，风景是一种心态。"阿古斯丁对我解释道。

"那么风景缺失又是什么呢？"

他听着我试图为准确定义"风景缺失"这个概念而做出的

1　毒眼，迷信认为可以伤害人的目光。——译者注

混乱解释。这一概念只有被应用于不规则的山水地貌之整体才有意义。奇山异水被一种统摄的眼光互相联系起来，其整体被习惯性地命名为风景。我试图解释的是，明显缺乏结构和过度缺乏复杂性足以摧毁风景的本质。一棵树加上一片空旷的荒漠，那只不过是本应充实的风景内涵被掏空了而已。我的讲解把阿古斯丁逗笑了。

"你把不允许竖立雕像的地方叫作风景。"

我觉得很好。萨莫拉公路的高处正需要竖一尊乌纳穆诺的雕像，我在楼梯平台上天天抬头不见低头见的那个半身像[1]。

"这处平台似乎正在请求胡利安神父到场。他们应该雇他到这里来站着，一动不动，要是可能的话，也把胳膊拉成十字。"

"太对了！不能成为博物馆的才是风景。"

在卡斯蒂利亚高原上恰当地摆上古代的大理石雕像，古希腊女神的半身像，委拉斯开兹的油画，再把它们用玻璃纸包起来，抵御没有空调调节的恶劣天气。这一景观足够令人鼓舞，足以允许我们接受上述定义。难道我们父辈的那些文艺家不会在卡斯蒂利亚高原上布满自己幽灵的无形剪影吗？这似乎可以合乎逻辑地解释他们的狂喜。

"把胡利安神父弄来，把他钉上十字架，挂到电线杆高处。他的黑袍将被四面来风吹动，这样的话，鸟类亲切地落到教士袍上的鸟粪也会被吹散。他将对萨拉曼卡的人群布道，说布尔戈斯的田野不知要比莱昂的田野高明多少，人们将从远方

1　乌纳穆诺曾为萨拉曼卡大学校长，校园里有他的雕像。——译者注

开着汽车来听他说话。"[1]

那带有预言色彩的怪诞的幻象和阿古斯丁对胡利安神父的爱并不互相排斥。正相反，它直接诞生于他对他的爱。

"他真有人们说的那么犬儒主义吗？"

"他确实是个犬儒主义者。"

"那么，你为什么想让他被钉到十字架上呢？"

"我看他早已被钉上了十字架。布尔戈斯的农民们将在他身上找到他们的救主和他们的榜样。"

"别说不敬神的话。"

但是阿古斯丁对我解释了胡利安神父如何帮助过他，如何为他的教育操心。他借书给他读。他给他出主意。阿古斯丁受他影响比我想象的要大。我们的偶像本不应该让我们想象他们对别的更高的存在做出倒地膜拜的姿态。但是偶像崇拜是有感染力的，又是前进式的。我可以轻而易举地崇拜我的偶像所崇拜的偶像。难道说我的反应应该是嫉妒和批评吗？至少我有好奇心，想对阿古斯丁感兴趣的那个人了解一二（他的位置与我对称，我自下而取，他从上而予）。

根据阿古斯丁对我的解释，关心他的精神历程的一众神父、辅导员、教师、窄轨恩主中间，只有胡利安神父是最没有

1　布尔戈斯在卡斯蒂利亚，萨拉曼卡在莱昂。卡斯蒂利亚本来是一个臣属于莱昂王国的伯爵领地，后来独立并在光复运动过程中壮大为强国。作者在这里讲的文艺前辈指"九八年一代"作家，他们喜欢描写所谓卡斯蒂利亚风景中的灵魂，并在其中寻找他们心中的西班牙民性。这种风格的主要代表人物除了文中提到的乌纳穆诺，还有阿索林和安东尼奥·马查多等人。——译者注

私心的。他从来都不企图将他引入自己所涉足的狭路。阿古斯丁缺乏所谓的"天职"；这似乎是预先的设定，所以这个问题根本就不会被提起。往往只有到了会面结束的时候胡利安神父才会问他："关于虔诚慈悲方面的功夫，你最近怎么样？不要疏忽了，阿古斯丁。要慈悲为怀。"

终于，我的好奇心被满足了。

胡利安神父对所有的人都以你相称。

"我想在我房间里见你，"后来有一天他对我说道，"你明天四点钟来吧。"

这是我首次登堂入室，进入他的私密圈子。他神情严肃地等着我。他站立着，神采犹如征服墨西哥高原的西班牙武士。

"你坐。"

他嘴大，唇薄，口似一道伤口。他略略歪着嘴。

"你祷告吗？你工作吗？"

他好像在生气，而我却不知道这是为了什么。

"你在浪费时间。对不对？你浪费时间啊。你们都在浪费时间。你们不学习。你们不读书。你们整天泡咖啡馆瞎混。然后呢……"

他转身朝向窗户。然后，他仿佛忽然想起了什么，一字一顿地说道：

"你们"——他用了复数形式——"……对……上帝……不够……慷慨。"

我很吃惊。这是我没有预料到的指责。那种责备没有来由。他又不是我的忏悔神父。我也没有在公众场合犯过什么太大的过错。难道是有人告发我？我在脑海里汇总自己的过错并暗暗将其捏成一团并努力隐藏起来。我低下头。他一直在房间里踱步。

"可是你的经济状况允许你……你和别人不同。你不缺衣少食。你可以获得一大堆知识，拥有高人一等的文化。你可以施展你的才华。你可以买所有你想买的书，可以旅游。你可以学会各种语言。你会德语吗？德语对于哲学来说是必不可少的。你父亲可以为你出钱延揽名师。你可以学会一切有文化的语言。这些都是特权。有多少人得不到它们啊！为什么你们这些富人总是那么懒惰呢？你们这些家伙没有好奇心和求知欲。要好好学习啊。"

他再次把脸转向窗户，穿窗而出的炉子的烟囱一如既往地怪诞。

"所有那些可能性你将来必须对上帝交代的。上帝要你们发展自己的才华。你记得他兰得[1]的寓言吗？"

我从来就觉得那个寓言有点费解。它似乎是为了利好富人而设的。穷人不那么自信也不敢以自己少得可怜的财产去投机，这是很自然的。我问他：

"为什么给一个人的东西少却还对他要求那么多呢？"

"这是蠢话，"他对我说道，"别犯傻了。不要拿护教学学生的难题来考我。你肯定知道，那不是寓言要表达的意思。"

1　三个仆人投资的寓言故事，见《马太福音》第25章第14—30节。主人出门前把钱交给三个仆人去做生意。拿到三万的仆人做生意赚了三万，拿到一万二千的仆人做生意赚了一万二千，拿到六千的仆人把主人的钱埋在地下，主人回家时他一分未赚。他兰得（talento）和才华（talento）是同一个词。他兰得本义是古希腊罗马的货币单位。——译者注

"可是我觉得……"

"行了。别说傻话了。"

他固执地背对着我，脸看向窗户。我益发吃惊了。

"除了共同的义务，每个人都还有特殊使命。你明白这个道理吗？"他略带揶揄地问道。

"我不知道……"我支支吾吾。

"别傻了！"他再次提高声音，"我们都必须去望弥撒，不是吗？……"

"当然。"

"难道你相信你自己所有的义务，你最重要的义务，就是这些吗？"

我要放弃这场假心假意的对话。某种天生的智慧让我注意到，他没在听我的回答，因为他不感兴趣。

"不对的。除了必须听弥撒，或者不得杀人，不得通奸，等等，我们还有特殊的义务。一种对应于个别人的义务。一种不要求其他人的义务。因为每个人的情况各不相同。"

他肯定是看出了我脸上的极度错愕，因为他停了下来并坐到我对面，口气也柔和了些。

"对的，小伙子。我们的任务之一是能够发现哪些是每个人的特殊义务。根据各人的资质，这些义务可能对他要求更加严格。上帝向那些能够给予更多的人要求更多。譬如说，你……行了，你去吧，去吧。"

他的脸上又闪过一道阴影。

我如释重负地快步向门口走去。但是他的声音制止了我。

"你明白了吗？你的朋友们，譬如说；你对你的朋友们有特殊义务。你必须帮他们。有些人他们自己立不起来，需要你拉一把。你必须使他们不缺少物质手段。你有能力却不尽力而为。"

我一手扶在门上，斜着身子专注地看他，开始明白点什么。终于，他爆发了，说话的声音越来越大，仿佛给我下达一道军令，一套我必须带到前线战壕的接头暗号。

"阿古斯丁那个小伙子！我可不想看他误入歧途！你也有义务关照他。你是他的朋友，不是吗？"

"是的，神父。"我果断肯定。

"那么你也是有责任的。"他两眼发亮地吼了一声。

片刻之后，他转过身去，意思是会面已经结束了。

我迷迷糊糊地走下楼梯，没有注意到那些可怜的肖像画，也没有注意到那为我打开街门的小勤杂。阿古斯丁在餐馆里等着我。他知道我去了哪里。

"你觉得怎么样？"他问道。

可是我并不打算告诉他，他的偶像是如何被他最亲近的人类触动了，所以我毫不含糊地回答他：

"很聪明。"

平生头一遭，我坚持整个下午玩多米诺骨牌，直玩到双六变成灰色模糊的一团，直玩到我确信并后悔，对应于我们当天的那部分他兰得[1]已被无可挽回地挥霍殆尽。

1　见前注。——译者注

第十四章　罪恶·女招待

罪恶这个观念本身是可以理解的吗？一个人怎么可能**真的**犯下罪恶呢？难道诱惑中隐含的本能的张力不是天性使然吗？而天性不正是由幽冥难测的神意所决定的吗？难道罪恶不是意识水平下降的结果吗？而意识水平下降不就排除了罪恶的可能性吗？一个人可能出错，笨拙，有误，迷路，糊涂，失神，有病，但是怎么可能犯下罪恶呢？

人自认罪恶这个事实不就说明他是一种前哥白尼幻觉的牺牲品吗？忏悔不就在于简单明了地确认存在是不完美的吗？难道存在是罪恶这一点还不能排除存在者**真的**有罪吗？

诸如此类的青春期的困惑不只停留在理论层面，而是具体表现在阿古斯丁每次深思熟虑的决定之中有血有肉的痛苦。"我不想作孽"是他生命方向的不可避免的灯塔，但是它建立在"我不想谴责自己"的基础之上，而"我不想谴责自己"又隐含着对某些原则的彻底默认，人生的全部命运正是由显然是零星甚至任性的个别决定按照这些原则来安排的。这就使得"我在作孽"的意识令人难以接受；为此，他进行了最巧妙的诡辩斗争。相对而言较晚觉醒的自慰倾向又使这种挥之不去的纠结情况变本加厉。以后他将不可避免地向这种倾向称臣纳贡，人类就是这样喜欢羞辱哪怕其最卓越的精神代表。为自己开脱罪责的微妙的诡辩术已然发展为一种恶习，对"我在作孽"的生存方式强烈而痛苦的拒绝甚至使他成功地将这种自欺欺人的虚构维持了一段时间，而此时的他已经落入孤独的习惯，借了花花绿绿的幽灵的辅助，这个习惯给予他一种虚拟的陪伴，而羞愧难当之后，他再次堕入可怕的囚犯孤独。湿床单裹身的凄凉的少年，一只黏糊糊的受污之手仿佛象征对注定要成为神殿的身体的糟蹋；被逐出父亲的光明之居而咬牙切齿[1]，还有比这更明显的意象吗？

"我不是有心的，神父，因为我肯定不想作孽。我讨厌罪恶，犯罪作孽的念头让我恐惧。我怕作恶犯罪，我恐惧，我痛苦。我宁愿死了算了。神父，当时我没有完全的自由。当时我觉得我是身不由己，被卷走了，我几乎没有意识。我成了另一个人。我不再是我。那一刻，一切都似乎是无所谓的。仿佛一种晕厥。于是，我突然堕落，仿佛掉进深渊。深渊下面是海洋。我不想堕落。我睡着了。我在做梦。我不想那样；我知道我不想那样。我没觉得这是我自己的责任。落入深渊的人受制于万有引力，他已经堕入虚空，谁能要求他有足够的力量克服吞噬他的虚无而再次升腾到他的出发点呢？谁又能揪他的责任呢？"

1　"当你们看见亚伯拉罕、以撒、雅各和众先知都在神的国里的时候，你们却被赶到外面去，在那里必要哀哭切齿。"《路加福音》，第13章第28节。"但本来要承受天国的人，反被丢在外面黑暗里，在那里必要哀哭切齿。"《马太福音》，第8章第12节。"把这没有用的仆人丢在外面的黑暗里，在那里必要哀哭切齿。"《马太福音》，第25章第30节。——译者注

此时此刻我平静而且清醒，我现在平静地、实实在在地说："我宁愿现在突然死掉也不要犯罪作孽。"我发誓我是真诚的。我说的是实话。我愿意当场死掉也不要犯罪作孽。夜里我难道还是同一个人吗？夜里替代我的那个人物是谁呢？神父，您知道吗？那不就是一种疯狂，一种暂时的疯狂吗？请您理解我，神父。您知道我是真诚的。我不觉得自己有责任。您一定要懂我的意思。告诉我，我对您说的都是实话！不是实话吗？我对您说的不是实情吗？您觉得我没有对您说实话吗？

"忏悔吧，孩子。傲慢蒙蔽了你的眼睛。"

然而，我确实不想犯罪作孽，因为我觉得**犯罪作孽**的根本意思在于**接受犯罪作孽**。一个人只有接受犯罪作孽才会由义人变为罪人。而接受犯罪作孽的那种清醒决定，那种知性操作，只能与下列情况同时发生并且吻合：最激烈的反叛行为、**不信神**、说服自己必须走出神之居所、在星光灿烂的夜空下孑然一人赤身裸体却不知道背后是谁。严格说来，这话的意思就是，人不会犯罪。因为谁会在完全有意识的时候，头脑清醒而且思路完全清晰的时候，愿意在一位无所不在又喜欢报复的上帝的眼皮底下犯罪呢？这位上帝必将无情地消灭他，不但在感觉世界，而且在存在的终极本质上消灭他。这样说来，**接受犯罪作孽**和不相信上帝的惩罚，不相信他对感觉的完全消灭，是同一回事。反过来说，**不相信**又会摧毁犯罪作孽可以思量的逻辑和存在基础。

他要求我和他一起去因为那正是他从村里来的目的他想要我和他去一个他需要我陪他进去的地方好让我看看里面究竟是怎么回事这样做对他的方便之处是我以后永远不会从心里怪他没有为了完善我的教育而尽心尽力我们两个都特别拘束他有点尴尬我也许更加难堪因为我明白他是在深思熟虑之后才走出这一步的而这种深思熟虑哪怕在达到其最终解决之后依然不能平息他心头的疑虑怀疑这么做是对还是错怀疑我的教育是否能够通过这种荒唐的出征而得到改善这是他有一次来到我凭奖学金入学的学校探望我时由他所做出的决定我们求校长恩准校长勉强同意因为老师们对我父亲的教学活动怀有敬意他在偏僻小村里教出来的学生小升初考试时总能赢得优等奖学金这不但缓和了中学老师对小学老师的轻视也使前者信任他的教育举措或许也因为他们看他翻下骡背冻僵的样子觉得他挺辛苦两人走出学校……

那些人红扑扑醉醺醺一杯接着一杯地喝着酒那是我父亲绝不敢凑近嘴边的他们一边打着骨牌使劲用牌拍着大理石桌面嘴里嚷嚷着弄出似乎骂骂咧咧的响声一边厚颜无耻地盯着那些筛酒的……女招待她们穿着亮闪闪的紧身衣服下尖的领口开得很低裙子也比惯常的要短……

"这位孩子喝点什么？"笑启红唇的女招待朝我低身问道，仿佛我是个大人似的，我父亲回答说咖啡加牛……

我的缺课严重违反了作息时间傍晚返校时我们大步疾走浑身热烘烘地进校门我们艰难地踩着那几条街上铺的尖石那些可以使你摔破膝盖的尖石几百年来专等着伊比利亚人摔跤——对

于他们的贪赃枉法这简直算不得什么重罚——这是父亲的教育法，除此以外还有一声教……

"看到了吧，你算已经见识过了什么叫女招待咖啡馆。"这话让我吃惊因为我根本就没想过要去看什么女招待这甚至让我怀疑可能是他自己需要这种最古老恶习的花样翻新的刺激这种恶习的回声虽然被教育学的借口弱化但还是传到了他那里他需要满足他的个人好奇心这种好奇心既被粗暴噤声也受制于他的道德形象所确定的狭窄界限这和他不希望邪恶以未知之光辉为装饰来引诱他寄托全部希望的独生子的严师慈父形象是不相……

在学校昏暗的长条形餐厅里摆满白色大理石桌面的长条桌犹如墓地史诗被苍蝇弄脏的硬纸板画的是神秘的最后的晚餐餐厅一边有个高台上坐三位值班老师有时候他们从讲台上朗读圣徒生平但并不是每天如此周日领圣餐的激动还有随后的早餐加牛奶的咖啡闻着发臭表面漂着一丝丝白花花的奶皮其味道难以名状只可回想它所引起的恶心感需要努力才能抑制。

第十五章 几张画片

"因为你是拿奖学金的而作为奖学金得主你就有更多义务如
果你学得比别人多一点那也不过是严格履行义务而已所以说我希
望你不要昏了头不要以为自己是什么三下五除二一点就通的大学
者也别傻呵呵的自鸣得意走路如火鸡开屏而应该保持和你出身相
配的谦卑态度慢慢达到你还欠缺的修养而且要知恩图……"

那位年已四十五岁、一脸严肃的人一袭黑衣，坐在讲台
上，管着四角见方的课堂。四位学生坐在课桌前。他们穿着胸
前开扣的黑袍。黑袍下露出弄脏的灯芯绒裤子。课间休息时在
院子里踢腾使袍子沾上了厚厚的泥污。脚上穿的系鞋带的短
靴更是一塌糊涂。某个孩子的鞋底正中有窟窿，他的脚是湿
的。课桌上方悬挂着昏黄的电灯泡。教室里有尘土的气味。几
百个脚印留下的干泥在未经打蜡的松木地板上画出一条路。这
条路从通往院子的门口而来。然后呈扇形分散。孩子们齐刷刷
坐着一动不动，盯着打开在课桌斜面上的书本。学监虽则一声
不吭，却一直盯着学生们的后脖。教室外面，从走廊和院子可
以看出来，天快黑了。通知课间休息的单调的钟声已经听不到
了，但是它仿佛犹在耳边敲响。学监的桌子比学生的高出一

截，他坐在那里，眼睛紧盯着埋头书本的孩子们的脖颈。孩子们长得又黑又瘦。他们剃成大平头已经有些日子了。后脖上新长的头发搭在脏兮兮的方格衬衫边上。

学监手里藏着一块用来烧炉子的木头，断腿炉子坐在教室中央。炉子里接出一根怪模怪样的黑色管子，穿过教室寒冷的空气，漏出一些烟，闻起来很呛人。余烟由黑管子穿过窗户上方的一块木板排出室外。从烟囱裂缝漏出的炉烟是空荡荡的教室里唯一在动的东西。一个孩子在座位里扭动起来，而且竟敢几乎不被察觉地抬起头来，说时迟那时快，学监扔出木块，可是没有击中那个孩子，它撞上课桌板，掉到地上发出一声闷响。

"要是打中你，非把你砸扁了不可。"学监说道。

色情明信片，裸体女人的照片，学校里什么时候出过这等丑闻哟！谁竟会起邪念以这种直接而极端的方式来败坏洁白无瑕的灵魂，几乎洁白无瑕，我敢说，尚属洁白无瑕，一如既往的洁白无瑕。他们正穿过青春期的汹涌之海，那最最难对付的人生阶段，他们必须克服自己身体里冒出来的种种诱惑：含羞年华，器官长大，下巴露出胡子。诸如此类的诱惑会刺激他们尚处于犹豫之中的感性。这些孩子交付给我们管顾，可现在他们受到了来自这些照片的外在挑逗和进攻。它们一定是从那该死的藏污纳垢的街区流出来的。孩子们还不应知道世界上有这种地方存在，但是他们被置于一种几乎可以想见该种现实存在的境地，他们的眼睛就要看到那种可悲的现实了，谁知道我们能不能把那些画片一扫而光！将归我们管顾的孩子们的纯洁的手从那一整堆污秽边拉……

"我的孩子，你父亲艰苦奋斗是为了你。当你还小的时候，你父亲就已经在为你着想了。他不停地工作和攒钱，就是为了有朝一日能够给你一个美好前程，为了让你能够达到他自己从来没有达到的境界。如果没有他的帮助，那恐怕是你永远也达不到的。他一步步塑造你，一点点赋予你精神形式，好比母牛肚子，几乎在不知不觉之中塑造着它的牛犊。你的父亲就是这样一步步培养你的，他把他精神中的每一部分都安置到你身上相对应的地方，亲眼看着你的智力小苗奇迹般地渐渐长大。我的孩子啊，他教你西哥特王朝的君王名录；他对你慈父情深，可以说堪比一位教爱子满清皇帝名录的中国父亲。我的孩子啊，你想想这是怎样的深情啊，请你想想，父亲为你吃了多少苦啊，不，你不知道的，你永远意识不到的。你父亲每天清晨刮胡子的时候，你满怀敬爱和惊奇地看着他刮胡子，但是你不会知道，他心里想的是你，是你的整个前途。你和你的未来金字塔包含在他那充满忧郁梦幻的水晶眸子里。一次又一次，他的剃刀在恍惚之中刮破脸上那颗烟草色的痣，这剃刀弄不好是可以流血伤人的武器。他极力忍耐你母亲的恶骂，被骂软蛋，孬种，因为她根本不了解他。他心里在想着你，想着那座金字塔在未来岁月的惊人发展；等那天到来，他兴许已经不在了，但是你还会继续发展，不再是什么小苗，而是一整片耀眼的森林——啊，明日之人，孩子啊——因为你伟大如森林，你也会像森林一样获得自己的声音，而你的声音将升华为众人之声，因为他猜到了你一定有能力为众代言，被人倾听，使人震撼，有能力感动在你之后出生的人们，当他兴许已经不在人间的时候，那些人将会需要你告诉他们是一个人的……"

"这画片谁给你的？"

"我不知道，神父。"

"谁给你的？"

"没谁给我。有人把它塞到了我的课桌里。"

"你不要说谎。"

"不是谎话。"

"你会丢掉奖学金的。"

"请你不要，神父。"

"你必须说出来。"

"我父亲会气死的；我求你了，神父。"

"你不明白那张画片是垃圾吗？你们这样玷污了灵魂，要直接下地狱的，那里……难道你不记得'那使人犯罪的有祸了'[1]？还不如挖掉眼睛[2]，因为天国里不需要用它来看天父的荣光。不需要！你这该死的，给我滚远点儿。你听不懂我对你说的话吗？笨蛋！"

1　"这世界有祸了，因为充满使人犯罪的事。这些事是免不了的，但那使人犯罪的有祸了！"《马太福音》，第18章第7节。——译者注

2　"如果你的一只眼睛使你犯罪，就把它挖出来丢掉；你一只眼睛进永生，总比有两只眼睛被投进地狱的火里好。"《马太福音》，第18章第9节。——译者注

他借助手电一直在床上看色情明信片他借助巧妙的诡辩渐渐平息道德顾虑心想如果上帝创造的东西是真实的那么它本身便不能是邪恶的而且他看裸体女人照片并没有犯罪作孽的企图这种企图当然是他断然否认的而且无论如何他也不会承认他看裸体女人仅仅是因为他已经到了一定年纪他自然要像所有同学那样知道女人身体是怎么造的她的身体有什么结构特别是两腿之间缺了东西的那个部位而且到了一定年纪每个人都应该知道那里是什么东西为了能够结婚的那一天这是必须知道的而且其中并没有任何邪恶之处因为上帝创造一切如我们所见如我们所能见博物馆里甚至还展出被命名为**裸体**的图画它们是真的存在的是由画家们画的那些人不但没有因此被革出教门而且还被展览被享有识见高明之名的人们所观赏它们是作为世界整体性的必要组成部分而被创作的同一些画家也画过基督画过珠泪滚落面颊的慈悲圣母怀抱人子躯体的悲痛圣母你不能说女人身体本身是罪孽到了一定年纪心中没有犯罪企图但有掌握必要信息接近宇宙描述性总体科学的真诚企图的男人反倒应该被允许接近那个万物的原型或者中心并允许他去想它是怎么造成的为什么子宫造成这个样子新生的婴儿必须从那里出世而众所周知分娩是一件神圣大事因为上帝也曾经有过母亲一切信众念玫瑰经时重复成百上千次的胎之果没有人为之大惊小怪尔胎之果每念一遍万福玛丽亚尔胎之果这话里的意思必须领会这话里的意思必须有能力明白知道人类看清对新生命必不可少的那个部位如何构造这么一个简单的需求是什么新生命可以被圣洁地渴望不掺杂任何邪恶有的只是科学的需求要知道是一个口子还是两个或

087

者像有袋动物或者像有泄殖腔[1]的动物谁又能够一次性澄清那个本质上很蠢的谜团可是这张女人照片也无法揭开谜底一切看起来都是那么柔和圆润根本猜不出它的结构除了一个丝绸似的表面那摸上去一定非常柔和假如有机……

"鬣狗生养的东西！"怒不可遏的学监以最清晰的语言说道。这句骂人话不是对他学生的真正生物起源的严格描述，而是暗指他们低下的道德品质。

1　有些动物排泄和繁殖共用一个孔道。——译者注

第十六章 竞赛与规则

作为一位儿童法学家，阿古斯丁知道孩子们起争执时谁对谁错。他不但谙熟游戏规则，而且凭借自己丰富的创造力能对它们加以完善。他说起话来总是那么有理有节，一来一回地口许，确认，反驳，说服最不讲理的伙伴们。要是没有注意到他的目光和他慢条斯理、头头是道的话中别有一个秩序森然的宇宙可以囊括他们本身驳杂不粹、微不足道的生命，这些家伙大概会考虑拳头大小才是最高道理。从规则里，他不但提取出人类喜好规则和风俗之美那么一个本身虚假笨拙、难称完美的根源，而且还有另一个更加深刻的根源，即难以言表的是非之心人皆有之。

在严格的游戏世界里，如果仅在并列意义上讲的头条规范是决定一年里游戏安排的次序，这条规范并不仅仅止于天气条件，或者耕种和收割所能允许的空余时间等表面性理由。这些孩子被迫从小成为家庭生产机器的一部分。但是这头条规范还只是阿古斯丁学问之道的基础。如果他说"是打山羊的时候了"或者"咱们现在要打进洞了"[1]，他这么说的时候既不骄

1　在打玻璃球的游戏里，打进洞是自己的玻璃球进洞，打山羊是用自己的球把

傲也没有一丝自以为是，仿佛是在宣告一条几乎显而易见的真理；对任何一个不蠢不笨的毛孩子来说都清楚明白。

更重要的是决定哪些去处可以被用来作为躲开各类不同迫害的避难圣地；水平高的应该让先多少（譬如说在赛跑、跳远或者看打中打不中、打中的力量多大多小的击软石游戏里）；用什么方式将不同部分加以同质化来摆平争执；一旦越界，规矩就会被破坏，混乱就会来临，轻蔑、吼叫、拳头也随之而来，那么，这道界限在哪里？阿古斯丁还必须公平分赃，组织救赎战俘，使被盗的农民息怒，虽然后者打那不小心被逮个正着的小偷时也不下死手，心头却是怒气难消。尽管阿古斯丁拥有秉公办事和思路清晰这些优点和特长，他却从来不是任何一个帮派的头头。他没有领导天赋，只有听命于人并解释从未成文的金科玉律的本事。许多头头脑筋不开窍，但是打斗时身体却很皮实，所以说，虽然阿古斯丁能做他们的参谋，却从来没有被别人服从过，也从来没有试图去下达明显毫无意义的命令。

他坐在低矮的围墙上或者一块滚到路边的石头上，他更愿意撇嘴冷笑观望激情生活的洪流。他从来学不会偷吃零食、爬树或者打狗。但是他意识到自己的弱点，不但没有鄙视最凶顽的玩伴，而且天真地佩服众人。他也从来未能真心认为自己在课堂上的优秀表现有什么值得称道之处。相反，他认为天经地义的是，理应佩服摔跤时能把肌肉发达凶猛大胆的对手掀翻在地，摔别人一个嘴啃泥（字面意义上，而不是体育记者的修辞

别人的球打走。——译者注

手法）的那个家伙。在同学中间，他头顶着教师子弟的无形光环，这本身就足以造成怀疑和疏远气氛，再加上他某种为人处世的方式使大家都认定他与众不同，志趣乖僻，虽能见别人之所见却视而不见，偏要看出点别的什么来，这就使得这种疏远感益发引人注目。

譬如说，玻璃球游戏中有一条不成文的规矩，允许手可以从击球点前挪一掌。如果游戏者暗中耍点手腕使那一掌变成了一掌半甚至是两掌，而一个更瘦更小带黑眼圈的孩子非要坚持确认所允手掌的尺寸却对身边在在皆是、层出不穷的弊端不管不顾，那又有什么意义呢？如果他稍有一点反思和公民弹性，他就应该知道，那不过是使众生平等，以妙手巧劲所允许的不确定性的优势使游戏更加有吸引力的另一种方式。如果捉迷藏里那个**捉**的孩子必须大声数数数到一百让伙伴们有时间去藏身，如果他的习惯不是一板一眼地数，而是踩着节奏，语带警示，拖着含混不清的唱腔，但只是大声数到了几十，而这样做本身反而刺激别人藏得更好，那么固执地要求清清楚楚数到一百还延长了藏的时间，而这段时间恰恰又有通过乱数到一百就能足够准确地定下来的固定长度——严格数到四十也能定，但是没有定——那又何苦来呢？别人乱数到一百的时候，阿古斯丁常常心里气死，但他嘴上不说，他慢吞吞地藏，好让别人轻易**捉**他，这么做的时候他知道一点：如果人家好好数数的话，他是会有足够的时间的。因此，他一次又一次当那个**捉**的人，他不作弊耍滑，他不偷工减料，他留给别人藏的时间多得过分，结果不但打乱了游戏的惯常节奏，而且他老是当**捉**的人也使游戏规则变得乏味。别人已经不知怎么办才好，是也像他那样慢吞吞地数呢？还是笑他是傻瓜呢？还是告诉他，他们不要跟他玩了呢？因为他有那么多傻呵呵的套路，人家玩不起来了嘛。可是因为他看上去并不傻，别人就不知道该如何对他，特别是考虑到他是老师家的孩子，而且他知道如何应用那么多不常用的条条框框，而有时候这些条条框框对减少游戏的某些单调之处，对打发某些无所事事的雨天下午，又是管用的。有时候别人无计可施，只能踢他一脚。从背后给他一下，然后等着他回头时再给他一下。可是他并不回头，只是试图猜测人家为什么给了他一脚，他自问没在什么地方亏待过那个同学。这使他渐渐显得像个胆小鬼，虽然谁也不能肯定他就是胆小鬼。

一天，有人忽然给了他鼻子一拳。正想着那人为什么打他的时候，他开始流血了；他是如此吃惊，甚至都来不及生气。接下来的几天里，他一直盯着那家伙看，可是也没能发现神秘的关键，因为那个孩子既不打别人，行为也没有表现出任何精神障碍或痴呆的迹象。他只是和课堂里的其他孩子如常交往，执着于自己那原始的愚昧，一直恶狠狠地看他这个莫名其妙地被冒犯的人，眼神里露出要重复那造血的体操表演的欲望。阿古斯丁努力避开他，在自己和那不可理喻的攻击者之间保持足够的间隔，这一间距随着不同的游戏而波动变化，他也不停地相应调整变化。

黑色的母山羊们挂着毛茸茸的奶子，一把山羊胡子，哀声咩咩，铃声叮当，于傍晚时分慢悠悠地从野外回到村庄的小广场。那里紧挨着学校，正好是孩子们有空时玩耍的地方。阿古斯丁抓住羊角将自家的羊领回家去。他不紧不慢地让羊跟着他走，心里胡思乱想可就是不会想到山羊的奶，尽管这挤奶是他的活儿，挤奶时他想的也是别的心事；这羊奶他也喝，但他就是从来不会去想它。

布拉斯叔叔是个体毛浓密、谨言慎行的兽医。他和谁也不讲话，只是定定地望着远方一座想象的坟墓。他既没有书本知识，也不懂药理，他决定只打造马掌。他低着头在铁砧上用一根钢棒在自己打好的马掌毛坯上凿孔。他逐次为马掌凿出七个小孔，它们不但使马掌在马蹄上牢固踏实，而且能给有幸捡到脱落马掌的人带来好运[1]。他的打铁声在整个村庄回荡。小小的村庄，紧挨的房屋，清晨钟声沉寂之后的单调。钟由一个孩子敲响，只是懒洋洋地响上一阵子。布拉斯的存在，他的铁打在铁上；马蹄铁放在铁砧铁上；打孔铁用在马蹄铁上；铁锤铁敲打打孔铁。布拉斯是村子的中心存在，他沉默寡言但铿锵有力的存在代表着和平的持续和时间的流逝。于是他把马掌头略为敲弯，把防滑刺拧上，把毛刺锉平。他是无知的兽医，但他有用而诚实，默默地工作。阿古斯丁一直看着他干活，心里却想着别的事情。"侄儿，回家去吧。"

布拉斯的老婆贝罗妮卡用一个小小的瓦罐炖面包汤，汤在

1　相信马蹄铁能带来好运是一种古老的迷信。——译者注

返潮的柴草烧的慢火上煨得滚烫。厨房里也能听到打铁声。

"我还以为你不来了呢。"阿古斯丁用牛角勺喝着汤，味道很好。布拉斯干完一天的活计回家了，神态坚定，面貌无情，势不可当。他将一把硬币扔到（坐在一把矮椅子上缝白衣服的）贝罗妮卡的怀里，那是他一整天打铁的收获。布拉斯一句话也没说，甚至连看都没看女人一眼。但毫无疑问，女人是被他爱着的。

大脑痴呆、训练有素的傻女儿在母亲身边玩耍。她的脚踝上系了一条细细的狗链，狗链又连着一根长铁丝。母亲把铁丝绑在门边一个角落墙上的铁钉上。傻女儿来来去去地玩耍，她两肢着地、三肢着地、四肢着地地跑，口水流个不停。她来到母亲身边，她也喝汤，但不是用牛角勺，而是用舌头吸，因为这样符合她的智力水平和她介于人兽之间的生存模式。贝罗妮卡深爱着自己的女儿。她和邻居的女人们谈论各个村庄里发生的悠长、平缓的奇闻怪事。阿古斯丁一直看着他的婶婶，看着她起伏似波、柔滑如丝的浓密秀发慢慢变白。贝罗妮卡为德梅特里奥斯的老婆梳发髻。阿古斯丁的母亲为布拉斯的女人梳发髻。在村镇里，头发作为上帝的礼物和在其他任何地方一样被享受。头发被精心保护，被在清晨的阳光下舒展开来，像水一样流泻到腰间，头发下面垫一块仅作此用的绣花白布，保护黑衣服不被发脂弄脏，白布用两条也是白色的带子系在脖子上。两个女人（梳者和被梳者）让她们标志性的长发在空中展开，边梳头边说话，颇为自得，颇为自恋，颇为愉快。她们远离使人得脑膜炎的昂贵的金属电吹风，远离傻姑娘。她的脚镣现在被满腔关爱地系到屋子里面的门上了；这是精心选择的，她既够不到厨房灶头，冬天里也不会碰到火盆桌上的火盆。她唯一的生命迹象（现在眼睛看不到她了）是唱歌一样的呜呜叫声为布拉斯的打铁声提供了背景音乐。她们说着话却几乎没在交谈，享受着却几乎看不出来。互比头发使双方感到她们之间的关系更紧密了，虽然她们只是妯娌。她们互相爱抚头发的手是不用下地干活的卡斯蒂利亚女人的白皙的手。她们嫁的都是职业人士而不是庄稼汉，她们的优渥境况显然是令人羡慕的。日子的脚步懒洋洋地拖着她们走向那近在咫尺的远方。一切都赶往那个地方，注视着母亲和婶婶的阿古斯丁身体也朝那个方向倾斜。

布拉斯、贝罗妮卡和堂妹阿格达准确如铁的生活规律是游戏世界难以企及的典范。游戏从来不能被如此准确地建立起来，也从来不能像这里一样彻底排除败坏游戏的毒药：竞争。布拉斯不和贝罗妮卡竞争，而是让一把硬币掉入她正在刺绣的怀中然后就上了阁楼，而当银杜罗[1]的数目足够多的时候，她便将它们塞到比阿古斯丁喝汤的小陶罐稍大一点的瓦罐里然后用泥土埋到土坯墙上挖的一个洞里。这就使得一村人遐想布拉斯非常富有，虽然进他家门的所有钱都出自当地人瘪瘪浅浅的口袋而不是别的什么地方。贝罗妮卡不和保拉竞争，她们只是互相欣赏对方油光柔软的头发，到了分不清谁的头发是谁的这种地步。她们天天梳头，将头发抖开来在阳光下晒，分成三股粗辫，再用带子扎起来使其稳固，然后将精心保护的三股辫子盘

---

1 银杜罗是一种面值五元（五个比塞塔）的银币。——译者注

成小山一样的发髻。这头发不需要别样的清洁，因为油光而带保护作用的动物脂肪使它摆脱了卡斯蒂利亚的灰尘颗粒。她们不说话而只是梳头；然后就是绣或者缝。布拉斯挥锤打铁孔。阿古斯丁感到其中的准确、清晰、封闭；但那不适合他，因为他没有脚镣也不会一直呜呜叫。

听那女孩的呻吟声终于变得令人愉快。怨声并不意味着她身体什么地方痛，它只是为了在天底下发出抗议，来陪伴父亲的打铁声。父亲很可能是有某种责任的，从他和贝罗妮卡身上生发的大脑早早毁灭，渐渐变小，在生物学意义上，他是要负责任的。

这一切能算什么呢！这不，德梅特里奥斯登场了，带着他教书育人启迪心智的本领；帷幕忽然打开，一条光明的洪流淹没黑暗的房屋，浩浩荡荡的智慧之言从他口中涌出，准确的句法规则被解释得清清楚楚，于是阿古斯丁开始新的一轮语法分析，暂时忘却了傻姑娘因为困倦而变弱的呻吟。她的脚镣被拴在床的横档上，已经准备好度过又一个宁静之夜；因为一道无人知道却被无休止地执行的判罚，她被连续逸出的尿液泡得湿透。

第十七章　德梅特里奥斯在地中海城市

德梅特里奥斯不是每天都辛苦忙碌，有些日子是节假日，这就使得他更有必要在钻研学问和某些不甚复杂的手工活里寻找避难所。譬如说到了割蜜的时节割蜜；备好马鞍后漫无目的地骑马出行；看护散落在好几只山地上的橡树，以防橡果被别人家的猪吃掉；从报刊上剪有趣的摄影图片或者滑稽的政治漫画。这些报刊来自遥远的省城甚至更遥远的首都。

对公共事务的兴趣是德梅特里奥斯精神活动的领域之一，它还没有被钻研学问彻底剪除。他的学问虽然随着生活总是在增长，却还没有构成他存在的全部。那种兴趣里跳动的是对相对狂野的青春岁月的余味重温。当年他关注的那些问题没什么鬼用，但是现在，在往昔尚无足够力量吸干未来之髓的当下，它们却使某些孤独的日子和某些对来日的期盼充满意趣。

想当年，他正处于一个不确定的、临时性的阶段。这个阶段的男人名不副实，甚至有时候好像是失去方向的、自由的、空洞而闪亮的肥皂泡；他不能算男人，反倒像小娘们儿那样吵闹，呼喊，蹦跳，甚至挥着手说话，连哭和笑都按照书里的台词来。关于那段时间，德梅特里奥斯保留了一段从未提及的记忆；他不能对注定以后要和他过一辈子的那个人讲。她的嫁妆使生活——多么舒适，多么令人满意——有序，稳定，明智，平静。他已经永远只有听人家吆来喝去，看人家颐指气使的命了；但是从离家出走到回家成婚之间那段短暂的火山喷发似的生活经验是不能讲的。主宰咆哮之家的祖父[1]是乡警，几乎是圣友团[2]团丁。那专横严厉的顶梁柱命儿子读书识字，自己攒下如许汗水，吃遍千万条道路上的灰尘，沉重的滑膛枪扛得肩上都磨破了皮，沉重的褐毯压在身上；他首先服从警员，然后服从下士，再后来服从中士，反正一辈子服从更高级别的长官；他费尽九牛二虎之力使得德梅特里奥斯克服了对他生活至关重要的向上爬时所遇到的困难，他坚决要求儿子战胜挑战。德梅特里奥斯读了省立初级师范，那在最近的党派战争中惨遭战火摧残却充满一种几乎尚未发明的民政精神的学校成功地为他一生的人文主义（他生来就有那种气质）奠定了基石，给了他自食其力的本领（他只在万不得已的情况下出过汗），为他的社会地位上升，为他慢慢地从土地中撑起一个家族打好了基础。在这个贫穷的国度，一己之力不足以兴家，而是需要一代人接着一代人一门心思地惨淡经营。严厉、死板、骄傲的乡下小富婆的地产嫁妆把他们牵到了婚礼（已知事实：他是容忍婚姻的精神教会的教士）的祭坛前。他一表人才，又有教师头衔；她

1　指阿古斯丁祖父。——译者注

2　圣友团是创始于15世纪晚期的西班牙警察组织，以雷厉风行著称。——译者注

颇感自豪，因为她的身份也抬高了，她抛掉了历史素材的汗水层面；既然它接触大地，就不可避免地土里土气。父子关系的伤口愈合，他回来了。他的最高负责人，那仍然扛着枪巡逻于大街小巷的生他养他的父亲，命令他回来了。一个被雇于如此单调漫步的谦卑之人，却仿佛长了一双断无可能的千里眼，他仿佛猜到了儿子在外地的所作所为有多么荒唐，儿子的心里被灌的是多么奇怪的迷魂酒。加泰罗尼亚！那里的人讲另一种语言，有另一种对金钱的认识，另一种家庭智慧，另一种历史积累的另一种丰功伟绩，这使得加泰罗尼亚和一切正直的卡斯蒂利亚精神格格不入。

这些事情他从来不能对他的地主婆讲。她既不在乎他的过去也不关心他的未来，她看重的是他能提供男性的保护，能把收支账目理清。他遵从父命，返乡完婚；婚姻门当户对，婚礼排场气派，费用全由那吝啬的庄稼人毫不吝啬地掏腰包。于是那段最狂暴的体验，实际上也是最少灰心丧气、最少压抑自然行为的生活，在婚后归结为一种独特而彻底的听天由命。他不再多想，不再知道到底发生了什么，绝口不提曾经的喜好（加泰罗尼亚大姑娘的宽臀，安普尔丹人跳的萨达纳舞[1]，被屡屡镇压的造反中体现的叛逆精神，既缺乏矿产也不可能拥有美洲）。这使得他与旱地的精神实质达成和解，再次能够欣赏橡

1　萨达纳舞是源自安普尔丹的加泰罗尼亚民族舞蹈，一群男女手拉手围成圆圈跳舞，主要舞步是两步和三步。——译者注

果的味道[1]，也第一次体会到将一堆佃户一分为二时的恣意快感。从这一刻起，他的智慧走向极为广大的境界。

那么，他到底有过哪些经历呢？后来如此强烈地加以压制的又是哪些罪孽呢？他很快便意识到的彻底决裂又是什么呢？那决裂差点儿彻底扰乱他的卡斯蒂利亚存在，并使那在既没有绿洲也没有水的灰扑扑的地方午睡、遮阳布根本挡不住毒日头的乡村警察的梦想差点儿落空。首先那是语文学之罪：他很高兴地得知，加泰罗尼亚语的窗（finestra）和法语的窗（fenêtre）是一回事，和卡斯蒂利亚土话的窗（ventana）相比，它们两个更相像。他不但承认这一事实，甚至还接受了它。加泰罗尼亚语口音令人鄙视，不但荒唐，而且还闹什么独立，这就让人恼火。为什么那些人居然敢这样说话，而不以平稳典雅的巴利亚多利德的口音为准呢？（因为卡斯蒂利亚语的纯正品味对地中海边那些热爱花哨颜色，看重不值钱的水彩画的晚期拉丁或腓尼基的俗气之辈来说是陌生的。）然而，他不但很高兴地在他们糟糕的口音里发现了一些审美小游戏，而且竟然觉得——他有罪啊——他们自有他们的道理。那些胖乎乎、矮墩墩的加泰罗尼亚人总是午后坐在自家门口的矮椅上却意识不到背带裤让人尴尬；一个卡斯蒂利亚人如果也这么个坐相（两腿分开，胳膊肘反靠在椅背上，也允许宽臀女人坐在那里，带着她的加泰罗尼亚气味，甚至还参与谈话）的话，早就

1　伊比利亚半岛众多的橡果品种里有一些毒性和苦涩度都低，是人类可以直接食用的，一般叫甜橡果。——译者注

飞快地撤回屋里去了。他甚至觉得，熙德或其手下将士或一些形容枯槁的和尚们带着尘土、汗水和刀光剑影的卡斯蒂利亚语败坏了湿润的加利西亚语[1]；他还觉得，对加泰罗尼亚人来说，反而是普罗旺斯的吟游诗人们可能更意味着什么。语文学之罪，但也是肉体之罪：因为他自己本来是带着理所当然的雅正口音，为了王室的更大荣耀而到那里去教卡斯蒂利亚语的，可是哪里料到他居然不仅说窗的时候用起了finestra这个词，而且还试图去弄懂什么剪腿跳。他要真是品德高尚的话，本应该非礼勿视的。

他甚至开始注意到，那些宽臀女人可能对他来说意味着什么，他或许会融入那个人群，分开腿坐在家门口，并带着加泰罗尼亚口音教书，甚至去找用那平庸的方言写的书籍来读，就这样一步步堕落下去。

多傻的同情心啊！唯一的解释是他年纪尚轻，涉世未深，而那造就他并从远方支持他，已经升为中士的乡村警察对他鞭长莫及。事情是这样的：王家公共教育部为他签署的国家教师头衔的文凭—证书，仿佛是一纸阳刚证书或者一纸公私兼用的

1　中世纪歌唱宫廷爱情的吟游诗人使用普罗旺斯语，不用北方的法语。这种诗歌传到伊比利亚半岛后，当地吟游诗人使用葡萄牙语和加利西亚语，不用卡斯蒂利亚语和加泰罗尼亚语。当时的人们认为有些语言适合唱诗，另外一些语言不够有诗意，法语和卡斯蒂利亚语写抒情诗不够好。加泰罗尼亚地区有些作家用普罗旺斯语写诗，用加泰罗尼亚语写散文。在当今西班牙的加利西亚自治区，加利西亚语和西班牙语同为官方语言；在加泰罗尼亚自治区，阿兰语（普罗旺斯语和阿兰语同属奥克语）从2006年开始被定为官方语言之一。——译者注

通行证；作为首次试飞的标志和文凭的证明，他在巴塞罗那破了童男之身。他从马德里的阿托查车站出发，乘马德里—萨拉戈萨—阿利坎特铁路线，再转隔天开往安普尔丹的火车；在中转的空当，他到一条林荫密布、车水马龙、通往海边的大路上闲逛了一番。

人们成群结队地站着，一动不动，一惊一乍地辩论个不停，却从不动手，十分斯文，遵守着教养、文明、礼貌的法令或者规范。他吓得还以为那是哗变，是悲剧周[1]，或者是保皇党在作乱呢。他围着那一群群人转悠，尽管胆怯，但毕竟是人，毕竟年轻，他终于和他们打成一片，被那个民族的原生质黏住了。他们能说会道，善于思考，凡事都有自己的主意，在那里说得头头是道，辩得不亦乐乎。虽然那里不是布有大理石雕像的古希腊广场，他们却几乎像辩论中的古希腊公民。"他们在说什么呢？"德梅特里奥斯暗忖。忽然，他明白了，这和平集会不是别的，而是制度化的风俗。"为什么要那样说话呢？面对那么多人难道他们不害羞吗？也太能说会道了！"

当时的他还没有学会演讲，或者说他还没有认可这种借以将高尚情感直接传达给听众的民政和公共美德。诚然，他更爱好阅读，但后来他还是在某些场合下即兴发挥，做过几回演讲：当巡视员先生来察访他学校的时候；还有为数不多的几次，当主教先生举行坚信圣礼的时候；还有一次是在某个高级

1　悲剧周指1909年7月最后一周，巴塞罗那以及加泰罗尼亚其他城市发生骚乱，主要是无政府主义者和军队对峙。——译者注

聚会上，但是眼下不是讲它的时候。就目前而言，德梅特里奥斯处于一种困惑和笨拙的状态，他猜不出从自己口中流出去的话将来会如何安慰他失落的感情，安慰他束手束脚、唯唯诺诺的长久沉默。作为他智慧的出口，长律诗艺[1]和优雅丰富的句法在可能性之净界等着他，有朝一日如雨降落，惠泽其身。

他被包围在多细胞体的公民人群之中，虽然还没有达到共领圣餐的同化程度而只有一脸迷惑听人说话的份儿，德梅特里奥斯还是受到了深刻的影响，被热烈地牵动了；他感到面颊上仿佛被人轻轻地挠了一下，于是他破颜微笑，仿佛自己没有了坐十八个钟头火车的旅途劳顿，仿佛他面颊上、浓密油亮的胡子（尚未花白，依然浓黑）上的煤灰也都烟消云散了。就这样，在那微笑中，在那证实他的原罪确实存在的人群的陶醉中，他的童贞犹如蝴蝶从指间飞走。

弯弯曲曲的大街小巷；石拱；昏暗的店铺；亮着一盏红灯的大门；持续的嘘声；心中尚未泯灭的成为男人的快乐；嘘声持续；厚重的布帘几乎遮不住的一只手和一截白白胖胖的胳膊；知道自己看到了什么并且平生第一次想看的羞怯；随着血管扩张和平静心跳而软软地传遍四肢的旅途的疲劳；一位满脸皱纹但身板硬朗的小老头若无其事地推开胳膊和帘子的毅然决然；欢迎他的热情快乐；仿佛过节一样宣称小老头光临的甜甜蜜蜜的一众欢声笑语；他自己气势稍弱的入场；他的不问；他

的不说；他的被一只手牵引；他的被掏空钱包剥光衣服和脱掉鞋子；口音很重的卡斯蒂利亚语；一种机械式重复的微笑，对的，机械式的，被重复的职业姿态凝固在肉体上的商业微笑，确实如此，但那是真实的微笑，热烈的微笑；开放的臀部；丰满的胳膊；前往直到那个时刻从来没有——没有——获得证实的达到某物深处的感觉；一位来自阿尔瓦塞特的皮条客带着塞尔梯贝里亚人[1]腔调讲加泰罗尼亚语的洪亮的声音；随之而来的风平浪静和卡斯蒂利亚式的羞耻和虚伪的后悔，说虚伪是因为它隐藏着一种与罪孽如影相随的平静的快乐，快乐紧挨罪孽，两者永远难分难离，永远在男人小小的心灵里紧紧地抱团取暖。这一整出乱哄哄的嬉闹、混战或放鹰活动使他彻底累趴下了，而他已经是个新人，知道自己实实在在地存在！

余夜漫长，犹如余生。他从通往海边的林荫大道走下来，大街最后却被封闭了，并不能到达海边。他拐进一条小巷，看见一个有棕榈树的方形广场。他看着还坐在长椅上谈天说地的人们；目光追随另外一些同样浓妆艳抹的女子的身影，她们叼着烟上上下下地缓步走动，嘴里发出声响；他看到身材极高大的身穿白衣的金发水手，他从未见过金发男人，就像他从未见过大海；他看到水手们如何在棕榈树旁搂住女人腰身，并在他们动作之自信和选择之迅速中看出那弱弱的初次经验怎样可以变成习惯、厌倦和简单的假日消遣；他继续游览，逛过另外一

1　塞尔梯贝里亚人（celtíberos），古代外来的凯尔特人和当地的伊比利亚人的混血民族。——译者注

些油烟味浓重的街道；他没有迷路，依然置身于那热烈跳动的心脏；于是他想起师范学校里学会的一些诗句，他大概认为这些诗句是他人文主义文化的中心，使他比无思无感、只会苟活的平庸之辈高出一大截；这些诗里讲到阿尔及利亚的奥兰港，讲到地中海，讲到拿破仑到某座名字早已湮没的城市探视瘟疫患者，讲到那不勒斯，那里有某种他从来没有弄明白的叫作比萨的东西，比萨（pizza）也许是一种树，也许是一条街，也许是一个特殊种族的大眼睛女人。他终于走到了海边，海看不见，因为在他和海之间有太多的船。大海吐纳百舸，托举千帆。那些船与辽阔平坦的大海竟是如此不同，但是又与其性质正好相对；船远离车辆，远离家园，远离路上的骡子，它的每个特点与他虽不认识却也试图猜测的大海以及海上八面来风的每个不同特点逐一对应。面对顶端矗立着发现者雕像的圆柱形纪念碑，他也大为感动，因为他是敏感多情而坚强有力的伊比利亚人。是这个人！是这个衣服穿得奇奇怪怪的人！多亏天主教女王，多亏那卡斯蒂利亚女人的珠宝首饰，他终于大获成功。因为这个人，仅仅因为这个卡斯蒂利亚人，因为这个热那亚人，人们才恰恰在这里，在这个并没有什么美洲可供送入口中的地方竖起这么高大的一座圆柱形纪念碑；但是只有卡斯蒂利亚女人，只有那从未见过大海的卡斯蒂利亚女人，才能看着那个男人的眼睛并试图猜出，大海有什么特点，已知世界的彼岸又可能藏着什么[1]。此时此地，在这生命的枢纽之地，关键之

1　这里写的是巴塞罗那的哥伦布铜像。哥伦布纪念碑因1888年巴塞罗那世博会

时，醉醺醺的水手们唱着比萨达纳还要奇怪的歌；那些歌是他所不能理解的，它们在拉丁世界的彼岸，在那里，他能读懂的基础拉丁语，他做句法研究和区分形容词从句或联系从句时所需的拉丁语，除了用来命名草木（拉丁文名字后面写上一个神秘的大写L[1]），已经彻底没有用处了。水手们高歌凯旋，朝船走去，金色的胡子尤其凸显他们白肤金发碧眼的种族特征；轮船一头有一盏红灯，更远处亮着又一盏红灯；船与陆地之间有一截水面，那片水很深，水上架着一座人行小桥，醉醺醺的水手们都无虞而过，走进船里；一位戴着深蓝色帽子的军官看着他们进来，喉底咕哝几声。船上没有油炸味道。

那个晚上，德梅特里奥斯面朝辽阔大海，根本没有心思睡觉；乘火车还差几个钟头，它将把他带往安普尔丹，直到他教书的村庄。在那里，他正确而毫不含糊地教名词和形容词怎样在阴阳性和单复数上保持一致以及动词怎样只是在单复数上与主语保持一致；那种微妙的东西愉悦少数精英人物的心灵，并精准地显示一个民族的优越性。它使用诸如此类的圣物匣里的语言珍宝来说出"我爱一个年轻女人"而不需要诉诸黏着型语言或多式综合型语言[2]的手段。火车出发前的几个小时里，他

而建。卡斯蒂利亚女人专指支持哥伦布航海事业的伊莎贝尔一世。——译者注

1　L指瑞典分类学家林奈。——译者注

2　黏着型语言在词根上添加词缀表示语法意义，词缀有前缀、中缀、后缀等。例如日语和韩语属于黏着语。多式综合型语言特点是句子是基本的语言单位，没有独立存在的词汇，主语、宾语以及其他语法要素都附加到动词上构成一个综合

更喜欢游荡闲逛，更喜欢仿佛被一种希望所牵引，或许更喜欢——这极端禁欲者德梅特里奥斯！——如花朵一样在加泰罗尼亚的水气中开放，更喜欢遥想已经接近死亡的精疲力竭的堂吉诃德。几个世纪以前，堂吉诃德穿越如今业已消失的森林来到巴塞罗那，他在强人出没的林中和打家劫舍的罗凯一帮人相遇，绿林好汉们没死的时候和他做了一番饶有趣味的交谈，被吊死在树上后他们的腿肚子悬在他嘴巴的高度，这使他可以一一碰到他们，并体会国王的严刑峻法。[1]

　　黎明时分，他和一个乞丐或者擦鞋匠在一起。此人长得又矮又小，鸡胸驼背，黑皮斜眼；他说自己老家在新卡斯蒂利亚，也不知怎么就来到了这座富裕的城市，从未碰过女人，擦皮鞋谋生。但是再过几年——不会久了——或许再过几个小时，无政府工团主义将发挥其全部的政治活力，取得辉煌胜利。到了那个时候，像他这样体残形秽、目不识丁之人，大都市里所有其他的同志，还有不属于本地却被喷火的烟囱和噪声隆隆的纺织机吸引而来的人们，他们将会宣布成立一个自由联邦共和国，黄金时代于是乎或将开启，不是那个人对牧羊人所说的黄金时代[2]，不是的，而是一个真实的、临近的、将来的黄金时代，就像悬挂在那里的腿肚子一样伸手可及；沉浸其中的人民造就它，享受它，热情洋溢，辛勤工作，爱恋那些不再

词，实际上是句子。北美和西伯利亚不少语言属于这种语言类型。——译者注

1　这里说的故事在《堂吉诃德》第2部第60章。有学者认为在这一章里塞万提斯批判了卡斯蒂利亚帝国主义。——译者注

2　指《堂吉诃德》第1部第11章的情节。——译者注

昂贵、不再躲闪、像锻工车间一样成了公共财产的女同志们，真情自由流露，终于成全他们的天性。直到此时此刻，德梅特里奥斯压根就没想到过还有黄金时代这回事；他一直所信服的是，只有老老实实地工作，至多享受一个不好不坏的官方闲职，一个人才能找到正当理由和满足感。

多么晕眩，多么激动，多么深重的罪恶感！德梅特里奥斯他不能疲劳，他不能承认自己疲劳；这是他第二个没有脱鞋的夜晚，他几乎什么东西也没吃，他感到很渴。他请那新卡斯蒂利亚人喝啤酒，那辉煌预言的携带者满脸皱皱巴巴，竟是这般衰老。在那个举世无双的城市里，酒吧从不关门。在卡斯蒂利亚，一个人不可能跨进酒吧而不开始引人侧目。加泰罗尼亚人不喝酒，但是这里我们大家谁也不是加泰罗尼亚人。客人中也有水手。烛光，木制吧台，几把圆椅，几张桌子，一个高大的男人，两个邋遢的女人。

咱们刚才说到哪儿了？对，无政府自由至上论是我们唯一的机会。每个村镇都将有一个公共花园，每座工厂都将属于它的工人。同志，请给我一枚银杜罗。红酱贻贝。他看着那因长期接触世界主义而变质的新卡斯蒂利亚人将贻贝一个接着一个地吃下去。他感到困倦，也感到吃惊。他差点儿要睡着了。太阳已经在慢慢升起。来了几个警察。他们什么也没说。无政府主义者闭上了嘴。他那两只小小的老鼠眼睛犀利如箭。鹰眼，费尼莫·库柏[1]。为什么读那么多书呢？《意大利卡废墟颂》和

1　《鹰眼》是美国作家詹姆斯·费尼莫·库柏的小说《猎鹿人》的西班牙文版

这有什么关系呢？他试图回想那个年纪比他大的女人。她亲手领着他走完了那主宰从人类到虫类的一切生命的奇怪仪式。他想要好好怀念她。但是那无政府主义者吃完蚶贝，等那两位警察离开，就再次神气起来，继续滔滔不绝。

一定要设立一个监管职位，一个指导委员会，由最诚实的人们来集体掌管困难业务的进程。人民还没有文化，但是我们将一起去上学，我们将要办许多学校，免费学校。免费学校将是每个公民真正的慈母。他将会懂得，母亲的乳房所赐予他的根本不算什么。每个公民必须做到有能力把自己的劳动集体化，有规律地改善它，让旱地得到灌溉，使织布机产量提高。信奉马尔萨斯学说的老板们所感兴趣的不过是使被统治的劳动人民永远得不到启蒙的好处。但是完善的生产规划和人民法庭将能做到使劳动和友爱的王国繁荣昌盛，到了那时候，就既不会再有丑男人，也不会再有卖身的女人。

将他领渡到彼岸的卖身女人使他感动，令他终生难忘。壮小伙德梅特里奥斯因为侥幸或者因为他那警察父亲和市政秘书某种奇怪的合作而成功地逃避了兵役；他还很嫩，甚至纪律性很强，但是他第一次离家了，很开心地从父亲身边逃开了；他罪恶地感到自己正在挣脱束缚，但还是被那现有秩序的捍卫者抓住了。辛勤工作的父亲，风尘仆仆的父亲，抓捕土匪强盗，追赶逃亡修女，捉拿吉卜赛人和走南闯北的杂耍艺人。吉卜赛人把毛驴涂成黑色；江湖艺人身穿红衣裳，扣眼系铃铛，所到

书名。——译者注

之处，勾引当地太过在意自己尖挺胸脯的骚货。德梅特里奥斯看到父亲无奈而悲伤地举枪瞄准，而面对行刑队的正是德梅特里奥斯他自己。满腹经纶使他发疯了，读书太多害他变傻了，为什么他妈的要让他学习学习再学习呢？革命的霍乱弧菌传染到他的身上，他是会加入那一群鸡胸驼背的擦鞋匠和造反的拉巴塞雷[1]的行列中去的。他们希望——他也和他们一样——一切都必须毫不含糊地焕然一新，头戴自由帽的胖胖的自由女神[2]一顿耳光将特权、剥削和惨无人道的抵押贷款统统扇翻在地。

那么地方分裂主义呢？同志，你知不知道什么叫地方分裂主义？而那个女人应该可以普度众人到达彼岸，她应该会伸出白花花、胖嘟嘟的胳膊和香肠一样的手指拉他们过去。这手指尽管粗糙，却并没有老茧；她尽管是乡下人，手掌上却没有黑痂；尽管是可怜的受剥削的料，甚至连城里人都算不上，却白皙如公主；加上言语挑逗、耳旁轻吟和职业动作的辅助，她应该可以普度众人。

那些在他之前的无名男人并不使他感到恶心，他也不怕他们的马掌防滑刺踩过的路上可能留下了病原，相反，他几乎感到一

1　拉巴塞雷（rabassaires）是加泰罗尼亚地区一苴租佃制的佃户。这一制度主要用于葡萄园的承租。租约有效期从葡萄栽下算起，到葡萄根死掉为止。拉巴塞雷协会成立于1922年，是加泰罗尼亚地区主要的农民组织，1939年遭佛朗哥政府取缔。——译者注

2　头戴自由帽的自由女神形象是西班牙共和国的象征，似法国画家德拉克洛瓦名作《自由引导人民》中的女神形象。西班牙自由女神叫玛丽亚娜，绰号"漂亮姑娘"。——译者注

种公共财产由众人共用的无政府工团主义的快乐。可罪孽，多么大的罪，多么大的罪啊。一整座城市，好几百万人，怎么可能这样一起犯罪而且还彻夜灯火通明呢？同志，同志，你没在听我说话，同志，你睡着了，同志，我本来是个陶工。但是这里没有这个手艺的用武之地。所以我才擦皮鞋。但我有我的文化。我在各色人等中成长，他们教我的话我把它们全都塞在这里，塞在魔幻的想象力里。我把听来的东西做成一整条羊腿，我一人独吞，自个儿慢慢啃。但是我也做贡献。我喜欢解释，喜欢促进启蒙。你知道谁是科斯塔[1]吗？智商需用水灌溉。可是你已经睡着了，你累了，你们这些小年轻全不顶用，你们得像我一样才行啊，虽然弱小，我可有忍耐力呢，随便他们扔给我什么，我都忍着，只要你们给我一口喝的。一口烧酒。

开往安普尔丹的列车的出发时间已经悄悄到来，井然有序、几乎闪着纯洁之光的生活现实在德梅特里奥斯眼前升起，仿佛一位医术精湛的大夫让我们看着X光图片并告诉我们"您一切正常"，使我们夜间的畏惧顿时成了纯粹的冒傻气，变得幼稚可笑。阳光照耀下的德梅特里奥斯不再觉得自己有罪，他看着那丑陋猥琐的擦鞋匠，道了声再见，便向车站走去。

1　华金·科斯塔（Joaquín Costa, 1846—1911），西班牙政治家、法学家、经济学家、历史学家，再生主义思潮代表人物，主张客观研究西班牙的落后现状，提倡教育、经济、社会等多方面改革，反对权贵政治。——译者注

第十八章　地方合唱团[1]

　　无政府工团主义之夜，破处之夜，德梅特里奥斯不但失去了童子之身，而且他的保守主义也被强暴了；他在漫长的夜游中等待，平生第一次在没有任何叫醒帮助的情况下，看到了日出。那么正派，那么服从父母的规矩，那么诚实的一个学生，他能走出家庭，立身扬名，纯粹是因为考取了国家公职。那可是非常激烈的竞争，录取者全部是拥有公共教育部部长先生以国王陛下名义签发的特定文凭的幸运儿。那一夜他直接领教了眼花缭乱的造反的可能性，不是专论忏悔和禁欲的道德说教作家在人类行为中窥见罪孽的方式并写入锦绣文章里的那种理论上的可能性，而是化为肉身的具体现实；那是可供买卖，可供触摸的肉身；或者是体味不雅，令人反感的肉身，尽管后者胡子拉碴，但是肉做的嘴里说出来的话却包含预言和解放之音。从那个夜晚，德梅特里奥斯保存下一种沉淀，或者说是一道伤口；他已经永远无法摆脱它，哪怕反复清洗，哪怕躁动不安的精神之指甲一次次剥落结痂的硬皮，最后留下的仍是一道闪亮的伤疤，它摸上去感觉不一样；这不是他作为男人与生俱来

1　本章多次出现的合唱团（orfeó）一词作者用的是加泰罗尼亚语。——译者注

的，而是以某种方式使他更加充实的新的感性。

从此，德梅特里奥斯带着这道半透明的伤疤，或者说藏在发亮而干硬的皮肤下的新眼睛，和十指与五官一起，一点一点触摸世界，时时刻刻掂量人生，如鉴定师凭借摩擦试金石识别各种金属。每当附近有什么使他愈合的伤口再次骚动或者一丝嫩血逼近使伤疤泛红，德梅特里奥斯便知道自己在靠近一个世界，在这里，罪恶（反叛，欺骗，忤逆）与反抗世间不公的斗争难以分清，而这种不可区分性的躁动使他产生一种尴尬之情，它介于放荡和痛苦之间，禁欲和堕落之间；他既感到自己履行了义务，又感到忽略另一种他所不知道的更为深刻的义务是不可饶恕的过失。他在自己作为好人的意识深处小心翼翼地勾勒出一片自我辩护的区域，一个不被遵守的隐秘的伦理领域，之所以不被遵守，是因为它看上去不像阳光领域；阳光领域是教书育人，每日举动，是在小镇街上和歪戴帽子、善解人意、打猎技术高超的好神父友好地打招呼。它更像另一个领域，夜间的、混乱的领域，在这里，男人使一种工具再次沉沦于其试图改变的、令人不快的物质，他的汗水代表着一种异化；尽管德梅特里奥斯天生善良，对此他却无法绝对解释清楚，因为这个问题的历史性和普遍性都远远超出他的职责，甚至他的——假如可以这么说的话——诚实正直品性。

那个心灵领域所形成的精神结构一点不影响他平常的为人处世，不影响他出席周日弥撒时的专注乃至虔诚，不影响他通过向神父忏悔而达到的自我和解。神父为了他而让排队忏悔的老太婆们多等一会儿；一张嘴就散发出浓重烟味的神父在教堂廉价的木盒[1]里对他说的无非就是这种情况下应该说的话而已。这一精神结构也一点都不影响他的忏悔，他的忏悔非常真诚，并且遵守正统教义关于真心忏悔所要求的一切规范。尽管如此，这一精神结构从来做不到彻底排除那种好色的快感；我们已经看到，它在破处男人的内心最深处与悲伤感甚至恶心感自始至终相安无事。这种快感虽然使他羞愧，却并不使他因此不再肯定快感，也并不使他不再看所有女人的脸；作为对应于男人的新的观察方式，他看女人时完全以男女之事为角度；作为男人，他已经做出了我们都认为再重要不过的愚蠢一跳。然而，这一精神结构也不停地创造类似秘密书橱一类的东西，我们把所有自己感兴趣却不想让孩子们阅读的秘籍藏于其中。

因为阅读日报上以前根本被他忽略的某些栏目的热情，因为对某些暴行既加以辩护却又不禁加以谴责的矛盾心态，德梅特里奥斯才了解到此类书橱的存在。听某些歌曲使他感到高兴；观察某些动乱现象使他感到好奇，甚至心生同情。有一次，他驻足镇上的酒馆，听两个脸红脖子粗的佃农说着他开始能听懂的话激烈辩论；这两个人手握锄头，头戴帽子，圆圆的脑袋下扎着一圈汗巾，看上去未老先衰，身板却非常壮实；他怀着奇怪的迫切心情竟把他们的话和模模糊糊还留在脑中的那鸡胸驼背的无政府主义者在原初的巴塞罗那之夜所发的高论核对了一番。这一切使他感觉既良好又糟糕。两个佃农说得正起劲，直到猛烈却又人道的地中海阳光照耀下的房子的粉墙上，

1　指教堂里的忏悔室。——译者注

一位乡村警察投下了自己的影子。

他比加泰罗尼亚人长得高大，胡子也比他们的漂亮。所以，他授以文化之器、予以上升机会的男孩女孩的母亲们对他心存好感。年轻的教师先生住在一个阴凉的房间里，房间打理得仔细，一尘不染，有几本书，窗口可以看见一条街，直达广场。刚开始时，他话说得少——用另一种语言他能说什么呢——眼睛看得多，于是他注意到，谈恋爱的男女逛街时自己走在前面，略显疲惫但总是保持警惕的父母跟在后面，面露既满意又不信任的微笑。他为此感到惊讶。因为善于观察，喜欢开动脑筋做比较，他试图从基本准确的社会学意义上的类似之处推导出趋异分化的原因。这种趋异分化在求爱的习俗、给牛上轭的方式、履行租赁合同或者买卖骡子的方式上都能够观察到。**著名的种驴**……他重点想到了骡马集市，面对它们的产物（高大的骡子，气味难闻，性格倔强，脾气暴躁，毛发粗硬似猪鬃，高大得像鬼，黑得像鬼，步子不优美但是坚定，适用于将宗教裁判所的法官从加迪斯运往赫罗纳），虽然他不懂基础生物学的原理，他也知道那是一个不育的奇迹。这让他震惊，田野里一定有什么东西使得驴子特别适合那种动物娱乐和后蹄直立的牲畜旋舞。这会不会是大自然预先设计好的呢？带着同样的动物学的不安，他和面挂好事的微笑、和蔼可亲、丰满多育的母亲们周旋搪塞。那些女人领着她们尚未过宽但已经也有点变宽的女儿在他眼前来来去去，仿佛她们已经做好准备，要在小镇的大街小巷上对他紧跟不舍，等着他用新发现的语言（不再是方言）来和她们谈情说爱。这加泰罗尼亚语是那些普罗旺斯人进口的，带来的，或者说是他们能听懂的语言。那些人善于发明歪门左道，他们第一次编织出叠加在赤裸裸的事实之上的多愁善感[1]来抬高自己。**罗杰·德弗洛尔，加泰罗尼亚人东地中海之旅，加泰罗尼亚的复仇，《大西国》，哈辛托神父**[2]……可他这是怎么了？他不是不一样的吗？他不是讲另一种语言，有另一种眼光吗？他不是正确的吗？他不应尽快逃跑，远走高飞，回到那物价更便宜、语言更好、穷山恶水的高原台地上去吗？

然后合唱团来了。那些人都比他矮，只有一个除外。那人长得又高又瘦，也是黑胡子，黑头发。他挥舞双手指挥合唱。为什么长这么高呢？他脸不化妆，头不戴帽；相反，合唱团所有成员出于某种兴趣或者某种教条的缘故都戴着自由帽。他们中有些人胖胖小小，另外一些胖胖宽宽，还有一些体方头圆，侧面如半身罗马人像；他们唱歌的方式优美、脱俗、典雅、诚实、严肃、欧化，既有社会学意义和超越意义，又漫不经心地滑稽；他们不但演唱拥有极其优美作品的地方民歌，而且演唱威尔第的歌剧段子，表明他们立于高级文化之桅端，眼光囊括

---

1 指描写宫廷爱情的骑士文学传统。——译者注

2 罗杰·德弗洛尔（Roger de Flor, 1267—1305），为阿拉贡王国效力的意大利雇佣军头领，他的生平事迹是用加泰罗尼亚语写作的著名骑士小说《蒂朗骑士》的故事情节来源。他在拜占庭遇刺身亡之后，部下袭击地中海东部巴尔干半岛等地，为他报仇，史称"加泰罗尼亚的复仇"。西班牙浪漫主义戏剧有一部戏就叫《加泰罗尼亚的复仇》。哈辛托·贝达格尔（Jacinto Verdaguer, 1845—1902），加泰罗尼亚神父，诗人，长篇史诗《大西国》的作者。——译者注

整个世界，有能力阳春白雪。他们甚至也演唱精选的瓦格纳的段子，啊！奇迹啊！大家都应该知道，瓦格纳和加泰罗尼亚的灵魂是多么的契合！德梅特里奥斯不得不把那一大堆优美的旋律和激烈突兀的霍塔舞曲[1]以及虽然柔和却有个性、虽然忧郁却缺少超越意义的原始音乐——譬如儿歌《毛驴死了》和民歌《活泼可爱的黑发姑娘》——做出一番比较。在师范学校只学过一丁点儿皮毛的整个音乐宇宙为他打开了。

因为那个合唱团屡屡来此访问演出，后来小镇自己也办起了这么一个班子。粗通乐理的他便决定与之合作，并开始在学校课堂上更加关注音乐。他不想逆流而行，所以拿来教孩子们的必然是他们几乎已经会了的东西，而那恰恰就是以他尚未掌握但已经心生喜爱的语言来传唱的地方歌曲，学生们也因此差不多可以当他的老师。省里的议员们慷慨地给他寄来许多乐谱。到了晚上，他赶去出席当地合唱团的排练。德梅特里奥斯没有去注意众多著作家指出过的音乐的魔鬼本质这一事实。音乐是被打入地狱的人可以追求的唯一一门艺术，地狱之音和得福者的天国颂歌可以并立一双（pendant），相得益彰，因为没有人证明过，地狱之火烧不烂的肉体通过喉咙送出来的处于燃烧状态的空气不再响亮振动。正是通过加入合唱团，和由此而来的人际关系，他才被暴露在最严重的诱惑之下，落入——即便是短暂地——由他的作恶倾向和追求至善的倾向联手为他设置的陷阱。

1　霍塔是来自阿拉贡地区的一种音乐舞蹈。——译者注

他最佩服其中一位成员音质和美，声调低沉婉转（他一直觉得低音更有阳刚之气，更属于男性，不容易和女高音混淆）。他非常喜欢听他讲述周游世界的旅途见闻，因为他不但说话有魅力，而且能讲正确的卡斯蒂利亚语，唯一美中不足的是他的安普尔丹口音的残余。他为他描述他脚步所到之处五光十色的海外国度，也提到他碰过的各个种族的女人。这方面他讲得很节制，让人家看到那不过是他年轻时候的荒唐行径，现在已经被完全超越了。（虽然他的对话者仍然年轻，但是他聆听和交谈时的明智审慎使他很容易地看出他的早熟。）他通过语言来鼓动他，先是遮遮掩掩，吞吞吐吐，后来就说得清清楚楚。他所有的话里都染着人类的理想主义和改革与进步色彩。在他的指导和引领之下，他被鼓励接近一个教派，或者说协会，也许叫公民俱乐部更好。如果大家齐心合力劲儿往一处使的话，那么个人努力的成果可以走得更远。

德梅特里奥斯被如此真心实意的提议所吸引，他同时也被私人福利的微妙承诺所吸引，后者是由合唱团的低音歌手按照可被一个高贵的灵魂所吸收的比例所掺入的。他不能清楚地意识到自己正在受到何种鼓动，也看不透向前迈出一步将来会有什么后果。他被自己生命的一个矛盾所牵引，某位视野广阔的非法祖先殖入他胸中的奇异的魄力，混合着其他激励人的豪情壮志，诱使他走向崇高的命运。在那里，他已经注意到思想的伟大和知识的增长，同时很难分清什么是值得赞扬的远大抱负，什么是对卑微命运心有不甘的怨恨。作为教师的他即便时来运转，至多也就能成为一个乡镇讼棍。于是他答应别人，任由自己被蒙上眼睛带走。

　　起初看似那周游世界之人保护性友谊的纯粹的象征意象终于化为具体现实：陌生的仪式的一部分。他已经知道他们是共济会，但是入会仪式适当其时地给他造成了一种精神冲击，或者一种神意的警戒；他的左脚已经跨出悬崖，上帝及时用手指戳他的胸口，使他在一脸迷茫之中停下脚步。是的，他们借以考验有意入会者的方法令人印象深刻，甚至可以说是骗傻子、吓小孩的鬼把戏。

　　一天夜里，他被教父领到即将成为他同人的人们的聚会上，但是在入会之前他必须答应被蒙上眼睛。这本身是一种吓人的仪式，但人们之所以忍受它，是因为他们算计精明，知道那不过是装模作样，虚惊一场，藏在下面的所有意志都是为了达到唯一目标，也就是说，成员经济条件的改善，在某个时刻成为理事会一员，有朝一日可以获利百倍的慈善事业，为终于获得那个位置所提供的保护。那个位置魔鬼不在其中，尽管他很想把毛茸茸的尾巴伸进去，就像伸入骷髅球的洞孔之中。

　　就这样，他那双大眼睛——那双日后必将使那以家产决定他生活的小地主女儿感到勾魂夺魄的眼睛——被蒙住了；那把乌黑的胡子也几乎被黑布全部遮住了；他两脚颤巍巍地走下高低不平的台阶，或许他会被带到井里，或许要被带到刑讯室；他的手被另一只不含一丝温情的手紧紧地牵着，此人是合唱团成员的上级，他的粗鲁，他的支配感，他不言自威的架势是如此明显；他缺乏友善之感，甚至不近人情。德梅特里奥斯不得不忍受别人在他耳边吹风，或许还带点唾沫星子；不得不忍受别人大声问他一些过分的问题；不得不忍受被拖着闯迷宫一样绕圈圈而感到晕头转向。他们走过声似弃屋的走廊，直到荒凉阴冷、闻来发霉的地方，你可以感到瘴疠弥漫的陈腐气流，那是从来没有被阳光晒到的空气，它只是被吱嘎作响的一道道门的一开一闭所掀动。门声伴随着锈铁和锁。非常神秘的舞台音响设计。上演一个永远走不出去的人自己需负责一切的故事。他害怕了，后悔了，额头冒冷汗了，可是没有人过来为他擦汗。终于，有人把蒙住他眼睛的布揭开并砰的一声撞上门把他一个人孤零零地撇下，快得连他的眼睛都来不及适应那里的微光。一张铺着黑布的石桌上竖着两根火苗摇曳的大蜡烛，桌上还有一本没翻开的书，一把裸露的匕首，一颗死人头颅，蛆虫已经吃光了最后一丝肉屑。

德梅特里奥斯自以为勇敢大胆，不会像任何一场殖民战争中的西班牙大兵那样一看面黄肌瘦的乌合之众发起冲锋就望风而逃；或者像迷雾笼罩的荒原上被恶棍举着棒子威胁抢钱包的人那样撒腿就跑。可是那种仪式似乎属于另一个世界，似乎是撒旦弥撒，或者是十恶不赦的坏蛋们不顾一切地要使人万劫不复地丢掉灵魂。他无法停止思想，他们还要把他禁闭在这阴森森的地方几个钟头呢？哪个该死的混蛋手里掌控着钥匙呢？那两根蜡烛还能烧多久呢？灭一根点一根这样子延长时间会不会好一点？如果陷入令人恐惧的孤独黑暗，如果氧气迅速因燃烧以及肺活量很大的人的呼吸而耗尽，那么他不就成了气泵罩里被拿来做实验的小鸟了吗？这一仪式的目的会不会正是要他拿那把赤裸的匕首扎入自己心中而终结痛苦折磨？种种疑问使他以笛卡尔式的推理和严密的逻辑考虑这些可能性，然后他毫不犹豫地敲门，明确表示闹剧结束了。赶紧让我从这里出去，你们这一套是令人厌恶而且亵渎神灵的儿童玩过家家。

他后来感到遗憾的是没有打开那本书，看看这貌似《圣经》的书到底是《圣经》，还是《可兰经》《卡巴拉经》《爱经》或者化解他求知饥渴的任何一种别的东方神书。在他内心深处，是求知欲把他牵引到了这种如此奇怪的境地，这不仅有违他明智正直的本性，也与乡村警察之子的形象相悖。他也后悔当时没有仔细审察那个骷髅，看它到底是涂蜡打亮的黏土骷髅还是旧木头骷髅，虽然说仔细想来，真的死人骷髅更多也更便宜，可以从任何一座荒坟里随着哈姆莱特的独白或者钱挣得少酒喝得高的掘墓人相关的粗俗思想被挖出来。

毫无疑问，匕首是用来报复叛徒的；这也是为什么他迟迟没有获释。只有在不断提升抗议之后，那些恼火的信众才松手将他放出老鼠夹。但事实上他不能算是叛徒，而只是不符合条件的新手罢了。正如被他置于尴尬境地的保护人在交谈时告诉他的，诸如此类的仪式既不滑稽也不可笑，它们只不过被用来验证申请人是否像其他会内兄弟所证明的一样，有一颗无畏之心。如果没有的话，譬如说他就没有，那么最好及时验证，唾而弃之，然后随他去，不再理睬。他们对他正是这么做的。他是蒙昧主义和原始恐惧的牺牲品，天生不配光明启蒙，身上没有真正解放的可能性。这种解放将死亡看作自然现象，看作无生命物质恢复原状（restitutio ad integrum）而回归为自然界的转化力量。他唯有忍受耻辱，或者如果需要的话，他将来也可以靠近那些分发希望和慈善的人们，这类人如同来自地质时代的史前动物充斥世界，而人类在其最卓著的精神河床上早已将他们弃置身后。

人类的所有情感必须模棱两可和自相矛盾才对！犯错忏悔必须与增进知识的快乐相依相伴才对！服从值得赞扬的明智冲动而产生的满意感必须和缩手缩脚、怯与争锋所带来的羞耻感形影相随才对！强暴处女的强奸犯先到为大的骄傲必须被在他怀中哭红了眼的姑娘不再是处女的准确感觉蠹蚀才对！抵住诱惑者的健康好胜的自得必须难脱失去享乐机会的忧郁才对！

伙计，你借以把我看成一个人的光点多么缺少统一性！为什么两种义务的冲突才是你争论的最明显的情况呢？为什么只有当你像道德动物一样迅速地、本能地、不假思索地采取行动时，你才确定你所做的事情是好的，而相反地，当你清醒地提升自己，明晰地观照自己本性，对命运粗暴的阴谋诡计负起责任的时候，你却不可避免地感觉你的所作所为是你的杜撰发明，感觉你在杜撰义务，感觉你在发明意识，感觉你要对这永远是罪的发明彻底负责？

向左的开放到此结束了，一个不久前的夜里打开的循环到此关闭了，加泰罗尼亚美臀的扭摆无能为力了，大有希望能生多养的胸脯没用了，母亲们殷勤奉献的微笑也没用了；驼背们被蠹蚀的无政府工团主义学说，化为唱给傻孩子们听的摇篮曲，化为不是因怀疑使命而是因为悲惨可怜的手淫而被逐出大门的神学院学生的耳边风（flatus vocis）。

德梅特里奥斯的全部后代仍然依附在他的肾上，尚未开始生活，但是他感到有朝一日他们定将承续他的香火——目前为止还是单身汉的他终会成为族长！——并走上正直光明的道路——这光明不同于诱惑者的应许——子孙们看到高贵的父亲上了路，要把他们从可能性、从虚无中拔出来，植入母性现实一个温柔而隐蔽的角落，他们高兴得浑身颤抖。

从那时开始，德梅特里奥斯唱民歌的口音变得很糟糕！明显听得出来，他不是加泰罗尼亚人。窗口（finestra）这个词对他来说也不算什么了，它只是和卡斯蒂利亚语毫无关系的一个怪词！他克服了差点将他带上恶人之路的根本性的巨大诱惑；那么语文学的诱惑便没什么意义了；那些人胖墩墩的，一点也不潇洒；而美洲的发现和开拓更是这些没什么魄力而又那么露骨地喜爱金钱的地中海边的笨蛋们永远无法实现的崇高事业。

上帝之手领着他走向乡村警察的三角帽和只能种植旱作的穷山恶水，恰如可靠的本能领着苍蝇飞向勤快的蜘蛛利用雨停的短暂时间而编织的蛛网。

第二部　戴面具的人们

第一章　考试

考试由三部分组成。两场口试和一场笔试或者实践练习（就是解释并起草一宗判决）。口试是决定性的。每场考试持续一个小时。举行考试的时间间隔能够长达六到八个月。每场考试对于下一轮都是淘汰制。竞职者的人数在八百左右，他们竞争五十个初审法官职位。在此后的职业生涯中他们可以达到的职位是高等法院和最高法院法官。[1]

参加这些考试的年轻人有志于在明日和余生从事司法行政工作，换取相当微薄的工资。同胞的生命和财产将捏在他们手里。他们将决定如何处理私人之间和资产好几百万比塞塔的大公司之间的民事诉讼。他们也将为罪犯定罪量刑，从死刑到依据反流浪法中的预防权而下达的勉强合理的逮捕令。

从事这项职业必须有一定程度的使命感，这一点似乎毋庸置疑。法官的位置不能仅仅被定性为律师的另一条**出路**。学法律出身的人多如过江之鲫，其中有些人觉得直面这些重大责任是他们的崇高使命，哪怕工资远远低于一丝不苟的财产

1　西班牙最高法院有民法、刑法等五个法庭，还有四个特殊法庭。每个法庭有主席或首席法官，还有人数不等的高院法官。——译者注

登记员或者转让遗产的监管员。行使审判权或许含有某种本能的满足。完全合法地对他人造成痛苦或许含有某种虐待狂的快感。所有这一切和其他一些费解的东西可能是他们决定的基础。

通常情况下，绝大多数要当法官的年轻人来自干燥的伊比利亚的高原地区。只有一小部分来自湿润的加利西亚。相反，没有一个人来自国内更进步的地区，比如说工业化的加泰罗尼亚和巴斯克地区。司法行业的核心，就像整个国家机器的核心，来自干燥、贫穷、满目顽石的城镇的人们。沿着十二个世纪前开始的同一个方向，历史就这样被继续创造。其所凭借的是卡斯蒂利亚人攻城槌一样的舌头和简洁完美的判断力。

奉父命读书的地主子弟，或者在自我牺牲的父亲指点下努力摘取奖学金的教师子弟，或者追求后代光大门庭的省城店主的儿子，或者（近在咫尺的）法律系清洁工的儿子——他使爱子进入学术殿堂，对本学年教他儿子的教授们极尽阿谀奉承之能事，直到一个学位到手（更因为他自己脊椎的灵活而不是孩子脑回的灵光）光显他的姓氏——他们这些学法律的人能意识到上述这些含义吗？不能，很可能不能。他们意识不到自身在无意之中以决定性的方式创造历史并塑造国家；实际情况是，许多竞职者只把当法官看成一条**出路**。备考期间，他们女朋友小小的乳房几乎一直被冷落（不算偶尔的礼拜天晚间的电影以及电影散场后不能进行到太晚的散步，还有守门人关门之前的大门口告别），但她们的温柔陶醉必须被满足，哪怕没有一丝豪华，而只是提供一个放尿布的地方，好让他们爱的结晶将来在上面欢乐地撒尿。

不管怎么说吧，事实是他们做好了一切准备；他们的体重在最后六个月平均降了五千克；他们精通记忆辅助手段；他们在不眠之夜躺在又潮又皱——因为身体紧张不安——的床单上一遍遍复习法典里的条条框框；他们在紧张中领教过多种不同的冷汗（考试团主席叫他们名字之时出的汗，必须在一个小时之内连续作答的十道题目被取出时出的汗，考试团主席提醒应试先生还剩下十二分钟而他还有六道题目没做时出的几乎绝望的汗）；他们堪与考取科举功名的中国人媲美，后者掌握三万六千个汉字并知道怎样借助毛笔在宣纸上把它们描出来。这些人看不出来这类练习的空洞荒唐，他们在某种方式上相信诸如此类的比试可以衡量他们作为男人的素质，衡量他们是否会飞黄腾达并跻身上流社会，是否有能力养育教导后代，使他们远方的父母满意并且自豪，或者正好相反，使多年来也许一直支持他们吸收圣典上罗列的条款的父母产生无法弥补的挫折感。

他们就在那里，在那巍峨庄严的萨雷萨斯最高法院大楼里。红色的仿天鹅绒大帘子，乏味的马里昂巴德[1]风格的过于金碧辉煌的拉毛粉饰，听差（他们也被叫作窃窃私语的仆人，他们在其他场合为老妇凶杀案的证人或诈骗性破产公司的总经理开过门）对现在考他们的考官们近乎神话般的敬意，他们将来

---

1 这里指涉1961年由阿兰·罗布-格里耶编剧、阿伦·雷乃导演的法国影片《去年在马里昂巴德》。——译者注

也可能是那个样子：头顶受人敬畏的光环。他们就在那里，大厅四壁渗透的痛苦不但是作为考生的痛苦，而且也是作为被告的痛苦。在他们恐慌的感觉中，在他们敬畏的颤抖中，他们预先领教了多少个诉诸他们的裁判以期上天意志变成人间现实的罪犯或原告面对他们时将要体验的感觉。

这些可怕的景象哪怕不在他们完全清醒的意识之中（更聪敏的那些人的意识忙于用记忆法记住考题，能力不那么强的忙于记住听他们说话的那些不动声色的严肃面孔），至少也在第二或第三层次的幽冥意识中显露出来。有时候走廊里走过一些武警人员，那就使得这类可怕景象变得更为完整了。他们身穿褐色的制服，向在押犯人在大楼里候审的那个龌龊难闻的角落走去。谁知道即将上演的是仪式的具体哪一部分！他们只是理论上知道。当然，候审犯人的痛苦喊叫和长吁短叹都传不到他们耳边，因为那些人严格保持安静；但是他们思想无形的嗡嗡声透过缝隙充盈在萨雷萨斯大楼的空气中。这里的豪华外表显然是属于上个世纪的时尚，它的野蛮与辉煌的含义堪比另一个时代犯人所穿的囚服和所戴的涂成黄色的高帽子。囚服和高帽将犯罪的耻辱和在广场上搭起绞刑架的不可摧毁的权力同时昭告世人。

为了避免选拔考试的荒唐特点太明显，不知姓名的立法者想以某种符合逻辑甚至符合预科要求的方式将它们连接起来。经过如此这般的一番安排，第一场考试考审判行为的基础（我们不说它是理论基础，但确实是判准学的基础），而第二场考试考的是属于司法程序中几乎技术性的方方面面，而且其中必须显出那些在发挥作用的基础原则。正由于这个缘故，竞争者——包括阿古斯丁在内——在父母家里偏僻的书房或者他们的破公寓（从来不会在豪华旅馆，也不会在上层资产阶级的豪宅）里早就准备好了第一场考试；他们的学习参考是虽不出色但至少能用的卡斯坦、加里格斯、罗加·萨斯特雷[1]。反过来，就司法程序和司法行政方面而言，那可是他们将来要从事的业务，他们喝的奶水来自同样寡淡无味的普里埃托和卡斯特罗·奥尔瓦内哈这两位先生[2]。

积累，剪贴，精密计时，衡量每个题目各自的重要性，琢磨这些题目在七位聚精会神的考官耳朵里特殊的吸引力……这项辛苦工作的结果便是他们坐在椅子上面对考官们组成的审判团，准备好忍受持续不断的冷汗。考试团主席真的是最高法院某个法庭的首席法官，坐在他两边的也真的是好几位高等法院法官，这就增大了考试和审判的相似性。

一位风度优雅的小姐——部里的工作人员——打破了讲台上的和谐。她负责分发十个球给竞职者，让他核实自己的号码，然后由秘书将它大声读出，并让考生知道这些球对应的考试安排。小姐的微笑，她对考生的祝福，她刻意为之的亲切，都使阿古斯丁感到恼火。他认为那是爷们儿的事。为什么那位小姐要一个接着一个地对八百三十位竞争者施予同情

1　卡斯坦、加里格斯、罗加·萨斯特雷是西班牙《民法》作者。——译者注

2　普里埃托和卡斯特罗·奥尔瓦内哈是西班牙《刑事诉讼法》作者。——译者注

并带着相似的可信度——祝福人家好运呢？她瀑布般泛滥的假同情难道不自相矛盾吗？弄这么一位小姐在场，这难道不是讽刺吗？让每个人为自己的记忆空白负责吧，让每个人——像他一样——知道自己准备得好还是不好。一个年轻爷们儿，处于自己生物记忆的巅峰，难道不能允许自己浪费十八个月的时间来通过这场奇怪的考试，孤注一掷地渡过不见血的卢比孔河[1]，然后成为一个重要人物，知道自己该干什么而且去干了吗？

小姐，收起你的美好祝福吧，别烦人了！就让硬汉子们冲我放马过来好了，但是他们要知道，我可真的是有备而来的。微笑和建议我一点儿也不想要。我走到这里，确信自己万事俱备不欠东风。暴力的阿古斯丁，超人的阿古斯丁，真应该给他来一下当头棒喝！他甚至不能容忍走廊上虚伪的亲切。他觉得尴尬的是，实际上恨不得互相剥夺打官司工作机会的人们假装是好朋友；互相轻拍肩膀；互借临时写下的作弊便条来对付被女朋友发脾气害得记不住的题目；当高层权威的仆人在大厅门口重复秘书在先前已经清楚唱出的一名二姓[2]的时候，他们带着与小姐一样的精致的玩世不恭，带着甚至更加明显的性格软弱色彩，也互相祝愿"好运"。

名单上前后紧邻的竞职者有某种共谋，他们不直接去听别

1　卢比孔河，引申为破釜沉舟的意思。公元前49年，恺撒无视法律带领军队越过卢比孔河，引发了三年内战，但也奠定了自己的领袖地位。——译者注

2　西班牙语国家很多人保留父母双方的姓氏：名字+父姓+母姓。——译者注

人的考试，仿佛出类拔萃的幸运儿想要掩盖对别人真正的冒犯。阿古斯丁打破了这条不成文的规矩，去司法大厦的日子里他每天都坐在考试大厅里，尽管习惯上只有上次没通过的考生和马上就要开考的考生的亲戚朋友才会进来旁听。他既不努力去认识谁，也不想要建立愚蠢的友谊。愚蠢的朋友们到头来就是在好不容易靠死记硬背撑下来的口试之后到附近的酒吧互相请客，用高脚杯喝啤酒，或者实无诚意地祝贺人家。他根本不需要那种短暂的朋友关系，他只要在《快报》上读读中榜者名单就足够了（出于有趣的羞怯、高度的人道主义和西班牙天主教的慈悲光环，报上从来没有被打入地狱者的名单），他唯一感兴趣的是录取率。

他的考场发挥激烈凌厉，势不可当，不但完成的速度远远高出平均水平，而且在某种难以说清的程度上也超出了任何一个考官团对一位考生的期待。考完以后，他双耳通红——仿佛做了一件丢人的事——快步穿过大理石的过道离开了考试大厅。他神情迷惘，躲躲闪闪，根本不等谁来向他道贺。阿古斯丁话语的密度把他一个小时的表演有弹性地拉长，他成功强暴了七位无聊先生的注意力，使他们仿佛变成了瞎骡，听到噼噼啪啪空甩的响鞭，便向弄出声响的人支棱起长长的耳朵。他自己也解释不清楚怎么回事，但是他确实（在遥远的春季的那场考试之后）再次成功地向听他口试的考官们证明了他既有自动而强制类知识的必要储备，也有一种完全的独创性，一种高于只会死记硬背的能力。这种能力首先说服的是他自己：他是**第一名**，他处于另外一个水平，他和对手们不在一个境界，他比他们强；这一点甚至表现在考试这种自古就有的再普通不过的竞技活动中。

阿古斯丁逃也似的离开了，根本就没听他们在对他说些什么。他们甚至也没有凑过来和他说话，因为他身上有一股拒人于千里之外的劲儿，迫使这七位公正考官中的每个人都必须遏制自己内心不让他通过的欲望——尽管他考得最好——因为很明显，法官这个职位不适合此人，他无论说话还是看人的方式对别人来说都是一种冒犯。虽然录取他是公平的，但是不录取他也未尝不公。或者就在录取名单上把他的名字打上一道红杠，再加注建议司法部不把他提拔到上述的法官职位，但是可以让他自由享受一份薪水（以满足公平正义），使他私下里坚持学术研究，但是不能授予他显然不适合他的法官之职，尽管他的能力高得有些不近情理地过分，那为常人而设的平庸的考试对他来说根本就是小菜一碟。

我没有到他口试现场，因为他明确禁止我这么做；他倒不是怕我对他评头品足，而是因为另一种更不常见的羞怯。尽管他内心狷傲得恣肆无忌，而且私下里不断让自己的智力显山露水，他却因羞怯而只喜欢以玩笑和自嘲的方式表现出来，绝不会"认真"。假如我去听他的口试，那就是"认真"了，那就会使我不得不面无微笑地评说他："太棒了！""什么人呢！""天才！""好一个漂亮的面试！"

"怎么样？"我问。

"可以。"

"你挺开心吧。"

"那当然。"

"但是看不出来啊。嗨，我说哥们儿，高兴起来！"

"有什么要紧的？"

我们一路漫步，从雷科莱托斯大道缓缓下来，走到西贝莱斯广场。这之前我一直在等着他，他觉得我等他再自然不过。竞职考试通过了，第三场考试纯粹是走过场，因为通过考试的人数少于空缺的位置，或者顶多基本相当。

"有个家伙说，"阿古斯丁继续说道，"那是他一辈子最大的快乐。他当时正在对某个想听他说话的人解释。总之吧，人生一大乐事。咱们就坐这儿吧。那当然是的，在某种意义上确实如此。他说的肯定没错：人生一大乐事。我做不到他那么开心，因为我对自己太有信心，同时那也太无足轻重，不过呢，那的确是我人生的最大乐事。"

"可是你苦读得像一头猛兽……"

"当然，我钻研过。书一定要读好。通过考试是必须的。"

"但是，你没有开心吗？……"

"我开心。但我感到自己不一样了。你知道的，终有一天我们都要独立。这是纽带断裂，是跳窗。我从窗口离开父亲的家。"

"不应该从大门走出吗？"

"从父亲的家里总是跃窗而出的。"

"咱们来个一醉方休？"

"不行。我想要独自犯一桩枉法之罪。"

"你好烦人。让我参加你的枉法行为。"

"准了。"阿古斯丁说道，然后任凭自己脚步迈向一家不起眼的饭店。我们的晚饭吃得质差量多；发酸的葡萄酒，其貌不扬的服务员。

晚餐期间和之后很长的时间里，我观察到阿古斯丁对自己的成功其实兴奋极了，这与他无动于衷并且抗拒享受人生最强烈的幸福的表面正好相反。他换了一种更加引人注目的方式待人接物。他对女服务员们说话时粗暴放肆。他敢于抗议食物甚至坚持说一份菠萝应该是两片而不是只有一片。"要说我们这家饭店菠萝的份额是一片，那是因为收的价钱是客人点两片菠萝的一半。"这一严格的，几乎累赘多余的论证，对那天晚上的阿古斯丁来说没有任何证明价值。"如果菠萝的正常份额是两片，那么两片菠萝能收取的价钱只能是正常份额的价钱。"这另一种论据因为循环论证而显得诡诈而有缺陷，可是他不，他觉得自己有高度的说服力。女服务员从来没有遇到过必须比较这两种逻辑的境况，于是她去找那倒霉的经理来救场，来做她精神上的帮衬。这是一个善解人意而且做事快手快脚的胖子，他一般就在厨房里转，来来回回的周旋在他的衣襟上留下了斑斑油渍。

"给先生上两片菠萝，"经理说道，"这事不用多啰唆了。"

他没有注意到自己落入算计的陷阱，因为笑眯眯的阿古斯丁看着收据快速心算，把那老实的投机者作为额外一份菠萝加上的十二比塞塔从总数里减去。胖经理当时还以为，因为快速上头的酒精（尽管酒保存得很糟糕），这是不会被发觉的。

"瞧瞧你，"我说道，"还没获得自主你就贪婪地管理起你的财产来了。"

"这就是你对我的清官抱负的傻呵呵的解释？"阿古斯丁反驳道，"学着点吧，笨蛋。不要疑神疑鬼的，对我要有信仰。"

说话之间他让一张五十比塞塔的钞票落到桌上，作为对那不太受美惠三女神眷顾的女服务员日薪的改善。

"你别把钱扔掉，咱们需要它啊。"我抗议的时候脑子里想的是下一站到伊甸园的红尘欢乐之旅，我只能贡献非常微薄的活动资金。

"上帝会提供的。"阿古斯丁有预见地肯定，并不睬我。

"咱们做个实验吧，"略过一会儿他建议道，"我们来试试说服路上碰到的第一个夜行人我是初审法官。"

在这场愚蠢的游戏中，他表现的或许是在多大程度上连他自己也不信这个新授的官职。

"我是初审法官，我是新法官，"阿古斯丁即兴编出顺口溜，"谁来求我开开恩，我不收他钱一分。"

"他是初审法官，他是新法官，谁不相信我，我就把他腿打跛。"我也编了一句，不肯让那不信自己的家伙在诗歌灵感上压我一头。

我们悠哉游哉地走在马德里最古老的城区那些不卫生的小巷里，就是被格兰大道粗暴地一刀两断分开的那一片地方；

它植物似的和谐的老派生活如今只留下方方正正的布局和一丝忧郁。

"小姐，咱们来看看，我有法官脸吗？"阿古斯丁问一位慢慢经过的女人。她脸化浓妆，身穿一件低领口红色连衣裙，头上盘着很高的发髻，头路中分，好看是好看，却是过时的发型。问这个问题时，他在路灯下露出的侧影像极了额前发如波浪的黑眼睛的少年维特。他的下巴长得很好看，嘴型轮廓分明，上唇状如所谓爱神之弓，很像。他身材不算高，但是行动非常敏捷。他走路的样子使人吃惊，似乎像赛跑的马那样侧身而行。小姐根本不觉得他有法官相。

他说话时仍然有一定程度的萨拉曼卡口音，以后几经生活变迁，这口音才慢慢失去。一不留神或者心情颓唐的时候，下层百姓特有的地方腔调"哟"（to）就会出现，他为此感到羞愧。同样，他也费了一些功夫克服物主形容词"我的"（mi）的重读。他的语言文化这种向更古老水平的退化在那个解放之夜尤其明显，这首先是因为女服务员上的酸葡萄酒。

"为什么不给你父亲发个电报呢？"我突然灵机一动。

"我到底是不是跃窗而出了呢？"

"他一定是在等着你的电报吧。"

"明天在《快报》上他就读到了。"

我想以他的名义发电报，深信他父亲一定会非常高兴，阿古斯丁本人也会因父亲接获喜讯之乐而乐的。但是他不想主动办这件事，甚至都不同意我去办，因为他怕这样一来会减弱这一人生新转折的意义，或者使之变得不够明确。"来自西班牙最年轻的初审法官的拥抱。"我腹稿打出的这句清晰的措辞定会温暖老朽的德梅特里奥斯那因为儿子不在身边而凄凉感伤之心，而儿子的成功将使他的远走高飞更加确定。

但这是不可能的。夜以它特有的规律将我们席卷而去，耿介拔俗而自我牺牲的父亲的记忆——有一天，当我们要更准确地解释阿古斯丁身上值得解释之处的时候，我们将不得不再回到他身上来——在海港薄雾中被抹掉了。某些秋夜，在马德里确实可以看到这种海雾，这使得王家兵器广场上荒诞的海景设计不无道理。

我们继续征途，走的不是之字形，而是尽情欢乐地临时发挥，直到碰上一个僻静的酒馆，那里的旧红毛绒的破椅子等着我们的身体重量，等着我们的彻夜长谈。

"去不去夜总会？"我问。

"不。今天不想去。"阿古斯丁说道。

我们真的没有喝醉。那只是一种在寡味淡酒的轻度刺激下使我们感动的青春之欣快。阿古斯丁的胜利，他眼睛里新的光芒压在我们心头，激励我们去发现世界的与众不同：那天夜里的每一桩小事；每一个等待合适时机的风尘女子；每一个友善健谈、心怀几个世纪的无聊却强颜欢笑的秃头侍者；每一杯承诺一种新的、可以无限期更新的清醒的速溶咖啡。我们的清醒允许我们几乎不用费劲就可以完整地分析生活，分析摆在眼前的新形势，分析真正的自主解放——不但在经济上而且在权威和社会方面——对一个智力超群而性格奇特的年轻人会带来什么后果。他到底在什么程度上与别人不同，哪怕是我，哪怕是他自己，都说不清楚，但是我们又觉得那是显而易见的。对此我们意见一致。关于这一点，在此之前我们从未明确地谈论过，而谈论它的时刻或许已经无可推诿地来到了。

第二章　共谋游戏

作为特殊的阿古斯丁迷，我准备利用他的那个时刻，那一历史里程碑，他生命力的第一次巅峰，使他进入自己内心并以部分真相（因为他的讽刺幽默是不可能完全避免的）来回答我感兴趣的一些问题。

"作为一名初审法官，尽管因为你考试独占鳌头可以选择最繁荣的司法辖区，或者最太平，或者事情最多，或者风景最秀丽的地方，可是我不觉得你为了实现自己的知识使命而非得当法官不可。我认为你身上有一系列的素质和'当法官'不相称，你一年前才做出当法官的决定，才开始钻研那二百五十个鬼题目，还自信地对我说，'我要当法官'。"我开口打破他宁静的思绪。他当时正望着几乎满员的廉价酒馆里邋里邋遢的常客——"那个是代理商"——努力凭眼力识别每一个人的社会阶层和具体职业——"那个是财政部职员"——那天晚上和任何一个夜晚一样：打骨牌者一惊一乍，心不在焉的目光投向在窗外游荡的三位半老徐娘。她们怪模怪样，穿着黑天鹅绒连衣裙，眼睛描得艳俗，可谁知道呢，兴许等他们一打完牌——"那家伙在工会混"——她们就能在那里拉到客人，或者更确切地说，是在邻近黑咕隆咚的小巷子里。

"正义的纯粹理念一直令我着迷，"阿古斯丁同意了我说的话，也暂停了他的分类游戏，"但我从未因此就认为自己顶多是个**当法官**的料。"

"然而你还是决定当法官了，而这个职位会影响性格。尽管你不愿意，你有真的**成为法官**的危险。"

"我成了法官又有什么要紧？当法官有什么不好吗？难道因为成了法官我就不再是我自己了？我就不再思想了？就要以不同的方式过我想过的生活了？你表现出很感兴趣的不就是这些根本性的实验吗？你放心吧，做这些实验的时候我会通知你的。"

我知道"做这些实验的时候"指什么，虽然我们从来没有明白无误地互相发过什么誓。阿古斯丁的态度中有一种发现新大陆之前的临时性，按照这种态度，我必须待在他友谊之堑的边缘，直到他宣告说："尤里卡[1]！"是的，那最终被他发现的应许之地就在那里；他踮起脚尖远远地望见了陆地，我这双徒弟之脚也会迫不及待地踏上他的地盘；于是一个新的阶段由此开始，我们将可以在这个阶段以一种特别坚实的方式建立我们的生活，这种方式有别于我们周遭正宗西班牙式的疯狂青春，我们虽然也身在其中，却还没有像别人那么不成器。

"人们的共谋规律真是一条无情的规律，"阿古斯丁说道，"我想要当法官是因为我相信法官是唯一握有能划破共谋

1　尤里卡，古希腊语，意思是"我找到了"。传说阿基米德踏入浴缸洗澡时悟出了浮力原理激动地喊道："尤里卡！尤里卡！"——译者注

的解剖刀的人。人们的共谋一直让我入迷。你没有看出来吗？你没有注意到一眼看去似乎正相反的人们其实是共谋吗？那种持续不断的共谋正是发明乌托邦的哲学家们的基础。在每种自取其辱的方式和每个自欺欺人的场合中都有利维坦的预示。他们全都奔着同一个方向而去。黑市商人的受害者正是黑市货最热心的共谋。你了解假币诈骗是怎么回事。你知道，欺骗之所以可能得逞，只是因为被骗者狂热地愿意让人间成为一个欺骗的世界，被骗的人们互不仇恨。人类之爱的丰富真奇妙。只有被骗者对骗子的爱才使欺骗可能存在。只有贪便宜买假币的人对卖假币给他的骗子的爱才使得后者笨拙的诈骗伎俩常驻人间，层出不穷。只有垂死者对医生的爱才使得后者可能继续心安理得地挥笔杀死他的亲人，杀死四邻八舍中的垂亡之人，并最后杀死他自己，假如他坚持——罕见的情况——不通知一位同行来送他上西天的话。共谋是最高的社会公式；因为共谋太恐怖，我才准备置身其外，就是说，**当法官**。"

"你不怕吗？"

"不怕。因为我的目标是临时性的。如果我想发现共谋的终极基础，如果我想以实验的名义打破这些基础，看看共谋被撕破的惊诧以什么方式改变那些被暴露的共谋者，那只不过是我为了以后深入调查而进行的事先的必要操作。共谋是社会的水泥，但或许还不是巩固社会的终极基础。或许还有某些更坚固的盔甲能使法律之剑卷刃缺口。但是如果我对它的水泥施以足够的击打，我将使事实的神经脉络暴露无遗，然后我也许将不得不决定也进入这个游戏，但目前我宁愿置身其外。"

"可你不是已经进入共谋的游戏了吗？因为简单的事实是，你想当法官，你**钻研**了二百五十个题目，你出色地（虽然我是你谨慎的牺牲品，没有现场听你侃侃而谈的荣幸）表演了一番，你接受了考试评委会，而且你把评委会当真了，你把考试也当真接受了；还有，他们做出一番决定之后告诉你，**你是第一名**，而你接受他们这个决定的时候仿佛也真的以为这样的**第一名**是有现实意义的，而且在考试中胜出对你个人来说可能是有**真实**意义的（我们说的不是你跃窗而出的**客观**意义）。"

"不对，"他带着盲目的自负反驳道，"因为我没有接受那是我生活中最大的快乐。"

"不，你接受了。你变了。你已经在菠萝份额定价问题上开始执行你的歧视性正义了。你允许了自己让那位女服务员下不来台。你和一位街头女子搭讪了，还问人家你有没有**法官相**。如果竞职考试你没有赢，如果没有考到使你自我膨胀的**第一名**的话，这些事你一样也不会做的。"

"你知道骄傲和快乐不是一码事。更重要的是，你知道它们是两项对立。快乐是世俗成功的情绪。身处共谋之中的人感到快乐。黑市商做成有利可图的买卖时感到快乐。唐璜把他耳聪目明的共谋者（有比被采之花的心照不宣更大的共谋吗？）骗到手时感到快乐。寻常竞职者也快乐，他想象考试之后女友的亲吻会更热烈一些，他知道她胸口的防守会松懈一些，她敏感的乳头和触摸的手指处于共谋之中，受到的神经刺激会更加强烈一些，她所允许的被占有已经到了**腰部**。但是我没有感到快乐，我一直置身其外。我的骄傲中看起来几乎像快乐的其实是满足感，因为我知道我像自己希望的那样做到了鹤立鸡群，知道自己的操控荣幸了考试团先生们的耳朵，使他们成了我操控的牺牲品，而这些操控全部提炼自他们也同样钻研过的那些书本，虽然这种操控经过了一种非共谋精神的处理。我知道考试团的先生们给我**第一名**是在履行他们的义务，是在努力忠实于共谋，这种共谋以法律的形象使他们爬上讲坛，登上高位，高位之威重敬惮如香气使他们陶醉。"

"我们去夜总会……"他突然打断话头，仿佛被一种预感压迫而想要逃离那个地方；那里虽是个共谋重重的是非之地，但是能被一眼看穿的共谋却只有多米诺骨牌好手需要忍痛让对手赢几把的策略，还有那二十几年来一直不停地等待的疲惫的职业女子再次对永远不会尾随而来的男人抛送的慈善微笑。

"不，现在不行，拜托！"我差点儿惊叫起来。

我的表情有些激动。那天夜里我觉得让他继续说下去很重要。我把我的手放到他的手上，仿佛没有人会嘲讽地看我们似的。实际上，女人们注意到了，她们互相交换目光和意味深长的微笑。"这下好了，我们被当成基佬了。"我暗忖，同时希望这一念头不要划过他那被垂落的黑发遮住的前额，倒不是因为怕他尴尬或者想逃走，而是因为他人误会的冲击力和现有平衡的破裂会分扰我希望他和我交流的思想。

"你必须告诉我，等你验证了人际关系背后的东西之后，你要展开的更深入的调查究竟是什么。"我慢条斯理地套用他的词汇，带着他应该可以感觉到的轻微的揶揄意味向他提出这个要求。我的讽刺也许能够使他做到不再强调保密性。由于他的狷介，他坚持避免享受人生之大乐，他落入男人特有的矜持之中，一旦他察觉到自己放弃了那种矜持，那会让他心里大不乐意的。

"你知道那调查是什么，"阿古斯丁说道，"还不是老一套。"

他又看我一眼，神色愉快，几乎被逗乐了。

"那种调查的特殊之处在于，尽管做的时候预知结果会是什么，但还是必须要做。更重要的是，它的结果隐含在筹划过程本身之中。如果事先不知道答案为何，提问也将失去意义。"

"那么，为什么还有必要提问呢？"我是亚里士多德－托马斯主义者。

他若有所思地看看我，然后说道：

"出于最低限度的严谨。"阿古斯丁回答我。然后他便拒绝再说话了。

酒馆渐空，无疑是到了严格预设的一个时刻，情色小姐们（demoiselles）一个接着一个朝充满希望的街上招摇而去。代理商，各个工会的雇员，某位顾客不多的医生，或许某位心不在焉的文人雅士，额头狭窄、头发沾满头皮屑的各色人等，他们一个接着一个地打着哈欠，说一番伤感的话，开始把黑色骨牌的尸体放入它们的公共棺材，仿佛一支德国陆军的特殊服务部队在一场战役之后把尸体一串串地摆放整齐。

我们早该走了。只有当我们起身之后，秃头男人才仪式性地击起掌来；这是对可能的生客的应有敬意。与此同时，管理人员从厕所附近某个幽暗的房间里慢慢开始操控调暗灯光的游戏，这种游戏威胁着迟迟不走的客人们的尊严，开始了此类店铺的彻底打烊。

夜色辉煌而从容，带着母性的认可，把我们揽入怀中；我们行走在她富有弹性的子宫里，头上顶着小小的光环，听不见但猜得出心跳的身体散发着温热，被预言的话语所陶醉的太阳穴因激动而绷紧。整装待命的青春，只要我们五官敏锐，只要心怀必要的勇气，我们定将抵达那既遮蔽存在形式又带着色情之坏意允许你猜测的朦胧面纱，一切真相定将为我们显示。

阿古斯丁和我现在都陷入沉默，但心里充满了希望。我们就这样继续走我们的路，知道重大的抉择马上就要开启，而且现在，恰恰是现在（考试通过了，孤独被克服了），危险在于止步不前，在于让日复一日的习惯，让承担义务的良心，让不能为自己发明目标的根本性无能，从我们的关节中挤走可能使我们发生嬗变的最后一滴青春烈酒，恰似蜘蛛在漫长的沉思中悠然吸干误落蛛网而动弹不得的苍蝇。

阿古斯丁走到某条老街上的一扇大门前。门是旧的，房子也是旧的。老掉牙的大门带有几格向上的木台阶，木头没有打蜡，一个昏黄的灯泡照在上面。在这么简陋的一所房子里，守夜人不需要执行他的特定使命。那扇大门整夜开着。这扇门说不定是洛佩或克维多时代的，更有可能和拉腊或布雷东[1]同一个年代；门上有一个铁锈斑斑的门环，门环是手握苹果的形状。阿古斯丁握住它使劲往上拉的时候，门环连接处嘎吱作响。

"别敲门啊！"我说。但是法官出于某种与自己本性相矛盾的需要，没有按照几世纪前指定的功能来使用这铁疙瘩，而是猛地把它倒过来朝反方向转，他憋足力气用手腕使劲一转，门环被连根扯下，拧断的铁疙瘩露出尚未氧化的银白色的内脏。

阿古斯丁手握铁手，那苹果从来没有这样被铁手衔接着肉手握过。苹果最突出的部位亮锃锃的，因为每天早上邮差都用它敲门叫唤住在里面的住户，每天傍晚也有某个作为一家之主的手艺人同样用它敲门，因为他不耐烦等待，在开始吃力地爬楼梯之前，就从街上要求已至妙龄的女儿打开房门，提前等着他嘟嘟哝哝地回到家中，凑近粗茶淡饭。阿古斯丁把手中的握着苹果的手交给我，可是那苹果丝毫不能令人想起曾几何时夏娃的禁果。它没有一丝肉欲的记忆，根本没有让人咬它一口的魅力。它似乎倒是可以被用作武器或者不可穿透的禁欲主义的愿景，隐藏在后面的是最可亲的事物和可消耗财产的本质，我们有时候想通过虚幻地享受这些东西而拿到生命的钥匙。

"我这里有一只铁苹果。"阿古斯丁说。他根本不屑为我澄清其中的象征意义。

"这只铁苹果不属于你。"我说。我要对他表明，除了不

1　洛佩和克维多是16—17世纪的西班牙作家。拉腊是著名浪漫主义作家，曼努埃尔·布雷东·德洛斯·艾雷罗斯是著名剧作家。——译者注

可食性（甚至连虫子也不能吃它）的象征，这苹果还有另一层更加令人困惑当然也更加紧迫的一个现象的象征：法官成了小偷，或者如果你愿意（对于资产阶级意识来说，这更为大逆不道），法官成了流氓。流氓法官带着不可遏制的青春的快感，毁坏属于他人的、远在他出生之前就开始一直老老实实发出声学信号的有用财物。这流氓既缺乏历史感性，也缺乏对从过去传到我们手中而且依然能用的文物应有的尊重。

"咱们还是把诱惑你的共谋放一边吧，"阿古斯丁抗议道，"让我们来赋予这只苹果一种更加高贵的用途。"

他继续在不太熟悉的城市的街上行走，街道曲折萦纡，但他像个通灵人，脑中的罗盘（他用它在杂乱无章的大街小巷上叠放一个直角方格）使他能够沿着一个准确的大方向走，具体地说，是一直向**东**。我们的脚步带着我们向西走，穿过相对于电报大楼而言位于北边的地区，一直走到宽阔的圣贝尔纳多大街，途中放弃了一家家旧书店的诱惑（夜里这个钟点它的诱惑不太有效，尽管那里藏着许多末世学的内容），我们回到了相反的方向上，一路寻找着庄严肃穆的萨雷萨斯大厦，事实上，那里是我们的漫步和道德哲学漫谈的（时间上而不是空间上）遥远的起点。

穿过暴力单向的巴尔基略街之后，我们被逼入一个浪漫的小花园。我们停留了片刻，沉浸于路灯在刚刚开始露出黄斑的秋叶上造出来的别样之美。18世纪的气息从定罪判刑、仲裁争执的最高法院大厦里如烟飘出，向四周漫延。这片空间在下午时因为孩子们的妨碍而不能被尽情享受，男男女女的孩子们在沥青路面上滑旱冰，在两把长椅之间跳绳，大人们大声叫骂，从栏杆上假装吓唬法语学校的女学生。但是在夜的宁静之中，我们不停地感知种种象征，也不停地制造象征，惊讶于象征之丰富，我们不得不再次接受——为什么不呢？——大厦的庄严巍峨是重要的。而周围花园的优雅情调则赋予了这庄严巍峨一个恰如其分的框架。在城市的旋涡之中，这些花园不是为交通而设的，如果不想被市政府的园丁摆放整齐的路障绊倒，或者撞上四周邻居家活蹦乱跳的后代，行人即使着急赶路也不得不停下来。

阿古斯丁虽然醉意已浓却是一副庄严肃穆的样子，他仿佛变高了，他的头发仿佛更乱了，他走到按照地球上已经湮灭的巨人规格建造的雕木大门前，抬起门上原有的苹果叩了三下。司法机关没有做出任何回应。初审法官先生竖起外衣衣领，倒卧在花岗岩的门槛上，打定主意要在此过夜。

慈悲而善解人意的朋友和他好说歹说了大半夜，还配上恰当的手势，试图让他放弃这一不明智的打算。

阿古斯丁到底有没有真的双手捧着铁苹果腰酸背疼地在那里睡了一夜，还是正好相反，朋友的劝说生了效，他被引到了一个更适合他脆弱的躯体但未必适合他新授的法官之尊的托身之所，这一点似乎没必要对读者澄清。

第三章　阿古斯丁的结晶

　　走笔至此，我必须反思一下我叙事的进展。让读者也一起听听我的反思，以便能更好地理解本书的内部动态，让该动态在我这个卑微的叙述者心里生效的同时，也就是在它的初生状态（in statu nascendi），使读者也对它有个认识。我不觉得这样做有任何不妥，再说，这种套路也算不得什么新鲜事了。

　　就像口占诗人必须依照一定的韵脚一样，这部作品开头时我依据的格律来自以下这一事实：在序言里滔滔不绝地谈玄说妙，紧接着就必须给吸血鬼一读者扔一块肉（即便不是血淋淋的，至少也必须可以暗示淫秽）。为了在阅读中感到自己还活着，吸血鬼一读者除了思想还需要意象。于是在我创作活动的意识层面上出现了不雅的一幕：阿古斯丁经过内心的千种纠结万般挣扎之后，终于决定要付诸行动，去占有一个女人！但他搞砸了。

　　现在我必须把这关键的一幕说清楚，它的寓言性质上面已经指出，但我惊讶地发现，也许整本书或者说几乎整本书注定只是为了对这个场景做出解释。在这尴尬的一幕里，我们所关注的男人被剥夺了决定男人之所以为男人的东西。尽管这件事出于生物根源，但这并不妨碍它本质上的精神特点。在阿古斯丁失败的肉体之上是精神在用手指描画出寓言文字。因此，我们必须尽快确定，为什么所发生的事情在他身上发生了；他在什么时候，具体在哪一个生命时刻，做出了别人也一样被迫做出的决定；他是如何为这些事情做准备的；以后他又将怎样靠艰苦的努力击退那个诅咒，用另一种更强大的法术来消除它，来为自己创造一个新人物，这个新人物真的会相信魔鬼，或者至少让魔鬼留在心里，不将它彻底缚住，使它在他试图与他者交流的每一个决定性事件中提供必要的合作。

　　似乎有一种神秘莫测的天意在引领小说家，使他在故事开头选定一个准确的场景。这个场景一经分析，其最隐蔽的枝枝叶叶一经拆解，人物就会变得透明。这一天意的作用可以作两种理解：要不小说家冥冥之中能猜出关键场景，即小说人物全部生命历程的最高点，而由于这个选择，他接下来的叙述有了内在节奏，情节发展也很和谐；另一种情况是，人生事事相关，任何一幕或任何一个情景都指向全体，这样的话，初始的选择无关紧要，倘若小说家名副其实，他将能以任何一种方式，从随机选择出发，推导出哪些是关键之处，哪些是工具性准则，从而来圆满展示自己无论如何都需要说的话。

　　为了避免我在我朋友身边的存在陷入彻底缺乏根据之虞，为了能够就此说明我货真价实的证人身份——不但有耳目见闻，而且了解机密——说明我见证了自己一路讲来的故事，我也必须说说我的彼时彼地为什么成了此时此地（hic et nunc）。当然，我个人本身不配故事之荣，但是我不想使用任何一种未经解释的文学惯例。另一方面，有必要承认，在我的性格和阿古斯丁的性格之间可以建立某种巧合。因为我们不是孪生灵魂，所以可以假设，我们大概是补充性灵魂。我为人有一个爱冲动的缺点，极易受到在我看来比我自己"高明"的人的影响。在那个时期，我已经和阿古斯丁建立了一种旁人公认的友谊。我不但对此满意，而且眼看着要从他那里沾光了。在那之前，为了寻求启蒙榜样，我已经有过一系列被我理想化的良师益友。这些模范最终都被我宣布为空洞，而且在事后的反思中，我按照衣帽架的形象理解了他们是怎么回事。他们起了衣架作用，让我挂上我的幻想之衣和彩色面纱，使我凭空构造出各路人物的模样；我不但假定那些人物一定存在，而且非要从生活中真的得到他们。值得注意的是，标志着我们关系发展的特点是"有用性"这一不可否认的事实，而这一特点既动态又具有原型的稳定。我以前一直在制造的那些虚假的人类现实，对于我的精神发展，对于我按照自己当时的内在需要来审视那些现实，都是有用的。

在我选择诸如此类的良师益友的过程中，被选之人社会出身偏低对我来说从来不是障碍，反而是有利条件。我自己出生于手头从不拮据、家里也没有经济问题的金色资产阶级家庭，而有人能够从经济条件不足的社会阶层上升到某种脑力活动领域，单单这一点就构成我钦佩之情的第一块基石；然后我以此为基础一步步竖起临时偶像之大厦，不无吃力，也不无精彩。他们就是如此这般先后被我看上的：他可以是一个赢得国会奖学金来完成学业的神学院学生，中途抛弃僧服，一旦被开除后只能以授徒为生，但是他对拉丁经典的了解以及对丰富的哲学词汇虽不熟练但颇为有效的驾驭却令我叹服。他可以是一位英文娴熟，操牛津腔的现代语文专业学生，出身于默默无闻的商人家庭，才华和抱负使其沿着一个优雅的抛物线轨迹与家人渐行渐远。他也可以是一位多年后不得不向我坦白自己是同性恋的伪诗人，而在当时，我只能朦朦胧胧地看出他宣称的无神论的辉光和他对吉卜赛人洛尔迦空洞无物的诗艺的佩服之情。在他看来，洛尔迦是一座不朽的文学巅峰，可是我无论怎么勉强也提不起精神来欣赏后者。在这种半个伪天才的理论的阴影之下，我试图吸收他们各自在其中出类拔萃的人类知识的不同区块，屡屡证实我所挖掘的这些矿脉不但有局限性，而且矿中携带大量杂质。然而，这一理论却既没有穷尽我对榜样的需求，也没有穷尽——因为我年纪尚轻——我产生新的热情的能力。

出于这个原因，阿古斯丁的到来起初只是意料之中的一件事，而且从根本上来说可算是我的教育经历。我的自学成才过程似乎是无情的吃人过程。取得法律系免费入学权并语带嘲讽地谈论复杂高深学问的教师子弟的出现不可能使我无动于衷。我立即进入了他的圈子并期待他为我的知识之路劈风斩浪。然而，没过多久，我便不得不接受这样一个事实，那就是，他身上没有可供明白搜求并因此会迅速枯竭的矿脉，相反，他抵制我的各路进攻，仿佛从远处对我冷眼旁观，不让我像对付以前的那些朋友那样轻松地把他翻个底朝天。他的重要之处不在于某种特定的知识，不像以前那些人，因早熟而碰巧读过的几本书使他们能够对驿动的少年引经据典，而后者在两年以后读到的新书里才会发现这些典故的出处。他的重要性在于他有能力创造性地把我们大家都拥有的知识和经历加以安排和组织，使它体现出个人的人格特点。

相对于我佩服的许多榜样而言，我的家境比较富足。这无意之中成了让我开启他们不为人知的、终究难称广博的学问保险箱的金钥匙。那个时期的我并不以个人魅力而突出。相反，我那时挺招人讨厌，因为我有某种出于善意但让人不解的做作，因为我热切地向人家问这要那（现在我明白，这一定是下流的），要求那些被我的钦佩之情所骚扰的人刻不容缓地亮出他们额头之下可能的蕴藏。就像我说的，我的财富为我可憎的待人处世之道——我自以为拥有的其他优点也不能弥补——起了一道保险杠的作用，尽管我的财富纯属虚拟，因为父母从不认为他们的后代花钱大手大脚对教育有什么好处。他们允许后者支配的数目实际上比他出身寒门的朋友们能掌控的还要小。可是人心如此，虽然我能邀请他们的消遣只是沿着河边长途漫步（可能的话以康德为伴），但是他们看在我家公认的经济实力的分儿上一直对我多有容忍。

如我所言，我在阿古斯丁身上遇到了比之前那些朋友身上更顽强的抵抗，然而也正因为如此，我对他的敬佩更加持久，也不可避免地更加深刻。我可以把和阿古斯丁的交友过程分出若干不同的阶段，在其中，我逐渐发现他是怎样的一个人，反过来，他也逐渐发现我不是怎样的一个人，这似乎使我更加可以被容忍。实际上，我从来就是让老师满意的那种学生。多年来，阿古斯丁在我身上可以看到我既对不懂之事怀有虔诚的敬意，又能够对逐渐理解的东西热烈吸收，这一点对他来说或许足以弥补我和他过从太密而使他每每难得孤独之乐的遗憾。

他开始攻读法律专业，向上爬的家庭压力注定他这么干，报答家人牺牲的义不容辞的责任使他不得不如此。做出牺牲的是父亲母亲，祖父祖母，外祖父外祖母，还有那些早已不在人世的曾祖父曾祖母们（他们做出牺牲的基本方式是点点滴滴地积攒哪怕是小得可怜的零星财物，好让某个出自他们谱系的陌生人有朝一日能够出人头地）。他读法律的同时，我得以如愿继续投身哲学研究。我选择专业的动机和他的正好对称相反，因为我的问题不是自己的过错可能招致家庭财富大损，在我家里，能以书香抬高并美化门庭的任何一位家庭成员都会被青眼相加。我选择哲学，不是要试图达到德国人的思维光环，但确实有一点爱国热忱在里面，这在今天看来让我非常费解。

就这样，我们每天因学业方向不同而分开了。虽然我明白，我的专业本身比法庭上唇枪舌剑的诉讼要高贵，而且我的朋友到头来可能会落入法律这个行业，我却并没有为此而得意，而是继续在心里认为，某位高层估价人把我们分出高低优劣的等级标准不能基于如下事实：每天早上他去路易斯修士讲席大楼的教室上课，而我穿过楼梯平台——平台上摆放着被不无揶揄地逼入角落的、杰出的、爱好悖论的乌纳穆诺大师的半身铜像——爬上安纳亚宫的高层去上课。在我们各自的大学生涯中将我们连在一起（毕竟那两幢大楼离得没那么远）的那种持续的友谊，现在不必提前用我为稍后的故事而精心设计的回顾（time back）技法来加以详细描写；现在单单要解释一下，我们同时完成学业之后，我在马德里攻读博士学位。在此期间，他经过一番几乎不需要的短暂准备，也搬到了首都（来真的花费前面所提到的大量的虚拟的牺牲），受我之邀来与我同住。我那里既是住宅，也是书房，也是聚会狂欢的窝点。明说的目的是减轻他此番马德里之行所意味的经济负担，没有明说的意图是我乐于有他几乎持续不断地与我朝夕相伴。

我的博士论文写的是关于克维多作品中隐含的形而上学，我不无根据地相信，关于"纵使化为尘，尘中亦有爱之恨"这句诗里几乎难以理喻的灵性论唯物主义，他能对我有所启发。不过呢，虽然我有根据相信他具备这个能力（他确实有的），但是我绝对没有根据来假设，正当他光荣地跳窗叛父之际，他所不得不经历的生命环境会有利于他取得诸如此类的成果。

深感自己前程受阻的人通过严格的知识之路，年纪轻轻就获得经济独立，从而拥有未来，这哪怕在最庸俗的人身上也是生命力骚动的原因。我希望能够就近关注与阿古斯丁一道考取的五十名同伴身上无疑会发生的精神嬗变。我本来希望更加深入地认识其中某些竞职者，希望在这些少年得志的每一个人身上注意到单凭一场幸运的考试而突然一步登天**换了阶级**所带来的精神变化。考试的成功并非过眼云烟，而是终身大事，因为这将一直伴随他们，直到坟墓。他们转眼之间跻身于一个新的阶层，这个阶层虽然在我们这个共和时代已经失去了它在君主专制时代（当时的法官是上帝位格的世俗肱骨）所享受的辉煌，却依然受到人们的敬畏。对于向上爬的伊比利亚人来说，一切竞职考试的成功本质上意味着"立登要路津"，这一点在司法界也许看得最清楚。这个职业中实际上有两个相对矛盾的事实合在一起：一个几乎至高无上的社会等级和一个平庸的经济类别。为了让他心甘情愿地苦读，接受榜上有名方为好男儿的考试，接受竞争初审法官位置这种成人仪式（比血淋淋的青春期割礼还要痛苦，因为割礼的成功只依赖部落法师的燧石刀锋利与否），让他觉得每月六千比塞塔的经济稳定是公平合理的补偿，他必须来自一个足够低的社会阶层。而来自习惯于另类生活标准的社会阶层的人们，他们一定会（蔑视法官的地位之显和官职之尊）希望当公证人，或者进建筑学校、路桥工程学校。而为了实现目标，他们有的是时间。这不是一年两年就能搞定的事情，他们财力雄厚的家庭将会面不改色地支持他们四门、六门、十二门课的实习：要多少有多少。

　　但是会产生什么结晶呢？那一团犹豫、焦虑、挣扎的心理物质会怎样变成沾沾自喜，浑身道理，或者在最糟糕的情况下，变成刚愎自用？因与果不成比例。粗浅的解释性思路无法完全说明究竟。在我看来，竞职者微不足道的胜利不是变化的**原因**而只是促使个性中预先存在的心理形式脱茧而出**变得可能**。所有的伊比利亚人都倾向于这个形象，我们在入夜之前的白日梦幻之皱褶里都秘密酝酿一个身穿黑衣、神色严厉的公证人，一个把印有"路桥工程师"的名片钉在高尔夫球衣橱门上的出色的俱乐部成员（clubman），一个菲利佩二世的宫廷里皱领白得发亮的骑士，一个知道什么是犯罪并敢说敢为的最高法院的检察官。但是我们倾力而为的这一功成名就的形象只有出身良好的某些幸运儿才能达到，或者在另外一些更加值得佩服的情景里，有人通过竞职考试而使之变得可能。通常情况下，在诸如擦鞋匠、步兵中士、电车职员、客户寥寥的律师等各色人身上，它只是地下存在，只能从他们脖颈潇洒的收缩中隐约可见。

所以说，在我们周围，在阿古斯丁开始冒犯经济型餐馆的女服务员或者扯断马德里民居大门上的门环的同时，别人身上应该也发生了类似的精神变化，它们虽然各不相同，但是在某种方式上都指向同一个方向。我想从中看出一个道理，来说明为什么阿古斯丁的生命轨迹虽有其独特性，而我却一直觉得它具有**典型性**。他是旧卡斯蒂利亚[1]人，这一点不无深意。他一一抓住的东西和他发现的东西，也隐含着他的考试伙伴们的生命支柱。只不过，他的发现，他们许多人总是拒绝去做罢了。

对竞职考试的优胜者（或许作为一种安慰奖，对失败者也是一样）来说，考试之后的首次女性之旅再正常不过；在诸如此类的典型的形象中，它正与成人仪式的考验以及成功开启真正的成人生活的特点相对应。埋头绿色的花苞型灯罩下通宵达旦的苦读，抛在身后的遥远的城市和遥远的、时时保持警惕的、贪婪的女房东，对区分出自觉和不自觉学生（自觉者终获成功；轻浮者百般尝试但永远不会成功）的刻苦努力的补偿，这一切构成足够的动机使许多人鼓胀的贞操在竞职考试之后像鞭炮一样爆炸。虽然没有鞭炮那么响亮耀眼，但是它和升空爆炸的炮弹一样辉煌。这贞操犹如童年伪装的一道面纱，既为了

1　旧卡斯蒂利亚是西班牙的历史地理区，在国境的中北部，如今是卡塔布里亚、拉里奥哈和卡斯蒂利亚–莱昂自治区的一部分。——译者注

感谢提供衣食的父亲，也出于对一袭黑衣、无论多晚也围炉坐等儿子夜归的母亲的尊重。

诚然，阿古斯丁的贞操终结有作为苦读者，作为人子，家境清寒等动机在里面。但同样真实的是，在他有意识地靠近开放女性的时刻，一种更加复杂的精神之演变也达到了顶峰。我们来说这件事的时刻也到了。

第四章　法官来到托洛萨

古城的河流成了臭水沟。高耸的工业之马遮住苹果园，不知羞耻地排泄污水。和任意转移排泄地点的动物不同，它们原地不动、持续不断地排泄。夜以继日的污染毁灭了水生植物的遗传基础。河流一死，河里数量最多的栖居者（鱼、虾、蟹）也死了。这个时候，那人造的垃圾进入蓄意腐烂阶段。有毒的河水的流量只会因雨水而增减，但是水质始终如一。白花花的水波泛着一种冥顽难化的泡沫，污浊的浪头露出水下变色的腐烂物。

一位来自非工业旱作地区的法官近观河中污水时的第一感觉是被迫缩紧鼻唇沟，就像年轻的女工闻到试管里二氧化硫燃烧的臭味而皱起她精巧细腻如珍珠的鼻唇沟。这里闻到的气体更为复杂，因为有机物质的腐烂不能被归结为一个简单的公式。要领会它，必须站到精神的高度来把坟内墓外最终化解的尸体看作一个独特的曲颈甄来考量。法官的第一个动作是试图抵制它，他认为这一幕缺乏象征含义，只是间接地指涉造成它的社会。根据这种对事情的善意看法，腐烂不是产品而只是副产品。然而，以后他或将发现的其他现象可能改变他最初的看法。

古城建筑沿河而设的布局也必须被考虑进去。房屋如此布局当时或别有意图。不管现在看来多么令人吃惊，那些建筑被这样安排也许是考虑到当时河床里流淌的确实是河水而不是污水。只有这样才能理解，阴暗的19世纪俱乐部里，布局谋幽取静的长条形的大阅览室会有面河观流的三扇大窗；在那遥远的草创年代，河流肯定向那三扇大窗传递着什么信息。透过其中的每一扇窗户，老态龙钟的秃顶的俱乐部成员们抬起阅读疲倦的脑袋，得以望见夏日午睡时潺湲流水漾动阳光，或者在冬季凝视雪花飘落于铅灰色的水面。

在举办社交舞会的日子里，小城人一定可以在三扇大窗外的每个露台上找到一个避难所。他们一旦克服了很难克服的拘谨作态便可以窃窃私语，甚至接吻（只要好色的中产阶级能够避开警惕监视的中产阶级）。露天市场也是沿河布局，那些摊位在空旷的夜里有一种带门廊和逍遥步道的古希腊特点。每个季节，摊位上集中了产自北方极其湿润松软的土地上的农产品（甜嫩的小青豆，时鲜的洋蓟，新挖的小土豆）。这些时令美味特别适合特权人士品尝，虽然他们也不过从上数两代人开始才在合乎身份的俱乐部和美食协会培养出了自己的味觉。这些农产品沿着如今的污水一字排开，这绝非当年缔造这个臭水沟—城市的设计师的构想。

但是，恰恰就是城市的华丽现实和浇灌它的脏水质量之间的不和谐才使初审法官推测出，污水没有任何象征含义而只不过是一种偶然现象，尤其是当他核实了以下一点之后：田园牧歌式的郊区、林荫大道、浓荫蔽日的步道，这些吸引人们碰面并成双成对优雅漫步的地方，也都沿着已被污染的河床两岸布局，因为被改造成通衢的那条主街总是挤满了卡车或摩托车，被认为不适合此类目的，而该地区的特点是山谷逼仄，平地稀缺，城市的其他区域只好直接向山坡上分布，所以也难当此任。

这种比例失调或者说错配是什么缘故呢？法官必须自我克制不做评判，并试图理解这座宁静的城市是如何发展起来的。两种殊不相同的性质在城市身上重叠，如同某些持异端邪说的人说的三位一体中的某个得天独厚的圣位格身上的重叠：首先是其作为行政首府[1]的衰落性质，它使城中有地主、商贾，以及公证员、登记员、医生、兽医等独立职业人士。第二是工业社会的上升性质，它使城市自有它的无产阶级、汽修店老板、工程师、经理。他们还没有迁走，但是已经略为忐忑地自问，是不是该离开了，因为必须考虑孩子的入学问题，因为他们的配偶应享有另一种社会环境，也因为汽车缩短了距离。

这种重叠——在其他类似的情况里屡屡重复，所以也没那么稀奇——把城市变成了一个实验社会学的试验田。有些最不易理解的现象应该也是派生于此。当然，这种重叠也要为古老的城市布局和当下的环境条件的脱节负责。旧的布局没有被改造，是因为至少已经上吐下泻的新的布局尚未达到其潜在的威力顶峰罢了。

所以，法官更倾向于思考这个问题。带着一丝兴奋和一丝紧张不安，他开始钻研那些泛黄的卷宗，那其中也一定会有以某种方式沉淀下来的城市的副产品。

1　托洛萨在19世纪中叶（1844—1854）曾是基普斯夸省的省府。——译者注

瘸腿的秘书彬彬有礼地露出无力的微笑，看着他掸去灰尘并将旧卷宗带回家去。因为他谁也不认识，似乎也没有兴趣去认识谁，所以他就阅读。但是以后他总会认识人的。一个法官应该从何处入手进入这个混杂而变动的社会呢？在这个社会里，法官按定义来说处在边缘位置。

法官肯定不易进入在工作中接触到的那些人的内心。他的不幸之处是，在这一点上，他有别于医生或神父。医生和神父有机会进入因生齿日繁的社会演变的生命力而多少变得肮脏的人们的隐私，但是一个法官却难以获得不带谎言的接触。诚然，病人要对医生撒谎，譬如说他一天只抽十五支香烟；诚然，忏悔者也对神父撒谎，会假装用一桩明显的小错来掩盖种种大罪，或者倒过来——出于自责，或者出于青春期童子鸡那种微妙的"有趣"价值——他完全子虚乌有地吹嘘自己犯了滔天大罪。但是这些谎言是另一个层次的谎言，它们虽假犹真，所以无论医生还是神父，对病人或忏悔者都会形成更加温和、更加有利的看法。法官则不同，他是一个怪人，任何一个成为他工作目标的人都要以谎言、猜疑、吞吞吐吐的坦白筑起一堵高墙与之保持距离。

于是，他得出结论，城市的臭味与城市同体，就像瑞典旅游者会相信，油炸的味道表达的是伊比利亚人的终极现实。

第五章　狂欢节上的不速之客

　　全城一万八千居民同日而欢，同时而乐，令人印象深刻。人们为此盛装打扮，精神焕发。小小的纸帽戴到了最受尊敬的脑袋上，平日里束缚处女们浓密秀发的发卡发簪被松开。俱乐部的大厅里额外挂起四十五盏电灯，酒吧边上摆上四大箱廉价香槟。七个钟点工被雇来当服务员，好几支临时拉起来的管乐队被雇来助兴，使狂欢仪式变得节奏鲜明。乐队按时吹吹打打，好让每个人知道，永夜不息的声色之纵的确已宣布开始；夜晚几乎永远是刚刚开始，除了夜色，人群感觉不到任何无情的界限存在。

　　在所谓的**狂欢节**（它的王国在地球上的其他地区已经退出舞台，除了在某些得天独厚的地方，那里斑驳陆离的肤色和要命的温和气候使淫荡的有效合法性不那么难以置信）的统治下，这个处于工业化和现代化因缘际会的城市的居民们开始了必要的操作来实现统一的流程。首先，必须统一这个被遗忘的**暴露—窥视**互惠艺术追随者们的生命基调。每个人都是**演员—观众**，全体群众上演一出哑剧，这出戏大家同时重复，同时享受，一起激烈地体验。**我笑我笑我笑你，你笑你笑你笑我。**每个人酒神般狂乱地献祭，每个人救世主般成为集体的圣餐让

164

人吃掉，让别人像食人魔那样吞噬他供奉的滑稽。与作为牺牲祭品的离心力相对应的是一种向心力运动，它以别人的滑稽为食，吃掉周围存在的每一个马屁精。马屁精们是几乎还没有分段的作践自尊的环虫，而自尊正是我首先蓄意牺牲掉的。

三教九流的社会范畴也必须统一。平日里人们因等级悬殊而显得千差万别，疏远隔阂。乍一看，他们的等级似乎可以根据每个人究竟执行何种被认为对共和国有用的动作（毛坯靠近车床的动作，丝线接近福音针眼[1]的动作，钢笔接近发票簿的动作，珍珠般的舌尖接近邮票背面的动作）来加以分辨；后来，能进一步看出，是的，的确如此，主体的整个生成过程都来自他遥远的童年时代所选择偏爱的某个动作。

为了统一如此参差不齐的人生轨迹，狂欢节并不规定上述的某些运动阶层必须努力模仿重复其他阶层特有的动作姿态，而是让各色人等加入一个整体，顺着一种新的轨迹而动，其中的共同元素来自在压抑的常态世界的运动中所不存在的某种向上成分。于是，在这些无拘无束的夜晚，最明显的向上动作是举杯，扬眉，提高声音，手指上提乳罩松紧带，舞男的右手托起舞女的腰身，青春期少女用手上抬下滑的面具，身体某个器官在某些有利时刻反万有引力地自立，气球系着吞云吐雾者的烟缕之线袅袅升起。

彻底摈弃一切精致儒雅的规范之累，直到每个社会阶级从各自的自尊水平上跳下来承认自己的亚当属性，这样就有了姿

1　《马太福音》，第19章第24节。——译者注

态表情的统一，从中得以派生社会的统一。一接近女人，淫棍的嗓音（在我们这样一个国家，方言腔调模式互相重叠，彻底模糊了可能的牛津剑桥雅音）就变得沙哑，这与其他任何一经接触就吼的现象非常相似，不论这吼声来自最高等还是最低等的动物圈。

欲望也必须统一。正如在狂欢节以外的世界中，每一种显性异化都对应着一个空洞的、未满足的欲望的复杂模型，在这夜间放荡的统一里，欲望变得简单而可以满足。没有人真的企图成为别人。更简单地说，每个小亚当只图实现自己当下的小小欲望：穿过如醉如痴、造型各异的挡路的乌合之众到另一边去，去紧紧贴上那可被触摸的，迷惑于自身旋转却无法上升的身体；举杯喝掉自己付过钱或者别人付过钱或者有人忘掉的酒；如果身上还保存必要的淫欲脑垂腺的话，去嗅别人半开半合的腋窝。总之，小小的欲望无非就是由于诸如此类的俱乐部大厅的弹性和组合性而变得不可避免的任何时间上和空间上的接近，而全体男女一心一意地为这种接近非常友好地合作。

在狂欢节这样的群体顿悟场合，一个初审法官除了是闯入的不速之客他还能是什么呢？自身的法官性质使得他恰恰被排除在狂欢之外，因为他处于证词保密的规范之外，也就是说，他要开展工作就得被欺瞒。阿古斯丁囿于自己的好奇心、未满足的性欲和因小镇生活无聊而生的恼怒（也就是说，他司法之外残余的天性尚未像比他资深的同行那样彻底失效），任由自己去了俱乐部，异想天开地以为在这类大厅里，哪怕在这么一个喧闹之夜，也一定会保持某种三六九等的分别。但是狂欢节王国在一个已经不再需要狂欢节的社会结构里大难不死这一现象（使之变得可能的原因包括城市好古守旧的趣味，对失去的省府地位和衰落的行政功能的怀旧之情，或许还有某位难以确定的地精的庇护）打破了一切分别的可能，同一种汹涌波涛猛烈冲击深巷酒馆；几个小时前也曾席卷小镇广场的聚众和游行，此时以同样的威力激荡着俱乐部的各个大厅。从广场时刻开始，所有的人都被同一种陶醉统一起来，他们把债务、工资单甚至恋人之间神圣不可侵犯的山盟海誓全都抛在九霄云外。

他身穿黑衣，不戴任何面具，侧身绕人群而行。当他敢于爬上那部带有踢脚和显得造作的镶板的拐角旧楼梯的时候，他尝到了第一通令他反感的滋味，明白自己想错了。但是有一条总是支配他而且可能最终解释他命运的心理规律促使他继续向前，尽管他极其清醒地意识到此举的不当。于是他爬上楼梯。楼梯上躺着两个不戴面具的年轻人，他们在欢天喜地地学着驴叫，不是要比谁叫得更响，而是比谁叫得更像畜生。一个脸蛋红扑扑的大姑娘抱住一位长发及唇的高个子金发小伙，然而，这也没能阻止他爬楼。一个极可能是外乡人的蠢货同样没能使他止步。那家伙穿着白色的主教法衣，骑在楼梯扶栏上布道，宣讲具有社会内容的教皇通谕。尽管他滔滔不绝，情绪激昂，但是在他那油腻兮兮的一蓬乱发上摇来晃去的头顶小帽却始终没有掉下来。更高处是楼梯拐角平台，那里有一小摊呕吐物，上面印着一个女人的可爱脚印，像指纹一样，清晰得令人难以置信。更高处等着他的是一箱空酒瓶；再往上走是若干装作什么也没看见的俱乐部成员，他们轮流等着那醉得满面通红的大姑娘来靠近。

阿古斯丁一步步爬着那部雅各的楼梯[1]，和《圣经》里一样，楼梯尽头是某种天堂的幸福。爬这部楼梯的难度难以描述；但它设置在那里显然不是为了他，而是为了别人。往上爬的时候他还能听到又有一群大叫大闹的面具从大门进来，但是他没有回头去看。他只是陷在稠如糨糊黏似胶带的走廊世界里：一个得天独厚的地方，连接不停地有嘴等着喝酒的酒吧吧台和不停地有身体推推搡搡的跳舞大厅。

那天夜里的动物磁性动态就是在诸如此类的脐带式和隔膜式的地方建构的。那几米长的幽暗的、通奸的走廊仿佛通往波涛汹涌的子宫的阴门（introito），在那里，决定性的接触会发生，失却的羞怯之心会单向选择它的命运之路；在那里，蓄意作孽的摩擦达到了必要的实质性，如果上帝许可，其结果足以促成来年一桩桩正经的婚姻；或者，如果上帝不许，可以有效地使尊贵的省政府带着令人赞叹的远见卓识为此类情况而设的弃婴院有新增的人口可以照顾。正是在这个优生之地，阿古斯丁此时此刻的举手投足依然显得不合于群，可是他却身陷其中，而且遭受了侵犯。

一个看起来是女人的异装的矮个子面具从身后靠近他。它的性别暧昧，几乎也不能从它模棱两可的酸溜溜的嗓音里推断出来。此人的脸藏在一个大大的猪头面具下。猪头或猪嘴张开。不是全开，而是半开。甜甜的声音就从粉红色的猪嘴里冒出来：

1　《创世记》，第28章第12节。——译者注

"小假面—法官，小假面—法官，送你这朵玫瑰。"一边说着，一边积极地把一朵石竹花递给他。看她那只手，指甲泛黄，没有涂指甲油。阿古斯丁带着冰冷的微笑接受礼物并试着把花插到深灰色外衣的扣眼上。

"看来你不懂，小面具！"他听到猪嘴的抗议。两只黄黄的手热切地按艺术规范为他插花，意思是不能挂在叶柄上，那里插花不稳，容易折断，要把整个肉乎乎的花盏都挤进坚硬的扣眼里，然后用一根看不见的长别针把它固定住。

那一套精准的动作使跳动在任何一个法官胸中哪怕转瞬即逝的侦探本能确定了这位性侵他的女人的真实职业。

"小假面—法官，你什么也不知道！"

"我不知道什么？"阿古斯丁问道。他伸手搂住矮面具的腰，把她往自己身边揽，这个动作并非条件反射而是有意为之，来自他清醒的意志。这一狎昵动作旨在使猪嘴泯杂于整个狂欢节无伤大雅的粗俗之中，尽管他自己也不在狂欢之内。但不知是因为正经还是清醒还是害怕，那面具慌忙躲开了：

"他们在骗你。关于守夜人凶杀案，你什么也不知道。"

"去你的吧！"阿古斯丁抗议道。他敏锐的易感性让他觉得他的法官袍要被嘲笑了。虽然他并不完全觉得自己是个法官，但别人对他身上的法官部分的揶揄更使他痛苦。

猪脸面具扁平的猪鼻上画着两个黑孔，瞪着两只小眼睛，保持着一定的距离，犹豫不定，但是一直盯着他看。

在他们中间来来往往的是高高矮矮的男人，肥肥瘦瘦的女人，他们是在走廊这热火朝天的肚脐上滚动的小球。或勾肩搭背，或四散狼藉；或披头散发，或大喊大叫；狂欢节的演员们激昂高亢，兴奋期一结束，他们就需要酒吧的酒水来补给力量，然后舞厅里的狂饮滥喝就会造成更加激烈的群魔乱舞，人们像被酒浸透的瓶塞一样激动高亢。

阿古斯丁随波逐流，不时回答着别人的问候。素不相识的搭讪者在狂欢节的迷醉之下和他打招呼时显得一脸木呆。然而，等到匿名的公民在他明显的醉酒外表（因为他头发凌乱，黑外套使他大汗淋漓，领带结已经错位，但还没有下滑得太厉害）之下认出"法官先生"这一现实的时候，他们会惊觉法律的威严，但是一声问候之后旋又忘怀，并再次陷入挤作一堆的欣快放纵之中。那副猪的嘴脸继续盯着他，他甚至猜不出来她是在通过张开的嘴还是细细的小眼睛在瞧他。看他的人虽然看起来是女人，头发却剪得很短，梳得很齐，藏得很好。裤子虽然让人看出明显的圆臀，却既不是海盗裤，也不是弹力裤，也不是小城裁缝裁剪的那种适合出行的裤子，而是胯部带皱褶的真正的男裤，裤管在大腿上鼓起，再往下似乎是空荡荡的，一直到地面上抛光的黑色高跟鞋。那是褐色直条纹裤。

他感到要逃跑的冲动，可是为什么呢？"守夜人凶杀案"，这守夜人凶杀案会是什么呢？一个蹩脚的笑话。可是为什么要对他紧追不舍呢？一个笑话。我走了。不。我为什么要走；我怕什么？他向她上下摆动猪嘴的地方靠过去。"她是通过猪嘴看的。"他暗忖。面具在等着他。

然后，她清清楚楚地说出了一个词："卢西亚。"阿古斯丁不动声色地等着听她再说出点什么。"卢西亚。"猪嘴重复道。然后她那两只长而泛黄的手小心翼翼地放到猪嘴两边，做成喇叭状，不让来自上下左右前前后后的暴风骤雨般的喧嚣盖住她的声音。"卢西亚。"她再次重复，说完便朝楼梯走去。她越过那摊带有脚印的呕吐物，越过龇牙咧嘴地哼着小调的又一个醉鬼，越过楼梯上刺目的灯光，还一屁股撞上了抱得紧紧的两个人，但他们一声抱怨也没哼哼。

阿古斯丁感到一种模糊的喜悦。虽然是通过一条奇怪的途径，他终于被人群的王国接受了：他被认出，被招呼，他真的存在了。

猪嘴消失以后，阿古斯丁再次为自己不是面具而感到羞愧。但是集体的热情水平已经如此之高，他是不是面具几乎已经无所谓了。反过来说，不显示狂欢节的任何属性这一点几乎使他比面具还面具呢，因为在狂欢节这种环境里，至少在男人们中间，暴露炫耀才是自然行为。一件黑衣服可以显得比面具还面具，因为假如一个人一味固执地利用某种掩饰来避免暴露驱使他的阴暗欲望，那么他到底要掩盖什么呢？如果打扮成主教的酒鬼想通过这种伪装来表明一个未实现的宗教使命，或者一种特别恶毒狂热的反教会情绪，这两种可能性实际上是相等的。

狂欢节的含混之一正在于此。对人类来说，最激烈的对立其实是一回事情：爱与恨，无量慈悲和怒不可遏，热爱动物和与人类格格不入，希望得到拯救和自知难逃惩罚。扮成主教的家伙，尽管滔滔不绝，踉踉跄跄，他依然过来面对深灰色的伪面具，并试图撕破他的神秘：

"来吧，兄弟；注意听我的话；请为我卸去这个包袱；它重得要把我压垮了。"他伸出手来，手里握着满满一杯香槟鸡尾酒，酒是国产货，杯口饰品看似外国货。

"别跑；请你理解我；别怕。"伪主教继续说道，很奇怪，他流畅的嗓音有一种胜任主教之职的能力，显然他扮演这个角色并非任性。还没来得及让步或者抵挡，两股相反方向的人流似两股大风推得他们撞在一起，部分鸡尾酒洒在了阿古斯丁的衣领上。部分为了回报主教的主动友好，部分为了避免控制不住的酒液再次洒到他加泰罗尼亚料子覆盖的身上，阿古斯丁拿起剩下的酒一饮而尽。

"兄弟，兄弟。"他的对话者还在叫个不停，两条胳膊已经围住了他的脖子。

"你要什么？"阿古斯丁回答道，他突然准备放弃他的司法面具并在这位陌生人面前展露他以往多次赋予自己的酒神能力。他又说了一句，自己也看不清楚这前言后语有什么联系：

"赦免我的罪吧。"

"我赦免你（Ego te absolvo）。"醉鬼庄严地宣布，并以罗马天主教使徒教会的礼拜仪式中未曾预见的宽恕姿态向前倾身，手握主教红帽做礼。他模仿的是16世纪[1]头戴无羽饰宽边软帽的贵族骑士的高傲姿态。阿古斯丁直着身子不失理智地面对宽恕者的赦免。

"你赦免我什么，神父？"他不失时机地问道。

---

1 这种宽边软帽（chambergo）应该是17世纪西班牙王家卫队装束的一部分。作者或有误。——译者注

"你的罪，孩子。"那浑身通红的家伙回答道，他凑得更近，同时色眯眯地看着他，亮出来的舌头和身体其他地方一样红。

"咱们来看看，孩子，咱们来看看。"他边说边用胳膊钩住他的脑袋。

"几次？"

"一次也没有，神父。"阿古斯丁答道，他感到脖子周围冷而柔滑的丝绸。

"那是不可能的。"神父笑得更加开心。

他用嘴做出一些动作，抱得更紧了："卢西亚想要干什么？"问话的声音压低了但更为坚决，教会人士柔滑流畅的语气业已彻底消失。

阿古斯丁试图看他的眼睛，可是他做不到。主教难以捉摸的外表闪耀着一种坚不可摧的光辉。他是个胖子，浑身通红。他一定是化过妆了的。主教帽也掉了。他行一个古礼，露出一头蓬乱而稀少的黑发。很明显，他已经开始脱发了。

"她和你说别人的坏话，难道不是吗？"

"什么卢西亚？"阿古斯丁问道。

"来我这里，"主教回答，"你们都是我肉身的儿子。"

他们停在了一群不戴面具的姑娘中间，后者快乐地看着他们。

"跳舞吧，朋友。"主教说道，于是阿古斯丁发现自己落在了一位姑娘的怀里。

他被牵着手走到舞厅。舞厅装饰成深褐色，一百盏灯亮着贫血的灯火。一大团黑乎乎的电线临时拉起四十五盏电灯，灯泡之间挂着一些无精打采的彩纸花环，环绕着中央枝形吊灯。舞池周围排列着几把旧沙发和套着黑布或灰扑扑的紫红色天鹅绒的单人扶手椅。若干汗津津的老太婆笑眯眯地坐在那里看乱转的人体，和她们的脸一般高的屁股和裤裆拉链交替着在她们眼前滑过。她们微微侧目，表情惊愕，或许试图通过密不透风的人群发现，她们监视的对象被挤到什么隐蔽的地方去了。偶尔也有一位老头把某个沉默等待的老太婆成功拉走，带往一个无人知晓的目的地。这位女族长所占的位置现在会有一对年轻人来落座；他们虽然苗条，但一个人的位置两人挤也不容易；然而，他们却不停地以此为乐。

舞池里摩肩接踵，一对对舞者贴身紧抱，假如舞伴又比我们矮十厘米，那么她的脸是看不见的。她的鼻子和面颊交替不停地碰在男士的胸前，直到她尽力后仰才能抬头露脸地说话：

"您是新来的法官，对吧？"

"不是的，小姐，"阿古斯丁答道，"我是杀人魔，开膛手。"

"我看着也像呢。"这模棱两可的回答配得上那充满信任的坦白。小姐得意地加了一句：

"这个城市很无聊，您会明白的。"

阿古斯丁感到脖子上一阵似曾相识的摩擦：主教光滑的白色法衣。他奇迹般地找到了自己的红小帽，尽管肥胖，在闹哄哄的跳舞的人堆里却穿行自如。

"我免了你的罪，但是没有免掉惩罚。"他在他耳边大声叫道。

"我老老实实等着呢，神父。"阿古斯丁一边应答，一边停下舞步。

"住嘴，你们这些异教徒。"他的舞伴一边说一边拉住主教舞伴的胳膊朝肚脐式的通道走去，脸上瞬间恢复了宁静的微笑。忏悔神父伸手搂住他的腰，试图和他的忏悔者再舞一曲。但是阿古斯丁的法官尊严无法再忍。

"别动，"他说，"咱们来看看是什么惩罚。"

"和丑八怪跳舞。"满脸通红的教会王子冲着他说。

"和丑八怪跳舞！"他坚持道，没想到他力气很大，竟带着阿古斯丁像跳华尔兹一样快速地转了四五圈。阿古斯丁既在内心发出抗议，又身不由己地体验到一种迎合狂欢节低级趣味的模棱两可的放荡之感。

或许他将能够获知他需要知道的、主教所掌握的什么内情。但是主教已经开始生硬地背起诗来了：

"绿月亮的黑发人，／赤身裸体，步履潇洒，／油光光的亲吻／如雨落在他的眼睛上……"[1]

"停！"阿古斯丁一把挣脱。

"去和卢西亚跳舞。"主教判罚了。

哪怕在听他铿锵有力地下达判决时阿古斯丁也没能和他四目相对。

"看你怎么带她跳！"

----

[1] 此处滑稽模仿洛尔迦的诗。洛尔迦原诗大意：绿月亮的黑发人／缓缓走来，步履潇洒。／缕缕油亮的卷发／闪烁在两眼之间。——译者注

175

接下去，他的醉态似乎到了极致。他独自持续不停地跳舞，转得像一枚陀螺，在自身周围造出空当，驱走一对对自我陶醉的跳舞的男女，凭借激烈的动作开辟出一个他人不得染指的自留区域。

阿古斯丁警觉地躲开这个刚刚在众人面前冒犯他尊严的疯子的亲密接触。观众虽然看似不在现场，可他们或许不仅仅是身体在场。他脑袋微垂，稍显沮丧地以手肘推开人群，在本能和淫荡的走廊上开出一条路。他遇到了刚才那一对人。

"那人是谁啊？"他问道。

"谁是谁啊？"

"主教。"

"噢，那家伙！"

"他是谁？"

"不是本地的。"

"那他到底是谁？"

"我怎么知道。别问我啊。"

第六章　包庇与流言

　　狂欢节的诱惑之后，一种前所未有的炙热欲望打破了阿古斯丁的内心平衡并把一种新的生活节奏强塞给了他。这欲望就是一种要明察秋毫的激情。首次接触材料并推演各种假设之后，阿古斯丁便（完全没有根据地）确信自己已洞悉真相。不但是各种事实的真相——罪犯是谁，罪行以什么方式犯下的，哪些人是同谋，什么原因使他们成为同谋，他们在什么地方以什么方式成为同谋——而且是另一种更加复杂的真相，使他明白这是集体作案。在他看来，这里的环境已经腐烂，空气中有一种特别的恶臭，就像冒着白泡的河水一样。

　　一个被藏匿的罪犯必然对应一个包庇的人群。他试着想象，那个踡伏匿身的陌生人此时此刻一定在平稳地呼吸（平稳到罪行可以允许的地步），因为他知道调查已经瘫痪，法庭已经把此事归为悬案，英勇的警察现在正围着随便一件小事忙得打转，譬如走私外汇或者贩卖妇女，却独独把他蓄意忘掉了。关于他的罪行，只留下警长先生包着油布封面的记事本上的若干笔记和打字机打出来的几页材料，其中关于调查的实质内容寥寥无几而且无用。它会被保存到许多年之后的某一天，直到等来一位想了解20世纪中叶警察工作方法的学者，才能重见天日。

能猜得出来，那人身上一定有某种身手不凡的自得，一种孤芳自赏，一种"我就是本事大，他们抓不住我"的骄傲。他也有作为罪犯这一事实固有的烦心事，从常人变成罪犯必然带来的内心变化，包括很有可能变得忧郁，动辄午夜惊醒，有意识自言自语地——尽管日渐苍白而虚假——重复自己编来自我辩解的话，那难以忘怀的一幕因高度兴奋而一次次在梦中再现，作案之前被痛苦焦虑和犹豫不决笼罩的心态也一次次被复制。那逍遥法外的人，他心中的悔罪感会是什么样子？

重启调查的消息，和随后会发生的被捉拿归案、动刑、审讯，以及带来解脱的最终坦白，这些又会以什么方式影响悔罪感呢？惩罚的到来伴随着某种平静，某种休息，使罪犯能自我解脱并达到一种新的宁静状态。这种多少带点文学色彩的认知到底对不对呢？

就目前而言，这些反思还为时过早。

当关于"守夜人凶杀案"的问题在费利克斯耳边响起的时候，他突然中断手头的工作，抬起把**财产**一词刚写了一半的蘸水钢笔（只有它才能写出使他称心满意的漂亮书法字体）。第二个动作也是向上抬，是抬头，但没有抬到可以看到法官的高度，虽然凭着老花的眼球水晶体——也就是说，从看近物的老花镜片的上方——他可以看到法官。第三个动作是张嘴，他的嘴停在半开半合的位置，同时他大脑里在犹豫着，两条平行路径中哪一条更适合他迈出这困难的一步：如实相告的纯粹信息之路，还是更加复杂但更加有效的建言献策之路。他的善良本性使他突然爆发出一声："您别碰那个，法官先生！"话一出口他就后悔了，惧怕和慌乱使他做出第四个动作：他站起来，让身体的重量落在靴子上，同时在纸上洒下了几滴墨渍。这或许是他自遥远的、成绩出色的小学时代以来从不曾有过的失手。

等他的感情风暴终于平息下来，等他适时地阐明了他突然爆发的原因，在法官先生以简短而及时的提问巧妙引导下，他一五一十地做出陈述，具体地概括如下：

11月11日（已经过去了三年）凌晨三点二十五分，当地一片工厂内部传出可疑的叫喊声。

在传出叫声的地方（翌日清晨办公室开门之时）发现了该厂守夜人的断头尸体。

经过推测，被盗的钱财数目无论如何都不值一条人命，最冷酷无情的犯罪之心也不会为此而开杀戒。

当上面第一条里所说的叫声传出的时候，几个夜猫子和巡夜人都靠近工厂大门甚至敲门，一个男人的声音叫他们回去。后来这声音被怀疑是不知姓名的罪犯的声音。

巡夜人也报知了总工程师，总工程师先和厂里通了电话，又叫他们放心，告诉他们没发生什么特别情况，叫声应该是路过的醉鬼所为，行人的警惕应该是毫无根据的大惊小怪，而不是真的存在什么危险。

若干小时以后，总工程师接到确认发生凶杀案的消息时彻底糊涂了。不久他亲眼见证了凶杀现场。

葬礼展现了真正的哀悼，尽管被害人在当地并不特别被人看重。

被证实的信息很少，后续调查揭示出来的新事实又无关紧要，这使得此时此刻的初审法官没有足够的根据下达审前拘留疑犯的命令，也不足以使夜不成寐的警察找到有用线索。

获得证实的信息之无用成了被谣传的假说四起的足够理由。总结这纷纭谣传有点难度，但对我们来说也不是不可能的。最值得注意的谣传按顺序编号如下：

一、凶案前一个晚上，有人可能在一个酒馆里见过死者安东（已婚但已分居）和一位陌生人在一起。

二、死者安东大概和不三不四之辈来往，这些人是他在军事监狱里认识的。

三、死者安东应该和妻子（现在是一家旅馆的服务员）还有来往。有些星期天下午他们应该会碰头，也一起到顾客稀少的苹果酒[1]店里吃烤沙丁鱼。

四、死者安东应该认识杀手，他应该是给他开了门，应该为他提供了藏身之所，怀着不可告人的目的隐瞒了他的存在。

五、总工程师家的女仆应该流露过对死去的守夜人的爱慕之情。尤其让她着迷的是，夜里没人时，他向她显摆，把偌大的车间里的机器给她看。

---

1 巴斯克地区大部分地方不产葡萄酒，人们用苹果酿造苹果酒。在比斯开、基普斯夸、纳瓦拉北部的山区，还有法国的巴斯克地区，苹果酒曾是日常饮品。——译者注

六、总工程师应该是凶杀案的同谋。

七、杀人犯应该是不久前离开监狱的刑满释放人员，他应该是政治犯。

八、听到叫声的夜行人实际上应该是同谋犯，或者至少是掩盖谋杀的人。

九、总工程师应该是歪曲了打电话的前因后果。

十、安东应该是一个以放荡和牟利为目的的不明组织的成员。

仿佛山上困惑的摩西，新上任的初审法官的司法想象力在这个基本的谣言十条里停留了几天，他希望能遵守沉淀的规律，得时间之助，分离一湖浊水中的不同泥质，使之逐渐积淀为地质学家眼中的地层正史，向他展现几百年的雨水、洪水、火山喷发和冰川作用的最终结果。考虑到自己的高智商和解密才能，他期待在更加短暂却被他想象为漫无尽头的时间间隔里——他的年轻（会扭曲时间的视角让它延长）和无聊的程度（他相信这将几乎是他在这座城市里未来日子的全部）让他对这一时间间隔产生了虚假的认识——他能仅凭万有引力的作用和微分密度的算法来抛出一个足够有启发性甚至可以解开秘密的调查结果。

从助手如此杂乱无章地提供的事实和伪事实中阿古斯丁得到一个印象，此案是一团乱麻，解开它定然是一件乐事：满足求知和践行道德合二为一之乐。但他还是没搞懂费利克斯富有同情心的灵魂深处发出一声"您别碰那个"时突然惊惧的原因。关于这桩神秘的罪行，并没有一个更好的解释。任何一个动机都可能是暴行的基础：抢劫，爱情，政治，报私仇，变态，神秘的偶然性。不论孤立一项还是把几项按不同比例混合，都足够引发犯罪。但是在费利克斯的态度里——或许在他可以推测的全体居民的态度里——他直觉有一种更加根本性的也是更加必然的原因，它可能牵涉到比安东能明显结交到的人更高级的社会圈和更隐秘的权力层。

他决定要调查。他将解开谜团。首先他会去了解情况。然后他要思考已经掌握的信息。他将潜心深入。他要审讯，要把某些必要的话传到地方警署的国民警卫队警官的耳朵里，或者刑侦大队更加敏锐的耳朵里。面对发现的事实，自社会起源开始就为这类目的而设的机器，将会开动起来，完成它的任务。

第七章　本城旧地图

他还没来得及好好对付那明察秋毫的诱惑，只不过是刚刚停止对这种诱惑的抵制（放弃对诱惑的抵制使收集上章简述的事实和谣言变得可能）。他准备亲自介入，正式调查，也预计自己的调查会更有成效，但就在这个节骨眼上，他被介绍认识了当地的一位工业大亨。这或许是通过在小城邂逅的大学时期的旧相识的介绍，也或许是本地的有生力量突然感到必须以兴讼的形式向他致敬承认他的社会地位而直接向他发出邀请。这个介绍人可以是一位和蔼的医生，或者一位友善的律师，或者是俱乐部里任何一位棋友。或许是他刚刚安顿下来之后在俱乐部幽暗的大厅里喝牛奶咖啡时认识的，因为在寄宿公寓或者他喜欢解决午餐的小饭馆提供的简单的甜点之后，他会去俱乐部喝咖啡。他被领着穿过一个大花园，花园经过精心打理，路面铺沙，团花簇锦的花坛和绿油油的草坪（pelouses）（尽管因为气候温和这不难做到，但仍需孜孜不倦地梳理才能达到纯天鹅绒的效果）显示出园丁的巧手配得上从工厂领取的薪水。走过花园之后，有一位女仆为他领路。尽管在服务礼数、说话腔调、走路扭臀、领口开低等方面并非尽善尽美，她也算得上训练有素（stylé），不至辱没她所服务的工业大亨之家。阿古斯丁于黄昏时分被领进这个工业王朝府邸的一楼客厅。要不是被自己的沉淀理论耽搁了几天，阿古斯丁一定会更早就对这个王朝发生了兴趣。客厅中等候着他的不但有总工程师，他的妻子，也就是这个家庭的独生女和继承人，甚至还有企业家本人。阿古斯丁一进门，后者立即起身相迎。他举手投足无可挑剔，身材高挑，面部表情有一股巴斯克人的庄严，头上微微谢顶，微笑一直挂在脸上，蜜一样的话语从口中流出。

其中不难看出，有些话无疑是出于阿谀奉承的冲动，譬如说，"才华横溢""榜首""我的庭长朋友""学界英杰""为我们的社交圈增光""结识您三生有幸"，还有"马蒂尔德，这就是我跟你说过的那位先生"，如此等等。而另外一些话则应该被解释为对某种外省情结得到过度补偿的超越，其中值得一提的有"14世纪的巴斯克炼铁工人""巨大的羊皮风箱""卡洛斯战争后的苦难和鼓风炉的不幸发明""从炼铁厂到造纸厂的出色转变""人均收入""人均收入""人均收入在原材料彻底匮乏的地区令人难以置信的快速增长"，如此等等。另外一些类似的话，也可以部分地归因于这位人物的某种迂腐。尽管他运用的句法很简单，但他还是试图谈论"让-雅克·卢梭的私人朋友""贝加拉实验室中分离出以钨这个名字为人所知的单一非金属元素"[1]，以及"市政府高屋建瓴地将欧拉莱因、埃洛塔-乔可、伊加隆多的炼铁厂移交给工业企业家"！最后，也是最好玩的一句："如果读过《零和无

1　首次从化合物中提取金属钨的是18世纪的两位西班牙巴斯克人。——译者注

限》[1]，您将意识到罗耀拉[2]是洗脑的发明者，比心理工程学（psychological engineering）早了三个世纪。"

他粗犷有力的声音如一阵风敲打着阿古斯丁的太阳穴，有着一级的冲击力，但重要的是要听出其中二级的意图，三级的警告，四级的恳求。

"我可能猜得出您在想什么。河流的气味。是的，先生；河流的气味是我们造成的。但我们并不感到羞耻。这个山谷变成了滚滚财源。我们为难闻的气味而感到自豪。我们的河流发臭，但是每年有成百上千的人从山清水秀的地方来到这里，帮我们继续将它弄脏。这里是整个半岛上土地最贫瘠的地方。它什么也不出产：没有矿，没有农业，没有电力。西班牙最贫瘠的土地，比巴达霍斯或者奥伦塞还要差。我们只有这么几条被我们用来当作下水道的小河。"

偌大的客厅稍显老派但是很有档次，庄重肃穆。大亨说话，没有一人反对。就像董事会上的解释和决策落入听而不闻、百依百顺的耳朵里。阿古斯丁和他对面而坐。总工程师和妻子仿佛一对情侣并排坐在一张沙发上。

大亨女儿坐在丈夫右边，两人挨得近但没有碰到一起。她紧张得坐立不安。她还不到三十岁，脸上没有皱纹，有的话也

1　《零和无限》是匈牙利裔英国作家阿瑟·库斯勒的小说《中午的黑暗》的西班牙文版书名。——译者注

2　耶稣会创始人罗耀拉和哈维尔都是西班牙的巴斯克人。——译者注

是硬挤出来的，而且纹路很细，只有就近才能看见，而且还使她的脸显得更加生动。她的眉峰高耸到额头，嘴角微微下垂，倒不是因为重力作用，而是因为她反复抿嘴，或许这能帮助她忍受不断增加的恐惧。她惊恐地看着法官，对父亲的演讲术全然充耳不闻。

相反，总工程师倒显得镇静。岳父的话已经听了多次，而且以后还不知道要听多少次。

"我给您看一样有意思的东西。"大亨边说边站起来，仿佛一个小贩突然意识到听众的倦意。

他拿着装在框子里的一张旧地图回来了，这是他敏捷地从一堵墙上取下来的。阿古斯丁的侦探大脑里闪过的念头是老爷子为什么没有邀他起身凑近地图看，反而一把年纪还费劲巴拉地去把地图取来；为什么女婿没有抢先去做，尽管他显然知道老人劳烦自己身体的原因；为什么惊恐不安的妻子一直监视着礼貌而略带拘谨的客人无害的表情。

"您看，这是本城的旧地图。您嘲笑那些现代城市设计师吧，河，"他用瘦骨嶙峋的手指着，"永远是河。这是根本性的。河是一切的轴心。从罗马人到我们的时代。您知道，罗马人以下水道为中轴线来组织城市：最大的下水道就是安排布局的原则。甚至在努曼西亚[1]也一样。您到过努曼西亚吗？笔直的街道被用作排污的通道。没有排泄物文明就无法运作。在绘

---

1 努曼西亚，被罗马人摧毁的塞尔梯贝里亚人的据点，在西班牙中北部，今卡斯蒂利亚莱昂自治区的索里亚省境内。——译者注

制这张地图的时代，河流已经把这个城市组织得非常完美。当时它就已经是下水道了。您不会以为它不是吧。您看那些大型建筑物的设计，它们都与河流平行。您看那些主要的大街和步道，也都平行。您看那些桥。您看那些堡垒。这条红线代表的应该是卡洛斯派的位置。但毫无疑问这是后来加上去的。城市在当时具有行政和商业中心的性质。市场。公共建筑。当然，那时没有工厂。我们就在这里。您看，这是一个要点。从这里可以很好地看到我们都做了什么。"

阿古斯丁扶着地图框架的一边。画框上边有些积尘。他的手指沾了一点。"好久没有摘下来了。"他的大脑在转，不过他发现的是一个绝对微不足道而且没有什么用处的真相。

"现在我们的工厂在这里，就在这里，"他用红铅笔在玻璃上画了个四边形，这下面层层压着以前的各种建筑结构，"我们厂在这里排水。"他指着河流具体的一个点说道。

阿古斯丁问道：

"工厂有后门吗？"

"当然有。这是一爿大厂。有许多门。几乎不可以被称作门。一爿工厂是一个整体，和一幢房子只能大致上相提并论。工厂是行业的产物，房子也是。两种建筑的功能迥然有别。工厂源自工棚。工厂的本质是厂房，厂房越开放，它的功能就越多。人员的进出，原材料进，产品出，这是它的结构的基本规律。它不是由一座民居改造成的作坊。不是的。我们的工厂生来就是工厂。它四周都有实用的出口。它们不应该被叫作门。

一爿工厂是一个功能性结构。它有决定它的力线[1]，那是内部功能和外部环境的接触点。"

阿古斯丁自问，这位出色的经理兼业主现在是处于有意识、半意识还是无意识状态。

工程师不温不火地指出了结构和功能主义答案里的多余之处：

"应该把工厂和办公楼区分开来。后者确实有门。而且只有一个门。办公室是一个孤立的区域。门锁紧了谁也进不去的。"

老爷子重拾话头：

"但我想让您看完这幅地图。从中可以看出，这座城市的唯一财富是它的地理位置。它位于两条交通要道的交叉点上。这一条长路，"他指着地图，"从卡斯蒂利亚通往边境。这一条短一点的，通往毗邻的独立王国。您是否知道天主教双王[2]就已经通过一项法律特权来强调它地理位置的重要性？这一位置决定了它有某种吸引力把卖鸡蛋和卖板栗的人们拉到这里来。当时这是两宗最有价值的商品。人们卖了鸡蛋后用小毛驴驮走铁钉、木屐和青布。卡洛斯战争时期，市场被中断，铁匠铺苟延残喘，农舍庄屋被毁，城市养了一系列吃闲饭的无用之口。没过多久，第一台卷筒纸机器到了。"

1　力线指力场中想象的一种描述力的作用方向和大小的线。——译者注

2　天主教双王专指卡斯蒂利亚王国的女王伊萨贝尔和阿拉贡王国的国王费尔南多。他们的婚姻达成了西班牙的统一。——译者注

"很了不起，"阿古斯丁应承道，又顺着自己不明显的思路加了一问，"工厂不像大教堂吗？"

"您指什么？"她第一次介入了，"是指两者都是由众人齐心协力造就吗？"

"不。我想问的是圣地的利用法则是否在这里也适用。在每座哥特式教堂和后来加上去的巴洛克的教堂正面之下，一般都有一个依然可辨的罗马式大教堂。果真是一块圣地的话，下面还会有罗马异教神庙的地基，更深处还有一些巨石阵遗迹。这样一来，圣地变得更加丰富，祈祷也更能直接地上达天听。"

"我从来没有想过……不过，也许想过。工厂下面可能会有什么更古老的东西。我们的铁铺子变成了造纸厂。再往前说不定还是磨粮食的磨坊。"

"您在旧地图上指给我看的与河流平行的布局，为了排污不至于太困难，难道今天没有被重复吗？古代的市场一定会把许多驴粪马粪，许多腐烂的商品，还有成百上千的聚在一起的村民的排泄物通通丢进河里。市场，因为有牛羊交易点，肯定要建在水边，与河平行，就像现在的工厂。"

"您相信在这一点上工厂和大教堂相似？"她尖声哈哈大笑起来，好像已不再怕这位法官了。她狂笑，但三位男士却只能陪着她有节制地微笑。

笑够之后，她起身去倒威士忌。她根本谁都没问，不管他们想不想要，便倒了满满四大杯，一手两杯地向他们走来。她的丈夫起身去帮她：

"你放下吧，马蒂尔德！"他边说边把一杯酒递给法官，仿佛要保护她免受不祥的接触。

但是某道无形的障碍已经被打破，她已经如箭离弦。她八面玲珑的社交齿轮转动了起来："您一定要来看我们""即使贵为法官，您也还是个年轻人呢""我要把我的一位女性朋友介绍给您""我们可不能让您一个人在这个无聊的小城孤苦伶仃"。

第八章　太多真相

翻来覆去折腾过去是一项白痴工作。让死去的人习惯当死人不是更好吗？恢复过去，使它重现并改变它。对往事苦思冥想，重温它，统一它，赋予它某种意义。往事的现实仿佛会穷尽其意义似的！恰恰相反，现实的特点就是它难以容忍的过度。细节太多，可以验证却被忽略的真相太多，微小的历史事实包袱太多，而我们有能力保留，记住，恰恰也要改变的又只有这微小的历史事实。

过去在其身后留下一个完整的现实，一个完整的真相（伴随着许多既挥之不去又无关紧要的细节），一种不可更改性。但是那坚如石头（尚可被捕捉）的物质的沉淀残余在时间的深渊里不停地向后沉沦，现在只不过是某些糊涂的头脑里苍白的一鳞半爪的记忆痕迹而已。

从这些不停地自我扭曲的记忆出发，复活的奇迹或许可以被尝试。这些糊涂的脑袋无力清楚地记住什么，也无力彻底地传达它们残缺而扭曲的记忆。它们试图给予几乎已经忘光的东西一个片面的版本。它们会被自己的仇恨准则、激情准则或自以为符合自身利益这条准则牵着鼻子走。我们将会一步步从这些笨拙的陈述和情感偏差里提炼出一个虚幻的建构。法官正是在这个处于不断修改之中的柔软而胶粘的平台上试图树立起一个"铁面无私"的形象。

而"铁面无私"将是不同凡响的工具，是时间的七里靴[1]，是装着四个矫形轮的时间机器（time-machine）。它能追上沉海之石，并改变它，至少可以在惊恐的证人的脑海里，改变过去时光的记忆，使罪行的形象和惩罚的形象密不可分地合在一起，让罪犯永远不会获胜，让道德宇宙不可动摇的天网恢恢的真实性再次得到确认。

这项不可能的工作囊括数据和文字，文字和数据，数据和文字，文字和数据，计算的机器，自发开动的大脑，深思熟虑的判断，仓促而无据的立法，签了名的补充材料，重新调整的遗嘱附录，被戳穿的证明材料，被改正的愚言蠢行，明显的恶意，暴露真情的谎言，心理学理解[2]，服从于未能及时分析的心理情结的错误行为，包庇罪行，上帝之城（Civitas Dei），消极认命的社会阶级，集体利益，血统门第偏见，虚伪无行的教士，口供，对已经不再危险的讹诈者的就范，检察官代表的阳刚魄力，对一位母亲的痛苦的尊重，被义愤填膺激发的个人鉴别能力的变形，仆人对主人的异化，丈夫对拥有他的强势妻子

1　欧洲传统民间故事里一步可以跨出七里格的靴子，出现在譬如法国作家夏尔·佩罗的故事《小拇指》里。——译者注

2　心理学理解（psychologische Verstehen），德国哲学家狄尔泰的心理学方法论，他认为心理学属于人文科学而不是自然科学，因此其目标是理解而不是根据自然法则进行解释。马丁-桑托斯在精神病领域发表的著作之一是《狄尔泰、雅斯贝尔斯与理解精神病人》（1955）。——译者注

的异化，下级对市长的异化，无产阶级对每周六给他一个蓝色信封的老板的异化。按照这些世间存在的逆反异化，（黑格尔已经看得很清楚）下列情况是难免的：讹诈者喜欢上被讹诈的人；主人从内心深处尊敬以猥亵的纽带依附于老东家的旧日仆人；女人相信丈夫是不可或缺的家庭支柱，离开了他家里就会缺衣少食，而且她认为丈夫吹胡子瞪眼而不至于到动手打她的地步是他在行使自己的权利；市长真诚地希望给下属涨薪水，尽管他从来不会在市政会议上主动提出来；资本对来自巴达霍斯的农民心存感激，因为他们在已经难以职业速成的年龄极其熟练甚至令人难以置信地改行，而他们的生产活动养肥了资本。通过上述一切，仿佛闪烁的满天繁星归结为星座，仿佛逻辑归结为综合，关于**到底谁是凶手**，一个毋庸置疑的结论已经被达到或者定会被达到或者说到时候将会被达到。

第九章 众声重叠

"他人很好。不会对我动手动脚。只是看看。领着我参观工厂。我们就在那里走走。然后他就这样用手一拉操纵杆,一切都转动起来了。只是一小会儿工夫。真漂亮!然后他请我下次再去。但是我不想再去。他人很好。乐意为我示范一切。我们就在那里走走,也到草地上转转。他让门开着,我们就走一小会儿。"

"跟他没法过日子。我们不得不分居[1],因为他喜欢动手打人。他一直喜欢动手。从第一天开始就打我。最后我走了。我们没有孩子。但是他一直想约我出去。我不知道为什么。我们星期天约会。下午他去找我。他的工作是守夜。他有钱。我们去一个酒馆。他在那里预订一张桌子。我们就坐在一个角落里,在装苹果酒的大酒桶后面。我们会泡上整整一个下午。他一句话也不说。有一天我对他说,最好去我旅馆的房间,但是他不愿意。他有一些不三不四的朋友。打仗那会儿认识的,那些家伙。他有点儿怪。那个被叫作卢西亚的有时候到酒馆来,他就让我出去一会

---

1 佛朗哥统治时期西班牙法律不允许离婚。——译者注

儿。然后他就会变得更加严肃。但是他从来不打我。自从我们分居以后，他不再打我。他和我散步，还给我各种礼物。"

"他当守夜人干得不错。自从我们任命他以来，我对他没有意见。当然他有时候会离开工厂，显然是去外边散步。这是我后来得知的。他应该有头痛病。我不想对他要求太苛刻。我想他有时候会喝酒。他和妻子已经分手。我把她安排在一家旅馆里。后来听人说，看见他们在一起。他应该是个心地善良的好人。他们没有孩子。没有人向我推荐他。我用他是因为他挺可怜的。他没工作。打仗那会儿他属于红方，后来在集中营里挣扎了几年。属于那些不幸的个例。但我觉得他挺老实。他没有力气，干不了体力活，人倒是聪明的。在我们这里他从来没有出过差错。"

"那天夜里，当我们走到大门前的时候，我们听到了里面有尖叫声。我们上前敲门。有人回答我们，说没事儿；我们也就当没事了。而且事实上我们没有钥匙，怎么可能破门而入呢？于是我们和总工程师通了电话，他告诉我们，他已经和厂里通过话了，没什么问题。当然是认识他的人。我相信他是自找的。您知道，他风流韵事不断。还有不少朋友。他经常和那些怪人来往。他自己也是一个怪人。搞不懂的是，以他的背景，他们怎么会安排他当守夜人呢？毕竟这是一个用人须亲的重要岗位，您不觉得吗？"

"我睡得很香。然后吓得半傻的女仆尖叫着进来了。'厂里来电话，说出事了。'我可怜的妻子被吓了一大跳。我记得她起来时害怕极了。她穿着睡衣站在走廊里，听我接电话。女仆在走廊的另一端，也在听，但我挥手示意她下去。他说不清楚到底发生了什么。女仆脑袋不好使。我们不得不解雇她。他口齿不清地喊着。我觉得他是喝醉了。我威胁他，如果再这样打电话，就解雇他。可怜的人，谁会想得到！但无论真凶是谁，毫无疑问是他的熟人。因为是他自己放进去的。他对我什么也没说。噢，对！他说：'没事儿。对不起。是搞错了。'也可能是另一个人。声音平静多了。您知道的，电话里的声音分辨不清的。当时我以为是他听完我一顿训之后平静了下来。有时候，在强烈刺激下，醉酒之人会突然清醒的。"

"我把先生喊醒，那肯定不是无缘无故的。他早就告诉过我，这事一定要让先生知道。他们是打仗还是什么时候认识的。所以他才把他安排在那么好的一个位置上。先生很生气，小姐呢，披头散发的，睡衣也耷拉下来了，就这样站在过道那里，我吓得不行，因为我感觉一定是出事了。但是先生把我支开了。然后我就整夜睡不着了。您不知道那声音多可怕，可怜人一定是吓坏了：'马上叫工程师接电话；叫工程师。'所以我才喊醒他。小姐很生气，第二天，她让我走人。没什么，我走就是了。但是先生说让我留下，找到下一家再走。他帮我找。先生人相当好，比小姐好。要我说，她就像个巫婆。"

"他工资应该不赖。和我一起过日子那会儿他可从来没有这么多钱。他甚至还送我尼龙袜和罐头。我就一个人在房间里吃,心里想,他为什么不能和我一起过日子却又送这送那呢?于是我开始喝酒了。我把罐头拿到房间里,就着一瓶葡萄酒。我往往边吃喝边想,他要不是那副德行,我们本来可以生儿育女的。"

"和工程师通话之后我们又听到两声尖叫。但既然他已经说了没事,我们也就不再坚持非要进去了。一整夜我们就在大门前徘徊。清晨六点钟,女仆拿着钥匙来打扫办公室的时候,我们才进去。他就在电话旁边,脖子被切开,浑身是血。我们就用那个电话再次给工程师打电话,这次是他自己接的,不是女仆。他说:'不可能的事。您喝醉了吧。'然后他就挂了电话。但是他两分钟以后就开车来了,风衣下面穿着睡衣。他脸色煞白地一直看着死者。我听到他说:'一定是这个结局。'但是我没问他为什么。"

"是的,那当然。我也醒了。听到我丈夫在电话里说的话,我很害怕。我还以为是起火了。我不知道为什么他选了这个守夜人。我丈夫不和我商量人事任命。女仆必须走人,因为她太笨。不;我不知道她是死者的朋友。我不认为那是真的。她是个可怜的笨蛋。她连西班牙语都不会说。我丈夫不让我马上把她赶走，但我不想留她在家里。我丈夫向来对下人很通融。他心好。卢西亚？不。我从没用过一个叫卢西亚的女仆。是男的？不，我丈夫从来没有和我提到过一个叫卢西亚的男人。关于管理工厂和下属人员任命，我父亲完全信任我丈夫。我父亲只负责高层指导。他已经有点疲倦了。您也许知道，战争期间他吃了很多苦。差点儿……那种事他从来没有过。可是您为什么要问我这些问题呢？我不认为他和此案有什么关系。我丈夫是一个模范父亲，一个完美的丈夫。我要把女仆赶走，是因为她太蠢了。这是谁都看得出来的。依我看，她在一户人家干不满两个月的。我知道这一点，因为这是众所周知的。您不会以为我一直在盯她的梢吧。我父亲一直希望有年纪大一点的在家里帮佣。现在的年轻人已经不会伺候人了。因为战争，我父亲变得很虚弱，也容易神经紧张。工厂管理从来没有起过丝毫冲突。他们很默契。我丈夫没有上前线打过仗。没有。他在后方。因为他的工程师职业，再说他胸部有点毛病。我不认为他会有那种事。那守夜人一定很奇怪。为什么替来谋杀自己的凶手开门呢？说不定是关系密切的朋友。我不愿想象那两个人一直在搞什么诡计。您不应该影射什么……没有，我没激动；我只是不明白为什么会发生这一切。这事已经……定性了。我不认为现在应当来……"

"她是个怪女人。当然，和丈夫分居了。因为有工程师的推荐我们才要她的。她有神经衰弱症。还酗酒。一个人关在房

198

间里喝。因为是她的休息日，所以没人说她什么。她钻进房间就是不停地喝酒。从来没有一个男人来看她。不。我想她只和丈夫来往。她喝多了的时候我们就由着她睡，第二天下午再干上午的活。她从不和谁搭话。她干活不错的，就是有点邋遢。我们要她是因为有人推荐。"

"我感觉到他的声音变了，但是我没想到可能是另一个人。我当时还以为是他的酒劲已经过去了。您知道的，喝醉酒的人有时候脑子会突然清醒。"

"我们掌握了一些数据和一些报告材料，但是您大概能理解，这些是极其机密的，我不能以书面形式给您。他们是本城非常受人尊敬的人物。家庭是一种制度。我们丝毫不怀疑他们。那天夜里他们不可能有谁在厂里。工程师在这里的表现向来无可挑剔。因为业务问题，他经常出差跑外勤。他妻子不陪他旅行，因为她在家一心照顾两个女儿。他们从不一起旅行，但在公众场合总是夫妻恩爱的样子，一起出席当地的庆典活动、弥撒、音乐会，一起去省城的歌剧院。她是个聪明的音乐迷。他们没有敌人，但可能有嫉妒他们的人。父亲又是另一回事。战争期间他卷入了许多纠纷。红色统治期间他们差点儿把他枪毙。从监狱里出来时他怒气冲冲，面色苍白，这我记得。当时我亲眼见过他。他有很多从前的朋友。在那之前和工会成员们也有过来往。他是个自由派雇主。他家厂里的罢工次数比别家工厂少。但是伊比利亚无政府主义联合会

（FAI）让他如此害怕，出来时他就变得冷酷无情了。我对您解释不清为什么。他心里积攒了仇恨。比谁都多。有些人因为觉得自己是他的朋友，以为他会保护他们。但是他谁也没保护，也不认为那是他的职责。他冷酷无情。他只是做了他应该做的。他们疏远了。另外，那些人因为知道他过去的所作所为，了解他和工会达成的协议，所以他们也不太喜欢他。他太骄傲。被孤立了。然后他把女儿嫁给了那个工程师。他把他从外地带来，把女儿嫁给他。她是独生女。工厂和其他一切，都是她的。不管怎么说，他们是最重要的一个家庭。但是他们之间有点疏远。人们分不清距离和骄傲。虽然说时间渐渐抹掉了一切。现在没人讲那事了。都住在这个小城里，家家户户低头不见抬头见的。他们是重要家庭。她迷上了音乐。丈夫出门旅行，开会，跑业务。所有这些都是保密的。我说给您听，但是实际上这些并没有写成书面文字。您不应该采用它。我相信您的谨慎。请您理解，这一切严格说来和守夜人凶杀案没有任何关系。"

"我没能意识到事态严重。退一万步讲，就算我注意到了——我没有完全清楚地听出来——那是另一个人的声音，我也会假定说话的只不过是他的一个酒友。男人自个儿喝闷酒不多见的。就算我能意识到和我说话的人不是安东，我也不能得出结论当时和我说话声音镇静、语气坚定的那个家伙会拿刀子割断守夜人的脖子。您现在似乎对我的轻信感到惊讶，当时要是换了您，这恐怕也不可思议吧。如果您对一个人唯一的了解是他半夜里给您打了电话，您怎么会想到杀他的凶手就在他的身边，而这凶手又有本事心平气和地告诉您，什么也没发生，一切都正常？"

第十章　女仆

　　总工程师先生家的女仆已经换了好几个东家。虽然已经过去好几年了，但是找到她的下落对于在这方面训练有素的工作人员来说并非难事。他办公室的布置带一种西班牙情调，有龙和武士头像的装饰，钉着圆头钉的黑色的皮沙发和沙发椅，被虫蛀的松木家具，整个气氛令人不适，也令人生畏。女仆尽管有巴斯克人天生的红润脸色，在他的办公室里却一脸煞白。

　　"那是一座非常漂亮的工厂。我告诉他，我很想看看。他人很好，说可以去。他温文尔雅，又那么友善。可怜的人。亲嘴？他永远不会这么干的。亲嘴！他没有那么无礼，不是的。他很有教养，彬彬有礼。和奴家从来没有过。如果他是那种人，奴家肯定永远不会去的。我去只是因为想看看大机器。您已经看到了吧？好漂亮啊……有一回他把机器发动了。但只开了那么一小会儿工夫。他一拉操纵杆，整个就启动了。他从来不强求亲嘴，也不说花言巧语。没有那些事。他非常恭敬。可怜的人。我去就是为了这个。想看看机器怎么开动。他说总有一天他要把整个工厂开动起来让我看。然后他又不敢了。他说以后吧。他总是那么好，可怜的人。他很文雅，规规矩矩的。他不太开朗。您知道的，有些郁闷。他有胃病和头晕症。他很瘦弱。可怜的人。您知道的，他和老婆分手了。所以才会不痛快。对的，工程师。那家伙就不一样了，他爱动手动脚。但是奴家我不为所动。我说再这样我就辞职。后来我还是离开了。当时他已经死了。小姐肯定会发现的。是的，他们打电话时奴家也在场。先生很害怕。小姐站在卧室门口，睡袍什么的都没穿。先生大喊大叫：'安东！我已经对您说过了，您不要犯傻！不管你有什么要告诉我的，现在不是时候。'然后他更害怕了，仿佛听不见似的：'您知道我为什么要给您打电话。凡事都有个限度。'先生终于急了，一个劲儿地喊：'说话！说话！您说话啊！您没事吧？'先生很尊重他的。他是个值得尊敬的人：'安东，请回答！您说话呀！'他大声喊着，仿佛对方听不见似的。然后他对小姐说：'这个安东醉得厉害！他要是再这样下去，只好解雇他。'撒谎！他从不喝酒。肯定不会喝酒，因为他有胃病。要是喝酒，胃会更加难受的。这话他对我说过的。小姐对他说：'别这样站在过道上呀，女佣在看着你呢！'他气得厉声呵斥她：'你给我闭嘴吧！女佣女佣的，你烦不烦啊！'她一直就这样叫我女佣，生怕人家不知道似的。她不是个好东家。我不得不离开那个家。在他去世以后。因为他要是还活着，我不会走的。她对工程师吆来喝去。好不尊敬哟！有什么需要的时候，您知道的，她就告诉工程师。有时候我担心他回家太晚，她居然说：'那家伙啊？我怎么说他就得怎么办。'他温文尔雅，有礼貌。对他多么尊重哟！不，要是那人没死的话，我不会离开那个家的。"

女仆是阿古斯丁的前任因其无关紧要而不再追问的次要人物之一。随着他一步步捕捉到她不地道的西班牙语里所包含的信息，阿古斯丁感到知识的乐趣也在心中增长。她的俚语不是方言，而是被艺术性地扭曲，以使一种脾性不同的语言尽可能适应潜在的土话句法和语法曲折的特点。通过和女仆的交谈，现实为他呈现出了层面重叠和视角交叉的无限多样性。

兴奋之际他被比较语文学或者家庭心理学深深吸引，发现被害人和他的高级保护人之间的讹诈和被讹诈关系同样对他有吸引力。不无蹊跷的是，后者是听到前者在世说话的最后一个人，假如电话另一端说话的是安东本人的话。事情发生的经过有可能如他想象的那样：那吃醋的老婆半裸着身体在过道尽头盯着他，而他害怕安东酒酣耳热之际如歌手展喉般把他挖空心思隐藏起来的秘密一骨碌抖搂出来。工程师为自己能摆平这位小人物，能使他保持沉默而感到自豪：把守夜这个显然很安逸的职位给他；对他把轻率的女仆领来开机器派对（machinery-party）也睁一只眼闭一只眼；额外施加一些小恩小惠；允准他请假去和那虽已分居却仍属于他的女人约会。安东想要继续与她共度某些黄昏时光，到酒馆好吃好喝一顿，再用糖衣炮弹把她送回到那阴暗的旅馆。工程师当时还不知道那声午夜惊叫标志着他的解脱，而担心秘密可能被发现而感到的极度恐惧也标志着无论什么秘密现在正如一块鹅卵石慢慢沉入腐烂得臭气熏天的白花花的河中。

但他真的不知情吗？或许是守夜人的勒索已经到了一个令人无法容忍的程度？工厂里的半夜惊叫竟然让工程师觉得正

常，这难道不可疑吗？就算他没有买凶杀人，难道他不可能知情而乐见其成吗？一切都有可能。

他想象出事那天夜里工程师的惊恐是害怕泄露不欲人知的秘密（假如秘密是一桩风流韵事，而老婆又有可能是永远不会原谅他的悍妇，而且作为豪富之家的继承人，她可以通过分割财产而将他踢下家庭金车，使他再次沦为无名之辈）。可是也不一定，他的惊恐或许只是他被迫随机应变地逢场作戏，其目的是隐瞒一场不能与他完全无涉的报复行动。那站在过道一端、早已被他见色起意地轻薄过的女仆肯定不会是——当然不会，肯定是一个非常不同的女人——他偷情的女主。在夜色和惊呼保护下自我暴露的妻子是什么样的一个姿势呢？几乎盖不住她年轻的大腿的是哪一种衬衣呢？她会以怎样的方式让金发落到胸前呢？好笑的是，多年以后，对小姐不穿睡衣就从卧室跑出来，那位女仆依然会大惊小怪。小姐第一次在她眼前被剥夺了高人一等的外在符号，头发比她凌乱，身体比她瘦也比她皱，涂着一脸油腻的晚霜，怒气冲冲，醋劲十足，骂骂咧咧地捍卫——多么奇怪的乱糟糟（imbroglio）的占有欲啊！——自己丈夫的肉体，那是她到死为止的私有财产，别人不能碰，甚至也不能看。

追查的第二个合乎逻辑的步骤是找死者分居的妻子谈话。这位和工程师家的女佣相反，她已经被盘问过了，也已经显出她的无知和冷漠。以前的一些不怎么要紧的事情已经使他们分居，她无论如何也做不到为丈夫之死而感到悲伤。安东在两人身体分开之后试图继续拥有应得部分，这对她来说是一种滋扰，但也是一种消遣，甚至是一种对她残余的性魅力的奉承，使她感到虚荣，所以她不会为二人相见设置障碍。星期天黄昏时分他们一起漫步，走进一家只有男人光顾的小酒馆。那里虽然肮脏，但是在隐秘的苹果酒桶后面，在桌子后面，它能提供虽气味不雅但也不失安静的场所，丈夫在那里可以摸她的大腿，同时也请她吃烤沙丁鱼，喝一种紫红色的酒，在某个更不寻常的下午，甚至请她吃牛排。这牛排她因牙齿不好几乎无福享受。

"您认为您丈夫有仇人吗？"法官问道。

"对，他会有的，因为他就是一个坏坯子。"

"您不记得具体哪个人吗？"

"他从不和我说。"

"你们为什么分手呢？"

"他不是可以一起过日子的人。总是在动坏心思。他想得太多。总是琢磨他那一套。非常自私。"

"是为了别的女人吗？"

"这我还在乎什么呢？不是的。我们没有孩子，您知道的，法官先生。他觉得无聊。我也一样。他总是怒气冲冲的。脾气很暴躁。在我们的房间里，我干我的活，他就坐在椅子里长时间地看呀看的，看得人神经紧张。然后他就开始打我。"

"是喝醉的时候吗？"

"他从不多喝。只是有些日子他回到家里一脸严肃，因为有什么事让他不顺了，于是，好家伙，他就开打！没人受得了他。我因此不得不离开他。我一直对他说：'安东，你继续这样对待我的话，我就只好走了。'他也知道自己狗改不了吃屎。我结婚的时候他母亲就对我说过了：'孩子啊，你一定要有耐心，他父亲也一个德行。'当时我觉得事情没那么严重。但是渐渐地我就怕他了。无缘无故打人，哪怕我把他一切都安排得好好的。"

"但是分开后你们却一直见面。"

"这样更好些，像谈恋爱。他喜欢约我出去，带我去散步。但是他从未提过再次一起过日子的话。他舒心，自在。所以不打我。我和他出去，因为当仆人的生活很悲惨，我又能怎么办呢。再说他常送我礼物，对我像女朋友一样。"

"那时他更有钱了吗？"

"我怎么知道？他攒的吧。他送我的礼物比以前任何时候都要多。可见他不想和我断绝来往。他替我请假，搞定一切。我叫他到我房间来，可他从来都是拒绝。他感到不好意思。那种事情让他不好意思。'被人知道了怎么办？'他问。再说了，我相信，如果我们去了房间，他又会对我大打出手的。"

"那您不吃他的醋吗？"

"我是个可怜人。除了忍着我还能怎么办？他自由得像一头挣脱缰绳的耕牛。可以到处勾三搭四。"

"像一头耕牛。"阿古斯丁在心里暗笑。他想象那个故事发生的室内环境。有厨房使用权的转租房间，没有小孩，守夜人有所顾忌地打老婆，因为他怕邻居听到。可是邻居终归是要听到的。他无力放弃这种对自己阳刚之气的胜利确认，或者说无力放弃这种眼下难以解释的发泄内心仇恨的满足感。旅馆女工的房间里挂着一个小小的基督受难像，行李箱半开半闭，漆成核桃木纹理的廉价的木制衣橱，三个衣架上挂着蓝色、绿色、红色三条连衣裙，黏糊糊的塑料肥皂盒，总是油腻腻的黑梳子，高脚桌上放着几封信和身份证，最后是铺着白床单的铁架床，她在其中想象丈夫的来访，而羞怯的丈夫不愿在人前表露欲望，他只愿意在南风吹不散这片土地的浓重湿气的寻常夏日里，在几棵浓荫蔽日的树下临时搭建爱巢[1]。幽暗的酒馆里若干粗犷的男人不停地喝酒，高声喧哗，眉毛扬起来差点儿能碰到贝雷帽，对他们进来根本看都不看一眼。

"你们总是去同一家酒馆吗？"

"对。因为那里看见我们的人少。让别人看到他和我在一起，这让他感到难为情。那里的人都认识他。他们给他留着他想要的桌子。但是他也不和那些人啰唆。最后用巴斯克语道一声再见，我们就走了。我低头跟在他身后出来。我有点尴尬，但他毕竟是我丈夫，不是吗？"

"那么你们说点什么呢？"

"什么也不说。就像恋人。我们很安静，也不说话。我们能谈什么？"

"他没有心事吗？他从没和你说过怕某人吗？"

1　爱巢（chambre d'amour）作为专有名词指巴斯克地区海边悬崖上的一个岩洞，在法国境内。相传一对巴斯克恋人涨潮时来不及逃避而被淹死，尸体紧抱，被发现在海滩上。——译者注

"他有一天说：'你看着吧，你看着吧，看我到时候收拾那家伙。'"

"他说的是谁呢？"

"我没问他。"

安东的老婆看起来比实际年龄老，但是像所有不曾生养的已婚女人一样，她目光柔滑闪亮，也保持着单身女人的体型，这赋予她一种朦胧的吸引力。她的牙齿不整齐，但是头发却梳得很考究，这是因为女服务员的职业要求。她看法官的眼神里透着不信任，还有完全的自信，那就是他不会让她的丈夫起死回生。她似乎对什么都不感到吃惊：无论是法官再次盘问她，还是丈夫死于不知名的凶手，她都泰然处之。她顽固地不为所动，说话躲躲闪闪，深思熟虑地保护自己。阿古斯丁面对着她开始感到厌倦了，他抛出了最后一个问题：

"谁是卢西亚？"

"卢西亚……卢西亚谁也不是。"

"什么叫谁也不是？"

"谁也不是。只是一个玩笑。"

"什么玩笑呢？"

"是这样的。他们把我丈夫的一位朋友叫作卢西亚。当然，开玩笑的。那些四体不勤的人中的一个。像我丈夫一样，他生来就累。我丈夫日子过得有上顿没下顿的，直到他们叫他去守夜，这您知道的。但那时候我们已经分居了。他们是更早时候的朋友。他干装卸活儿那会儿认识的。但他也从不告诉我关于他朋友的任何事情。"

"那个卢西亚是怎样一个人呢？"

"矮矮胖胖。声音像女人。所以他们才这么叫他。我想他是个擦皮鞋的。"

"擦皮鞋的。"魔术师的手指，油腻的猪面具，巧手插花。扮成穿男装的女士。如果臀部加以适当的铺垫，他的女性性别会更加可信的。这可能吗？那一整个罪恶、复杂、过度精致的世界有可能围绕着安东这个明显微不足道的人物而转动吗？为什么卢西亚要担心会不会有人因安东谋杀案而受到惩罚呢？为什么一个像安东那样了解内情的人会被守夜人这样一个职位就摆平了呢（假如他真的是勒索者）？他的薪水非常一般，他的钱只够时常给他分居的妻子送几双尼龙袜或一块头巾，那为什么他就满足了呢？或者他到手的钱其实更多？安东是否暗中拥有某种方便地以隐秘的车间为掩护所以不为人知的奢侈生活？他的奢侈生活的来源也许是这样的：偷偷旅行到附近的省城，在那里，卢西亚可能是他的介绍人或者是黑钱路径的终点，安东可能只是其中一段过渡性渠道，而黑钱的大头落到某位贪婪的药店老板、情色世界的代理人或者外汇走私的组织者手里。有可能是这样吗？

对一个没有被饥饿折磨得完全萎缩的人来说，当守夜人应该是一件乐事。城市酣睡之际，守夜人坐对壁炉或燃烧的铁炉，可以感到唯我独醒的快意。有什么事情是一个守夜人所不能知道的呢？守夜人看着最后几个人从最隐蔽的门里进来。让别人知道得越少越好的事情，他却比谁都知道得多。也许，一个愁眉苦脸的胃病患者选择守夜的闲职并不完全荒唐，只要这位胃痛病人有足够的想象力，使自己在一个夜里伴随着电话声、敲门声、可以合理解释然而一无用处的惊叫声，被一把利刃抹了脖子。那是唯一真正保险的、可以阻止他继续呼喊的办法。

到了这一步，阿古斯丁两眼发黑，他感到的不是空虚，而是装得太满。如果那是他投入司法关注（必然也是人性关注）的第一桩可观的案子，他不可能不明白，他走错路了。司法要求超级简化。但仅仅盘问两个女仆——两人分享被害人的恩惠，一个半傻，一个稍稍防守得法——所显示的极端丰富的可能性使他觉得这事不正常。一个法官接手处理的案子不应该有这么极端的丰富性。也许证词中不确切的空白被过度地填补而使他有点失去了理智。在如此低层的人物身上发现了那么多可能的犯罪原因，又如此迅速地找到了这一团关于可能行动的复杂线索，这让他觉得可疑。应该简化，只依据真正可靠并获得证实的东西。但是他又觉得自己并没有过度发挥想象力。他镇定而专注地俯视过两位证人，试图窥测她们的心理。从他听到的话里，那被害人的形象呼之欲出。

第十一章　难言之隐

对这个唯一后代是女性的工业王朝来说，购买一个合格技术人员的合同，也是延续香火的契约。延续香火是一种超越她本人的必然性的要求。作为个人，她无足轻重。尽管如此，作为向三百名工人提供保护伞并输送营养的工业之树的独苗，她的幸福是命中注定的。然而，她发现难言之隐占据了她的恩爱婚床，看似纯属权力组合的百年好合变成了一场可怕的个人冒险并将以悲剧的方式彻底摧毁一切，只有顺命和希望这两股力量才使她得以生存下去。于是，一个凄凉的时代开始了，伴随她的唯一念头就是延续香火的女儿。

她已被引上一条有利于传宗接代之路，然而现在她的生活却与之相去甚远。她从内部，从生物学意义上体验延续香火，延续肉体，延续幸福的能力。她能够借以应对这一现象的唯一精神维度不再是拥有财富的经济自豪，而是财富显然可以给拥有财富的人们带来的生活安定。财富养人，使人在一系列没有焦虑的日子里衣食无虞；而且，财富使令人羞愧的女性不育充其量意味着对潜在的追求者的拒绝，而不意味完全没有追求者。

因为她（不是因为她的身材或她的美貌，而是因为她的社会地位和家庭法定继承人的仪式意义）才被她父亲雇到手的技术员果然胜任技术工作。每天一大早他就来到厂里，漫不经心地发号施令，做事麻利，对于哪里需要拧个什么螺丝之类的事情可以说是得心应手。除此之外，她还观察到，他有一种本能的现实，有某些胃口，某些不为她所知的隐私活动。她估计那是一些见不得人的丑事，这些事正让她陷入一种境地，可能会让那些一本正经的太太们交头接耳，窃窃私语：父亲择婿不当；不应该女儿一毕业就做这种安排；找一个私生活不能预见的技术员是不够的，必须找一个没有任何私生活的当女婿才对。她决定在超越技术员丈夫的传宗接代的使命里寻求逃避，在使女儿过上一种完全个人化生活的念想里寻求安慰。女儿还小，还不会走路，像一只小老鼠那样在别墅的楼梯上爬来爬去；但是工厂的算计经营和技术打理将来一定不会在她的生活中占一席之地，毕竟专业学校出身的技术人员多得是。

她在漫漫的长夜里反思，因为她已经到了被允许反思的年龄。她想，当初自己说"是"的时候是犯傻了呢，还是正相反，是很有智慧？那不是父命难违而被迫说"是"，不是因为倘若不从，一顿鞭子会抽得她浑身鲜血直流；她说"是"的时候平心静气，没有意识；那是十二岁开始上网球课时的无意识，是在学校里领圣母之女奖章时的无意识，虽然她的表现并非如修女们所希望的那样完美。

她的反思使她确信，自己年轻时虽然不傻，却还没有彻底撕去那阻止她独立自主的层层面纱。这倒不是说她（心生绝望时）以为自己被凑合的权宜婚姻所骗，而且情形之惨烈血腥甚于周日舞会之后受纯粹的性暴力所欺而怀孕的单身女仆。不是的：她们受欺骗之残酷无情的程度是旗鼓相当的。但是她又觉得女仆在被欺之际应该是更加直接地体验了那种现实。它表现为站靠在树下被强奸时身体的痛苦和流血；表现为这发生于一个寻常星期天的整个行为完全赤裸裸不带一丝感情，强奸者一句温存的话都不说；表现为对女仆而言因迟到遭女主人责骂比两腿之间持续恼人的灼痛感更严重。相比之下，她自己的犯傻行为几乎是英国式的，几乎像英国明信片，伴随着圣诞颂歌，远远看起来是个婚礼。她一脸陶醉地上场，和第一次领圣餐时一样，白礼服，社交喜庆，满脸微笑的太太们，美食，管风琴音乐，众人的祝贺。"你长这么大了！""我的衣服比某某的漂亮。"在这种存在的圆满之中，公司以如此温柔的价格获得的技术员的意义几乎不会大于七岁小手所握的包着红花布的蜡烛[1]。

所以说，包装她的社会性销售的五色云层远比女仆的要浓厚。女仆从一开始就明白，她面临的只有肚皮逐月隆起，最终必然被发现，被解雇，被迫回到父亲的农舍，被送到未婚先孕的产妇堆里，胎儿被夺走并落入几乎和母亲一样悲惨的孤独命运，然后是重新开始寻找新东家的循环之路，因为已经不是处女（从胸脯变大可以看出）而当不了贴身丫鬟，她将只能做厨娘。女仆所拥有的一目了然的未来，她不嫉妒，因为要对这种清晰的命运产生嫉妒，她必须彻底丢弃哪怕发现难言之隐后依然在心中酝酿的残存的希望。

一切危机都有相互性和双面性的潜力，它塑造生活，而生

1　指孩子第一次领圣餐仪式。——译者注

活是日子的序列，除非她在酒精中寻求忘却的母性延续，日子难免会令人吃惊。难言之隐带着那种潜力，带着先前未曾察觉的双重序列的可能性，紧紧钳住了她。一方面，就外部而言，人家技术员可一点儿也不傻，他总是贪婪地回到自己的心理需求，童年经历使他对这种需求非常敏感，而这种经历却是她永远看不透的。所以从他这方面来看，钳住她的可能性是一条永无尽头的隧道，其中竖着一道道隔门，每推倒一道门造成的效果相当于又打开了蓝胡子的一个房间，而这房间里头到底装着什么东西最好还是不去了解为妙。另一方面，就她自己而言（不是借助于另一种智力运作，而是借以发现丈夫多重双面性的同一种操作方法。他的双重人格隐蔽在貌似原始的本能力量之后，关于这种本能她已经掌握了主要的样本），她发现，被她忽略的、属于她自己的生活对她来说本来可以很重要，她在心中对那难以描述甚至难以想象的幸福已经形成了一定概念。假如经历的一切是另一番情形的话，她的幸福本来是可能实现的。

这种可能的幸福作为被她自己的精神发现（不是发明）的简单形象而产生了，她带着和感觉到体内肿瘤生长的病人同样的陌生感看待这种幸福。肿瘤来自自身的实体，然而它又意味着一种全新之物，既是未经反思而生的偶然性，又是暴力强加的不可避免性，仿佛挡住去路的一堵高墙，不顾一切地撞上去不但徒劳而且既滑稽又可悲。就这样，这种幸福形象从她肉体中萌发了。她想要用手指紧紧抓住它，虽然那只不过是一种可能性而已，况且没有任何正面意义，（因为幸福一定不会实现）它仅仅能够赋予绝望感以具体的形式。要是没有这一幸福形象的反差，恐怕连绝望感她都觉察不到。这种可能的幸福和以下这一事实有关，即工程师在排除一切女性的领域里实践生命力之延续。这一点再清楚不过地说明，每次在床上费劲巴拉地获得的质量平平的陶醉以及事后的幻想都是虚假的。在她一次次的幻想中（幻想发生在事后恢复体力的睡眠之前，而睡眠是怀孕期间植物性嗜眠的前兆），她是被阳刚之手紧紧牵着的玫瑰色的恋人。

就这样，当难言之隐被确定的时候，连质量平平的短暂陶醉的可能性也突然从她身上消失了。她曾经以为，她的身体是被这床第之乐所撼动了的。如今婚床成了一片荒漠——她觉得它突然回到了没有生育能力的盐湖的真实本质——这使她厌恶地背对身边的肉体。因为她只字未提，所以他继续一门心思地玩着当初庄严承诺的游戏；这是他为成为总工程师和工业王朝一员所付的公平代价。

从此以后，他尽量在黑暗里操作，于是那两个模糊的影子遵照一些发自钢丝绳的指令而吃力地动作，钢丝绳的一端捏在一个顽皮而嘲讽的上帝手里。上帝固执地要他们二人为过分遵纪守法而付出代价。这法律连上帝自己都没有宣称过，它只是一种约定俗成的幽冥的集体意识。于是，她一点点酝酿着对丈夫肉体的某种嫉妒，因为她知道（络绎不绝的匿名信如雨落到她的身上，给她上了一课，而她如一块良田只吸收而不回馈）这具肉体既有能力享受禁果又能在合法范围内发挥作用。这种能力在某种程度上是超人式的，使她在他身上看到一种神话动物，使她在对他的憎恨中开始可耻地混入钦佩之情。与此同时，她终于明白自己过去从未享受过夫妻之乐，现在甚至不能再正常发挥功能。她只能像卖力的职业女士那样断断续续地叫床。尽职的职业女士们知道怎样近乎完美地假装模仿，可惜这门技艺却没有被传授给失意的正妻们。后者虽然成功地将男人套牢，用持续的义务把他们锁住，但他们一边履行一边嘲笑这些义务，因为他们的生活像月亮一样，有一半是不为人知的秘密。

她还剩什么呢？白日的顺命与想入非非的生活。

白日顺命是有意识的行为，表现在关心女儿前程，知道怎样选择最好的学校，（虚妄地）自以为有本事使她们永远不会办错婚礼嫁错郎。无论如何，她就像一头倔强的母骡，构成她有机体的每一个细胞都隐含着女性本质。虽然她自己如幽灵般落入了婚姻的陷阱，但她不想让女儿们也陷进去。可是不知不觉之中，她依然在那宏大的仪式里寻找女儿的解放之路。

想入非非从又苦又咸的床边开始。尚未心死的她竭尽全力推开使她有苦难言的形象，推开那躺在身边沉重地喘气（尽管他十指灵巧，声音好听，选的窗帘的颜色也增进情调，他的喘息声就是沉重而且恼人）的躯体而代之以另一个长着金发的颀长身体。她和那金发之躯永不停步地圆舞。因为对她这一代陷于外省环境的年轻女人来说，追求幸福就是和白马王子共舞华尔兹。随着便携式唱机风靡世界的古巴黑人音乐当时还没有到来，将她们洗脑的国产电影都致力于宣扬封建社会。封建社会虽然已经不存在了，但依然保留了它四千年来的怀旧魅力（就像一具风干的木乃伊依然能把病毒传给无畏的埃及学家）。她想象中的白马王子有某种阿根廷风度，油光整齐的头发按照绝对已经过时的时尚把头路分在一边；想象中的燕尾服更多取自小城官员粗鲁的裁剪风格，而不是双头鹰大厅里的流行样式；嘴角的高露洁牌微笑无法用半懂不懂的话来勾勒说明；使她的想入非非带上节奏的圆舞曲音乐也不够丰富多样（她是乐感平庸的牺牲品，听了那么多歌剧，出席了那么多音乐会，都无济于事）。然而，这一切都不能妨碍她成功达到背部产生某种小小的痉挛来替代上文提及的昔日的陶醉。

小小的痉挛过去了，身上还蒙着轻微的汗水，她继续做她的白日梦——现在是更加崇高的梦境了——对她来说意味着**爱情**一词但又几乎难以具体化的幻想的对象在她脑中列队而过。她的物质需求被广泛地满足，她的宗教冲动只限于为慈善事业签一张支票，而且她也缺乏虐待狂情结，不能从走访贫民窟中获得快感，但城里的社交小圈子仍然一致坚持把不可动摇的地位奖励给她并不出众的宗教本能。那么把经济现实、社会现实和精神现实搁置一旁以后，她剩下来尚未实现的存在就变成了**爱**这种感情形式。她以自己无知无觉而且永远不敢付诸实践的那种胆怯的包法利夫人作风一个个地数着心中的白马王子：立志要当上乐队指挥的小伙子，地方诗人，《魂断蓝桥》中的罗伯特·泰勒，还有她曾经好奇地看到过的一位以精准而温柔之手帮助难产母牛的兽医。

但是这所谓的**想入非非**并没有什么实效。它只不过是夜冒香汗的氛围而已，再说这种氛围并不是每夜都能来临。那些小心翼翼的匿名信（为什么她如此仓促地就相信了呢？鉴于工程师是位多才多艺的技术员，鉴于他处心积虑、密不透风的伪装隐瞒，为什么她不曾感到有必要验证匿名信的内容呢？为什么她不声张并就此成了该死的丈夫的同谋，成了他的牺牲品还要暗中钦佩他呢？）使她获悉真情之后，构成她生命的真正的轴心实际上就只有**白日顺命**了。白日顺命包括母爱，包括天真地幻想问题在将来会发生变化（虽然这难以想象），包括死不松手地指望（其中体现的是她的绝望）她所了解的秘密永远不会因走漏风声而最终为众人所知。这倒不是说她有多么在乎舆论，也不是说她更看重构成她小型社交圈的那些工厂老板家的女人们的问候。她打心底看不起她们，就像她看不起自己一样。尽管在匿名信到来之前她根本就不知道还有这种事情会发生，她却相信这会让她遭受奇耻大辱。她只是觉得，匿名信指出的不齿之事只要一直处于暗中不被曝光，它就不会成真。到目前为止，秘密被控制住了，甚至没有迫使她向自己承认这是真的。

就这样，她在事实面前采取了一种奇怪的双重立场。因为一方面她完全相信真有其事（证据是她的床第之欢消失了，房事硬是变成了摸黑动作，坚信必须偿付婚姻债务的丈夫的肉体使她反感了，虽然反感中也带有钦佩之意），另一方面，她也相信此事非真（我们不敢说此事虚假），因为相关事实属于一个别人接触不到的范围，因为在教堂里，电影院里，文化会议上，鸡尾酒会上的同侪中间（inter pares），和她打招呼的人没有一个知道她的隐衷。在这个范围里支配她的希望—绝望之感的恰恰是她盲目相信二者绝对不会融为一体。她被迫经历的这两种现实好比油水难融：白日顺命是货真价实的现实，那些匿

219

名信来自几乎难以想象的非真现实。信她一读完就马上烧掉，这既是为了毁灭可能的证据，也是因为那些话已经不可磨灭地铭刻在她的脑子里，再保留这种物证也没有什么用处。

白日顺命促使她迁就而且认同妻子的角色，当一个贤妻良母。她把家里打理得一尘不染，以包法利夫人本性中的怀旧式优雅接待丈夫的朋友。她在任何场合下的说话重点都落实到工程师的组织能力，强调他在企业成长过程中发挥的重要作用，突出他为光荣但略为生锈的业务机器之齿轮带来的新的润滑。自然，他作为丈夫也以最大的尊重对待她，每次她进出客厅他都起身迎送，下班一回家就纯洁地亲吻爱妻的面颊，她独自在家时是这样，身边围绕着谨慎得体的女性朋友时也是这样，而后者照例对两人的夫妻恩爱赞不绝口。星期天他把最好的空余时间用来开车带女儿们兜风；星期六也一样，如果她想的话，他可以为夫妻共进晚餐而牺牲时间，或者如果她想看电影的话，无论哪一天他都会带她去电影院，无论忙碌一天之后回家有多晚，无论他有多累。

她告诉自己"他很爱两个女儿"。通过在唇间一次次重复这句神奇的咒语，她觉得她能祛除与她同床共枕的陌生人本性中的狂风暴雨。她无法达到理解此事的高度。她相信问题的根本不是腺体紊乱，而是借用中世纪的话来说可以被叫作**恶**的那种东西。继续套用同样的语言，如果要为她对工程师的变态不忠装聋作哑这种**善**寻求理由的话，她就得承认，这些理由并不来自她勇敢的慈善精神，而是出自她保存契约（她确信他也是在心里签了字的）之心，是为了使现实的两重领域无限期地保持分离。正是天知地知她知的秘密的那种地下状态给她带来了精神的安宁，这和信教之人达到的安心是一样的。信徒藏起最可耻的罪行，使其不为世人所知，尽管内心深处默认的教条是肉体复活和随后的末日审判。

第十二章 "您一个人来"

法官先生一词不怀好意的双关用法绝对荒诞在信里这么写的人不怀好意是因为他知道对方不会真的以法官行事接到这个诉求并予以关注的人不怀好意恰恰是因为他不会铁面无私**我知道您什么也没找到以后也找不到什么**就算他真要秉公执法那也只是继续狂欢节之夜开启的猫抓耗子的游戏当时或者因为对方令人惊讶的警戒或者因为对方令人不安的魔鬼式洞见他开始扮演法官的角色但是并没有真正地以法官行事称呼他为法官所对应的不是譬如决定如何设计拷问并成功地使司法机器干净利落地运转的推理能力和断案技巧**虽然您正在寻找**魔鬼现在露出了笑脸因为他敢于抛出诱惑因为他成功地左右了别人的诚实本能此人意欲保持不偏不倚的自由姿态同时显得既人道（因为他对司法机器所不能回应的激愤表现出了敏感）又不人道（因为他对在他跟前哀哀恳求的人们无动于衷而这些人好比是面临西伯利亚铁路上滚滚车轮碾压的俄国农民）他的本能势必难以止步**因为您不来找我谈那眼睛雪亮的**魔鬼继续诱惑他还打赌说他当不起法官之名他还没有摸透什么样的仇恨心理在引导诱惑者但是或许他最终会理解也能避免**此案将一如从前不了了之**这句话威胁到了他内心深处的男子汉尊严因为他从自己尚未完结的青

春期的顶峰依然相信自己是高举宝剑的光明天使要带着基督教的慈善快剑斩乱麻解开疑案哪怕沦为一桩龌龊的复仇行为的工具也在所不惜**没人可以笑话我**那半阴半阳的陌生人半遮半掩地开放在恐惧的通道之上其女性部分痛恨尚未复仇雪耻的强暴行径其男性部分挺而怒怼业已消失的那个身影躲在猪脸面具后面叫骂不绝**别派警察来因为我只会和您本人说**他自以为强大无比可以抗拒法律的打击承受膝下的大米[1]抵御随着唾沫星子飞他满脸的威胁恐吓和戳到痛处的辱骂因为自身令人困惑的复杂性使他懂得（当然不是彻底明白但是从机器卡壳时依然运转的人性的全部有效直觉里可以猜到）这位或许真能造成他所希望的悲剧为此目的**礼拜五十二点钟我在黑猫等您**他之所以服从这道命令是因为如果止步不前那么精神中凝结的将会是一个残缺的形式一个萌芽就像一个缺胳膊少腿的胎儿用残肢扇他耳光**您一个人来您已经知道是在毕尔巴鄂我也认识您**。[2]

　　于是在那个礼拜五的夜里，坐了一趟累人的窄轨火车之后，他来到了河口附近一个灰蒙蒙湿乎乎黏搭搭的地方。城市的活力，远处轮船的汽笛声，大老远也能够望见的高炉的微红火光，一点儿都不逊色但只能想象的俱乐部的红光，俱乐部里（依然！）穿短腿裤使人联想到英式马球运动员的服务生，航

1　强迫人跪在大米和粗盐上的一种刑罚。——译者注
2　这一段落里的粗体字部分是法官收到的一封信里的话。——译者注

运公司，枯竭的矿山，击退无数次（一次除外[1]）围城的辉煌历史，那于日常的战争中梦想和平、全身心投入卡斯蒂利亚穷山恶水之前的堂米格尔如今依然清新的身影[2]，身处这样一个城市时侵入一个领国家工资的人内心的渺小感，这一切促使他带着某种情感——显然有别于走在他前面的来自布雷斯特[3]的水手们（matelots）——开始拾级而上朝高处的街区走去，他被告知在那里寻找一个以猫为标志的店面，猫的颜色和那个地方火山活动出现的时辰颜色相同。

此类场所的火山活动与其说和喷薄而出的真正的熔岩流有关，不如说是和巧妙地藏在贡戈拉[4]式的花里胡哨的霓虹框背后的荧光灯管的微红之光有关，也和处于地心的四个地狱不容置疑的连通有关。在那个还比较早的时刻，这处火山口更多是吸入而不是吐出质子及其同臂的反质子。

这条传奇的街上有一连串类似的火山口，穿过花花绿绿的霓虹灯，每个口子都通往一个相应的魔窟，其中除了顾客（他们每天的人数，通过研究高峰日子、偏爱钟点和经济周期的浮动，在统计学上是可以预见的），还充斥着大小不定的妓女人

1　西班牙内战时，佛朗哥叛军攻破了毕尔巴鄂。——译者注

2　指西班牙作家乌纳穆诺，他是毕尔巴鄂人。他的第一部长篇小说叫《战争中的和平》，描写毕尔巴鄂城被围。生活如影作梦是乌纳穆诺作品的重要主题。——译者注

3　布雷斯特是法国重要港口城市，位于大西洋沿岸。——译者注

4　贡戈拉，西班牙巴洛克诗人，夸饰派代表，诗风极尽雕琢，晦涩难懂。——译者注

群（在时间关系上和那些统计波动严格协调），耐心的娼妓们和陪她们而来的寄生动物和寄生植物的数量也非常合乎比例。

恰当的比例使她们的存在于每一个给定时刻在不会麻烦到客人的前提下首先能有效地控制生产力，其次是不会摧毁爱与温存的能力。

卢西亚既不是寄生植物也不是寄生动物，这一点可以对那个两性通用的绰号加以简单的语文学推理就能猜到。他更是潜在的竞争者，虽然说不是随便谁都可以成为他的顾客，因为他的顾客是经过事先的按摩疗法研究而甄选出来的。

那个场地类似观光小火车，不甚舒服的长凳上挤满面带微笑的丰满女人；她们浑身笼罩着同时来自腋窝香汗和霓虹荧光的玫瑰色蒸汽。尽管他看起来是个害羞的男人，他却既不是顾客也不是猎奇者。把他引到那里去的功能和某些惯于在此类地方扭出之字轨迹的家伙更相似（他们难免在皮条客的雷达屏幕上被捕捉到从而导致某些二级禁忌活动的阻停。二级禁忌活动和一级禁忌活动明显有别，一级禁忌皮条客们虽不承认却也听之任之）；他的出现激起了一种困惑的纠结，仿佛一阵寒风迫使最敏感的那些女人伸出未因干粗活而变形的手去触摸下面安全地住着心脏的浑圆的左胸。他从远处察觉不到诸如此类的效果，只是径直向衣衫不整几乎驼背的酒保要了一杯杜松子酒加苏打水和柠檬片。酒保老老实实（ipso facto y sine maleficio）为他提供了服务。

"现在比较清淡啊。"他和那几乎驼背的人这么搭话的意图是使自己从偶尔造访的生客摇身一变而为老油条，仅凭一瞥便知夜场生意优劣。

"好戏要到半夜才开始。"这轻蔑的回答轻而易举把他打回到了菜鸟原形。逃离家门的初出茅庐者所期待的快感无比丰满，可是朴素的现实为取悦堕落者的灵魂而提供的快感却瘦骨嶙峋。

吧台仿佛是长方形大厅的中心马蹄铁，随着红光变为蓝色火焰，坠入风尘的乡村健妇相应化作弱不禁风的茶花女，整个氛围轻易地从地狱转变为炼狱。这些微妙的变化是随着小乐队奏出的舞乐的主导节奏而发生的。乐队藏在从后墙上挖进去的一个不高不低的洞里，它和空间有限的舞台形成对称，从午夜的神奇时刻开始，该发生的将在这小小的舞台上发生。温顺的骆驼处于马蹄铁的眼睛部位，那几乎驼背的人承受着红运过度积累的种种迹象，手握小木槌把一大块冰一点点敲碎，然后将碎冰分放到酒杯和调酒器中。

阿古斯丁低调地靠在吧台最凸出的部位，一直凝视着我们叫作观光小火车的那溜长沙发椅。这列火车也可以被称为老虎凳、宠物狗大赛、哭墙、贩奴市场、集市投彩摊，等等。被投彩的女人们向他投来越来越明显的爱抚目光，不过这种爱抚笼罩在没有答案的疑虑和对可预测未来的可疑评估之中。

阴阳人卢西亚突然出现在他身边，使他第一次看清了他的长相。一个受苦受难之人。一个倒霉蛋。一个软弱的小玩意。他不男不女的臀部只不过是被诅咒所扭曲的生活的表现。

"有钱人不会受惩罚，对吧？我早就知道富人逍遥法外。别以为我来这里是因为相信您会动真的。但是他凭什么啊！

噢，您不知道我要对您说什么？您当然知道的，您完全知道，只不过不想听罢了。您也像另外那些人一样。当然和那些人一样。我算是看透了。对另外那些人，对以前那些人，您知道我也是这样说的，对吧？他们无所作为。证据。你没有证据。你要能证明才行。你说的话如果不能证明，后果会很严重。什么是证据？您愿意告诉我什么是证据吗？难道您不觉得那是真的？您不知道那是真的？假如您真不知道的话，那您为什么到这里来呢？恰恰因为您知道那是真的。您太知道了。但是您也什么都不会做。都是一路货色。我受够了。"

所有这些愤怒的毒汁从一张薄唇若有似无的小嘴里喷出，口中之舌虽非分叉似蛇信，却是又长又细，一直吐出有毒的小水珠，毒汁喷到阿古斯丁的手上，落在大理石纹理的小桌上。他们坐在那里，两杯杜松子酒碰都没碰一下。一个戴天鹅绒帽穿夏威夷草裙的女人将他们与众人隔开。她一直咿咿呀呀地唱着；整点的时候，她早已站到了那个洞穴舞台上；她圆柱一样结实的大腿热烈摩擦，试图以这样的动作给人留下印象。

"行，您有什么说什么吧。"阿古斯丁邀请道。

告密者的眼睛紧盯着他，仿佛两只光秃秃的无毛小鸟，从下垂的眼泡皮边缘贪婪地探出脑袋来。就近看去，他的脸上覆盖着无数道细小的皱纹，像是加上了一抹灰蒙蒙的擦笔痕迹。因为某种无法说清的缘故，他一身老肉却长着一张年轻的脸庞。

"别怕。如果我想的话，上次就可以逮捕您。要是您不说话，我现在就下令抓您。"

"您还是对我以你相称吧¹。这样会更容易一些。"

"你随便说吧。"

"我不知道谁杀了守夜人，"卢西亚一边低头看着没有动过的酒杯，一边撒谎，"但我知道更重要的事情。"

他把两只光洁的小手叠在一起。阿古斯丁厌恶地看了看。卢西亚的手指甲涂着那种廉价的模仿蛤蜊内壳的指甲油，看似连着多汁的贝肉隔膜。

"您知道我认识工程师……"卢西亚突然说开了，仿佛第一次脸红，"当然，这是老早的事了。但后来我们继续时常地见面。我帮他好多忙……您知道他经常旅行出差。他来看我。我有自己的公寓……"

夏威夷女人被一位跳弗拉门戈舞的放荡男人取代了，围着他伴舞的是他的法老后宫。卢西亚眨巴着鸡奸者的眼睛好色地盯着他。随着那吉卜赛人用中指和垂直的拇指打出响指，密谈突然被中断了。驯顺的舞女们一个接一个众星捧月地绕着他优美地转动俗气的裙皱。大堂里的灯已被熄灭，窄小的舞台上的灯光使马蹄铁和霓虹框之间的整个空间淹没在安达卢西亚的气息里，将工业工程师们的幽灵赶入阿布拉湾²。

大厅里的灯光重新亮起；弗拉门戈舞迷人的节奏得意扬扬地抵达终点。舞男难以置信的腰身和他的姐妹们超自然的大眼

1　第二人称尊称"您"和第三人称"他"的宾语代词在形式上没有区分，容易混淆。譬如说上句中的"您"可以被误解为"他"。——译者注

2　阿布拉湾是毕尔巴鄂市的港区所在地。——译者注

睛只剩下一道记忆，它们被从灯光技术和优雅舞姿造成的短暂的附带现象打回了原形。坐堂的肥胖的三流妓女以为在一晃而过的舞台倩影中看到了昔日的自己，盛颜已非使她们心有所感并为此一声叹息，跳舞结束后腰包鼓鼓的客人兴趣之哥白尼转变又使她们颇为欣慰。此时此刻，卢西亚的脸却突然绝望地活络起来并变得煞白；这新的恐惧之白叠加到岁月、恶习、化妆在他脸上逐渐沉积的层层灰暗之上。

有人走入幽暗的大堂，紧紧地盯着他看，隔得那么远，但目光依然让人害怕。阿古斯丁注意到新来者用下巴对卢西亚发号施令，质问他，威胁他，要求他离开。

"我现在不能……我必须离开。"

"等等，那人是谁啊？"

"我有急事。"

"可你刚才要和我说什么来着？"

"我不知道，我不知道……现在我不敢了。真的，我不知道谁杀了守夜人。"

"你以为你可以这样玩我吗？"

"改日我再见您。您可以来找我。那家伙正看着我呢。"

"那家伙看不见你的时候，告诉我在哪里可以和你说话。"

"您来我的公寓。但要晚些来。门不会锁上。凌晨两点左右吧。我会专心等您。"

他偷偷塞给他一张名片，上面写着：卢西奥·马丁·马丁。矿业街24号，三门，中-左。代理商。

走之前他把那杯原封未动的杜松子酒一饮而尽；仿佛撒娇

卖俏，他把阿古斯丁的那一杯也拿起来，挤了挤眼，然后也一饮而尽。

他跟跟跄跄地穿过一些障碍物——桌子、椅子、女人——虽然扭着之字形，但是其实一直走着两点之间的最短距离。他走到紧盯着他的那人跟前，就在此时，灯光再次变红。玫瑰色的亮光仿佛给陌生人高高的额头戴上了一顶小帽，在转瞬即逝的光线的变幻中，阿古斯丁终于认出，原来那人就是主教。

第十三章　矿业街24号

一位基佬的公寓。墙上是伪装：第一次领圣餐的照片，两位乳房高挺得令人作呕的裸体黑女郎。暖气片木架上铺着几片罩布。花瓶里插着一些色调柔和的假花。电灯光暗淡微弱，从来不会直接打在脸上。家中男主人的卧室。另一个卧室。对亡母的敬拜。几乎像一个祭坛。一幅出色的手绘肖像，面颊上几抹粉红，白发泛青。母亲的忧郁中混着对好儿子的满意。"一个女圣徒。"此处的光线直接打在肖像上，打在不必掩饰的令人肃然起敬的皱纹上。天使的肉身。贞洁。强烈的亲情。她去世后的悲凉。"我可怎么办呐！"奇怪的收入被神圣化，因为她凭此继续生活，行慈善，烹美食，制果酱，煮漂着一朵朵白酥皮的蛋羹。房间的布置纠正了母亲稍显俗气、品位低下的小小缺点。精心挑选的窗帘布。和母亲一起——多好啊！——熨窗帘布，手对手地帮她。她快干不动了。"你放下，我来熨吧。"爬楼动作那么敏捷让她很佩服。"多好的孩子！"对她来说他永远不会老。

然后是死亡，带着它制造空虚的无穷能力。死亡推动她卧室里神圣的温馨气息，将它一同塞入了那个长长的盒子。如今那种气息已经荡然无存。剩下的只是另一个空出来的卧室。独享公寓的舒适感。但是空虚，空虚啊。没有界限。这新的自由到来时他已经老了。那些微妙、可耻但令人欣慰的辉煌来自他原本结实紧绷的皮肤，可如今这一身皮肉皱皱巴巴，再也熨不平了；岁月无情，那昔日的辉煌再也不能重复了。当爱已经不再是一场相对干净（至少简单而快速）的游戏，当爱已经变成了另一种东西，他不得不出租房间，自谋生计，为空虚寻找另一种排遣，这排遣也许就不能不是恨。但是他没有撤掉暖气片木架上的盖布，而且会定期换掉花瓶里落满灰尘的假花。

攒钱买一个沙发（或土耳其床），再盖上摩尔床罩，这和小小的客厅很搭配。现在他醉卧在上面，因为他一直在喝杜松子酒，因为他有话要说，他要以酒壮胆，克服畏惧。这已不光是写一封匿名信寄给那可恨之人的妻子，让她也像他母亲一样获悉真情而受煎熬。没那么简单了。这已不光是从远处破坏他的生活却惊讶于丑闻竟没有败露。富人们竟隐忍不发，竟有妻子（毕竟一个妻子和一个母亲相比又算得了什么呢？）甘为同谋，以免家丑外扬，而他却在他那市井小天地里无计免于羞辱，只得躲得远远的，把母亲安置在公寓里，听她吞声夜哭，明知这是在要她的命。人们在大街上辱骂他，对他说不，那里不行，滚到别的地方去。可那另一个家伙呢？那另一个家伙照样开着昂贵的小汽车跨省渔色，随处纵乐，犹如海盗出击（razzias），频频得手。可他的那些卑鄙的告密信，写给妻子，写给父亲，甚至写给警察，却都不能使他歇手。

他爱过他。但这一段爱情难道是可能的吗？难道它不是必然表现为恨吗？他爱他。因此他想让他和自己的耻辱融为一体。他不能容忍虚假的生活，不能容忍体面、女儿、婚姻的重重叠加。这是他的自我形象，而且他要把他的自我形象掀翻。因为他爱他，因为他一直爱他。因为他们曾经共处一道狭窄而黑暗的沟渠。他曾经对他的母亲亲切有礼而且给她送过花。为了独自活下去，为了不至于互相作践，他活得仿佛一只在臭水沟里觅食的鸟儿，但是展翅起飞时露出来的浅灰色羽毛却依然干干净净，清清白白。

　　阿古斯丁走出夜总会的时候，天上在下雨。那条该死的街上的霓虹灯还在挤眉弄眼地发出诱惑。几群男人，几辆小车，几个唯恐精心打造的发型被雨水毁掉而步履匆匆的爱美的女人。人来车往的街道尽管破旧，尽管不完美，却坚持要把自己当成一面镜子，因为它又湿又滑的路面上铺着一层油污。马蹄铁上那几近驼背的家伙已经足够详细地告诉了他，他的目标就在不远处，沿着这条罪恶之路走到尽头向右拐，他可以轻松到达他的目的地，就在路快到头的地方有一方牌匾，一盏尚未淘汰的煤气灯照亮路牌上"矿业街"几个字。

　　阿古斯丁这个外乡人裹着风衣，小心翼翼地迈步，右脚在前，左脚在后，边走边感到一种热烈的、逐渐加快的节奏从受到酒精安慰的身体内部发出。他没有喝到杜松子酒，但后来点了几杯自由古巴。只身钻进蛇窟根本就是轻举妄动，他为自己的无助而隐隐不安了。他也不敢肯定跟在他身后的影子究竟是谁，此人的鞋子渗水性强，沉闷的脚步声和他保护皮鞋的铁鞋掌的橐橐有声殊为不同，这使他心生疑窦，甚至不敢点燃香烟，尽管他很想抽上那么一口。更确切地说，他自以为不显突兀地加快了脚步，边走边抬头眺望在阳台屋檐下避雨的那个忧郁的守夜人，阳台就在他要找的那条街的街角。绵绵细雨轻抚他的前额，因为他从内心拒绝戴可以挡雨的贝雷帽。他感到细雨的爱抚是给他安慰的助手，随时可以协助他从卢西亚干巴巴的肚子里取出真相，就像一个熟练的产婆取出活胎。但是这一连串的事实不可避免地包含一种不可预测的量子运动（quantum），事物在夜间所经历的变幻轻易就能给古老的吸血鬼传说提供佐证。

矿业街24号是一幢外观气派的旧楼。楼梯在一方带屋顶的天井上螺旋上升，通往四面。一盏高悬的灯泡是偌大的空间里唯一的照明。楼梯平台和布置不当的台阶上到处影影绰绰。他的脚步声一片嘈杂，并不产生回音。楼下跟在他身后的那个人的脚步声听来比走在街上时更加分明。空荡荡的大木箱梯似乎保留并扩大了最轻微的脚步引起的木柱振动。一格格木梯的外端被压弯了，唯一的安慰是手可以轻轻搭住扶手和木柱，它们在每个拐角仿佛努力撑起一堆旧积木，造成一种宫殿的气派。远处射来的昏黄的斜光过于暗淡，他划亮一根火柴，终于看清"中-左"的字迹。他去找圆形门铃，门铃应该像一条脐带连着弥漫人间烟火的厨房，然而他什么也没摸到。他不得不先是用指关节叩，继而用手掌拍，最后握紧拳头紧张地敲。

"他们是转租住户。"卢西亚一边低声说道，一边指着两处地铺。每个铺位上一无遮拦地堆着两具身体。

"他们是一家人，"他稀里糊涂地澄清，"您知道的，生活。"

其中一个地铺既是婚床同时也是疲惫的夫妻像猪一样打滚的地方。一个光头状似青瓜，一个圆球披头散发，性别分明。另一个铺位上躺着两枚从第一个铺位结出的渐渐成熟的青涩果实，这两枚果实的性别区分很成问题，但是有一条瘦小的大腿露在脏成土褐色的被子外边，在这导致一整套连贯的悲观哲学的脏乱差的环境里，那条腿揭示的是同样存在于身体其他部位的美的奇迹之一斑。

"真可怜。"

"您这边请。"他这么说的时候阿古斯丁正小心翼翼地为他响亮的皮鞋找着落脚之处，生怕进一步没头没脑地践踏那已被侵犯的隐私。

与他猜测的完全相反，那家人的四双眼睛都瞪得大大的。随着跟踪者的脚步靠近，阿古斯丁使劲敲门，显然是他把他们吵醒。但是或许这家人已经对诸如此类的亵渎习以为常，他们谁的眼中也没有露出抗议的表情，甚至也没有一丝好奇，有的只是冷漠无奈的等待。他们知道，哪怕灯灭了，旁边房间的门关了，不久以后那难以避免的夜间流星离开的时候他们会再次被弄醒，再次遭受承认自己处境无助的羞辱。这是一位新来乍到的打短工者，孩子尚未达到干活年龄，妻子尚未操起皮肉生涯，也不能为家庭经济助一臂之力。

"对不起。"阿古斯丁和这家的男主人四目相对。

"我让给他们那个房间，虽然朝门，但地方要大一点，"

卢西亚解释道，"白天把铺盖卷起也算体面。我是被逼的，因为警察不让我接客。以前，我靠这房间好歹还能对付。可是不知哪个狗娘养的告发了我，我就这样被出卖了。至少要等风头过去。好在我没被撵走。好笑啊。没法活。您让我怎么办？我这身体能干活吗？到了我这把年纪……"

第三部　探索

第一章　阿古斯丁认识康斯坦萨

"我来介绍您认识我的朋友。我们是同学。"

朋友更年轻，更出色。

"你已经知道他是谁，我和你提过的。"

朋友没有像她那样因为整夜出汗的内在紧张而变老。

"康斯坦萨。"

"这是一个古老的卡斯蒂利亚名字。"

她穿一件带中国式图案的蓝丝绸衬衫和一条紧身裤。一个穿裤子的女人[1]。

"马蒂尔德。"

"你好，马蒂尔德。"

"你记得咱们去年到……？"

"我想看看你的女儿。"

花园高处有几棵树，枝繁叶茂，而且互相挨得很近。地势越高，树也长得越高，仿佛有了某种野性，和房子附近沙面小径的几何之美大相径庭。两颗身穿金色衣裳的小流星从高处下来，一字一板地喊着，听似欢乐的马蹄。马蒂尔德目光湿润地

1　穿裤子的女人有主事的女人、有权力的女人这一层意思。——译者注

爱抚着她的小兽，张开手抚摸她们的脖颈和后背。

"你们在玩什么游戏呢？"

两个小姑娘在树干间搭建了一间秘密的小屋，一个庇护所，一个玩偶之家。她们似乎在干枯的蕨草下埋了一些她们绝口不提的宝贝。也许她们埋了一只死鸟，一只绿甲壳虫，一只萤火虫，一枚贝壳。到底是什么，那是不能说的。

"你们应该让我看看。"

女孩是母亲的一部分，但她们独立而狂野，造出了一片自己的天地，母亲不可以进入，任何会出卖它的人都不可以进入。她们的游戏就是学习生活，就是一种技巧的结果；某种情感紧张不能被和周围真人的关系满足时，她们通过这种技巧找到出路。排泄污秽，将它埋起来，让它腐烂，把它送给别人，想象秽物永不腐烂。幸福是什么样子？

"你们为什么不让这位先生看看呢？他一定喜欢看看你们的小屋。"

孩子们拉起他的手。他们向上爬了很远，来到一个茂密的去处。幽林中有轻柔的山岚徘徊，使树林若隐若现。这确实是氧气，但也是瘴气。树下没青草生长。

"这里有蛇的。"

先是青草，然后是荆棘刺丛，然后是蕨草，然后是一大片褐色的细土，寸草不生，只有松针覆盖。林下的光线更显黯淡。孩子们喁喁私语。

"这是你们的小屋吗？"

"这是秘密，谁也不能知道它在哪里。"

山下传来工厂的汽笛声。

"那是外公的工厂。"

为什么秘密生活是必要的呢？人类即使貌似沉浸在幸福之中，也不得不有提防之心。提防什么呢？

"进来吧。"

她们张开手，很严肃地看着他。

"妈妈说我们必须对你友好，所以我们才让你进来。"

小屋地上有一块白色的石头。

"宝贝藏在下面，但不能看。"

"你会把我们出卖吗？"

"不会。"

"你必须发誓你永远不会出卖我们。"

"手这样放。"

入会仪式。康斯坦萨留在下面和她的朋友说话。

等入会仪式结束后，等宣誓结束后，等他下山后，她会告诉他，要教他打网球。看到有美杜莎脑袋的球拍的时候，他变成了一块白石。当时康斯坦萨就说，我来教你打网球；她很是惊讶世上竟还有人既不知球拍为何物，也从来没有在坚硬而疏松的红土球场上挥过拍子。

"现在你可以看了。"

孩子掀起圆石。里头的宝贝沾满泥巴，看起来脏脏的；一条亮亮的蚯蚓在缝里盲目乱钻。工厂的汽笛再次响起。孩子们不知疲倦地蹲在小洞周围。

"我们走吧。"

"不。我们再待一会儿。"

"现在你已经知道了，不管对谁，什么也不能说。"

她们朝更高的地方攀爬，那里有一片林中空地。也许风太大，使小树长不高。从那里可以俯瞰整个山谷，铺开的城市，钢筋水泥的厂房分布在河流两岸。

孩子们从山上跑下来，在她们熟悉的萦纡小径上避开挡路的树木。幽林中的曲径。不通向任何地方。"林中有许多小径突然断掉，没人再往前走过。它们经常给人大同小异的印象，但只是看起来如此。"为什么树林变成了公园？驯野为文的最小尺寸是多少？也许被指定为公园的根本原因在于它是只属于一个人的私产？或许只是因为两个女孩熟悉它而且没有被它吓倒这一简单不过的事实？

马蒂尔德在等着他出来。看见她的时候，他一手牵着一个孩子。那新到的女人也从墨镜后面斜着眼偷偷看他。

他的黑皮鞋弄脏了。深色的西服也多处落了污迹。荆棘和野草沾在上面。他的一只手上有划痕，衬衣领口也被汗水浸湿了。

"孩子们把您累着了吧？"

"没有。"

"妈妈，你不要问，因为他发过誓了，他什么也不会说的。"

马蒂尔德从孩子们身边走开，随着距离一分一毫地增加，她无形的外壳似乎也一点点恢复了。她一本正经地问他，仿佛这个问题事关她的命运：

"您来一杯威士忌吗？"

但是那外来的女人根本不让他回答，她抢前一步给他递上，仿佛他已经答应了。

"您来，我教您打球。"尽管他穿着蓝色的西服和城里人的鞋，尽管横亘在她和这个不会开车的疲惫的步行者之间的距离几乎无法逾越。

第二章　目眩神迷

"另一个自我。"尚未被生活经历扭曲的自我，这个愿景使马蒂尔德青春焕发。她带着一种新的风度开始富有灵感地蹦蹦跳跳，那是训练有素的芭蕾舞，如果操作熟练的话，它将使两个自我统一为同一种社会本质。

阿古斯丁远远地观望那些熟悉的姿态，互相左右贴面轻吻，有分寸的喜悦的叫喊。从他头等观众席的位置上，他目睹了首演（première）的所有细节，舞台下存在一个戏外现实并没有使表演失去魅力。虽然她们的举手投足都习得于教养，虽然她们操同一种（因为不懂别的语言）被地位相等的人们之间的社交游戏中常见的谎言扭曲的语言，虽然她们偶尔也会情真意切，但她们依然被某种浑浊难辨而令人迷惑的共谋所笼罩。

马蒂尔德似乎在侧目示意他的存在，她的目光中露出不安；新到的女人的言下之意带着无声的询问；空洞的寒暄俗套被对话的需要暂时打断，而主动挑起话题却还为时过早；"网装好了吗？"指着球拍这么发问的人显得漫不经心；而球拍则可能是"安德烈斯每天下午打球"这个回答里游戏意图的象征；最后，她终于转向那位重要观众并说"我来给你介绍一下"。所有这些迹象都间接地表示，或许真情自此才首次打算化作一桩慷慨之举。

"我们是同学。"马蒂尔德解释道，意欲以此为基础建立起一种身份的可信度，否则这种身份认同就会显得难以使人信服。

从同一棵树干上，生活分了叉，所以很难想象她也像那赤脚女神一样，开一辆威猛如神的敞篷车，脖子上扎一方名牌丝巾（foulard），兜风以迈（英里）计而不以稀松平常的千米计。金质镣铐不论多么有说服力，也永远无法把女神锁在工业污染的湿气之中。可是臭气却钻入屋角墙缝，渗透门窗，在刮南风的日子里甚至到达她马蒂尔德可耻冒汗的卧室。

所以，在马蒂尔德的眼里，朋友的形象本应是自己可能拥有的形象，如果命运没有用她来证明归谬法的话。命运借助一切受难之器来捉弄人类，来展现组合艺术落实在草芥之辈身上（in anima vili）所产生的审美愉悦。

"您不会打网球啊？"那亚马逊女战士问道，却并不等他回答："您一定要学会，"然后转向她的朋友，问道："你的孩子们呢？"这联想式的问话基础尚不明了。

花园高处树木葱茏，树丛几乎带着野性，与房子附近的沙面小径的几何之美大相径庭。两枚身穿粉色衣服的小流星叽叽喳喳地从上面跑下来，她们的大呼小叫仿佛欢乐的马蹄声。亚马逊女战士就在两头小兽的母亲眼前爱抚着她们。她伸手抚摸着她们的脖子和后背，仿佛一位行家爱抚名贵的小狗。

多么神奇的美的震撼！当一只穿凉鞋的秀脚略施魔法，无形的骏马齐声怒吼，那以惊人的威力即时遁迹的神兽转眄之间已在几乎望之不及的遥远天边！

这位贵妇不必在脸上画美人痣以彰显其非同寻常的唯美怪兽的本性，这由经济声望、优良基因和成批生产（标准底盘，意大利车身）和谐地建立起来的权势和风度的奇妙结合体，她是从18世纪的什么马车里下来的呢？

另外必须指出，如果车速足够快的话，敞篷车中的女人的秀发会被吹成明显的涡旋形，显示气流的运动，从而可以替代风洞实验里平行的红烟所发挥的功能；墨镜有效挡住可能被气流卷入人造涡旋中的固体颗粒，让一双绿色的大眼睛仿佛躲在威尼斯面具后面；裸露的胳膊抬起来打招呼时竟然显得弱不禁风，纤美如画，但这并不妨碍她注意负责方向和制动的伺服发动机，从而熟练自如地驾驶；因赤脚而显得有派的左腿可以完全不用，甚至懒洋洋地一动不动，因为这车是自动挡的新款式，无须再踩那老式的、恼人的离合器踏板。

那头长着一个脑袋却有一百匹马力的神兽以骇人的速度驶过起伏的以国家预算建造的公路，神兽身上可以看到的美妙之处不一而足，但是没有一样能够和它从容停下时刻的庄严崇高相媲美。它先是驶过花园金黄的卵石地面，压出裂帛或砂纸的声响，终于来到豪宅朝南的地方。它露天停下，和身体相连的四只轮胎仿佛踞伏的四肢盖住身下的黑土。机器降神（diva ex machina）的她仿佛从地狱的泡沫里冒出，使那个已然陶醉的观照者博雅的无意识像火山喷发一样冒出一众意象，层层叠加在真实形象之上：维纳斯、冥后珀耳塞福涅、葛丽泰·嘉宝、阳具母亲、汗淋淋的女武神、小母马、可阴可阳的（sexidextra[1]）湿婆。她们都面露微笑，白皙的鹅蛋脸上那道红色的口子露出两排牙齿，它们将会撕裂他最隐秘的敏感器官。

女神亮相，羞怯的法官感到自己被摧毁了；那出身卑微的年轻人感到高大上之瀑布不知从何处落下，劈头盖脸向他砸来；那从未被满足过的男性缩回到性别的洞中；为了这些崭新的目标，他将在里面炼制毒汁，虽然这毒汁尚未被他内心的可行性欲之实验室所发明。所有这一切似乎并不令人惊讶。

他被迫尽可能掩饰他的伤口，他那身硬邦邦的海蓝色西服变成了中世纪的盔甲，他缩在里面，被迫注目那花枝招展的尤物怎样从车上仿佛被切割下来，怎样让身体犹热（虽然是爬行动物）的神龙暂睡一觉，而她自己却迈着凡人的步伐向房子走去，而且她手中所握的美杜莎的头颅也只不过是装在套子里的一只英国制造的球拍。

1　湿婆全知全能，其性别根据神相不同而随时变化。"sexidextra"应该是作者杜撰的新词。——译者注

第三章　宠儿

如果说她从小娇生惯养，骄傲自大，如果说固执之楔一直插在她心中，如果说她一直自以为永远命中注定可以随心所欲，也就是说，因为她改不掉的**爷们儿**（就是这样，阳性，一种不能折扣的货真价实的权力的符号）性格，一切的一切都必须顺她心，遂她意，如她愿，那么这一切或许不全是她的错。因为这一切都可以被解释，都可以被逐步理解。

因为人类在其进步发展过程中达到的认知和观察水平并非徒劳无益，它允许我们去理解，阐述，分析，允许我们解释纷纭世事、人生建构和个体形成的原因。成为一个怪物，或者一个蠢货。她甚至不能把听了别人不当的建议作为借口，成为蠢货全是她自己的决定。虽然她盛气凌人，刚愎自用，但是她的根源却在于父亲，在于母亲，在于家庭的富骄恃势，在于几乎神圣的毕尔巴鄂式傲气，在于挖出真金白银的矿井深处，在于耶稣会的忏悔神父们不慌不忙建立起来的秩序。神父们对一家之主说教的不是他应该做什么，因为他在科学和艺术方面知识丰富，使得他在重要的事情上总能做出正确的决定。神父们对他解释的是普遍的、公益的、有利的意义，让积累的财富，那本身不洁的尘世俗物，发挥善的力量，赢得更大的荣耀和显赫。

那无所不解的博学之人一定会分析，她究竟是何等样人，那些洋娃娃又以怎样的方式从小一步步养成了她的性格。洋娃娃比她还高，洋娃娃会说会笑会尿尿，还有头发，可以洗可以梳，她可以把洋娃娃一下子毁掉，或者打翻在地，或者像野蛮的敌国国王那样用拇指精准地戳瞎它的眼睛，然后再要一个新的。与此同时，无论是英国保姆（nurses），西班牙保姆，德国保姆（fräuleinas），还是穿金戴银的俗气的干巴巴的巴斯克保姆，她们对她的骄纵无羁不但全都含笑迁就，而且甚至大张旗鼓地努力使她每次的任性使气能够得逞。在她所拥有的那片方寸天地里，她们修改边界，来满足一个孩子妄想能达到的至高无上的权力。

他也一定会分析做父亲的那几乎难以理喻或者说几近亵渎的育儿之道。身高马大的父亲手脚并用在孩子的房间里爬行；房间采用了育婴室（nursery）这个高雅无匹的英语称呼，而不再被平常稀松地称为孩子的房间。出于某种对父母之道的奇怪的僭越，父亲竟然允许她揪他后脖颈上的头发，允许她亲吻脸颊时故意抹他一脸亵渎的口水，还任凭她咬自己的耳朵，而他这双耳朵本来是用来听取最高管理层事关大宗交易的意见的。这类决策自然是沿着某种扩张意志事先确定的方向而行。扩张的意志延伸到河口一个又一个烟囱，延伸到熟练地布置在伊比利亚半岛上更靠南方的大江小河两岸的一座又一座厂房。

无所不解的博学之士不会注意不到黑衣母亲神经质的疏远。她是那么坚强，但又是那么沉默，总是开着双人敞篷汽车（roadster）匆匆赶赴宗教聚会，去忏悔，去做她的慈善事业，去流她那有时令人费解的眼泪，去一个接着一个地看医生。医生们以她的焦虑所要求的全力关注普查她的每一个关节，每一片白皙或浅褐的皮肤，遍检五官七窍和细长、病弱、几乎没有生气的身上的每一个凹穴，然后和颜悦色地奉承她，说她身体健康，使她安心。可是她的健康从来没有恢复，虚假诊断的安慰也一直被她的某种内心力量固执地排斥。

他一定也会注意到超人般巨大的房子。位于内古里[1]的豪宅共有四层，每层的家具都布置得一丝不苟。豪宅中充斥着经由伦敦而来的法国挂毯，摆放在客厅里以西印度向风群岛的桃花心木打造的正宗齐本德尔式家具[2]，庚斯博罗[3]所作的不知名的、并非这个家庭成员的美人肖像。家里有从南方不知什么地方进口的三个男仆，有来自附近村庄的七个女仆，女仆们虽然来自农村，但是她们经过了港城精雅情调的浸染，伺候主人周全而得体。夫妻两人各有一间安妮王朝式样[4]的主卧。台球房里摆放的是地道的俱乐部椅。印度斯坦的皮革，完美的英式弹簧。购买这些皮椅的钱是周围几个县——笼罩那些地方的烟和雾的质量比毕尔巴鄂的城中居民能享受的要好——为了一劳永

---

1 内古里是毕尔巴鄂的富人区，工业资本家集中的地方。——译者注

2 齐本德尔式家具，因英国家具工匠托马斯·齐本德尔（1718—1779）而得名。这是一种18世纪英国洛可可和新古典主义风格的家具，当时风靡欧美。——译者注

3 托马斯·庚斯博罗（1727—1788），18世纪英国著名肖像和风景画家。——译者注

4 安妮王朝式样是18世纪英国的建筑和家具式样。——译者注

逸地击败野蛮的侵略者而不得不贡献的英镑中的很小一部分。

豪宅内宽敞的过道上挂满祖父成年累月收集的历史题材油画，画面上充斥着悲剧人物：埃及霍乱的绝症患者，被自己亲人英勇斩首之际瞪着牛眼的努曼西亚女人，身陷风暴的坎塔布里亚渔民，在苏丹后宫传布基督永生真言的方济各会僧侣，等等。已故的祖父企图用这些画来掩饰祖上籍籍无名的寒门背景，后来随着他们姓氏的日渐显赫，他的这个需要得到了彻底的满足，而这些画也就变得无关紧要。

家中的老奶奶倒是确实与世隔绝地躲在自己房内，从那里，她通过一片无形的、紧密无缝的黑云淹没了整座豪宅。那片黑云的一小部分缠附在掌控一切的男人头上，随他飘过毕尔巴鄂的大街小巷，飘过黑暗的管道内部，所到之处如花开放，令人不寒而栗，无论在办公室，在俱乐部，还是在历史悠久的毕尔巴鄂协会[1]里。协会里的男性侍者—仆人对每个新来的人都点头哈腰到令人作呕的地步，这使他怀疑自己是否属于那些把所有人的命运捏在手里的少数幸运者，尽管这种怀疑有时并不合理。如果说那一小片黑云如此这般地在形形色色的地方游荡，那么真正的原生的大片乌云却一直在屋里缭绕，不但赋予豪宅以特殊的气氛，而且散成细缕钻入美貌千金的闺阁重地。

---

[1] 毕尔巴鄂协会始于1839年，是世界上最著名的私人俱乐部之一。它的初衷是促进城市的工商金融，规定具体活动为阅读和消遣。现在它实际上成了一个多功能社交活动中心，可以举办会议、影视观赏、婚礼、餐饮等各种活动。协会有一个藏书丰富的图书馆。美食服务部分也非常有名气，有两个酒吧，若干餐馆。——译者注

从小生就的一头乌溜溜的黑发，一双亮晶晶的黑眼睛，白皙的皮肤，命中注定要成为巴斯克小巫婆的笔挺的鼻梁（多年以后这鼻子将朝下弯曲够到下巴），棱角分明、瘦得不带一点赘肉的下巴，洁白、整齐、细巧的牙齿，完美的冷艳（不可能来自生物改良而只能是可遇而不可求的令人拍案的偶然。偶然性使拥有一切并将继续拥有一切的人出世，让下人们惊惧，让世人顺理成章地承认，她的完美体现了上苍意志，除了财富、智力和权力之外，美本身或许也应该服从一种不同的规律），不怒而威、不言而令的眼神，所有这一切使得毕恭毕敬的下人们端详这个小女孩时不免大为动情。然而，从老祖宗高高在上的隐秘的房间里飘来的缕缕黑云暂时蒙蔽了她的眼力，或许也使她感到高处不胜寒的孤独（早已领略这种境界的有法老的妹妹，那目如瓷器、命中注定要幸福乱伦的独一无二的埃及女人。当今风俗已使乱伦变得不可行，达到最高美德只有两条可能的途径，要么亵渎，要么孤独凋零）。

　　一个如此高高在上却被罚落凡尘的人必定成就为**恶**，因为她行使的权力没有界限，这一点使善失去了意义。如果一个人触手可及的只有慈善、怜悯、答应穷人、微笑面对那些在财富的星座中羞愧地僻居远离财源滚滚的拉普拉斯中心的边缘地带的人们，如果一个人触手可及的全是诸如此类的无聊事，那么对她来说，善有什么用处呢？如果施舍等于让人受惠也使人受辱，如果微笑给不如自己的人带来的是遥不可攀的距离感，那么善对她来说又有什么用处呢？假如没有什么人可以让你嫉妒，假如不做坏人对谁也没有好处，而做坏人却可以是别人借以辨识本质差异的形式，而且多亏这个形式别人能更加容易地理解（无论如何需要某种秩序的）今生今世，如此说来，难道**做坏人**就一定是坏事吗？

于是，在一个已经不可能参加巫术活动的时代，母亲的黑物质表现出来的形式是**做坏人**的忧郁。同样道理，奶奶要是活在光怪陆离的17世纪，她肯定早就加入巫婆行列了。但是在当今这个时代，获得权力不再那么难，也不必乞灵于冥界魔王了，虽然后者阴魂未散，源泉仍然潜存于地下。

她的玩偶世界是一座几乎数不清人口的城镇，玩偶们那么逼真，那么高大，那么配备齐全。她置身其间安排她的玩偶，眼睛滴溜溜地从一个目标转移到另一个目标，摆哪里，坐哪里，哪里躺，哪里安顿。她通过玩偶没有牙齿的嘴给她们喂水，水就从下面流出，直到把小裤头弄湿，于是她们会因为邋遢和尿裤子而受到被戳瞎眼睛的可怕惩罚。她们没有大脑，昂贵的超级赛璐珞头顶下偌大的一片空洞里面空空如也，只有一个控制眼睫毛翻动的反万有引力的机关。玩偶受罚后假发脱离原位，半挂在圆脑瓜上，怪诞而瘆人。她把所有的玩偶都一一看在眼里，牢牢地控制自己的动作，控制自己随意戳瞎玩偶眼睛的强力意志，她想象（其他孩子的想象正好是反过来的：社会阶层越低的人，相应地也必然越唯唯诺诺，低声下气）真人的世界也是如此，因尿尿没有先脱裤子而受惩罚的玩偶和带着崇拜之情帮她脱裤子的女仆之间不存在什么区别。帮她脱裤子，女仆也并没有一丝受辱之感，她只知道自己被选来伺候那孤独的法老幼虫，心中既没有母爱，两人也没有血缘纽带，事情就这么简单。

父亲怒气发作时来得快去得也快，但他极为威严深沉，远远近近的人们一律对他敬畏有加。她能看到与他接触的人们脸上露出某种惊恐或仇恨，并以此确认了父亲的威力。那权力虽大，却必然有限。但在有限的时间里，除了精心营造一个虚构的世界，使弱不禁风的女儿完全相信他们的权力是绝对的权力，相信它有着哲学观念的绝对完美，其绝对性高于不知疲倦地移山填海的挖泥机那笨重的令人震撼的绝对效率，除此之外，父亲的权力还有什么别的用途吗？

尽管没有明说，他却一直在努力把谵妄灌输给她：

"你看！你看！"

于是她的目光轻蔑地落在毕尔巴鄂之上，落在山川海口之上。

第四章　追求者

　　为什么一长串步伐整齐、列队后撤的滑稽的追求者一直定格在这个女人的记忆里，如同镌刻在罗马圆柱浮雕上表现战败的蛮族国王的小偶人那样无法磨灭？那些人在某夜的露台舞会上满嘴堆笑地献殷勤而被她拒绝过，他们的嘴角或许在她不经意间碰到过她的玉体，可如今在那些无缘无故的无眠之夜，她为什么需要回忆他们呢？我有两个海梅，一个胡安·伊格纳西奥，三个何塞·玛丽亚……为什么她需要逐个数那些人的名字呢？难道她不是从小就知道，她就是她，她不需要通过手到擒来的情场得意**当上富婆**，因为她自己生来就是成功的富家女？

　　工业工程师们、德乌斯托[1]出身的律师们、留学英伦的经济学家们、阿尔戈尔塔[2]驾快艇的人们，甚至还有高尔夫球冠军们（他们不学无术，能展现的奖杯就是他们令人羡慕的完美生活，支撑这种生活的经济实力使他们从小不需要工作，他们没

1　德乌斯托大学是私立的耶稣会大学，位于毕尔巴鄂。部分校区在圣塞瓦斯蒂安和马德里。——译者注

2　阿尔戈尔塔是大毕尔巴鄂的一部分，在毕尔巴鄂河口将入海处的东岸。——译者注

有拿得出手的管理才能，却有与日俱增的毛收入），在她夜不成寐之时，所有这些人竟变得那么重要。这种愚蠢的重要性的根源到底在哪里呢？

她不必记住他们的名字，也无须证明面对前赴后继的求爱者时自己确实岿然不动。他们有的写一封笨拙的情书，有的支支吾吾当面表白，有的甚至把大胆的手靠在她年轻、结实、富有弹性的手臂上而使她厌恶地躲闪拒绝。一次次唾手可得的爱情（如果她愿意这么命名那几乎抽象的一系列可能性）也不一定就能提炼出她根本不需要的虚荣心，因为她早就拥有那种内在的自信。那自信来自有众多证据的简单证明，来自异于别人的童年的简单越轨。但是，尽管有各种障碍，生活努力显示了它不完美的本质，于是一个痛苦焦虑的口子从某个该死的层面裂开，迫使她在某些夜里回忆起那无足轻重而且她自己也认为不该回忆的往事。

这种无声的痛苦在蝴蝶般（mariposoide）自由的第一阶段刚刚过去之际便初露端倪，因为骄傲和随之而来的虚荣对她来说已经变得不足。她的生命中有一种有序的运动：年岁的更替，需求的更替，激情的更替，或者更好地说，激情的显现，因为之前尽管她风华正茂，激情却被掩藏在财富坚硬如石的甲壳之下。

让我们试着来明明白白地理解这件事：她的童年就是把一层全能的硬壳罩在她身上的努力。她被证明有权力。她可以从有权力的人手里接过权力。她甚至不必等到父亲死了向她交权，因为活着的父亲就心甘情愿、俯首帖耳地满足她的愿望，手脚并用在她房间里又是爬又是跑，让她笑，还让她轻蔑地踢。

这种权力的甲壳造就了一个奇怪的动物器官。她在这个器官之内，粉红而湿润，像一条年轻的虫子。但是对自己这个生命的核心，她一无所知。她既看不到嫩蕊浓花的稠叠，也感觉不到内蕴的汁液。她只认识外在的事物：服装、权力和被戳瞎眼睛的玩偶。所以她难免飞扬跋扈，用傲慢为由于不知道自己真的想要什么而产生的内心的胆怯裹上一层糖衣。她所有的欲望都是实验。

看自己的任何欲望如何得到满足是一种实验。她可以随心所欲，这也许是因为那手脚并行之人有神奇的影响力，也许是因为她自己的个人魔力。这一可能性未被证实但却在与日俱增，因为她的个人权力轻而易举地迫使那个在地上爬的人继续保持家养动物的滑稽姿势。对于沉睡的肉体，对于后来的羞怯，她都懵懂无知，羞怯促使她骄傲的外壳变得更加坚固。十三岁上，初临的月经竟敢难以置信地将那么多双巧手精心护理的冰清玉洁糟蹋上好几天。但是从外表来看，她的外壳是如此坚硬，以至于她那仿佛拒人于千里之外的冷漠的黑眼珠可以对敢于天真地与她对视的人极为有效地施以毒眼。

强烈的孤独感导致她超乎常人，因为对她来说很不幸的是，她缺少仙女们作为额外（而本质）的礼物每每放在富豪之家的蝌蚪—女的摇篮中的那种傻甜的蠢劲。蝌蚪女紧紧地遵从自己的蝌蚪性，终身保持粉色蕾丝花边的孩提时代的感情幼稚。她们带着婴儿时的傻模傻样度过人生的不同阶段，轻轻地抓住她们的资产之奶，温吞吞地吮，傻呵呵地笑，娇滴滴地学说话，尿片从巴黎世家换成纪梵希[1]，分不清内心空虚和北海游轮（她们真傻，不去专游地中海）上需要吃一片晕船药两者之间有什么区别。

她缺少那股蠢劲儿。尽管一切都在尽力使她扭曲变形，使她在女性财富缓慢分泌的黏液里迷失自我，但那都没有得逞。于是她有了一种莫名的需要，她需要了解一点周围的事情，四肢爬地之人的影子背后的事情，她的骄傲的角质包装后面的事情。因为她只能拥有试验性的欲望，于是她开始致力于试验活动。

而这便是她数不清的追求者孔雀开屏的时刻。社交亮相的仪式上，她精雕细琢地化妆，风度翩翩地向世界展示自己，穿上长裙而被宣布为名媛。此时此刻令她陶醉的烈酒又与童年之酒略为不同，因为现在整座严肃的城市都成了她的仆人。从那个时刻开始，不光能指望娶到她的人，还有永远不能指望娶到她的人；不光有指望者的母亲，还有没指望者的母亲，还有有朝一日可以指望成为有指望者的朋友的人；总之，整座城市，整个系统齐声宣布她美妙倾城，令人神往。

最有钱的女继承人的金色传奇就是这样慢慢形成的。和其他不那么重要的传奇不同，为了打造这一传奇，说在她的成人仪式上每个人吃了几勺几勺鱼子酱，或者说来了一千五百位

1　巴黎世家和纪梵希都是法国时装名牌，其中巴黎世家的创始人是来自西班牙的巴斯克人。——译者注

客人，或者说父亲在每位客人身上花了多少多少银子供他们尽兴地吃喝，或者说她获得的礼物包括这样那样的首饰，这样那样的钻石或绿宝石（诸如此类的珠宝首饰对一个刚成年的小姑娘来说绝对是不合适的，只有她与众不同的继承人地位才能解释这一切），总之，为了打造金色传奇，仅仅说所有这一切是不够的。在添油加醋、美乎其美的传闻之上，人们甚至发明了另一种更加重要、更加难得的神乎其神的传奇。此处说的是被神化的人物本身。尽管这神话传奇的真实基础只能是父亲的经济实力，传播神话的人们却还是真诚地相信，她的声名完全独立于金钱、矿山这类东西，她的传奇指涉的是蕙质兰心、善睐明眸、嫋嫋腰肢、庄严仪态、精雅风姿、不泯童心、超凡脱俗……这一类玩意儿。

于是她从蝌蚪成了正在蜕变的仙女。她不但日胜一日地体态窈窕，胸脯丰隆，修腿亭亭，也学会了优雅从容地抽烟（这些变化也发生在永远无力抛弃其两栖类幼虫生存方式的傻甜的伪公主们身上），而且她本质性的、决定性的胆怯也经历了最激烈的变化。

因为，当这位黄金女孩厌倦了她高贵欲望的实验性满足的时候，她躲在自己的硬壳里能做什么呢？她做梦，她想象。梦中有肉体的汁液开花，那是她所不熟悉的。梦不如欲望有实验性，因为它不能附带地再次证实，对于那些众星捧月地伺候她，努力保持她的全能谵妄的人们，她可以招之即来，挥之即去。梦可以天马行空，而没有一个梦比白日梦更加无拘无束。并不缺席的智力在白日梦里有效地引导着想象力超越那显得永不枯竭但又有些单调的现实。

这就有问题了。这也不是第一次。女人的本性就有问题。但是这个女人身上出现的是另一种程度的问题。梦的主要功能（我们说的是聪明的梦）是替代现实之不足，而现实在我们的假定中必然是艰难的，它与我们作对，努力抵制我们的冲动，削弱做梦者的倾向，可是现在出现的问题是——就像读者已经轻易猜到的那样——如果那个人，我们假定她周围的环境不和她作对，每一部分现实，每一部分生命的现实，都只不过是她本能延长的触须，欲望的激烈姿态不可能存在，就像位于万有引力之外的卫星不可能有费力的动作一样，那么在这个人的生活中，梦应该起什么作用呢？如果在一种所有欲望都被全面照顾、全部满足的现实中没有什么缺陷需要被纠正弥补，那么嬗变发生之前的粉红色的少女，她会梦见什么呢？她或许会梦见，她是一个穷孩子，在圣诞之夜从火柴盒里一根接着一根掏出火柴擦亮取暖，火柴一根接着一根熄灭。她将梦见海盗追逐她，一旦被俘，她必须为百般辱骂她的海盗船长洗脚。她或许会梦见自己走在一条漫长的路上，乱石荦确，一路坎壈，而她又赤脚行走；道路拐弯之后，还是同样的畏途，而她却必须一直走呀走走到天尽头。如此这般，在她的想象力的努力下，她将弥补童年的不足，她将获得一种既不稳定也不充足但也算差强人意的内心平衡。

她在世人面前亮相并一变而为传奇，这是她被宣布为成人也是她被封神的时刻。平生第一次，她的欲望不再是实验性的了。表达欲望和实现欲望不再可以画等号了。过去她开口说

"我要一个玩偶"，现实马上答应"喏，给你一个玩偶"。现在这已经不够了。相反，现实对她大献殷勤，提出一个不同寻常的脚本："你是神。"可是她还没有完全感觉到自己是神，因为她过去实现欲望的方程，玩耍，按铃，吼叫，说"我要你在地上爬"，试穿新衣，等等，还不能与传奇所宣称的她的神性相对应。平生第一次，神性抢在了欲望的前头，走到了一个超出她的想象力所能抵达的境界。表达神性的消极方程只能是"神性等于**被崇拜**"。于是，她最终决定要被崇拜了。为此，她不得不再迈出一步，甚至不得不抛头露面，因为她在家里的全能高度根本不能确保未来的崇拜现实。这现实后来是被事实完全满足了的。就是在那个时候，她才准备接受无数男人对她大献殷勤。她被视若神明主要是在他们的眼里，也是因为他们虚假的兴趣。

突然之间，她生活的重心轴被放大了，她不再梦见自己是被海盗追逐的小姑娘，或者是快要冻僵的穷孩子，或者是饥渴得精疲力竭的朝圣者。无论她的动机丛[1]多么虚幻，平生第一次，她有了一个未能满足的欲望，一种不带实验性的需求。该需求是毕尔巴鄂全体人民所暗示的她的自我形象的结果。尽管她出身平民，并非贵族，毕尔巴鄂人却有本事造神，因为他们想要努力比肩于像法兰西和西班牙等贵族更多的民族；后者有

1　丛（constelación）是认知心理学的概念，指共同主题的一组观念或联系。——译者注

法兰西贵族、西班牙大公、迷人的阿尔瓦女公爵们[1]、迷人的格蕾丝·凯利[2]们。

于是她经历了一个痛苦焦虑的时刻：她真的如传奇所希望的那样被崇拜吗？自然，她是被崇拜的。考虑到她成长和生活的世界的法则，她必定要被崇拜。这些法则充满了内古里的精英小圈子，占据了带有盎格鲁–撒克逊风格的超大客厅的豪宅，又从那里开始充斥全城的芸芸众生：那些臣服于她父亲罗马执政官似的异化统治、从事工商业的社会各界人员，他们（总是由衷佩服别人的）笑吟吟的妻子，还有这些温驯夫妻生下的被（母亲）教得很明智的子女。

但是她过去一直没有意识到这种必然性，有那么一刻（这一刻延续了几年，贯穿她整个火花四射的变形过程），她在谨慎的小绅士们的行为中看到的是自由的轨迹，决定后者的是发自她自身的个人素质，而不是诸如此类的天体运行在其中被勾勒的社会宇宙的严格结构。这些自由轨迹表现出崇拜的形式，也因此证明具有神圣品质的是她本人，而不是她的姓氏、她的金钱或者招待客人时适时端上的丰盛的鱼子酱。

因此，当她后来夜不成寐的时候，当那种虚拟性的崇拜早已失去了所有的魔力并被她的理智分析打回到原形的时候，仿佛是一种习惯，仿佛是一种多年之前染上但实际上已经不能再

1　阿尔瓦家族号称贵族中的贵族。因戈雅的肖像画而留名后世的十三世阿尔瓦女公爵大概是最有名的一位。——译者注

2　格蕾丝·凯利（1929—1982），美国演员，后为摩纳哥王妃。——译者注

给我们带来快感的恶习（我们做出努力，以为可以戒掉这一恶习，但我们却继续就范），仿佛是一种明知虚假却还是能给我们安慰的安慰，仿佛受伤的士兵，明知母亲不会来，明知再怎么有心灵感应母亲也听不到，他却高声叫喊"妈呀，妈呀"，而她，她也必须这样减轻焦虑。那时她刚开始意识到焦虑的来源；她借助那一长串幽灵般的伪崇拜者获得安慰。他们在她的绣枕前俯首折腰，笑容可掬，再次听到她含嘲带讽拒绝的哈哈大笑之后便撤至他们的中产阶级家里，退到他们明媒正娶的妻子的怀抱。他们追求她只是要试试运气，就像兜里有闲钱买一张彩票试试手气一样。妻子们不如她，相对而言既不显赫也不张扬，但是她们在经济上能带来好处，在基因上能成为笃信基督的好母亲。

　　赢得万民瞩目顶礼膜拜的欲望在她作为女神的日子里爆发，这使她感到自己还活在世上。童年时期习惯了的虽真实却不属于自己的权力转变为这一虚假但显然属于自己的权力。从骄傲到虚荣的飞跃就此完成。她学会了惊世骇俗地寻欢作乐，学会了情愿的时候允许开屏的孔雀羽毛蹭到她身上，给她那种凉飕飕的感觉。然后，一切停止。她的蜕变终于完成。

　　在她狂热而虚荣地享乐的那段时光里，她的智力达到了注定要达到的高度，她有毒的口津，通过化学而非物理方式，通过融化或腐烂，终于撕破了如此温柔地束缚她的茧丝。一只成虫脱茧而出；脑袋向外一探，她感到了世界的寒意并立即明白自己只剩下玩世不恭这一层庇护可以用来取暖。

于是她不得不开始问本质性的问题：我喜欢什么？我不喜欢什么？

于是她开始通过这一新的视角来研究她的肉体、她的灵魂和她的金钱的潜力。

第五章　新朋友

"我觉得他们真搞笑。有时候我甚至怀疑他们心口不一。他们说啊说的说个没完，到头来却生气了。真滑稽。"

"来，躺下睡一会儿吧！"

火车慢得感觉不到它在爬。最恼火的是哐当哐当的噪音。脑袋靠着靠背，结果脖子酸疼。她又开口了。

"你不该把我当小孩。我有自己的想法。"

"当然。谁又说不是了呢？尽量睡吧。明天我们会玩得很开心的。"

"你看豪尔赫会来吗？"

"我不知道。我觉得不太会。"

"来，你试着睡一会儿吧。"

她闭上眼睛，他们再次陷入沉默。他仔细打量她，然后回头看向窗外。远方有玫瑰色红光。头戴圆冠的黑魆魆的松树快速闪过。稀疏矮小的松林中有一间带现代气息的小屋。一块、两块、三块花岗岩圆石出人意料地静卧在平原中央。母鸡们一定还在肮脏的鸡笼里栖息。现在火车走下坡路，快得仿佛到了外国。

包厢门打开了，进来一位滑雪打扮的年轻人。他穿一件红黑相间的毛衣，毛衣上印着一只很大的鹿或者只是带角的鹿头。他似乎就要哈哈大笑起来。他用敏锐的质询的目光看了看他们。他的唇角紧绷起来上下移动。终于，他笑出声来并像玩捉迷藏的孩子那样探头望望车厢过道。过道上空无一人。然后他笑着坐下来：

"我把他们甩掉了……"他用串通一气的眼光看了看那另一个男人。

"滑雪吗？"

"哪里啊！雪早没了。今年冬天太闹心。我们简直没开张。"

这刚进来的家伙以为他是自己也是周围的人永不枯竭的幸福源泉。

"您这么问是因为我的毛衣，对吧？看着确实像那么回事。可是我没有别的衣服，"他又笑了，"必须付清设备的钱。您不知道它花了我多少钱？我是不是打扰小姐了？"

小姐睁开眼睛说道：

"没有。不打扰。我睡不着。"

"当然。睡觉是个错误。越睡越困。我从来不睡。我是说，在火车上。我去看看。"

他又站起来朝过道张望，又尖声吹了一声口哨。他吹口哨像牧羊人那样让气流从牙齿和舌头间通过。然后他大步流星地在过道上一路跑起来。他的肩膀也一路撞着墙壁，仿佛车厢的哐当哐当都是他引起的。

"总算走了。那家伙是谁啊？我还以为他赖着不走了呢！

你觉得他有权在早上五点钟就这么活蹦乱跳吗？"

"小伙子挺友好。"

"头脑简单的家伙。那些长长的鹿角让他看起来像个假冒冠军。我敢肯定他甚至不会滑雪。"

"他不是对你说了嘛，没下雪。"

"那家伙喜欢的是在他该死的家乡大街上穿个鹿衣瞎逛，回家爬楼梯时用靴子弄出很大的响声，唯恐人家听不到。这种人！"

玫瑰色的光已经渐渐显得真实。松树的树冠不再是黑乎乎的圆球，变成了苔绿色，树干却显得更细。

出现了一只山羊。它站在一块浑圆的花岗岩石上，目不转睛地看着火车通过。那堆石头，从宇宙洪荒直到无尽的末日，永远都长不出一根草。

"你看那只山羊。它是不是自以为是个人物？这个国家人人都以为自己是个人物。"

"让我想起豪尔赫。"

"山羊吗？"

"不，怎么会，那个……滑雪者。挺好看。"

"你一直说不觉得豪尔赫好看。"

"那是因为他让人想到的不是好看。"

"那是什么呢？"

"是有魅力。"

火车毫不费劲地停了下来。三个头戴黑贝雷帽的男人站在月台上。他们带着无动于衷的好奇看着列车。稍远处，一位小伙子在抽着烟斗。他把帽舌压得很低，围着一方红色的围巾。他恭敬得体地咳嗽，仿佛知道有人在看他似的。每咳嗽完一阵，他就立起身来，目光无精打采地掠过列车。然后他再次低头咳嗽。火车启动时，他停止咳嗽，看了它一会儿。

火车慢悠悠地爬坡。这里不再有松树，却多了许多浑圆的花岗岩。又出现一只山羊，是前面那只山羊的孪生姐妹，它一动不动地看着火车经过，肃穆得如一位埃及女王。

"你注意到山羊的眼睛没有？目光里似乎藏着仇恨。你不信吗？你喜欢山羊吗？"

她不回答。现在她正努力修补夜晚在她脸上留下的浩劫。她原来的紫唇与清晨的玫瑰色不般配。她试图用手帕把唇膏擦掉。

"你为什么不到盥洗室去呢？有热水，你可以洗啊。我去过的。"

"我懒得去……你肯定旅馆里有洗手间？"

"他们是这么告诉我的。"

"要是没有，我就惨了。还玩什么玩！我就上床睡觉。让你们自己想办法。"

"如今的小年轻！"

"小年轻怎么你了？小年轻就该加快步伐赶紧老吗？有这个道理吗？我都要长皱纹了。"

"你来是因为你自己想来，不是吗？现在别跟我来这一……"

她继续打扮自己。手帕上留下越来越多的仙客来颜色的油膏和炭斑的混合物。她拿椭圆小镜照照眼睛，但是没有画眉。

然后她再次用心描唇。光洁的淡粉色嘴唇一点点显出来，嘴比前一天下午描过的更小更紧凑。看着这么一张小嘴，画得干干净净，上唇的弧度也很明显，她轻轻叹了口气。她接着继续描唇，这次用淡红色，把嘴描得更大一些。列车持续有节奏却又不可预测地运动。动得更快或更出人意料的时候，她被迫停下来，手举着化妆油笔稍稍移开嘴唇一些。她嘟着嘴，嘴唇显得更厚，仿佛无声的亲吻。

"你看，日出时大自然是怎样的变化多端。日出难得看到。要好好享受美景。清晨时，色调偏向粉红。黄昏时，光线偏向紫色。早上时，却偏向红色。你知道为什么吗？已经有人研究过了，是物理规律……可好奇的是，虽然那是物理规律，它给人的感觉却又是那么自然！你看色调怎样一点点变化，跨越了那么丰富的一个色谱，然而颜色和颜色之间又总是那么合拍，那么协调，没有什么不对的地方。大自然真神奇。没有一位画家可以……那一定是因为照亮万物的是同一种光明，岩石的灰，草木的绿，山羊的黑，大地的土。同样的光明照亮它们，随着光色逐渐变化，万物也在其细微的色调差异的范围内和谐地变化……"

"你觉得他会在那里吗？"

"谁？"

"别装傻了。"

"他说他会来。别的我就不知道了。"

他把双手插在裤袋里，站在车窗前。从此刻起，他一直凝视着窗外不确定的一个点，这个点沿着与火车平行的方向在空间中移动，和火车一样快。

"不知我是否唐突，"那拥有鹿头毛衣的乐天派说道，"我想到小姐可能会冷。这可以让她暖和一点。"他说着伸过来一个装白兰地的宽扁酒瓶。

"不……"巴勃罗做出一个谢绝的手势，"谢谢，但……"

"多谢。"她说道，一边将刚刚涂好的新的唇色印在那干净的酒瓶口上，一边不怎么费劲地身体后仰，露出修长而白皙的脖子。

第四部　燃焼

第一章 关于巫魔夜会[1]的废话

穆吉科夫[2]：我也来了为什么不呢道经第聂伯罗彼得罗夫斯克[3]从犹太圣地而来那里的彼得鲁斯基–彼得拉斯基拉比们被理解为已经获得政治启蒙而在这里他们被辩证地恶意误解就像埃斯特拉[4]的遣返者们或许在纳瓦拉最后一户卡洛斯派人家的屋里举行黑弥撒和巫魔夜会把黑色的蛤蟆和棕黄色的猫弄死熬汤喝

---

1 西班牙语中的"巫魔夜会"（aquelarre）一词来自巴斯克语，原意为"公山羊的草地"。巴斯克族的西班牙作家皮奥·巴罗哈的小说《乌尔杜庇的贵小姐》讲巫术和猎巫故事，其中有若干章节言简意赅地分析巫术起源和巫术为什么在巴斯克地区盛行。故事见《巴罗哈小说散文选》（漓江出版社，2017年）。巴罗哈的外甥，著名人类学家胡里奥·卡罗·巴罗哈的《女巫及其世界》（Las brujas y su mundo）相当于一部世界巫术史，其中着重关注巴斯克地区的巫术活动。有兴趣的读者还可以关注和巴斯克巫术有关的电影，如《巫魔夜会》（Aquelarre，1983）、《苏镇巫女》（Las brujas de Zugarramurdi，2013）、《巫魔夜会》（Aquelarre，2020）。——译者注

2 穆吉克（mujik）是俄语"农民"的意思。作者加上一个典型的斯拉夫人名词尾就成了穆吉科夫（Mujikoff）。——译者注

3 第聂伯罗彼得罗夫斯克是乌克兰第聂伯罗河边的一个城市，也是所在省份的名字。2016年以后该城市改名第聂伯罗。当地曾有很高比例的犹太人口。——译者注

4 埃斯特拉在今纳瓦拉自治区，曾是贯穿19世纪的卡洛斯王位战争卡洛斯派的大本营。——译者注

越过一群偶像在金色背景里高高在上的神圣的安慰者安详的目光大放光彩他令人安慰的话语用西里尔字母写成这文字只有蓝色师团[1]优秀的志愿兵后人能够清楚地回忆起来他们也记得在那个天堂里少女们躺在一起辫子互相缠绕她们尚未被那从东方喷薄而出的太阳照亮太阳如此明亮如此清晰解释每一个现象并为之找到原因多亏这些现象历史通过对立统一的扬弃而步步上升到新的高度而生命随着毫无生命气息的古老废墟的国度或大山的王国而被一步步引向一个极端在那里一切都清晰明了但是她们仍然不懂因为每年在那个伟大的雪国印刷的120000000000册书籍她们一本也不曾读过第三精神罗马[2]使这种事情完全不可能发生我也来了为什么不呢我也希望理解它作为被迫长期背井离乡之人我并不开心作为那次迁徙散居的正宗后代[3]我回来了共青团的清教作风确实令我厌倦被赋予不同性别符号却接受同一种洗脑的肉体之间的合法爱国接触令我厌倦。祖国啊，我看到我祖国的断垣残壁[4]……

1　蓝色师团（Blaudivision），佛朗哥派往苏德战争东线协助德军的西班牙志愿军，先后共有四万五千多人在该师团服役。——译者注

2　第三罗马指莫斯科，第三精神罗马是作家自己的说法。——译者注

3　西班牙内战期间共和派把三万七千多名孩子转移到国外，其中有三千左右到了苏联，那些人被叫作俄罗斯孩子。这里所指的也可能是蓝色师团的后人。因为佛朗哥时期的西班牙和苏联没有外交关系，被苏军俘虏的蓝色师团士兵在斯大林死后才被遣返回国，人数不到四百。——译者注

4　"我看到我祖国的断垣残壁"是克维多一首十一音节的十四行诗里的诗句。祖国的断垣残壁在诗中是年老体衰的隐喻。——译者注

阿米戈夫[1]：缺乏分析就不必固执地非要去领会眼前这样的现象它之所以可能发生完全是因为所谓的"未体验的心理部分"的黑暗力量的发散这部分心理是无—潜意识是幽冥发动机其中大自然的直接繁殖以势不可当的萌芽之力囊括千姿万态的淫情萌动那些淫不自禁之动难以转移到光天化日的标准之下它们更喜欢像林中小虫本土式交媾时那样在暗处被挖掘被亲吻在坚硬的岩石的隔膜里在潮湿的地下在类似腋毛的苔藓中在未经交媾的女人们粗厚的拉加尔特拉[2]裙子里裙子裹紧大腿上面叠加厚布三百层，蕾丝花边，麦斯林纱布，裙撑，鲸骨裙衬，丘吉尔铁幕，石棉膜，被套，黑皮裤，背带裤，橡胶束腰，晃人眼睛的连体内衣（gaine-soutien-gorge-culotte），凌乱的毛发，贴身内衣（maillot de corps），网格长筒袜，网格肚兜，贞操带，带刺十字锁，豪猪，笨笨地有吸引力的低级动物，蜘蛛，蜘蛛—螳螂，合掌螳螂，油污修车铺里的章鱼，泡泡纱，下垂的无袖短衣，背景幕布，喉底甜丝丝尖叫求保护两手挥不停啊呀不要这样乔其纱（georgette）一碰就欲火冲天似触电的真丝宽大的无花果叶子葡萄叶更好尚未克罗马农、仍然尼安德特时代的岩洞中的熊皮更加古老，羞—羞—羞—羞—耻—耻—耻—耻，睡着了却几乎醒着，说梦中—被强暴更好，我的眼睛再不

1　阿米戈（amigo）是西班牙语"朋友"的意思。作者加上一个典型的斯拉夫人名词尾就成了阿米戈夫（Amigoff）。——译者注

2　拉加尔特拉是托莱多附近的一个地方，历史上以刺绣、蕾丝花边等女红闻名。——译者注

能见[1]，你们永远不要承认，不管永远不永远吧，不要说被保护得如此安稳无虞的宝贝永远不可能产生超我式压抑的牺牲品不要说永远不可能摄入内心的父母形象在超我压抑中乐于使女儿们的力比多的自然之路扭曲，复杂，绕圈，畸形，倒错，为自己的优势而骄傲的父母从摇篮开始就逆向占有她们她们就这样被毁掉了于是也就感觉不到光天化日之下不带冷漠外表不须做作费劲物种的自然之流就可以正常延续像预期的那样谁都觉得应该如此即便有一位自然学家从外星球来研究一个雌雄有别的物种的自然行为他也不会觉得这有什么不对只有该物种有意识这一事实才能点出它无法解释的来自虚空的病理之结五花八门的趋势凭此虚空得以实现但诸如此类的想象却永远不会被彻底坦白承认。[2]

穆吉科夫：并非如此，而是附带而来的、与分配不均有关的种种异化，被剥夺的阶级逆来顺受却意识不到异化已被深植于其阶级—存在之内并使其无法认识到，那种功能就像其他功

1　"我的眼睛再不能见"是一行八音节诗，见于作曲家、比韦拉琴演奏家埃斯特万·达萨（1537—1596）的歌曲《我的眼睛再不能见》。——译者注

2　这一段里作者自造的词和表达法如下：未体验的心理部分（parte-psíquica-no-vivida），无—潜意识（in-subconsciente），丘吉尔铁幕（churchitíneo telón-de-acero），蜘蛛—螳螂（araña-mantis），合掌螳螂（mantis-religo-mantínea），尚未克罗马农（todavía-cromañón-no），仍然尼安德特（aún-neandertaloide），羞—羞—羞—羞—耻—耻—耻—耻（pu-pu-pu-pu-dor-dor-dor-dor）。——译者注

能一样，是雄性—男公民和雌性—男公民[1]行使的功能的一部分，后者不应是被占有之物，不应出卖其运用会阴部肌肉的劳动力，被异化的她在床上报酬低廉，走的是另一条给定的非法之路，她那个阶级的女儿们，沉沦的受难的愚氓无产女与她们的愚氓无产男几乎没有什么谈话交流因为他们起早贪黑每日工作勉强糊口时间被非法剥夺占有因为他们能领取到的只是为保命和保证生物繁殖所必需的残茶剩饭所以说他们不必在功能性—性生活上努力而只需偶尔为之只要使营养不良的大肚子将面黄肌瘦者抛入劳动市场就已经足矣只要后者手里可以拿得动一件工具并做出某些动作以换取微薄报酬就已经足矣可是这些动作本来能够以另一种方式拥有祖国表面的物质材料。这些，法维奥，唉！好痛苦啊……[2]

阿米戈夫：于是，那激活一切心理机制的原始力量受压迫而躺平，压迫它的禁忌不但来自司法、宗教、社会、风俗指令所规定的外在法则，而且这些法则被内在化成为其思维机器中的压抑机制，于是它终于产生一个心理高压锅（权且这么说），在有利环境的作用之下，产生不可避免的爆炸，形成了

---

1 西班牙文"公民"一词有阴性（ciudadana）和阳性（ciudadano）之分，但是作者在这里只用了阳性，应该是故意的，所以译成如此。——译者注

2 "这些，法维奥，唉！好痛苦啊"是《意大利卡废墟颂》第一行诗的前半句。这一段里作者自造的词和表达如下：阶级—存在（ser-clase），雄性—男公民（ciudadano-hombre），雌性—男公民（ciudadano-hembra），功能性—性生活（funcional-sexual）。——译者注

这种可怕的现象，而腌制这种可怕现象的调料是西方文化整个演变过程中一路留在历史洪流的沉淀、淤泥和水藻之中的全部面目可憎的渣滓。从这里承载它的工具既有口头传统也有我们称之为心理依赖关系的非语言叙述，从母亲到女儿，从母亲到女儿，从母亲到女儿，一代又一代，有时候是隔代传承，从奶奶到孙女，从母亲到曾孙女，从高祖母到女儿，隔代传承偏爱的是年龄特征在鼻子—下巴—胡髭—缺牙—嘴—母鸡屁股的整体性中的漫画式夸张，偏爱的是闭门症在尚未死心之人身上产生的恼怒。闭门症意味着无情的变形，成为一个虽仍拥有过去所曾拥有而如今已颓废的性别属性却根本无性的实体。她虽未得到满足但还能不无满意地看到，性生活在那规定了影响之方向和上述性欲残余的传承方向的二项式之第二项的小伙伴身上如花开放。[1]

穆吉科夫：不能辩证地表达她们的需要，缺乏自身异化的历史意识，以身说法地默认有产（posidente）阶级对她们的占有，从历史主体变为历史客体，她们被带到像我们正在观照的这些现象里来，这类现象给予被剥夺一切的老百姓一种笨拙的安慰，就像我们在古罗马看到搏斗本领不怎么高强的角斗士在民众的要求之下心甘情愿地送死，或者在长征之前的中国自愿

1　这一段里作者自造的词和表达法如下：心理高压锅（alta-tensión-en-la-caldera-psíquica），鼻子—下巴—胡髭—缺牙—嘴—母鸡屁股（nariz-mentón-florescencia-pilosa-dientes-caídos-boca-culo-de-gallina）。——译者注

处理掉牺牲掉性别上被标为女婴的孩子以避免消费人口的过度增长因为无力做到可供消费财物生产的必要增长因为被推向极致的伐林拓土工作当时已经产生了谷地山坡反自然的水土流失使滔滔黄河裹挟滚滚泥沙在三角洲地区引起死伤无算的泛滥，或者像萨摩亚岛上那样一妻多夫作为制度被确立下来这样繁殖行为的次数就自动受到限制，或者也像世纪末的巴黎那样多余的女人被带到招摇抢眼的妓院（maisons closes）并为软骨发育不全（骨骼发育异常）的画家们做模特，在封建社会解体而资产阶级的生产机器尚未尘埃落定甚至在资本主义发起其原始积累之前的这么一个特殊阶段的多余的女人也是这样，工厂还不存在，廉价劳动力还不需要，可能的男性劳动力（社会真空的牺牲品，贫瘠的专制君主政体的产物）或投身茫茫大海，或出家隐修，或托钵化缘，而被抛弃在死气沉沉的村镇里的女人们心甘情愿地接受与地狱合谋，接受与几乎不算真实的对象想象地交媾，其中也许有利用她们的仆役人员或者寺院僧尼（对这一点我还不能肯定），她们驾驶着尚未诞生的航空工业因缺乏所需器具和程度足够的轻量合金而尚未能够开始生产的飞行器，做空中旅行，前去相会。"纵使化为尘，尘中亦有爱之恨……"[1]

阿米戈夫：女性有倒错和形态多变的潜力，更接近孩子所代

1　克维多一首著名的十四行诗的最后一句，也见第二部第三章《阿古斯丁的结晶》。——译者注

表的原型，她进化不如男性充分，男人是人类的船首像，他的阴核更大，有胡子喉结股骨肌肉大脑，鼻子有某物的可耻特征，而女性只要极其简单地被诱惑者那么轻轻一推就会退化，他俯身把她当作一团可塑的泥巴来捏，满足他的虐待狂欲望，他甚至幻想自己可以和统治男性的造物主媲美，可以和那以自己形象造出大千世界的上帝平起平坐，他把女性造为一个新的存在，一个占有物，而他总是固执地充当动物性遭遇中的积极主体，被那无法解释的心理物质之肿瘤所引导，在这心理肿瘤里，一种想象的生活赋予他不真实的强烈快感，但是有时候他也能快感成真，就这样，他使可塑的、富有想象力的、不满足的女性身上爆出形形色色的倒错之烟花，而被像炮仗一样点燃而天花乱坠的女性或将以为她在通过舐肛（anilingus）、口交（fellatio）、嗜粪癖、自恋癖（narcissismus）、嗜痛癖而活生生地创造优美的佛罗伦萨艺术呢，她也许会梦见自己在黑暗的空中飞行，蝙蝠远远地跟在身后，蝙蝠触觉灵敏，皮层重叠，令人联想到她的器官。

钩虫：从这里去往痛苦之城，

　　　　从这里有愚昧的人群同行，

　　　　从这里走向骄傲的公山羊。[1]

1　"由我进入愁苦之城，／由我进入永劫之苦，／由我进入万劫不复的人群中。"《神曲·地狱篇》第三章，田德望译本。这一用典由本书编者指出。——译者注

阿格达：先生们，我出生在卡斯蒂利亚的莱昂这个地方。我初见天光的村子和周围村镇相比并不因为其饶有钱财、庄稼多产或户室丰实而突出，它唯一的不同之处也许是有一条弯弯小溪缓缓绕村而过，流水滋养四五十棵高大的杨树，给四邻八舍可怜的菜园带来一片绿意，我的邻居们从菜园里几乎得不到任何收益，只能为餐桌薄添一些果蔬。我的父亲是村里高明的兽医，村子名字呢，直接说了吧，就叫花村，所在地区叫作阿尔穆尼亚。我的母亲取了十字路上帮助过我主基督的一个圣女的名字，我是说，她叫贝罗妮卡，这个名字听起来冠冕堂皇，尤其是自从一位电影演员[1]成功给它带来新的光芒以来，这位演员秀丽的金发又顺又长，非常难得，和其同名人一样，我的意思是指我的母亲，区别在于我母亲的头发规规矩矩梳成一个紧紧的发髻，不像那不知羞耻的演员那样让头发垂下来遮住一只眼睛。我母亲的头发我只有在定点的梳头时刻才能见识其全部辉煌，黄金瀑布在我伯母保拉手里先是渐渐变成辫子河流，继而在后脑勺上盘成小小的发髻小心翼翼地固定在头上。我无法像我希望的那样每天看到这一套动作过程，因为铁链的长度妨碍了我，为了不闯祸我必须被拴住，铁链只许我在家里一片

1　这里指的是美国演员贝罗妮卡·莱克（Veronica Lake，从英语翻译通常作维罗妮卡·莱克，1922—1973）。她的经典银幕形象是所谓"蛇蝎美人"或"致命的女人"，具体说，她的标志性躲猫猫发型是让金发遮住一只眼睛。这种发型引来美国女人竞相模仿，风行一时。二战期间，美国女性从事战时工业的各种生产劳动，不少女工在车间工作时因长发而发生事故。在1944年的一部电影里，莱克改掉了自己的招牌发型，鼓励女工采用安全实用的发型。——译者注

非常有限的地面上爬动，我既够不到街门也够不到灶火，我被这么拴住的时候，母亲就到那教书匠家里去，妯娌二人在那里互相为对方梳头。只有某些时候，出于某种偶然或者我无力揣摩的别的隐秘原因，好人德梅特里奥斯那可敬的妻子，才到我们更为简陋的家里来，只有那些时候我才能目瞪口呆地见识那华丽的梳头仪式并为自己那三四根黑不溜秋臭烘烘的头发而感到羞耻，如果说我还能羞耻的话。大多数时候没有这出好戏可看，我的日子单调而悲伤地流走，因为我天生缺乏和她讲话的禀赋，我和那梳头戏演员兼亲爱的狱卒的对话在我这方面只剩下沙哑的嗯嗯啊啊，尽管也伴随着我这双湿润而呆滞的眼睛里射出的闪电一样的目光。在她那方面呢，她对我的目光报以浅吟低唱似的万般温柔的絮语，我总是为难以明白她无疑的善意和慈悲而痛苦。然而，有时候我觉得那个为我催眠的声音在直接和我说话，有时候却又觉得它更像在表达母亲聊以自慰的心思，她的声音陪伴在我耳边，我能感觉到自己是她的女儿，虽然我从来不能像别人家的女儿一样以那种完全和彻底的方式把未经同意便将她们抛入尘世、同样也是女人的那些人当作母亲，不但敬重她们，甚至热爱她们。于是我只能在冥冥之中感觉，我的感官在我心灵的全部和每一项机能上都很迟钝，我的机体的低位区域一直泡在不断地从我自身一滴滴溢出的灼人的烈酒之中。我愚蠢地坚持自己的观念——如果我混乱的思绪也能是观念的话——原因不是别的，只能是我母亲不再爱我，无论手把手教我，比平常更大声地吼我，还是打我屁股，或者拧我，她都没有找到正确方法使我理解肌肉如何收缩和放松，后者使得与我同龄的女孩们能保持必要的干燥，比我干净。而这个倒霉的想法像螺丝一样拧在我的太阳穴上，终于变成了固执和罪孽的犯罪心理。在它的阴影之下，一种厌恶或黑色的怨恨之心渐渐生长，从我发炎部位的灼痛中吸收营养。就是在那个时候我开始咬我母亲，我利用和玩伴们一样发育良好的犬牙（我的玩伴像我一样不会说话但比我更加温和），一看母亲因为不小心或者对我示爱而靠近我，我就咬她的肉。我四个爪子乱爬，或者笨手笨脚地抓着绷紧的铁链伸直身体，脑袋钻到她的衬裙底下，咬她的腿肚子，咬她白花花的大腿根部。她的裙子下面浅灰色的长筒袜有羊毛或尘土的不好闻的味道。我母亲的脸可好看了，她痛得一脸扭曲，还带着满心的焦虑和疑问。那半是因为怒火，半是因为对自己肚皮果实的盲目之爱。只要我还是个虽令人不安、手脚乱动但却不会伤人的温柔玩物，一头秀发的她就会不知疲倦地保持友好态度，含笑凝睇，同时口里的甜言蜜语像一支长歌落到我的耳边，我虽然听不懂，却能感到它热烈如同我屁股蛋上的一块热面包。但是当我被潮湿发炎所害而变成了一头龇牙咧嘴的小猛兽时，她便束手无策了，不知道作为母亲该如何继续将上天所赐的孩子举上天去。一开始她执着而温柔，试图以搂抱和爱抚使我平息下来，一边寻思她举手投足有什么地方可能伤害了我或者忽视了我，可是在抚慰我的同时她的胳膊送到了我的嘴边，于是我就乐滋滋地咬她。于是她开始从远处打量我，试着对我唱新的母爱之歌，那呢喃声我后来很长时间里都能听到。她凝望着我，目光渐渐深刻，眼圈渐渐黯淡。夜里我睡着的时候，她一个钟头接着一个钟头地抚摩我，试图驯服占据我内心的野兽。只有到了更后来，她才开始打我。我咬住她，牙齿拼命把她的大腿当成猎物紧紧叼在嘴里，非要把那块肉从她身上撕下来不可，她终于打我了，这是第一次。她先是缩手缩脚地有点怕，等着看我会做什么；看我会不会哭，可是我不知道怎么哭，我不会哭；看我会不会不再咬她；看我会不会至少把尖牙藏起来，可是我不愿意把它们藏进去。再后来她不停地打我，越打越狠，越打越狠，越打越狠，她的眼神变了，她的身体缩了，她的金发变成了干草的颜色。她不得不把我的锁链截短。后来把它拴到我的脖子上，不再拴到脚踝上了，因为头部才是我的仇恨的危险部分。我不可能再在屋子里爬了，我永远只有在我那个小小的角落被她揍了。但是我还咬，咬她握紧的手，咬她挥过来不用眼睛看却打得一天比一天准的棒子。她只好把锁链弄得更短，直到我咬紧的牙关碰到墙壁和夯实的脏泥地接触的小小角落。她把食物扔在那里，我也可以太太平平地吃我的饭而不必看到她，我身体的别的部位没有那么危险，所以就处在有光照到的地方，她可以在那里惩罚我的那些部位。她已经领悟自己的天命，所以她面对惩罚性的神秘保持一种虔诚的沉默，让棍子落到我四肢的每一部分上，直到我彻底消停并像玩累了游戏的小狗那样缩成一团，恢复我在她腹腔里长达七月之久的姿势。看到我这副样子，她觉得自己终于尽到了做母亲的义务，而教育培养我的艰难工作还将继续。她用手触摸了我一会儿，一边看我身上的生命之热是否已被死亡之寒所取代，一边心中希望那是她执行任务的最后一天，或者更确切地说，她强打精神盼着如此，尽管她自己明明知道永远不会如此，她的工作终其一生都不会完结，于是她一步步向保拉的家里走去，在那里，她的手指将陷入另一个人的秀发之中，而她的秀发也将愉快地感谢日日安抚她的另一个人的手指。

钩虫：多余的借口辞费滔滔

　　　反害了自己不打而招。

　　女人再怎么天花乱坠

　　　也不能说明自己不坏。[1]

　　阿古斯丁：假如有可能对宇宙间不平的痛苦的数量负责，我们就可以得出某种结论。我们可以表示不服或者到有关部门举行抗议。也许我们可以写一篇论文，囊括折磨各式各样的人类主体的形形色色的痛苦并将其分门别类。到时候我们或许可以修炼出一种至高无上的顺天安命境界，我们或许可以接近一种过去完成时态的太上之忘情，我们或许可以分发小册子，解释我们政治思想的根本缘由。不幸的是，情况并非如此。我们只能困惑地面对一堆混沌的生命物质，它发出的长吁短叹几乎难以辨认。那不过是一缕青烟，让我们能够大致了解被证实发生在这样一坨秽物里的内燃的强度。在难以形容的沧桑变迁之

1　"Excusatio non petita / accusatio manifesta. / Tota la parla que la fembra fala / non llega a decir que non est mala."这四句话中，前两句是拉丁文格言，后两句是多种罗曼斯语的混合。——译者注

中一直与人类形影相随的地狱观念显然源自日常现实所提供的简单的生活场景。除了观照含氧燃烧的结果和那杰出的神学家指头上偶然烫起的水泡，地狱之火不灭的观念还能从别的什么创伤中提取出来呢？如此对称地装饰魔鬼的两只角，除了从以兽性和滥交而出名的山羊身上，还能从别的什么动物身上派生出来呢？除了八月的打谷场，他们使用的单齿叉、多齿叉又能来自别的什么兵器库呢？但是这一切都不过是道具（atrezzo）和横幕。那基本思想，那痛苦无法安慰、无理可讲、望不到头的观念，产生于人类自身的每日流水生活中最亲密的经验。因此，为男人或（和）女人提供娱乐是一件好事。试试也好嘛。[1]

钩虫：不妨让我把这个地方的地理环境描述一番。地精（genius loci）将其残暴奴役强加到我们所有身不由己居住在**这里**的生灵头上。我不能在远处的**那边**，甚至也不能处于你所在的近在眼前的**那里**。我在这里，不可抗拒，分身术不被允许。我多么愿意想象一下自己身怀神通，出人意料地穿墙而过，毫发无损。我会像一位身穿黑披风的骑士团团长，出席在我所描述的这个地方即将开始的盛宴[2]，那是一顿博爱之餐或者一种对稳定力量的挑战。如果**必须如是**的法令开始骚动并变成另一副

1　试试也好嘛（Placet experiri），这句拉丁文格言多次出现在托马斯·曼的《魔山》中。托马斯·曼对马丁－桑托斯的影响见本书编者跋第7小节。——译者注

2　指唐璜故事中的情节。唐璜勾引一位女子，又在决斗中杀死了女子的父亲，一位骑士团团长。在后者墓前，唐璜又挑战性地邀请死者的石头雕像来他家吃饭，石头客人果然应邀而来。——译者注

样子，这些力量就会感到不舒服。我也会奔赴谁都不知道的另外一些幽冥角落，比我们精心准备的聚会还要来劲的狂欢从那里开始并使某些受命运青睐的灵魂勃起，这是哪怕连我都难以想象的。人类在这邪恶的狂欢中双手触摸自身极限，努力推动非存在之墙，虚无之墙。我无法解释，但事情确实如此。虚无之墙如墓碑压在他们身上并使他们向地下弯曲。我不否认地下是粗野地组织起来的物理元素欻然起火的源头，是不可抗拒的母亲，是狂欢庆祝，也是一切爬行者被不断指令的热烈回归。但是我说的不是那些我无缘亲临而是我在这里有幸见闻的狂欢。为升天入地而备的居所也由此入门，努力鼓起肉体之肌，精神之腱，实现双手推翻极限的丰功伟绩，使得超越自身的人类疯狂地相信，没有迷狂旋舞的仙女，他也能达到变形的境界。他进入彼岸，他自我燃烧，他可以无所顾忌地爱，他亵渎神灵然后自己原谅自己，他挺起腰板，他谴责，他破口大骂，他通奸，他重归圣洁。讲到这些事情，我要说，不妨就让我对这个地点做一通地理描述吧。

这里就是：一片平原，一片林中空地，或者平地而起、橡栎成林的一座平岗，树木骄傲地互相间隔，表示它们不是湿气之丛而是阳刚之林，在这里，生存是依靠树根通过残酷征服得来的胜利。树木，叶子闪亮粘手的岩蔷薇，荆棘，百里香，淡蓝色的秋水仙，黄色的蓟花，还有远古洪荒留下来的磊磊圆石。圆石不让我们触摸大地的腹腔，阻碍我们，避免我们从它那里得到铁矿、煤矿、喷涌而出的臭烘烘的石油，还有那能在生命的肚皮里引燃火绒、使五十岁的女人的耻骨和腋窝闪亮的直接磁振。这里不是理想地点，我们选择这里是因为没有别的去处，因为我们离黑色的山脉很远。黑山有装葡萄的篮筐，有黑莓，有孤独的山羊远在白桦林和杀手松林之外徜徉，那里已经高到只有对视的石峰和秋季的冰封来临之前开花的紫花毛地黄。我们这里没有这些。冲积层、滚石、碎石、打磨过的燧石、化石、圆形的鹦鹉螺化石、空螺壳，一切都在告诉我们，这片古老的土地上曾经覆盖一片圆形的大海；远方的一张大口一点点把水吐到更低的海里；整个大地朝着太阳慢慢上升，如一只乳房隆起，或者如一头饕餮，肚子吃得越来越大；太阳睁着一只嘲讽而欢乐的独眼打量大地，看它最终高入云端，便伸出一只安详的手充满占有欲地长久地将它摩挲，日复一日，从东到西，几乎抓破它的头皮。这些灰不溜秋的悲伤的冲积层，我说它们的隔膜里只生长岩蔷薇，它们糟蹋了选择这类地方用泥巴和草来搭建茅屋的人类，这硬似砖坯的土地不适合我们要做的事情。但是没关系，虽然古老，虽然石头太碎无法用来起屋，更不能营造宫殿，而只能击打脑袋，把人害死，把猫砸扁，但这里就是我们精心准备来庆祝的地方，我们要头顶一片能使敢于在此居住的生灵变成金枪鱼干的绝对干燥的天空。那么多星星，数都数不过来，那么多那么多光明的眼睛，那么多暗暗举起的小旗，它们早就知道却还要宣称它们比我高，我在地上爬，它们在天上飞，那又怎么样？我没觉得它们了不起。我更伟大。我们一直在找一个合适的地方。这地方有它精确的比例。一座城堡的废墟。建造用的石头是中世纪的农奴用车从贝哈尔拉来的。城堡依旧矗立，只是被轻易击败公社起义的伟大的卡洛斯削去了脑袋。已故的阿库尼亚主教[1]——其独特的蓝色纹章背景里闪烁着一颗金星——为了情人下令将它重建，但不再建成城堡，而是改为卡斯蒂利亚式的宫殿，昏暗，狭窄，凄凉，满目硬石，令人不适，其唯一柔软的地方是卧床，情人在睡梦中等待侍童的到来，他小心翼翼地给主教戴上绿帽，不动声色地在她的生活中如花开放。宫殿也倒塌了，缺少构成遥远的比利牛斯山的自然岩石，那些石头将被用来以准确的咒语呼唤处于冥冥之中但无疑存在着的力量。我急不可耐地用左手握住贴在大腿上的弯弯的号角，时辰一到，号角发出雄浑的声响，它们将纷纷应声而来。这片高原，平原，林中空地，山间平地或者平岗，在石头和细小的河流之间展开。如果主教从来没学会如何在那堆圆石上组织欢庆活动来点燃他所爱慕之人的激情和高潮（没有爱情），那么就让我来吹响沙哑的号角唤醒欢庆大会，月亮点灯，把那些讨厌的星星一扫而空，它们从百万光年以外眨着眼睛发出明智警告，仿佛愚蠢的处女们把手指放在嘴唇前让和她们说话的人不要说出那些她们希望听到却又听不到的话。

糊涂史学家的批注：照我的意见，仅仅一次非法交媾——哪怕为此焦急地等了很久——既不能充分解释控制了女巫们的

1　安东尼奥·阿库尼亚（1459—1526），萨莫拉主教，公社起义时属于支持诸侯作乱的反王派，他的僧侣军队屡战屡胜。后战败被俘，被卡洛斯五世下令处死。——译者注

精神亢奋，也不能解释她们为何不但确信自己被魔鬼附体，而且有时候像英雄一样勇敢地坚持这种信念。一定存在某些绝对本质性的因素（尽管编年史和司法摘要都没有准确地保留下来）有助于取得令人垂涎的结果。有诸如此类的因素：夜、预谋、空地，等等。这些在法官看来是罪加一等的因素。另外一些因素，譬如群体性、节奏因素（无论是音乐节奏还是别种节奏）、服毒药、摄入神经药物，确实很难被分类。最后，被选中的动物的介入，尽管这没有直接涉及兽交，倒是不应不详尽指出的。经过精心寻觅，肉体之罪上还要加上反精神之罪。人们多次怀疑这里有一种亵渎因素，亵渎神灵，滥用宗教饰物，或者作践受戒出家的圣职人员（a divinis）。那大法师，那大魔鬼，那整个艺术芭蕾的指挥，那没有瞳孔的眼睛被众人亲吻的受宠的主宰者，他的性格极为强势，这一点毫无疑问。他为了控制而在女巫们跟前宣称自己真的是魔鬼化身，这一点也毫无疑问。那家伙会是谁呢？他比任何人都更需要这样一个狂欢会来使自己感觉生活充实吗？或者他只是一个大无赖？一个用一夜功夫来补偿贞操过度的乡下二流子？他真的是神人，在内心深处绝对坚信存在地狱之火，坚信火在烧，坚信他在亵渎神灵，坚信他供奉给黑弥撒的圣饼确实有效，坚信撒旦的大仇恨勾了他的魂，坚信体验那伟大辉煌，那骇人的启迪，那灵魂死亡的痛苦，完全值得他牺牲天父已经确凿无疑地应许了他的永生永世的天福？

　　黑猫被活活丢进沸腾的锅里，没有开膛，没有剥皮，甚至都没有放血，它的本质精华被一点点熬进众人共饮的汤中。

蛤蟆被赶到一起，有时候还戴着帽子，被一根棍子赶着走直路，它们胖乎乎的神气活现，肚皮拖着地面，长得都那么相像，鼓着水肿眼，露着令人恶心的小细手，活脱脱是人类的漫画。赤脚踩它们，但要小心，不能把它们踩爆，更不能把它们踩扁。它们的背上会滋出一种汁液，含有蟾蜍特宁这种性能奇怪的毒药。一旦那药被挤出，它们便被送回蛤蟆群里小心翼翼地保存起来。蟾蜍特宁通过我们所不知道的什么身体豁口，或者也许像灰药膏一样，经过反复摩擦最终进入那些迷狂的女人体内，并以一种难以描述的方式通过身体震撼灵魂。也是黑色的公鸡被牺牲，它从鸡冠上被活活放血，有时先用一枚烧红的针把它眼睛戳瞎。它的繁殖力，它能成为一百只母鸡之王的本事被以某种方式释放出来并进入微笑的公山羊。也有各种活性成分未知的油乎乎的膏药，完全赤身裸体的老女人们拿它们来浑身乱抹，涂在脏兮兮的腋窝里，大腿上，耷拉的乳房上，双下巴上，然后骑上扫帚飞行。扫帚明显是阳具的象征，又硬又长，夹在大腿中间并且上翘。她们从自己卧室出发，就这样舒舒服服地前往与魔鬼有约的地方。月明之夜可以看见她们成群结队地飞过村镇的屋顶，小心翼翼地贴着树林，最后飞向选定的地点，一个环境神奇的地方，符合特定的人类比例，尺寸也量得正好，一般来说它是一块平地，面对一大片悬崖，或者是一个洞口，陪伴其中的蝙蝠一点也不破坏庄严肃穆的氛围。废墟可以替代那高大的石墙，尽管并不完美。理想的情况是让岩石形成一个凹面，在某个特定的时刻让洞口石壁高处升起一轮明月。那个凹面也许能产生物理回声，在其中某一个点上支起一个三角台，让台上的公山羊露出屁股，众声在此汇聚，祈祷声，怨叹声，崇拜的歌声，也有快乐的发情声和处女被"破瓜"时痛苦的哎哟声。但也许是空间本身，是那热烈的大石洞在庇护着裸体的女人并使她们越来越感到自己被和撒旦捆绑在了一起。她们包裹在那母性的羊膜里，回归她们从小就被剥夺的炙热的腹腔。有什么人或者什么东西给了她们温热。她们被遗弃的、疑心重重的、焦渴的灵魂如海绵蓬松起来。是大公山羊嘴对嘴喂了她们什么奇怪的烈酒吗？还是一手递给她们的呢？或者是公山羊的奶子神奇地开放了吗？这无从得知，但她们确实是被哺乳了，而且这种哺乳对她们来说是必要的。那末端包着铁片的皮鞭有力地划过空气并抽打咬啄她们白花花的皮肉吗？有可能。亲她们的嘴？贴着她们的耳朵说什么话吗？极有可能。那是一群原始而悲伤的人类。身体闻着脏，而且带汗酸。她们在一种动物的无意识里骚动，就像低等种类有节奏的发情。然后她们夜复一夜地梦到一切所见，一切所闻，一切所感，她们也因此相信自己魔鬼附体。她们满心渴望地盼着下一次月圆，她们说服周围一切忧郁悲伤的小女人，老女人，使她们屈就，把她们拖去，期待着（既不是很清楚期待谁，也不知道注定会发生什么）每天之后有新的一天到来。

钩虫：无知是大胆之因。一个人对某件事知道得越少，他就越感到谈论它的诱惑。所有那些解释，所有那些数据资料，所有那些历史理论，所有那些学者和宗教裁判所的法官们东拼西凑的炒冷饭的玩意儿，纯粹是空洞，是放屁（flatus vocis）。他们以为屁股和脊背将椅子温热就可以学到东西，日日昏昏，夜夜无眠，于是直落得苍白憔悴，从无知的讲席上（ex cathedra ignorantium）煞有介事地宣讲。

如果你们真想知道，你们就必须看，必须嗅，必须摸。光读书是不够的。请跟我到洪荒顽石的圆形冲积层上来，在只有原始动物漂浮的古老的海底，在那尚未有鱼类和海妖出没的地方，你们将看到独一无二的现象发生在你们惊呆的眼前：超越的升腾和化为圣体的面包本质的逆向转移。

请进来吧，女士们，先生们！

每一条虫子，拖着您那一丢丢口水爬起来吧！

第二章　阿格达唱歌

那个孩子去那里
双手捧蜡烛，
道路圣母[1]啊，我也
乱奔无头绪。

无人知晓的夜里
我足蹈手舞
只为了吸引蝙蝠
找我的住处。

为了它们的翅膀
落驻我肚脐，
为了它们的尖喙
啄饮我肚皮。

1　道路圣母是西班牙的一种圣母崇拜，她是莱昂地区的保护神，也成了莱昂省一个地方的名字，那里有道路圣母大教堂。道路指著名的圣地亚哥朝圣之路，它大致从比利牛斯山开始，沿西班牙北部到达西北部加利西亚地区的圣地亚哥–德孔波斯特拉。——译者注

我的娘，没人知道
我要的东西，
没人能为我找到
更多的十字。

就让钟声使劲敲
敲得像狗叫，
就让铁链锁住我
冰冷的双脚。

无人知道，我的娘，
我为什么笑，
为何我一人梦乡
就打呼尿尿。

让褐色的蛤蟆来
戴着小帽帽，
让棕黄的蛤蟆来，
都要我都要！

我已经完全知晓
不再是傻瓜，
我已经全部明了，
路上还缺啥。

一丝不挂光溜溜
我要上荒山，
我要一件长披风，
好为我祛寒。

手捧蜡烛的孩子，
他要去那里，
我的思绪也要去
还有我身体。

钟你敲得再生气
我也无所谓，
谁也别想告诉我
忘却的记忆。

圣洁伟大的处女
朝圣路圣母，
你也可以告辞了
我已经离去。

我不计一切代价
不要小小鸟
我现在只是想要
黑色的喵喵。

叽叽喳喳的鸟儿
都乖乖安眠，
猫爪子不再挠人，
已被我煮烂。

我有一锅毛毛汤
能照亮恶习，
让本笃会的修士
都喝饱为止。

修士们若厌倦了
宣讲拉丁语，
那就登上雕花的
唱台唱经去。

在断裂的橡树间，
我为他们藏好
白皙欢乐的身体，
浑圆又小巧。

为了使他们不再
为那呆皮鸟
感到痛苦，我干脆
油炸了那鸟。

虽然我已经走远
却闻到他们
当我走得更近时
就吐掉他们。

我有一锅猫咪汤
炖得热乎乎，
猫咪的小翘胡子
也被我烧糊。

我不需要被你们
用铁链锁住。
请在我的大腿上
放几根蜡烛。

将我腿上的细毛
用蜡油去除，
让我的大腿光滑
像婴儿屁股。

我远远闻到他们
——小山羊的臊味——
他们当侍祭小童时
就肚圆肠肥。

假如那田野圣母 [1]
已经上了路，
那就是时辰已到
我要被惩处。

夜里出动的猎犬
汪汪叫不休，
又黑又壮使劲跑
就像小毛驴。

刚刚出生的婴儿
纷纷而来下，
他们就像敌基督
有铁刺尖牙。

哪个修女当了娘，
生个铁耙耙
魔王让她怀怪胎，
生来满口牙！

让他咬我的奶子
咬过的地方

1　田野圣母是西班牙各地的一种圣母崇拜。——译者注

用来喂那癞蛤蟆
我的乖情郎。

他会长得胖乎乎
如花朵绽放
他会像一个主教
睡我的乳房。

钟啊你们使劲敲
反正都一样，
看我夹住一棍棍
把天地扫荡。

他从空气中到来
浑身冰冰硬
妈呀，他来命令我，
浑身冰冰冷。

我要抱他在怀里，
如果他允许
我的肚皮咕噜噜
唱个摇篮曲。

我不再是个傻瓜，

我已经清楚，
夜晚它不停触摸
我的敏感处。

我从墓地里盗来
婴儿的手指，
我从鸡笼里捎来
一只活公鸡。

黑公鸡的鸡冠上
有一条河流，
打开以后就死掉，
一声不能吼。

垂头丧气的鸡冠
依然有活力，
而修士们的身上
却只有空气。

指挥我的那个人
有个小行囊，
他知道哪里找到
足够的地方。

我将握住他的角
如果他同意，
将他的全部光辉
捏在我手里。

他翘起的尾巴下
我跪地俯伏，
他是我不洁之爱，
有我的祝福。

让圣母忘了我吧
像我忘了她，
我不再是个傻瓜
我已学会啦！

就让他们用铁链
锁我的双足，
用火来把我烧死，
但别念咒语。

让我的身体燃烧
喊叫声不绝，
我将会依然活着
活着去感觉。

悔罪服和高帽子
火中熊熊烧，
本笃会的修士们
站在边上瞧。

第三章 血色花瓣

这世上存在某些天选之地，马不停蹄的历史在那里乐于以一种绝难理喻的方式保留昔日合理化的仪式。面对这样的事实，最完整的社会学分析，最真实的统计研究，宗教学者或比较建筑学专家的考量，都难得要领。我们根本无法将这些时间的洄水之窟与周边城镇占压倒性优势的平淡无奇区分开来，后者的一杯水尝起来就是普通的水。我们不知道，这种令人不安的大自然的怪胎（ludus naturae），其决定性成因可能是什么。我们多么想在光秃秃的石堆中找到一块巨石，让一位缔造之功惊天动地的伟人在此类地形的环境中诞生并永垂不朽；我们多么想在某卷古老的羊皮手稿里发现一个传说，向我们讲述由那些沉毅寡言而能服众的令人钦佩的出色人物组成寡头而加以统治的最光荣的城市（cives gloriosisima）的结构；我们至少想知道有那么一个奇迹层出不穷的圣庙，还愿的供品挂满墙壁，墙上的钉子由于周围空气干燥而几乎没有生锈，琳琅满目的拐杖、银腿、迷途山羊的铃铛、假牙或蜡制的阳具宣称那长流不息的奇迹之源，可是我们没有得到任何这方面的证实，有的只是一长串毫无生气的文件和名字、石头和奇观、著名的战役和摩尔人的首领，总之，是一切构成历史的血腥素材，而我们所关心的现象只能算是历史的私生子。我们的研究越探入叠加的深层，我们理解的努力就越显得徒劳无益；空洞的研究结果只给予我们运用卷尺而得到的数据，却殊难成就优美诗章、拉丁圣歌，或朗朗上口的六音步诗句；日复一日地因循守旧的生活和远近任何一个城镇略无区别；我们的求知欲和刨根究底寻求合理解释的激情，我们的格物致知之心无处安顿；但是所有这一切都不应该削弱我们的坚定信念，那就是说，把我们带到这里来的现象是真正具有本质性的。

如果在我们所关注的这个地方探索其独特性和固有性而结果却只是找到了一切三家村的一般性和共同性，这一看似奇怪的悖论（它不能使真诚的研究者止步不前）不应使我们忽视可以推知的逻辑一致性。在这个地方从来不能发现独特之处而只能发现最普通的基础设施，这不说明别的，而只是说明，在这里循环往复地产生并把我们带到这里的令人拍案惊奇的非凡事实不表示某种差异而是表示这个地方与其他所有地方共享的普通类型。汽车神气地穿过那些村镇，扬起漫天尘土，我们稍停片刻，只是为了问个方向，问还有多少千米，最多也就喝一通爽口的可口可乐。

就是如此，确实，就是如此。我们所试图理解的，我们终究会理解，会的，但也只是理解它平庸的普通性。我们以为是特殊奇观的东西我们必须把它当作普通的样本来接受。在其他地方似乎被草原的漫天飞尘或被无节制消费的普通佐餐葡萄酒所掩盖的东西，在这里表达为那独一无二的花朵。它告诉我们，作为物种，它与一整个庞大的植物种群有着共同的内在本质，这个植物群的无限分支覆盖整个地区，但是在这一分支里，它奇迹般地开出它那独一无二的花朵。此花之本质所表明的不仅是其独特的花茎而且是那难以名状的庞大谱系的全部染色体序列的秘密。早在18世纪末，伟大的瑞典学者林奈就知道把雌蕊交叉成十字的植物命名为**十字花科**，并将花朵有三个雄蕊包围一个雌蕊的所有那些植物都识别为同属物种，哪怕它们有些是老牛一甩舌头就吞掉的微不足道的小草，有些是让盗伐者垂涎欲滴的参天大木。

这朵花在这里展示它的血色花瓣，向我们表明，它究竟属于哪一个遍布周遭的彻头彻尾的怪物种类。它只在此处开花并不说明它不能到处开花。如果花是植物的性器官，是奇观的萌芽，那么经济分析在这里就变得无能为力。如果花朵不但对辅助交配的昆虫来说是美的，而且对我们这样如此遥远的物种来说也是美的，而我们又和辅助花粉颗粒和油性雌蕊交媾的特定吸引力毫无瓜葛，如果花朵有一种审美福利，不能被分析的必要性穿透，那么庆典也能通过享受它的民众的审美福利来表示一种奢侈和一种需要。承受历史的诸民族的奢侈。个人超越每日勉强糊口的需要。

一个民族拥有历史真的是诅咒，而且是不小的诅咒！凯尔特人、伊比利亚人、哥特人、腓尼基人、罗马人、希腊人、阿拉伯人和混入犹太人的基督徒，他们一路小心翼翼地在时间的架子上留下各自的创造，大家都对它们致以千篇一律的敬意：坟墓、法袍、圣杯、石牛、丝带、单韵四行诗[1]、墓碑、灌溉系统、农业

1　13世纪的学士诗的形式采用四行一节，每行十四音节，尾韵一韵到底。——译者注

财产分配制度，但它们也仍然是灾难和不幸最暴力的源头，能够将人类压倒在地！作为对挫折的补偿，精神的固有正义允许人们以一点点可怜的美感自我装饰，允许他们有节庆，允许惊人的社会之花于固定日期每年开放一次，让自己也让陌生人拍案惊奇。但这还不够。还应该发生别的事情。历史不应该只是将十二吨重的卡车放到那些不完美的高速公路上。但是，如果本地的美酒已经在毕尔巴鄂的酒厂里被精心酿造，如果它们正好在涨价，又快要被大块头的汉堡商人们消费，那么我们的时刻到了，到了可以理解的时刻，理解节庆在说什么，在对我们喊什么，理解我们为什么必须超越节庆所告诉我们的并进而去发明新的生活，理解为什么那不同寻常的神秘依然能令我们震撼。

第四章 关于毁灭

第一节 哀叹

一个天真可爱的小孩子对生活一无所知站在生活面前观察生活提供给他让他过目的东西与此同时时间若无其事地似乎要执着向前而且实际上确实也执着向前歼灭并塑造存在这种存在目前首先是发展和定型悲剧还没有从任何地方露脸他还没有一道皱纹一丝苦笑既不觉得存在有不可避免的黑手也没感到命运将难以通融的必然性强加给他就像强加给所有别的孩子必须决定或被决定抓取或被抓取占有或被占有自己进石洞或被关进石洞石壁上有红色的图画动物的鲜血和脑髓令人想起洪亮然而静默的大地的可居性它庇护一切生灵也接纳那条小虫人之子小人也是虫子为什么不呢如果这个词取其温柔之义并指其衰朽性指其角质性指其有本事允许渐渐出现一枚毒刺一条象鼻一个金色胎盘从那里他将感到自己先是小心翼翼继而激烈粗暴地被投掷被措置被引入处在那嶙峋不平的石壁另一边的遥远的世界石壁就像包含胎盘的腹腔带着温热发烧几乎高烧的红色特性尽管严峻倒也仁慈因为一位母亲虽然慈爱但是她不顾一切生下孩子是为了死亡因为只有为了死亡或者说从死亡过程的角度或者从死

亡本身的角度来看才可以理解生命的事实小虫一样的小小孩子
恳求把那只金杯慢慢地给他不要咕噜咕噜地大口灌他而是要让
他小口小口地啜饮就像他在头几个月习惯的那样一点一点吮吸
温热的奶嘴或温热的营养腺体他残酷地用牙齿损坏那腺体决定
朝下走朝下落落到地上然而他也是那至高无上的工匠用这泥土
小心翼翼地捏造而成至高无上的工匠以同一种娴熟手腕在兰花
钟乳石和热烈的钛原子的原子核微妙的构造中妙手安排精选元
素辉煌重构了悬崖海岬大理石和苔藓地衣菲迪亚斯和普拉克西
特列斯¹孩子很自然地梦见雅典娜的辉煌头颅他一步步靠近自己
带羞含怯的生命曙光那时他将第一次懂得死亡一词的含义无限
温柔的母亲俯身凝望他她付出全部肉体全部灵魂全副身心就像
此前用疲惫的胸脯开始哺乳的姿态那时候她尽管疲惫却慢慢地
将他从虚无中取出将他举到胸前她或者将以疲惫来模仿那种人
性的可能性那也许伟大也许骇人的可能性那就是孩子要学会外
面的世界承担自己的命运她将带着谨慎赔着小心甚至怀着疑惧
慢慢地为他解释死亡一词的含义她将通过从她抿紧的唇间挤出
一种特殊的思想和被赋予意义的语音结构使他懂得死亡的意思
就是虚无而虚无就是他在生活中可以指望的东西因为生终会归
于死而那小小孩子就像那被冷冰冰的自然学家用美丽却令人不
安的蜉蝣²一词所命名的昆虫一样他将跌入那个又小又滑的深渊

1　菲迪亚斯和普拉克西特列斯是两位古希腊雕刻家的名字。——译者注

2　西班牙语"蜉蝣"（efímera）的希腊语词源意思是"一天的"，与汉语"朝
生暮死"意合。——译者注

那里永远刮着席卷万物的大风而这位母亲本人也将通过这道陷阱之门离去母亲的身体像山腹腔像洞冰川作用不能穿透她隐秘的内部将冰天雪地挡在外面和冬天钻进洞里的熊睡在一起毛茸茸的棕熊在安眠中等待那几乎已经有猎人形象的孩子挥起石剑斩断它沉甸甸毛茸茸的脑袋然后把它放到一边作为图腾或者原始人愚蠢的迷信同时尽管死亡显然就是虚无他仍然认为自己做成了什么大事转着圈跳舞一种几乎几乎已经性感的舞蹈成人仪式蝴蝶飞舞蚁后飞婚[1]那全是瞎胡闹因为已经被证明一切的所有一切的爱情果实最终都会悲惨地归于虚无。

但尽管如此那是小心翼翼地悲哀那是撼动身心地战栗那是任性放荡地愤慨那是绍续传统地沉重看着股骨弯曲的孩子初次体验那必须被措置于人心最高处的纯粹之爱并考量它不可避免的贯穿时间的轨迹从涂抹成朱红的石洞到虚无那或许被灰烬被石棺被墓碑被反复变异退化的染色体所包围的虚无这是一道重要的轨迹是肩扛十字的灰色武士穿越被毁灭的沙地国度的铁骑奔突这是一件大事这要一劳永逸地挑明了说被如此这般胡乱教导的婴儿必须用完美的句法典雅的辞章详尽讲述曾发生的事情传承已习得的知识告诉他的同类在辽阔的天上在深邃的神龛里烈士的小骨随时准备证实遥远的信仰于是在我们刚才叫作孩子而今正走向虚无的那个小人周围不但有一个纯粹的虚空而且有烈士真实的骨头闪烁着信仰之光为什么不呢高高在上的诸神请你们到这里来看看吧人类是怎样信奉你们的请你们看看吧看看

---

1 蚂蚁和前面提到的蜉蝣都是飞到空中完成交配。——译者注

顶礼膜拜看看活人祭祀看看将从牺牲品身上活剥的人皮穿在身上的阿兹特克祭司天鹅被扭断脖子是为了避免其浅显的象征含义只被看作一种个人的表达它主要是首先是天堂之鸟因为有一种执念不能被简化为难以扑灭的欲火之满足它执着于面对母亲可敬的乳房而坚持断言不不她错了她如此温柔地用整个身体来表达灵魂的深切悲伤的万有引力规律与肉体的万有引力规律形影相依不不不不不从来不再也不永远不再也不已被发明的通磁术以及晚近被发现的卫星天体磁流[1]不它不能躲藏在任何地方也不能躲藏在有着泛红石洞颜色的红色的肝脏里它在靠近它跳动得那么猛烈跳得像颗心形巧克力像罐头食品像销声匿迹的帝国命运之潜在加冕像盘缠我脑袋的致命毒草天仙子强大的母亲你们这些高声叫喊的母亲你们黄兮兮黏搭搭的孕身你们反复的流产我们为什么一定要把只是临时的东西叫作分娩呢啊战胜时间的伟大的流产者蜉蝣母亲请你们不要固执事情已经很清楚重要的不是肉体因为它会朽坏而头脑清醒的男人们勇敢的武士们围着被斩熊头旋舞的人们他们一定会激烈地告诉你们你们错了你们错了那些个神给了那些个烈士以力量于是他们被煅烧的圣骨被坚定的信仰被从未否定的信仰被钉在犹太教堂大门外的一种教条所坦承的狂热欲望所丰富那些像小白石[2]一样的小拇指骨勾

1　通磁术（mesmerismo），也叫作动物磁流学说。18世纪德国医生麦斯麦提出的学说。他认为人身上存在磁流，并且与宇宙天体磁流相通。人生病是因为体内磁流失衡不畅。这种学说也被应用于治疗实践。——译者注

2　夏尔·佩罗童话故事《小拇指》中的情节，小拇指用小白石做路标。——译者注

勒出你们朝生暮死的蜉蝣之路的轮廓带着胎盘拖着你们这些母亲一直拒绝剪断的长长的脐带只有那个不耐啰唆的女人[1]会挥起咔嚓作响的锋利剪刀仿佛剪断她的两位妹妹纺出量出的命运之线不由分说地咔嚓咔嚓好让有胎盘的一流产一儿女以遗精的方式流布四方直到注满大地生长吧（crescite[2]）越过那座山再越过另一座山并到后面更远的地方去山口喷出燃烧的熔岩一开始也是红红的颜色似乎那意思就是说一切都是肚子大地是肚子大地肚子子宫肚子乳房肚子奶子肚子抚摸梦幻的手肚子尚在梦中之人的摇篮他妈的他们很快依然尚未已经快了对对已经差不多了对还没有不久之前他们才开始已经到了已经他们已经要成功了已经马上可以用一次大爆炸使万物回归原地让从来都只是虚无的成为虚无让比坟墓还要黑暗的阴影再次成为坟墓直到下一个坟墓那里它能保持彻底的完整那里那里那个地方我已经知道确实为人所知一直为人所知我们这些蜉蝣没有理由欺骗自己机关一按砰嘭砰嘭砰嘭一下就能证明母亲们干瘪的空皮囊一样的老奶子是对的万物就是这样离开的诸神无法扑灭的哈哈大笑只是一个步带类胎儿在羊膜中的虚幻之梦羊膜中落下来的羊水是圣液钟一钟乳一经纬仪是一张流着口水的嘴巴发出的新的诅咒就是在那里在那里那几乎完整的小小的小人温柔地挂着两只凉飕飕的繁殖腺启程上路由众多殉教传里的烈士和圣徒传里的圣徒

1　古希腊神话有命运三女神，三姐妹从小到大分别为克洛托、拉克西斯和阿特罗波斯。小妹手持纺锤纺生命之线，老二手持量尺丈量每个人的生命线，老大手持剪刀剪断生命线。——译者注

2　典出拉丁语通行本《圣经·创世记》第1章第22节。——译者注

的圣骨指明方向的道路他们高声宣称绝对可靠的真理这些真理不允怀疑因为它们是写在书上的高高在上的未知之嘴说出的神启之言被写了下来假如怀疑这些话假如有人胆敢怀疑那么惊心动魄的恐惧将会腐蚀他的内心如强酸如一声"是"权且让我们这么说吧话语就像伴随着罪性的罪孽不会永远不会永远不会被宽恕不可能永远不可能不是罪孽我已经受不了了想知道罪孽是什么的人想穿透并直达傲慢深处的人他没有彼岸可渡傲慢虚荣的胆大妄为之徒流产之胎被蛀空的小小的阳刚之气死者之水洗礼朝圣谁将口头批准忏悔呢谁又在教规法之外呢谁已经永远无能为力了呢再说他连我们在说什么都已经不知道了。

但尽管如此那是小心翼一翼地悲伤悲一伤地令人恼火令人恼一火地小心翼一翼任性放一荡地丰富惊天动一地地乏人令人恼火地震撼震撼人一心地静观静观万一物地辉一煌一个纯粹的实体神圣的形象尘缘未了的异期复孕[1]形象纯粹的化解之思维首次亮相说他在那里面带着饱受痛苦的表情已经在那里思想了已经在思想几乎抚摸充满爱心的母亲几乎淫荡几乎几乎是坠入情网般悲伤的爱人纯粹的婴儿纯洁纯粹像快马奔跑已经几乎属于生活了鞭子挥得噼啪响满嘴好玩的谎话有摧毁力的爱人通灵的法师举起手指向命运传导磁性一指头斩断头颅使命运那东西再次变得压抑仿佛那真算个什么玩意儿仿佛不公就这样理所当然不不是不公不是为了犯罪不是为了看不是为了作孽而是为了想

1　异期复孕指怀孕期间再怀上一个胎儿。它可以发生在某些哺乳动物和少数鱼类身上，在人类中则是一种相当罕见的现象。——译者注

要超越那从不提起的死亡死亡死亡三座大山。[1]

第二节　危机

　　毁灭，责难，将借以表达人之为人人之所恨的发明创造连根拔除的问题，那个符合句法营造氛围的响亮形式已经有必要在这里揪住它的脖子，这形式背后的我，几乎不是我，是一种意识或者一种什么东西在跳动在失去跳动的能力在毁灭在跌落在激越在撩动在加紧步伐尝试开始认识自己，知道从哪里开始，从我满腔仇恨地藏身其间并搏动的小小的温热环境之外开始，知道我已无可挽回地沉沦，我把自己抵押了出去，他们有权利爱我，有权利时刻在场，昼夜铰链，居家日常，总是通过触觉总是刚刚被发现的扩散，紧绷的身体之热度，那么近分布在我周围，离我比我所在的地方还要近，我正在我所在的地方把我的话语锤击至金属疲劳，他们希望从我这里听取的话语，已经没有味道，没有力量，没有希望，那些人有权在周围笑我的一切声明，它被捏紧，挤压，在被叫作心脏的东西附近跳动而且那只不过是强烈的欲望之结它使我相信我现在几乎差不多已是另一个人，我之为我的总体存在或许已经变得新异，一种

1　这一节里作者自造的新词和表达法如下：可居性（habitacionalidad），红色特性（rojosidad），子宫肚子（tripamatriz），乳房肚子（tripapecho），奶子肚子（tripaúbre），手肚子（tripamano），有胎盘的—流产—儿女（los abortos-hijos-placentarios），以遗精的方式（espermatorreicamente），钟—钟乳—经纬仪（estalag-estalact-teodolitos），阳刚之气（hombrosidad）。——译者注

新生活多么粗俗一种新生活在此搏动，如果我知道怎么在我的仇恨之上涂抹黏稠的蜂蜜，我的舌头一点点采集甜甜的蜂蜜同时发现那使我如此变化之物的形式，可以说它使我变疯了，但是何必那么说呢既然毁灭是我存在中最为强烈的需要难道那不是我舌头走过的形式不是下达毁灭命令的形式，我离得太近，那躺平、舒展、跌落的形式，我看不清楚，它自我安排，自我研究，挤成一团摆在一起，这样一来我就很难走完，因为我无法知道哪里结束，何处终了，那非诗歌的欲望从哪里开始，它不是诗歌而是纯粹的恨或毁灭的爱再次落到我身上落到我越来越空虚的无眠之夜每天每夜越来越空虚越来越空虚对于我在此开始拥有的东西这是多大的蔑视啊就像法律或者秩序或者不详的心跳节奏真的准备好要被打断它这样安排是为了有朝一日走到尽头而不是像我那样愚昧而惊诧地聆听它期待它永远永远不会完蛋因为我聆听它我在继续行走的那个结上休息与此同时它在我身边铺陈的形式战栗走开发笑，也许是发笑吧虽然不可能说清楚它到底在笑还是仅仅在表明它在那里，欲望力量和权力超过任何人，比任何皮糙肉厚顶天立地的大男人还要高还要在上面而那铺陈的形式不会终结只会引发不可能的告别因为它很长因为它画十字，它打叉，它堵路，它把肉与肉钉成十字，你不知道别的什么你老早就学会了你这阳刚之男你伸胳膊踢腿仿佛还指望继续生长你逐渐变软变得越来越软如果仇恨不在那个结点上最终决定性地挠了你一把痒痒让你从中看出它从哪里开始，何处结束，从哪里离你而去，铺陈在那里的生活是成形的生活是扩展的生活有一片长长的脊背越来越疲惫，越来越光荣越来越白皙，那里什么也不能播种因为什么也不会开花结果因为假如你以为你只要播种就会劳而有获那你就错了去了，那不是果实而是小小圆圆硬硬红红的你看不见的另一种东西被命运抚摸的你命运敢说那不是你干的你是男子汉是更无情地被仇恨推动创造命运的人你感到那红红的仇恨像一个结你想要再次感受它感受它一点点挤压你的空肚子像女人一样把它打开把它掏空那种仇恨彻底离你而去之前你必须拿什么东西将它填满你不知道那种仇恨为什么冲你而来它来自那张开的十字架的形式从你到你从臂到臂钉子在那里打出漂亮的红色洞孔无毛的腋窝因为离得近让仇恨一滴滴地落下如血如汗如麝香通过舒张的毛孔进入你胡扯，胡扯，为什么是恨，如果是爱呢，是爱，是积极的光明，完全的洞见使你颤动，使你快乐让你充满生命超越你可能已经增获的全部希望带着你白色的结你这个在此躺平的人你躺在展开的十字的空间里这里你懂得最多从这里到这里从你的手指到你的手掌从你女人一样开放的空肚子到那仿佛被钉成十字躺平的它的充实的肚子你的舌头意欲一点点学习它并承认它在彼岸这已经不再重要因为重要一词已经毫不重要而最重要的东西你恰恰正在从身上扔出去扔给它扔给虚无扔给被掏空的存在巅峰你锲而不舍地从你的存在继续虚构地将感情分门别类仿佛在说这里是爱，这里是恨，这里是羞耻，这里是那种新柏拉图主义情感，这里是游侠骑士那一套，这里是12世纪的普罗……吟游……[1]发现的那一套，真傻，真是胡扯，你不完美

1　普罗……吟游……（los trov…prov…），这里应该是普罗旺斯吟游诗人（los

的博学你这躺平的正宗伊比利亚人如果你正在学习你还认不出来那展开的长长的白色形状它会出其不意地充满你，穿透你，摔你个四脚朝天当然那不可以通过词语被分门别类地临时命名因为你恰恰在证明语不行言不灵，所谓的语言它极端完美的句法进入事物内心并取出其核心取出其闪亮小球将其置于解剖者眼皮底下我们仿佛称它为科学虽然也没有任何理由这么叫它因为你已经知道你正在向你自己证明那样不行给每一个事物起一个准确的名字的乐趣什么也解决不了那个结你正从那里把你内里的一切吐出来它带着仇恨的危险性或者果敢的处女的冲击性或者带着它发现的幽径之林你在林中走或者你将要走或者你将要想象你在走那个结无关紧要没有关系绝对摆脱了你的遗憾或者你的哭泣或者从你神学院穷学生的空肚子里冒出来的东西一条火舌把你拖到这张床上过分地舒适或宽大或破败或草垫本身有洞你在那里无法套用床这个名字它不足以被叫作婚床，叫作床罩，叫作挂十字架的陋室，当然你不论是男是女被钉在十字架上你终于明白十字架可能意味着什么它既不是在超越制造空肚皮的同性恋罪或者通奸罪的可耻恶行中被可耻地抓了现行的人所受的折磨耻辱也不是将他们示众这里再次可见词语说明不了什么因为通奸一词到底什么意思如果它不指那事而是指那个你学不会的你学得会的你学不会的你学得会的铺陈的形式它在你想要命名的占有你的正在占有你的东西之外那个词普罗……吟游……们已经开始使用已经在那个世纪发明如果没有那个揪

---

trovadores provenzales）。——译者注

住你不放的结你就应该记得的那个词或许它可以说明点什么可以指向那实质性小球可以允许你知道你是否脖子被卡住或者是否那不是个结，不是粗声粗气的喉结，而是一种男性的尺度从你口中而出落在它上面落在那语言之上你的舌头已经起火已经抹上蜜它不能写出话语因为我们已经说好了话语已经被毁灭而且因为你已经厌倦于重复自己你其实就是我你已经不知道为什么你要自言自语既然你是我你是我你是我而我是我我我这样就已经很好了不要再重复了那没什么用不要再毁灭了重新寻找词语或许对你有帮助如果你找到词语你将能够做你的晨祷，你将能够把你的灵魂托付给上帝并向他祈求慈悲如果上帝准你所求那么就让你跌入那超凡入圣的天福状态你这神学士你几乎不了解我了解我是说我几乎不了解血管学，圣徒传，多尔斯[1]的天使学愚蠢的合成物爱爱那个奇怪的词喷薄而出她们像天使一样飘浮于屋顶之上隐身成十字架，被一枚在油画之外就看不到的太阳晒热而颤动为什么我要三番五次说什么彼岸说什么超越如果我之所欲你之所欲搞错了时态再快点儿再快点儿把连接词前置词也掐头去尾摧毁语言是为了最终到达滔滔不绝的另一边最终使我们互相理解使它可以对你说对我说对你说你不要再重复人称变化的效果它对动词不定式的摧毁力不够大不定式我们缺少的是黑人语言谁要是黑人就好了大厚嘴唇红与黑的大厚舌头收集研究如此完美，如此完整如此亲切，笨……蛋（mente……

1　欧亨尼奥·多尔斯（1882—1954），加泰罗尼亚语和西班牙语双语作家，美术和文化批评家。——译者注

cato）迂腐地在学究气中你沉沦我沉沦我们沉沦就是因为缺乏良好的黑人精神，它知道如何热烈地把光吃饭不干活的嘴运用在准确的形式之上把它变成原始人的肉身，比我准确述说的这一切更早，更在此岸，我多么希望能在那里最终解释那个结之为结一旦被消灭之后的形式覆在十字架上的吮吸之嘴那羞辱人的玩意儿是什么不是什么也终于可以被理解了它被摧毁得还不够必须拖住它的脚把它拉出去，直到手上的洞孔被打开好看看它们是不是空的这个酷刑还不够所以横躺在此的东西又横插一腿对的就在这里就是以前我说的那个结的地方当然这不能被叫作结而是空空的肚皮逝水横流连黑人的全部舌头都无法将其收集肚子钉成十字的爱（crucifixi amor）不不我们已经知道那不是爱那不是一种情感分类作为神学士的我可以通过精研关于激情的论著[1]而正确理解因为激情不过是心血运动[2]仿佛心不只是一个结而是一种毁灭的冲动在这张床上不可能成功实现这张床已非昔日之床而是战场，现在从前很久很久以前开什么玩笑暴躁的歇斯底里也不是那个，我不想表达的意思你不想表达的意思或许以后双手把那个东西从十字架上彻底扯掉时我想要的东西那个东西尽管看上去只是一种形式却在思考之中同时空间被压得那么窄，那么紧，那么温暖我们在这里不错啊太好了我的生活不是这样我热烈的生活不是这么回事不是的我马上就会存在我

---

1 可能指笛卡尔的《论灵魂的激情》。——译者注

2 心血运动（motu cordis），指涉英国医生、实验生理学创世人威廉·哈维（1578—1657）所著《心血运动论》（*Exercitatio Anatomica de Motu Cordis et Sanguinis in Animalibus*）。——译者注

正在慢慢学会在黑人的嘴里鼻里舌里感觉它被放在那个铺陈的钉成十字的月亮一样的辽阔空间好像我想说就是这样但是你不能你也许知道怎么做更好你假装要动或者假装好像没有那个结假装没那回事假装仿佛你知道我在试图摧毁什么假装你在看彼岸哪怕你应该在的地方是此岸，是更朝这里的地方你这穿风帽斗篷的不温不火的神学士这里才是你思想祈祷或者也许唾弃的地方你非常不幸地被从母亲怀中夺走然后被一些黑色的胳膊置于孤独的板上可怜的神学士黑胳膊们激烈而任性地争辩你的黑色舌头的本质你窒息你不得不如此我要让你吞舌食言你赶紧闭嘴吧喋喋不休的毁灭者创新者偶像破坏者向那打破你最爱的灵魂之结的非同寻常地空洞的形式点头哈腰的墙头草就像你有灵魂而它正在使你相信你没有灵魂但是不知道那种现实究竟是什么你相信存在那种现实看得见的和看不见的万有[1]从床中央的洞朝肚皮空洞的贞操跌落下去你不要讲你自己因为已经落下去的人是我而且我还在向下跌跌撞撞地跌向那些提倡不良性格的被缚的普罗米修斯们你是黑人我是黑人热烈的黑人热烈的心我鼓吹飓风红火你再次走得更远远离你在其中自我遭遇自我娱乐自我消遣的那些狭窄的精妙的细致的界限你不要说你不要说你给我闭嘴你实在说得太多总是说你自己可怜的白痴你找不到词来说你想说的来说那是什么来说发生了什么来说你是怎么被钉上十字架的太好了太好了你浑身在痛那被你叫作身体的全部你的

1　看得见的和看不见的万有（visibilia omnia et invisibilia），出自拉丁文通行本《圣经·歌罗西书》第1章第16节。此处引文与《圣经》略有出入。——译者注

延伸就这样被置于那长长的被展开的十字形的惊诧面前你不能碰你也没开始碰你这疯狂的神学士你在讲述它而它虽然是语言的朋友却一直不说话不说话不说话。[1]

第三节　我将不我

　　而我已经不知道我在何处我能够做什么我眼中之所见能够抵达何处因为我从我升腾的边缘即将跌入我身后之所在我内部之所携带我内部一直以来之所携带它一直以来在我体内踞伏沉睡只盼着时候一到目瞪口呆地取得胜利解脱镣铐那是人之子生而为囚犯的无能为力的直接表达多亏此无能他比大千世界缤纷繁多的只听从本能法则的原生质高明飞瀑直下大地震撼又软又黑的土地被我的乡愁之根打开我思念我自知有力为之却又不欲为之之事因为一旦为之便是跌入新法则的王国跌入一个新的黑暗地界在那里自由昂首挺胸像棕榈一样猛烈摇摆甩出椰枣那柔软成熟的器官把有心吃枣之人的手弄脏进入他们的胃以此新暴力为食之人重弹那上帝已死的老调仿佛本不存在的东西也能死掉而实际上那不过是我自己一直放在身边的稻草人放在身边好看到它好让我拥有意识好让我看到并感到自己的优越性感到自己达到了一个适当的高度一种法则和一种习俗在这个法则与习俗之境应该做的都要做不该做的都不做它如火山喷发向我扑来

1　这一节里作者自造的词汇如下：铰链（perniamento），居家日常（cotidianidad habital），墙头草（inclinateste），跌跌撞撞地（cayendurialmente）。——译者注

向世界扑来其中有为了更好享受而装死的死女人的身体将那小小小的上帝的尸体藏在那里藏匿于两腿之间在那里抱住他喂他以谎言之奶好让我最终知道什么是圆满地存在什么是生活是存在或者什么是爱是得道我就是这个样子天生这个样子天真年代已经结束罪孽上上下下四面八方包围我我呕而吐之我排而泄之我自而慰之我从生殖器的所有孔洞里驱逐它浑身蛆虫斑斑的我被从那些孔洞里驱逐出去与此同时我正在调查构成新人的是哪一套是什么新的伟大把我吓个半死是什么爬满蛆虫的血淋淋的王冠在我膝头滚动神圣的圣母纯洁的圣母当此之际我黑暗之王双手伸入黑暗掏出一片黑雾只有当我与它般配的时候它才会成形我的行动带着麦克白的焦灼带着他妻子沾满鲜血的双手她在永恒中固执地无计可逃地一遍遍洗手仿佛以有心跳的猎物为食就不能是食肉的凶狼的一条法则再说了为什么要强调猎物有心跳呢她不也有心跳吗再说了没有什么能把她病态的肉身之雕变为一座冷冰冰的大理石雕像你看她血污斑斑浑身颤动不能自禁额角高扬目光如鹰有能力说是说那就是我想要的有能力让双手平静地在怀中安息她的怀抱曾经搂过死去的上帝的小小尸体也搂过鲜活的小小身躯光彩夺目的孩子或者一块块被她称为孩子的有心跳的肉她看着他们嬉戏因为是有什么在驱使她摧毁她使她感到在那里在我大脑之外的地方在一只通过凹形酒杯注视她的黑眼睛的背后那里有她的自我法则她存在之实现她胜利和失败之圆满她最后终于成为心中的自己但是对此她又茫然无知因为她一直以来被无情而不公的法则埋葬那些法则将她羁縻于一个人可他什么也不懂只是头脑简单地要求强求并且相信一切

都属于他而构建整座道德宇宙大厦的不容转移的伟大辉煌的义务撺掇她与自己作对并使她浑身战栗如可口之猎物落入怀中他不知道她为什么战栗但是归根到底可以通过其颤抖明显看出她受制于神的法律和人的法律她以自己充满占有欲的手抚摸自己她的手掂量斟酌由昨至今的经历每一道皱纹如何变得越来越深就像一枚铁戒指听天由命的含义而相反圣豪尔赫却犹如一个小小的小娃娃不知惧怕为何物也不知复仇为何物但是由于一种业已殊难考证的因缘际会他得知他能他可以他必须敢作敢为这一切纯属荒唐因为压根儿就没有龙[1]只不过是在城墙上小走几步只不过是爬到墓园只不过一个自然过程的简单加速啊自然过程啊你们以白发紧缠青春那岿然不动的战旗九头蛇怪们盘卷的怒发千万条蛇捆在一个人的头皮之上他逆来顺受被执牛鞭之手鞭挞在一个倒错的世界里不知道这是爱情还是惩戒还是人际关系被并置穿透：爱—拷问，爱—征服，爱—命令，穿透—躺受，抚摸—糟蹋，摧毁—呻吟—流血—止血，在此之前暴力的本质从来没有被这样理解过恨并非爱的反面恨不是爱的反面爱是一

1　圣豪尔赫（San Jorge，275/280—303），英语为Saint George（译作圣乔治），罗马帝国时期死于宗教迫害的一名士兵，后被尊为基督教烈士、军事圣徒。他流传最广的核心事迹是英雄美斩杀恶龙，常以屠龙英雄的形象出现在西方文学、雕塑、绘画中。他是欧洲多国的护国圣徒，英格兰国旗即为以圣乔治十字为图案的"圣乔治旗"。圣豪尔赫在西班牙许多地方传统里，特别在加泰罗尼亚文化里，非常重要。1995年，联合国教科文组织将每年的4月23日（圣豪尔赫逝世日）定为世界图书与版权日（世界读书日），即源自加泰罗尼亚的"圣豪尔赫节"（传说勇士豪尔赫为解救美丽的公主斩杀恶龙，公主回赠给豪尔赫的礼物是一本书）。——译者注

种古老的传说被杜撰出来解释无人知道的事情因为谁也没有经历过只是虚弱地追随过被目涵五彩的孔雀牵引被良知展开的尾巴牵引被浑身颤动的快感牵引他知道快感是好事他知道不但这个世界属于他而且那另一个微微开启的世界也属于他通过所谓的高潮狂喜所谓的夜间崇拜所谓的被十字架万分甜蜜的气息所触及的温柔之爱的伤口他已经享受过那个世界虽然我还在这里当然我还在这里我无法离开我还在看着她看她如何扭动沉睡的火山她是不知疲倦的爱人当一切已经过去而疲倦一定已经来临之时她终究再次触摸再次用冰凉的手指触摸我男性之乳并且呻吟因为她触摸时也呻吟而且她总是在那里向着自己深深低头深藏不露折叠封闭她只在这折叠的姿态里展示出布满全身的蝴蝶她不愿她不能她身体的样子渐渐地和在她皮肤上犁出一道道逆来顺受之沟壑的铁链的重量相合而这些基本东西被解释清楚之前大概什么也不能被理解那些所谓的孩子似乎猜到了这些东西但是后来他们又被迫渐渐忘记他们被枪戳被皮肉撞针撞被从腰间挥出的皮带抽没有爱没有恨没有理解没有光明没有她强烈专注的细心表达她以为要发生的就必须发生因为假如那种表达超越了可怕的前额之拱而额头之后是如思想一样不停翻飞的鸟群画出圆圈圆圈渐渐收紧碰到她的喉咙还说这是她的喉咙而喉咙之所以在那里就是为了被别人轻轻掐住直到生命之流完美中断无论是气流还是毒血之流是红色的动脉血之流还是大脑中缓缓流出的淋巴之流是被吸收的精液烈酒之流还是思维器官安心沐浴的烈酒之流思维器官好好泡个澡是为了能够更好地思考感觉知道死亡之际发生了什么手指停止伤害之际发生了什么痛苦业

已消失只见褐斑渐渐发青之际发生了什么而那自以为已经了解永恒的女人永恒就是既不前进也不后退的时间确确实实温柔的永恒在她混淆于那没有前方的空间里消失在那里我们两个已不再抱在一起合在一起吻在一起绑在一起我们被化掉[1]了被侵略了被混成了一式不是方向既不是北极也不是南极而是一个惰性的萌芽之圆从中终于冒出一只小鸟仿佛从卵中破壳而出但是死亡更好地穿透了它死亡正在拿一把卷尺测量它卷尺以概率和乡愁的数字表达必将到来的存在会有多少会在何时会在何地而你们这些大地上的小虫子你们将继续你们正常的革命用人类的脂肪做成指环用发臭的物质做成小小的小水坑好让一切的一切毫不骄傲地继续下去好让我虽不能说我干得很好但是我干了虽然干得不好毕竟还是干了因为没有人能够知道什么是必须干的什么是一个人能够干的如果自由无情地爬上了他的肩膀并像一只悲剧的猴子在他耳边发号施令因为猴子是好色而淫荡的是所有动物中和人类最为相似的是所有动物中唯一像人那样有能力纵欲无度的因此它在我的背上甩动尾巴用它那适于勾拿缠卷的长长的尾巴敲打我的脖颈并在我耳边哈哈大笑那是模仿我的哈哈大笑说出种种欲望那是模仿我的种种欲望但是不十万次地不那不是什么更加高贵的东西那是亲爱的圣豪尔赫猴圣豪尔赫猿仿佛一枚镜子为我带来伟大的形象可能一次次重复的形象你这令人

1　被化掉（disolvidos）在这里应该是被用作动词"溶化"（disolver）的过去分词。这个动词的过去分词属于不规则变位，却被作者故意当作规则动词来变位了。牙牙学语的孩子会把规则动词变位的规则也用到不规则动词身上去。——译者注

畏惧的圣豪尔赫鼠因为你有本事钻进某些自然的罅隙直到最幽深之处在那里筑成惶惶之窝并细声细气地吱吱吱吱仿佛你是个孩子身边几乎紧挨着上帝小小的尸体上帝已经厌倦死亡很可能死得那么透彻让他烦了所以他会醒来并开始可怜巴巴地发问他是为什么在什么时候在什么地方以什么方式被谋杀的虽然他因为自己很笨永远永远永远不会明白他不是被谋杀的而是被一个特别法庭判处死刑并被依照规定处决的此类仪式都要经过认真的研究并被心安理得地武力执行（manu militari）崇高事业和冷静的棺材生意的提供者那大写的他万万理解不了这些现象尽管他是依我们的形象被仿造的他看到同样的司法程序在自己身上走了一遍甚至连辩护律师的上诉这一条都没给他省掉他一定会气得浑身扭曲由于所谓的矛盾心理由于大脑被两条或三条或四条赦免开出豁口结果我们人人心中都藏着这么一位辩护律师而矛盾心理和百般自辩背后矗立着一种响亮的孤独[1]吃得饱饱的小胖子圣豪尔赫在明媚的阳光中安栖孤独的我使精英的耳朵们听出我智慧之言中的甜蜜勾起我对西克莫无花果树[2]庇护之下的亲

1　"响亮的孤独"是16世纪神秘主义者圣胡安·德拉·克鲁斯的长诗《精神之歌》中的一句。——译者注

2　"耶稣进了耶利哥，正经过的时候，有一个人名叫撒该；他是收税长，他很有钱。他想法子要看耶稣是什么样的人；却由于群众而不能，因为他身量矮小。他就先跑到前头，上了一棵无花果树，要看耶稣；因为耶稣将要从那里经过。耶稣到了那地方，往上一看，就对他说：'撒该，赶快下来；今天我必须住在你家里。'他就赶快下来，欢欢喜喜地招待耶稣。众人看见，都唧唧咕咕地彼此议论说，'罪人'家里、他还进去投宿呢！撒该站着，对主说：'主阿，你看，我把资财的一半给穷人；若讹诈了谁，就四倍偿还。'耶稣对他说：'今天拯救

爱的学生和徒弟们的思念这些树听到亵渎神灵之言却无动于衷正是其草木本性的牺牲品也是仅有一人为之的几乎人性的航海式超验行为[1]的牺牲品如此重要的一个人骑着前后轮胎大小悬殊的旧式脚踏车奔跳如袋鼠去往远方去往天涯海角重要的人物人类的棋手新虚无主义律条的发明者出色的激情分析家传统农民式温顺的虚弱助手我们的前辈做到了顺从他们已经知道这是死人活人都必须做的那里是延续疲惫香火的萌芽是制造疲惫的创世繁衍者是你这胆大妄为光彩照人的圣豪尔赫你这集市上胖乎乎的江湖骗子。[2]

临到这一家了；他也是亚伯拉罕的子孙哪；因为人子来，正要寻找拯救失丧的人。'"《路加福音》第19章，吕振中译本。无花果树指涉《圣经》只是译者的猜测。——译者注

[1] "那时船在海中，因风不顺，被浪摇撼。夜里四更天，耶稣在海面上走，往门徒那里去。"《马太福音》第14章。"几乎人性的航海式超验行为的牺牲品"云云，可以理解为耶稣行走水面不需船只，所以无花果树成了被木匠耶稣抛弃的牺牲品。这只是译者的猜测。——译者注

[2] 这一节里作者自造词汇和表达方法如下：并置穿透（yuxtapenetración），爱—拷问（amantes-interrogantes），爱—征服（amantes-conquistantes），爱—命令（amantes-mandantes），穿透—躺受（penetrantes-recumbentes），抚摸—糟蹋（acariciantes-demolientes），摧毁—呻吟—流血—止血（destructantes-gimientes-sangrantes-restañantes），圣豪尔赫猴（sanjorgemono），圣豪尔赫猿（sanjorgesimio），圣豪尔赫鼠（sanjorgerratón）。——译者注

跋

毛里西奥·哈隆

一

2020年《腐烂的黎明》一书的出版更新了路易斯·马丁-桑托斯的文坛形象。该书在这个标题下推出的是一堆零散的旧稿，大致写于1950年，其中汇集了他和胡安·贝内特[1]的短篇小说，当时他们都很年轻，前者在书中的参与更为突出。这本书加上其他文献材料说明了他们的互相信赖和齐头并进的创造力。马丁-桑托斯在世时间是1924年到1964年，他的早年诗集《胭脂之灰》（*Grana gris*）在二十年前（2002）得以抢救出版，两年后，《世界的该死之美》（*Condenada belleza del mundo*，2004）也出版了，那是他为安琼·埃塞萨的电影项目与维克多·埃利塞[2]合写的一个晚期文本。

1　路易斯·马丁-桑托斯和胡安·贝内特，《腐烂的黎明》（*El amanecer podrido*），古腾堡星系出版社，2020年。

2　路易斯·马丁-桑托斯，《胭脂之灰》，新书库出版社，2002年；《世界的该死之美》，塞伊克斯-巴拉尔出版社，2004年。还应加上为修道院剧团而作的鉴于这一最近的文学发现所引起的兴趣，人们认为有必要彻底追溯他的全部遗产[1]。借着这种推动之力，我们现在——用另一种组织方式——恢复了他的第二部伟大小说《毁灭的时代》。考虑到作者对于如何杀青意犹未定，本书反映的是一部未竟之作，但是最重要的是，这是一个雄心勃勃的工程，分支众多却致命地戛然而止：马丁-桑托斯在其命终之时仍然沉浸在此书的写作之中。

它的创作过程断断续续，被抢救出来的章节许多残缺不全，这使它极具吸引力。老普林尼早已指出未竟之作的美妙之处，它比成品更迷人，因为在其中可以追踪作者的思路；老普林尼还补充说道："这种特别的钦佩所激起的吸引力，也是由于知道艺术家之手在正当完工之际被骤然截断而产生的痛苦。"《毁灭的时代》就是这样，一部气势磅礴、灵思飞动的作品，它的中心实际上是作者本人，因为它围绕着他的关注和他的"考验"展开，而这些只在一定程度上被转移到了他的主人公身上。

尽管其光芒含屈而黯，《毁灭的时代》无论对西班牙文学还是对马丁-桑托斯本人来说都是一本令人耳目一新之书。它运用了许多新的文学手段，达到的高度至少和今日读来依然令人不安的《沉默的时代》[2]（1962）在伯仲之间。两者一样文力强

《沉默的时代》的话剧改编版（不恭者出版社，2019年）。

1　路易斯·马丁-桑托斯·拉封全身心投入这项任务，他的文献工作和评论具有根本重要性。

2　费尔南多·莫兰，《小说与中等发达》，金牛出版社，1971年；还有J. L.

健，创新层出不穷，然而又颇为不同，第二本书中突出的是内省以及书中所涉猎主题的惊人的丰富性，这些主题从传统的叙述方式出发，成就一种极其新颖而深刻的维度。

十年以后，即1975年1月，《毁灭的时代》以何塞－卡洛斯·麦内尔精心编定的版本面世[1]。然而，这项从1964年起人们一直翘首盼望的编辑成果并没有像前一本小说那样受到欢迎。在此期间，《沉默的时代》依然是20世纪西班牙文学叙述作品的一个里程碑，它曲折深奥，多含戏仿，犀利无情。应该说，假如《腐烂的黎明》的某些痕迹可以被视作其日后写作的雏形，那么被抢救出来的本书——质量令人钦佩——构成了一个紧张不安、野心勃勃、激情澎湃的文学生涯的"未竟之结局"。

二

前面提到的《毁灭的时代》绝版已久（只在1998年重印过）。那个优秀的版本，尽管已经有将近半个世纪的历史，一直是对晚期马丁－桑托斯的任何研究的支点性文献。它也是我们最初的参考，包括它的序言。

苏亚雷斯·格兰达，《沉默的时代导读》，内附路易斯·马丁－桑托斯访谈录，阿尔罕布拉出版社，1986年。这两本是有用的入门参考书。

1　麦内尔奠基性的序言，见《毁灭的时代》，塞伊克斯－巴拉尔出版社，1975年，第9—44页。还有P. 戈罗查特吉，"关于路易斯·马丁－桑托斯小说《毁灭的时代》的写作、出版及其重要意义的新材料"，《尘世间》，第41期（1991），第35—42页。

麦内尔完成这项任务受到了多人鼓励，其中包括圣塞瓦斯蒂安作家群的共同朋友：贝葩·雷索拉。她是作家最后的伴侣，是可靠而有价值的原始文稿的保管人，也是作家所信赖的特选读者。她一直保留着与本书相关的文件，直到2008年[1]最后交付给马丁-桑托斯的家人（她于2014年7月去世）。无论如何，她在电影导演兼编剧马里奥·卡穆斯的协助下首先整理了这些未发表的文稿。麦内尔的版本以她的编次为基础，也得到了作家的家族成员，尤其是他父亲莱安德罗·马丁-桑托斯的指点。

所以说，麦内尔是在一个由多种草稿造成的不稳的根基之上加工了这个复杂的组合，这些草稿是由不同纸张组成的一个参差不齐的集合，只是偶尔有序号，而且具有巨大的异质性。我们在其中发现了被弃用的构思方案或作品计划，修改得密密麻麻的散页，也有改动甚微、誊写清楚的重复文本，等等。总的来说，它们是被突然打断了，既没有署名也没有注明日期，但这并没有阻止编者选择他认为较晚的版本。

三

1975年的版本把书以部和章来安排布局，但仅仅标之以数字。在这些可能的正文的基础上又添加了相当多的准备性材

1　譬如可以比较卡洛斯·巴拉尔作为编辑和朋友写给雷索拉的信，1964年1月29日，1964年3月13日。从那时起，巴拉尔坚持不懈地推进这项工作。由于出版社的变动，他未能完成任务，接手的是佩雷·金菲勒。合同是由孩子们的监护人鲁道夫·乌尔维斯东多和莱安德罗·马丁-桑托斯共同签字的。

料，其中一些难以分类：多种变体、旁注、对所叙述内容的整体性反思、个别分散的场景。同时，被归入脚注的是对马丁-桑托斯作文过程中的前后改动做出的逐字逐句的校勘，这些脚注数量庞大。

仅以数字标出小说章节这种做法显得抽象，这在2022年的版本中被加上的标题取代了。这些标题倾向于刻画、召唤或描述主人公阿古斯丁生活中的伟大"举动"和他内心的小插曲：结果大致有四十个场景，叙述与小说主人公及其作者有关的经历、场景、感情或冲突。这样做的目的是使小说在文学性上更加统一，赋予大量分散并置的文本以意义，赋予其一个"临时性"框架，并不奢望全面性、说明性或阐释性。出于这个原因，我们总是选择从相应的文中原原本本提取的单词或短语来作为每个章节的标题[1]。

同样，我们的版本省去了"变体"本身；反过来，为了获得一个更自主的文本，我们重铸了某些情节的不同版本或嫁接了从马丁-桑托斯的草稿中提取的某些段落。此外，我们省去了重复的句子并统一了人物名字，还有排版格式。最后，为了让文字呼吸舒畅，我们经常把文章分成段落。在这种新的形式下，故事呈现出更清晰的一面；省去成百上千的脚注也有助于此。尽管脚注使文章丰富翔实，却会造成费力和被迫不连贯的阅读效果。所以，为了避免干扰，用来澄清新版本的脚注非常

---

1 这些标题可以全部放在括号中以表示它们没有以此形式出现在路易斯·马丁-桑托斯的原稿中。

有限并且只涉及文学方面。

　　总之，这一切是为了使这本我们20世纪散文体文学中的核心作品旧貌换新而且更具有可读性。几十年来，这本书对公众来说一直遥不可及，只有在少数图书馆里珍藏。这种对马丁-桑托斯的复调故事新的结构化——因为拥有多元的多重版本，这在今天是合法的——为21世纪的读者提供了另一种看待和想象那场文学赌注的方式，不过，考虑到原著时间上的不确切性会造成诸多陷阱，我们也避免了"考古学"的观点。

四

　　我们这一版《毁灭的时代》以马丁-桑托斯本人的一篇文章开场，该文章被塞伊克斯-巴拉尔出版社的版本排除在外。由于其高品质和创作宣言的特点，它被回收到这里。创作宣言的努力可以从它数易其稿的写作过程中推断出来。《我要讲的故事》这个序言题目取自作者重复多遍的一句原话，文章深入探讨了他的文学目的，那就是以一种"失之无度甚至很疯狂"的尝试来讲述这个故事中所有重要的事情，就像他自己所承认的，同时也不回避这项计划中的悖论和矛盾。

　　小说如一束束灯光照亮阿古斯丁的生命开端。对于这个来自外省（就像发生在伟大的19世纪传统的众多作品里一样），略为天真的年轻人，作者感到明显的亲切和同情，甚至怜悯。他一直在故事中以一个"亲密的耳闻目睹"的见证人的形式——有时候是间接地——陪伴着他。整个叙述于是建构在一个个人的轴心之上，而有时也会展开，这使得它和《沉默的时代》相映成趣。马丁-桑托斯甚至写道："我的性格和阿古斯丁的性格之间有某种巧合，既然我们不是知音，那么就可以假设我们是互补性的灵魂。"他当时的生活方式正有"好冲动并极易受影响的缺点"，受某些在他看来相当高明的人的影响。

阿古斯丁在他的乡村童年经历、他的道德疑问和排斥、他的学业抱负和他的思想独立性中都体现了这种孪生性。有时，某种知己的声音会被叠加，这样可以更好地理解他内心的执念、恐惧和努力。

在作者的生平轨迹中，除了其祖父德梅特里奥斯和来自萨拉曼卡[1]的其他家庭成员之外，还有一些特别重要的经历：造纸业重镇托洛萨——有关它的城市规划、特殊建筑和狂欢节——和作为不幸的"马蒂尔德"人物灵感来源的女人；还有托洛萨的法官安东尼奥·纳瓦尔。他是马丁-桑托斯的朋友和关键性交流的伙伴，向他介绍了法庭生活，特别是关于1950年的某一桩未破之案，此事经过改动成了小说的核心之一。[2]

1　作者提到的地区是阿尔穆尼亚（位于萨拉曼卡省），在路易斯·马丁-桑托斯的乡下亲戚中突出的德梅特里奥斯居住的城市托帕斯就在那里。

2　年事已高的安东尼奥·纳瓦尔还与路易斯·马丁-桑托斯·拉封在希洪咖啡馆会面。介绍人是他的女儿克劳迪亚·纳瓦尔。法官表露出对作家的深情厚谊。著名的1950年托洛萨银行抢劫案被作者化用在本书里。——原编者注（路易斯·马丁-桑托斯·拉封是作家的儿子。——译者注）

五

《毁灭的时代》穿越四个截然不同的"时代"；正如马丁-桑托斯本人所说，事实上它们是"不同相"的。它们是四个非同质性的时段，在长度、节奏、特点和风格上都不尽相同。第一个时代选择童年和青少年生活的场景。紧随其后的是一个紧凑的阶段，包括统一而详细的戏剧性和冒险性事件；第三个阶段，明亮而虚假地平静，由肯定是几乎紧接着发生的时刻组成的；最后，还有一个"非时之时"，像世界末日一样，令人困惑，与深渊经验相对应。

为了赋予这些时间记录以实体和身份，全书的文学材料被划分为四部。第一部"学习时代"——显然是最传统和持续时间最长的——汇集了对阿古斯丁来说意味着"臣服"于世的内心经历和未来的相吸相斥之极。这里讲述了他在持续保持静音的父亲德梅特里奥斯的指导下的最初几年生活，包括发现自己性无能，包括道德教育和养成，包括面对任何经验的困惑和相对化，以及对识别谎言和可能的语言操纵的热衷。

作为一部实际上的教育小说，它构建了以非常有特点的外貌、风景和个人为标志的各种主观情景：他母亲身上的"可爱的赘肉"，几乎是成人仪式的妓女的珍珠项链，骡背上"静止不动"的萨拉曼卡之旅，村镇附近的山上度过的夜晚，以及两个宗教人物，一个威胁，一个好奇。其中突出的是一个最令人不安的人物，即不幸的堂妹阿格达，她一只脚踝被拴在地上。他将以一种模棱两可的方式面对她并以她为实验。他试图进入

334

她陌生的内心世界直到不可避免地与她的他性相撞为止。她将是唯一贯穿整部小说并且悬而未决的一个角色，一直到她唱着那首充满挑衅性的歌出现在本书的最后几页。

特别值得一提的是德梅特里奥斯的加泰罗尼亚之旅——和堂吉诃德的巴塞罗那之旅遥相呼应——他作为一名教师移民到那里，去"用恰当的雅正发音教西班牙语"，尽管他后来会承认伊比利亚半岛的其他语言也有价值，那些讲加泰罗尼亚语的人也有价值，他们"会思想并对几乎所有事情都有想法"。这一部分就此出人意料地结束，借助于德梅特里奥斯的遥远例子，它呼唤家庭和本土经验的终结：他将投向一个未知而独立的世界。

六

在小说的第二部里，一切似乎都在加速。在"戴面具的人们"这个标题之下，第二部里的小说时间沿着一条不可预见的道路前进，阿古斯丁的生活被一宗疑案和一系列粗野逼真的情节拖行，到了节奏狂乱的地步。它与"学习时代"一起构成了《毁灭的时代》的主体。两者都是小说的呼吸之所在，它们遵循马丁-桑托斯的总方针，这个方针就是要明白，在一个有价值的故事中，人物的发展，如果与其所处环境的发展齐头并进，它才是重要的。[1]

经过只是寥寥几笔带过的大学阶段和被大书特书的学成之

1　路易斯·马丁-桑托斯在"流浪学院"里的发言，场次在1961年10月29日。

后的竞职考试，阿古斯丁当上托洛萨的法官，被赋予权威，实际上进入了成年生活时期。这一成功，这一职场晋升，同时令他感到自负和困惑，这两种情感从调查一桩凶杀案——一家非常有名的工厂的一位守夜人的被杀案件——开始得以落实。这段故事将重新定义法官的生活环境，他可能的无穷变化，或许还有他的毁灭。在马丁-桑托斯未竟的计划中，这一气氛将远远超出严格的司法情节。

阿古斯丁将进入一个混乱地带，一个充斥假面人、性伪装和其他种种或实际或象征的掩饰伪装的世界，其中作为情节催化剂的托洛萨狂欢节始终隐喻发生在他身上的暧昧变化。法官重启调查的小小的罪案——他于众声喧哗之中只能直觉到此案的关键——使他与真理深渊似的相对性正面遭遇，这一相对性是对可以追溯到他青年时期之初的那些无法释怀的问题令人失望的回答。

"学习时代"中的主要人物有血有肉，有直接来自马丁-桑托斯家人的影子。相反，在描写粗暴融入职场生活的过程的第二部里，多个角色却像是沉浸于错综复杂的犯罪世界里的木偶戏傀儡形象：已故的安东、可疑的"主教""卢西亚"和总工程师（他那被推入背景、神经质的妻子倒并非如此）。甚至阿古斯丁本人似乎也成了一个幽灵人物。他们全是室内实验剧演员，躲在托洛萨街头的大众狂欢背后，面具遮住了身份难辨也因此不负责任的身体。[1] "全城一万八千居民同日而欢，同时而

1　让·斯塔罗宾斯基，《审讯面具》，加利利出版社，2015年，第25—30页

乐。"马丁-桑托斯讽刺地写道。这一切发生的地点背景是当时严重污染的欧里亚河黏稠而有毒的污水。

七

到此为止阿古斯丁经历的那些事情是遵循具体行为的逻辑而叙述的，但是它们并没有变成具有侦探小说[1]经典风格的惊险故事。每个人物在法官面前的陈述串起一条或交织或平行或矛盾的证词之链，尽管它们制造了一个气势逼人的惊险情节，但马丁-桑托斯却最终超越了琐碎轶事，因为他追求的是将犯罪的秘密转化为人性的"启示"。一切具有欺骗性的东西都会引起沉思式的插入语，有时候像普鲁斯特的回声。

正如什克洛夫斯基所言[2]，对于现代小说来说，一部以单一罪行为核心的小说已经成了表述"一人怼众人"的方式。大约在1950年，侦探小说在举世风靡登峰造极之后结构重组，流变为一种独立的文类，其影响如此之深，以至于影响到了更加具有实验性的艺术小说[3]。加达、罗布-格里耶、贡布罗维

（或1946年版，其中更加突出20世纪中叶的面具游戏）。

1　它也没有成为平行故事，即黑色小说。根据里卡尔多·皮格利亚的警示，后者产生于对事实残酷性的关注。皮格利亚，《批评与虚构》，2013年，第54—58页。

2　维克多·什克洛夫斯基，《论文学散文》，行星出版社，1972年，第350—352页。

3　犯罪小说似乎从20世纪30年代开始陷入了死胡同，但是马上又起死回生，以暴力场景影响到奇情小说。试比较玛丽·麦卡锡，《正相反》，塞伊克斯-巴拉尔出版社，1967年，第278页。

奇，同样也有奥内蒂[1]或者马丁-桑托斯本人，他们借助"罪行地带"支撑起形形色色的故事，来实践一种"反小说"，其中根本要紧的不是情节或解开"字谜"（什克洛夫斯基这样称呼它），也就是说，对一件不明之事的澄清。要紧的是必须分析对日常的僭越并探索游走于合法性边缘和触犯法律的生活。

《毁灭的时代》与惊险小说的亲缘似乎在这一点上被加强了，这是因为那些篇幅仿佛是作为马丁-桑托斯的一个独立的故事而产生的，尽管最后阿古斯丁对事实的确凿性和揪出潜伏的凶手失去了兴趣。他的兴趣反倒在于——他明显痴迷于"火眼金睛"——认识更加深刻但不那么准确的真理来阐明个人的存在及其集体属性。关于这方面，值得回忆一下作家对当时新颖的《浮士德博士》（托马斯·曼，1948年）的喜爱。这本书反映了当时新近的日耳曼谵妄及其犯罪性紊乱。那个当代浮士德身上跳动着的"时代特有的、德意志特有的、音乐特有的"撒旦一面使他不安。更重要的是，那也是他在有关精神病的工作中研究过的天才性特有的。这种天才性，根据马丁-桑托斯的警告，倾向于病态和摧毁和谐[2]。

1　加达（Carlo Emilio Gadda，1893—1973），意大利作家。贡布罗维奇（Witold Gombrowicz，1904—1969），波兰语作家。奥内蒂（Juan Carlos Onetti，1909—1994），乌拉圭作家。——译者注

2　出自作者关于托马斯·曼的这本书所做的笔记，其中讲到天才和魔鬼的接触。来自作者家庭档案。

八

第三部是"探索"。它集中了一些引人入胜、处于萌芽状态的篇幅，讲的是法官爱上康斯坦萨，受到"美的致命打击"，描绘的是这个骄傲自大、娇生惯养、自小就被"嵌入"权力的女人的肖像。主人公结识**被崇拜的女人**，被她晃得眼花缭乱，将她作为自己的选择，并看着其余的追求者怎样"滑稽地列队撤退"。她命中注定要在阿古斯丁的生命中扮演一个决定性的角色，虽然那只是假设，因为那些事没有写出来。

第三部的语气也完全不同，而且其中可以窥见主人公"变化"发展的另一种可能性。这一点可以从一系列短小精悍的故事里猜出来，这些故事讲述日常生活，像摄影或者快闪的电影镜头那样切分。《毁灭的时代》事实上多次指涉这一大众艺术，它无疑是一种"战后根本性的升华机构"[1]。

在这些舞台笔记里，马丁-桑托斯徘徊于表面的浪漫单纯——譬如描写孩子和她们的秘密宝藏的烂漫场景，它有着舒曼《童年即景》的音乐色彩——和在自信的富人区内古里缠绕不清的线索之间。作家无法缩短的（政治）距离通过一种讽刺的象征得以揭示：一个仿佛美杜莎头颅的网球拍；一辆仿佛18世纪豪华马车的双座敞篷汽车；仿佛纯种名贵小狗的孩子们；

1　马丁内斯·萨里翁，《燃烧的蜡烛》，阿尔瓦塞特省议会，1990年，第208页。路易斯·马丁-桑托斯被此处作为电影画面的珍珠情节所吸引，他谈到"老旧的爱森斯坦技巧"，也提到过由梅尔文·勒罗伊导演，罗伯特·泰勒和费雯·丽主演的影片《魂断蓝桥》（1940）。

仿佛威尼斯面具的保护性墨镜。[1]

所有这一切一步步将阿古斯丁和上层工业资本界捆绑在一起，谁知道这是否伴随着某种被迫的顺从，说不定还有难言的痛苦。无论如何，这最后两个问题和他对自己正在跨入的世界的迷恋并不矛盾，他凭借新的社会地位跻身于这个世界并暂时接受了它悦人的表面。但他同时也彻头彻尾进入了另一个领域，一个假面人的世界，其中的紊乱无序和敲诈勒索再自然不过地围绕着那个安逸的工业王朝。

阿古斯丁似乎在渐渐习惯于富豪阶层的习俗，同时他也隐隐看出他可能会怎样因此而迷失自我。眼界的变化通过关于他的"新朋友"的一个简短故事而得以完成，这是本版的画龙点睛之处。它讲述他与某个打扮成滑雪者（"永不枯竭的自我幸福源泉"）的年轻人轻松的偶遇，故事发生在马德里附近一列行驶在松林和花岗岩的优美风景之中的火车上。

九

第四部"燃烧"留下的是一个未知之谜，美妙而令人印象深刻，因为它缺乏和前面故事之间的情节连续性。《毁灭的时代》的架构消解为一种不确定性。小说从来没有被这样写过。

1　"花园高处……"第三部的第一章和第二章里重复的这个段落揭示路易斯·马丁-桑托斯的一种工作方式：通过同一场景空间和人物，几乎一模一样的文字，改变视角之后，他成功地使康斯坦萨的存在成为小说的决定性因素。

有或许可靠的消息说马丁-桑托斯有一个未来写作提纲，但这是不够的。正如特里林[1]所教导的那样，小说只在书写和构思过程中存在。

我们不可能知道阿古斯丁是如何走到毁灭性**燃烧**这一地步的。也不知道这是否就是他的人生命运另一种浑浊的可能性，他的意乱情迷和他对有钱社会的暂时依附暗示了这一可能性。我们也不知道毁灭性的燃烧是否预示一个心怀不满的青年的最终结局，与书名相合，他随着情绪的起起落落，愤怒地走上了一条虚无主义的逃避之路，一路穿过巫魔夜会、古老的仪式以及其他各种施加于身心的暴力形式。[2]

他的人生意义毫无疑问发生了根本性的变化，那是一种退化，要求他几乎绝对地与世隔绝，剥夺了他所有的社会和个人纽带。几乎所有人物都突然从故事里消失，故事到这里在严格意义上已不再是小说。"情节"发生的地方变得形而上学，同时却也始终不失历史和地理上的契合，这一点体现在地方典故和细微的当代笔触之中。一种充满思辨和视觉幻象的文字占据主导直到最后，使《毁灭的时代》的结尾达到纵横恣肆的表现力的巅峰。

有了生平和叙事意义上的蹈虚一跃，我们几乎不可能把既

1　莱昂内尔·特里林（Lionel Trilling, 1905—1975），美国文学批评家。——译者注

2　巫魔夜会上的诗句"从这里去往痛苦之城……有愚昧的人群同行"来自但丁《神曲·地狱篇》第三章，第一节："由我进入愁苦之城，……万劫不复的人群中。"路易斯·马丁-桑托斯本来以但丁的方式将书的各部分叫作"组"。

未被马丁-桑托斯附加进来也未经最起码排序的原稿吸纳到故事中来[1]。此类独白性质的片段处于自主状态，而1975年版本的组织方法只是可能性之一，它必然是随机任意的，但也有其价值。我们略为改动将它保留下来，因为它是用作者家人提供的直接材料建构的，也因为无缘无故地改动不免任性，因为我们所拥有的补充材料本来就很少。

本书最后一部塑造了若干耸人听闻、变化多端的场景。第一幕是一场真正幽灵般[2]的巫魔夜会，通过怪诞扭曲[3]的人物的简短独白被叙述出来。穆吉科夫之名指涉俄国农民及其失败的革命追求；阿米戈夫从精神分析角度观察巫魔夜会（心理之锅[4]，可塑的女性，倒错的烟花）；钩虫描绘巫魔夜会的场所精神，那是一座城堡脚下的某处空地，这座几个世纪之前见证过公社起义失败的城堡是被铭刻于萨拉曼卡的一道乡村风景。

堂妹阿格达再次出现，她已经变成了一头"龇牙咧嘴的猛兽"。阿古斯丁作为克维多式的怀疑主义的代言人也参加了那黑色的夜会。他说："我们只能困惑地面对一堆混沌的生命物质，它发出的长吁短叹几乎难以辨认。那不过是一缕青烟，让我们能

1　马丁-桑托斯的亲友表示小说情节会以针对阿格达的一项残酷的集体行动而结束，也可能以阿古斯丁的暴死而结尾；他嘲笑圣维森特·德拉·松西拉的刺血仪式，遭到那些刺血者报复而被杀死。但是这彻底超出了现存故事的范围。

2　路易斯·马丁-桑托斯是胡里奥·卡罗·巴罗哈的《女巫及其世界》的早期读者。该书的最后分析了古老的巫魔夜会在当今世界的流风余绪。

3　除了对"俄国农民"和"朋友"这样的平常词汇的戏拟扭曲，还要加上感染肠胃的钩虫。

4　弗洛伊德说人的本我是"一种混沌，一锅沸腾的激情"。——译者注

够大致了解被证实发生在这样一坨秽物里的内燃的强度。"

接下去上台的是一场独唱，演唱者是年轻的阿格达，歌里充满撒旦和黑夜的预兆，而且威胁性越来越强。接下去的第三章《血色花瓣》是一段客观描写，它受到作者曾经目睹过的圣维森特·德拉·松西拉这个地方的刺血仪式[1]的启发。在这一章里，作者就集体性宗教仪式的气氛展开反思，仪式发生的地方是"历史在其中乐于以一种绝难理喻的方式保留昔日合理化的仪式的天选之地"。值得注意的是，几乎在同一个时期，怀着同一种介于人类学和诗学之间的探索精神，哈辛托·埃斯特瓦在其影片《远离树林》（1972）中记录了伊比利亚半岛那些残酷的民间传统，特别是拉里奥哈地区这一以死亡和鲜血作为主角的宗教仪式。

一切都汇入精心雕琢的末章《关于毁灭》。这章其实是小说的萌芽。主人公经历的危机在此爆发，作者和主人公似乎也合而为一。这种断裂转化的是他的混沌、紊乱和绝望经验，撒落文中极易辨识的巴洛克诗句一次次使之西班牙化。一个喃喃自语的我

1　圣维森特·德拉·松西拉是个人口一千出头的小城，位于拉里奥哈自治区。刺血仪式大致包括自鞭和刺血两部分，在圣周的神圣星期四和神圣星期五两天的宗教游行队伍中举行，此外，每年5月和9月还各有一次。这一活动要求参加者必须是成年男性，必须由神父出具证明其为虔诚基督徒。悔罪者穿蒙面白袍，只露出眼睛和背部，双手握住茅草搓绳扎成的一大把状似拂尘的鞭子交替挥过左右肩鞭打自己后背，时间大约二十分钟，鞭打次数在八百到一千之间。接下去的刺血由专人手握一个嵌上两枚玻璃尖刺的蜡团轻戳背部近腰处，左右两边自上而下各戳三次，共扎十二个伤口，纪念十二使徒。此后悔罪者再自鞭数次，确保流血。伤口用百里香泡过的水清洗，再敷上代代相传的秘制药膏。——译者注

一边低声哀叹一边暗中摸索。他通过"一种特殊的思想和被赋予意义的语音结构"为一个孩子解释"死亡的意思"。

十

我们面对的是一个深陷"语言症"的魔怔人物，他迷恋于自己一次次被毁灭被重造被毁灭被重造的"言说"的机制和魔力。阿古斯丁为其爆发力所击倒，于是他身临一道恶魔深渊，就像《尤利西斯》的结尾那样，他能够在一种非常现代的表达里，在广采文化之火引经据典编织而成的文本之中辨认自我，这些引文的作者在小说中似乎被挥发得无影无踪[1]。

作者居于一个似乎正在分崩离析的世界的边境地带。本书借以闭幕的这些篇什并没有落在普鲁斯特和乔伊斯之后的20世纪文学经验之外：福克纳、法国新小说（Nouveau Roman）、贝克特或者英格博格·巴赫曼[2]。马丁-桑托斯以一种新的语言"行事方式"为这种经验做出了贡献。

巴赫曼本人当时就警告说，伟大的文学成就的出现并不仅仅因为你想写得有现代性和实验性，或者想纯粹追求表现"质量"的趣味，因为你如果只是为了显得新奇而操弄语言，"后者会复仇并撕下你那种意图的面具"。这些创造在一种伟大的

1　罗兰·巴特，《语言的轻声细语》，塞伊出版社，1984年（或1968年），第65页；巴赫金，《语言创造的美学》，二十一世纪出版社，1970年，第168—170页。

2　英格博格·巴赫曼（Ingeborg Bachmann，1926—1973），奥地利女诗人和小说家。——译者注

道德冲动之下，因一种新的社会和文学理解可能性的推波助澜而诞生（正如发生在马丁-桑托斯和少数几位创新者身上那样）。任何一种创新语言一定都会吓到作者本人——因为他不觉得显然理该如此，因为它还未被证明——但同时它将作者如爆炸物投射出去[1]。阿古斯丁在其中哀叹的《我将不我》这一章就是如此。一种诗歌精神在早年常常涉猎诗歌的马丁-桑托斯的最后三章里波动。它们也可以说是他过去也尝试过的朗诵类文学或戏剧文学的发展。

"而我已经不知道我在何处我能够做什么我眼中之所见能够抵达何处因为我从我升腾的边缘即将跌入我身后之所在我内部之所携带我内部一直以来之所携带它一直以来在我体内踞伏沉睡。"马丁-桑托斯这首关于**如此不安之我**的简短的赞美诗唤起那些年里贝克特《无名氏》这部戏的伟大结局里的低声絮语："那么我要继续，有话就得说，一定要说出来直到它们找到我……一定要继续，或许它们已经将我带到我的故事的门槛。"[2]

1　英格博格·巴赫曼，《当代文学问题》，特克诺斯出版社，1990年（或1960年），第12—13页。

2　贝克特，《无名氏》，鲁门出版社，1966年（或1953年），第267页。"谁在那文本里说话？"也是当时非常热门的问题：布朗肖，《未来之书》，蒙特阿维拉出版社，1969年（或1959年），第240页。